밤의 언어

어슐러 크로버 르 귄 지음 · 조호근 옮김

서커스

THE LANGUAGE OF THE NIGHT: Essays on Fantasy and Science Fiction
by Ursula K. Le Guin

Copyright © 1979, 1992 by Ursula K. Le Guin
All rights reserved.
This Korean edition was published by Circus Publishing Co. in 2019 by arrangement with
Ursula K. Le Guin Estate c/o Curtis Brown Ltd. through KCC(Korea Copyright Center Inc.), Seoul.

목차

서문

　『밤의 언어』가 미국에서 최초로 간행된 것은 1979년의 일입니다. 저의 강연과 에세이를 모은 평론집을 만들겠다는 아이디어가 나왔을 때, 저는 원고를 정리하고 편집하는 작업만큼은 면하게 해달라고 부탁했습니다. 소설에 전념하고 싶다는 마음과, '논픽nonfic' 마크가 붙은 파일 홀더의 엄청난 혼란상을 직면할 용기가 없었기 때문입니다. 그 작업을 맡아준 것은 수잔 우드였습니다. 오스트레일리아에 갔을 때 알게 된 대범하고 재기에 넘치는 여성으로, 주목할 만한 연구를 막 시작한 연구자이기도 했습니다. 수잔은 혼란한 상황 속에서 방향성을 찾아 가면서, 수많은 단편斷片에서 하나의 통일체를 만들어 나갔습니다. 이 책이 지금의 형태를 띠게 된 것은 전적으로 수잔 덕분입니다. 이 책의 성공을 기뻐할 수 있었을 때까지 그녀가 살아 있었더라면 얼마나 좋았을까, 지금도 마음속에서 그런 안타까움이 들어 견딜 수 없습니다. 이번 개정판을 위해 제가 고친 내용들을 수잔이 인정해 주었으면—충분히 확신은 합니다만—하는 바람입니다.

통상은 이미 간행된 작품에 손을 대는 것은 금기시해야 한다고 저는 생각했습니다. 당시 감행했던 위험을 제거하고, 새로운 안전한 길을 선택한다는 것은 해서는 안 되는 일입니다. 게다가 초판의 독자들은 어떻게 되는 건가요? 충성심을 발휘해서 개정판을 살까, 아니면 뭔가 속은 듯한 느낌을 갖게 되는 것은 아닐까. 이러한 개정판 작업은 독자에 대해서 가장 불공정한 행위로 생각되었습니다. 그럼에도 불구하고 이번에 저는 이 금기를 깼습니다. 제가 바란 개정, 변경은 심미적인 이유를 위한 개량이 아닙니다. 저에게 있어 도덕적, 지적인 절박성을 의미를 지닌 것들입니다. 이번 개정판은 영국에서만 발매되는 것이어서, 영어 고어古語에 익숙해 있는 독자들에게는 이번 개정판이 불공정할 리는 전혀 없다고 스스로에게 되뇌이면서 개정판에 대한 변명을 하겠습니다.

텍스트 자체의 변경은 거의 없고, 단어, 문장의 삭제와, 저 자신이나 조판 담당자의 실수를 교정한 게 대부분입니다. 개정의 주 내용과 관련된 것은 이른바 총칭대명사인 he로 상당한 부분의 he를 문맥, 소리, 기분에 따라 they, she, one, I, you, we로 수정했습니다. 물론 이것은 정치적인 변경입니다(원래 문어의 경우 단수형 총칭대명사의 '올바른' 형태인 they―옥스퍼드 영어사전 참조―를 he로 바꾸는 게 정치적 행위인 것과 완전히 같은 의미에서). 애초에는 강한 저항감이 들어 좀처럼 그럴 마음이 들지 않았지만, 최종적으로 he가 의미하는 것은 he 외에는 아니라는 것, 그 이상도 그 이하도 아니라는 것을 인정한 저로서는 에세이에 나오는 총칭대명사를 he로 그대로 둘 수는 없었습니다. he는 잘못된 방향을 제시하는 말이기 때문입니다. 1970년대 초반에 '그 자신의 존재의 중심에 서서, 거기에서 일을 시작하는 예술가'에 관한 에세이를 썼을 때, 물론 저는 남성 예술가만을 언급하려 한 게 아니고, 하물며 예술가는 남성이라든가, 남성이 아니면 안 된다든가 하는 말을 한 것은 전혀 아니었습니다. 하지만 언어가 의미하는 바는 바로 그것이었습니다. 여성 예술가의 존재가 남성대명사에 '포섭되는'(문법학자의 세련된 에둘러 말하기로는 '포함되는' 것을 이렇게 말합니다) 일은 없습니다. 그렇지 않고 (아르헨티나의 세련된 용법으로는) '사라져' 버립니다. 실제로, 저 자신이 쓴 글이면서도 그 안에서 저라는 개인은―일반 여성과 완전히 마찬가지로―사라지고 말았습니다. 두 번 다시 그런 일을 할 생각은 없습니다.

이러한 대명사를 변경할 때, 특히 he를 I 또는 we 또는 you

로 바꾸면서 깨달은 사실은, 대명사 자체가 때때로 앞장서서, 앞에서 저 자신이 말했던 것을, 좀 더 적극적으로 파악하게 해 주었다는 것입니다. 입맛의 부드러움을 가급적 경계하자, 그리고 I와 you를 쓰는 것에 자신을 가지자. he라면 매우 쉽게 글이 나가고, 생각할 수 있게 되었던 것들도, 실제로는 I나 we나 you를 사용하는 게 정확하게 쓰고, 생각할 수 있어. 원래 he 같은 건, 이 경우에 전혀 실재하지 않으니까…

이 문제를 정면에서 다룬 것이 『어둠의 왼손』을 논한 에세이 「젠더는 필요한가?」입니다. 1976년에 발표한 이 에세이는 놀라울 정도로 많이 사람들에 의해 인용되어, 저는 불편한 마음이 드는 것을 헤아릴 수 없이 많이 겪지 않으면 안 되었습니다. 발표하고 나서 2, 3년도 지나지 않아서, 저는 스스로가 그 에세이에서 말한 몇 가지 논점에 전혀 동의할 수 없게 되었습니다만, 활자로 박힌 책이 거기에 있었고, 페미니스트들에게는 질타를 받고 남성우월주의자들에게 머리가 쓰다듬어질 때, 저에게는 지극히 당연하게 비참한 기분에 빠져 우울해지는 것 외에는 무엇 하나 할 수 있는 게 없었습니다. 1976년의 텍스트를 고쳐 쓰는 것은, 원래의 텍스트를 지워 버리는 것은 명백하게 윤리에 반하는 행위이겠지요. 그래서 원 텍스트는 그대로 싣고, 단지 주와 해설 및 몇 년이 지나 돌아본 자기비판을 덧붙였습니다. 90년대가 되어 다시 같은 일을 반복하게 되는 일이 없기를 바랍니다.

또한 이번 개정판을 위해 텍스트를 준비할 때 이 밖에도 몇 개의 각주를 보충했습니다. 내용은 코멘트, 보충, 새로운 정보의 부가, 불평불만, 간명한 설명 등입니다.

이 책의 미국판에 대해서는 지금까지 이야기를 쓰는 과정에 관심을 가진 사람들—실제로 쓰고 있거나, 혹은 쓰고 싶다고 생각하거나, 또는 작문을 가르치고 있거나, 예술가의 정신의 작업이 어떠한 것인가를 알고 싶다거나 하는 사람들로부터 광범위한 반향을 얻었습니다. 그리고 그중에서도 특히 SF를, 더할 나위 없이 흥미롭기 그지없는 현대 소설의 한 종류로 진지하게 생각할 수 있는 사람들이 이 책을 줄곧 독자로서 지지해 주었습니다.

지금, 1975년 멜버른에서 열렸던 세계 SF 컨벤션에서 한 강연의 마지막 문단의 마지막 문장을 읽으면서 저는 상당히 울적한 기분이 들었습니다. 당시의 저는 진심으로 믿고 있었습니다. 비평가나 대학에 있는 사람들에 의한 SF와 판타지의 장르 분화/가치절하와, 출판인이나 대부분의 작가들에 의한 자기 게토화가, 문학으로서 SF를 파악하려고 하는—물론 거기에 따르는 권리와 의무도 전부 포함해서—지극히 정상적인 인식에 길을 양보하는 진정한 기회가 도래한 것이라고요. 저는 아마도 통찰력이 아니라 희망을 품고 있었을 뿐이었겠죠. 그로부터 13년 동안 몇몇 작품이, 매우 훌륭한 영국 문학 작품이 SF로서 출판되었습니다. 도리스 레싱과 마거릿 애트우드를 포함해 몇몇 용감한 모험가들은 제각각 새로운 소설에서 SF의 형식을 취하고 또 SF라는 이름으로 간행했습니다. 고등학교, 대학교에서의 SF 수업과 연구는 시야를 넓히고, 그 기교를 더욱 세련되게 만들었습니다. 하지만 그뿐입니다. '문학 규범의 신봉자'들은 여전히 장르의 구분이 정치적인 전략에 지나지 않는다는 사실을 인정하려 하지 않습니다. 그리고 그들이 진지한 대상으로서 파악하고 있는 유형의 소설—주류 소설, 순문학, 등등—자체가 다른 유형의 소설에 대해 어떠한 고유의 우월성도 지니지 않은 장르라고 하는 사실도요. 상상 세계를 다루는 소설의 서평은 대부분의 신문, 잡지에서 지금도 '사이파이Sci Fi' 섹션에 분리되어 게재되고 있습니다. 일반 대중용 소설에 대한 진정한 평론은, 거의 백 퍼센트, 전문 잡지에 격리되고, 고명한 대잡지에는 실리지 않습니다. 거기에다가, SF 커뮤니티의 내부—SF 대회, 회의, 잡지, 서평—에는 SF가 전문이 아닌 작가는 대부분 무시되고(SF 인간들의 외지인 혐오=공포증 때문이겠지요), 한편으로는 많은 성공한 작가들이, 예전의 엔지니어들을 대신해서 사이버 언어를, 고결한 영웅을 대신해 섹시한 운동선수를, 이란 식으로 예측 가능한 범주 안쪽에 있는 것에 만족해 결코 위험을 무릅쓰지 않고, 우리 중 누구도 한 적이 없는 아직 도래하지 않은 세계에 닿으려고는 생각조차도 하지 않습니다. 레이건 대처 시대의 반동적 분위기가 현실에 민감한 SF의 상상력에 반영된 것은 전혀 놀랄 일이 아닙니다. 반대도 마찬가지로, SDI(전략방위구상)나 〈스타 워즈〉의 이름과 성격에 나타나 있는 대로—그들이 말하는 바로는 순진한 SF 그 자체인 사업이라는 것 같습니다—그 영향은 상호적인 것입니다.

고액의 선불금 경쟁, 베스트셀러 추구, 프로페셔널리즘의 질 저하, 공장 생산품이나 일용품화한 책, PR팀으로 교체된 편집자, 이러한 상황이 과거 10년에 걸쳐 많은 작가의 의식을 교란시켜 왔습니다. 그리고 SF 작가는, 무엇보다도 이런 것에 대한 저항력이 약한 것처럼 보입니다. '성공한 사람'이 되는 게 가능해졌을 때, 그러니까 SF 작가로서 실제로 큰돈을 벌 수 있게 된 지금, 탁월성이라는 평가 기준은 억제하라는—작품의 질, 문학적 탁월성 등은 다른 세계의 덕목이고 무시하는 게 가능하다고 하는—유혹이 다가오고 있습니다. 저는 예전에는 곧잘, SF에 대해서 전혀 무지한 사람들로부터, 당신은 SF를 쓰는 게 아니다, 왜냐하면 당신이 쓴 글에는 문학적 가치가 있기 때문이다, 라는 식의 이야기를 들어 왔습니다. 최근에는 SF계 사람들로부터, 당신은 요즘 SF에서 손을 뗀 것 같다는 말을 듣습니다. 그 이유는 우선 제가 SF 이외의 작품을 쓰고 있기 때문입니다만(아주 오래전부터입니다), 또 하나는 아무래도 제가 쓰는 작품에 문학적 가치가 있다, 혹은 그것을 지향하고 있기 때문이다라는 것 같습니다. 맘대로 생각하라고 말하고 싶습니다. 이러한 배신자 비판, 그리고 SF세계 내부에도 혁신적인 저자는 존재하고 한편으로는 남미의 마술적 리얼리즘 작가들처럼 SF와 근친관계에 있다고 할 수 있는 위대한 활동이 있다는 것을 SF 커뮤니티의 대다수 사람이 인식 못하고 있다는 것—이것은 자부심의 부족을 명백히 드러내는 사실이라고 생각합니다. 결국, SF에는 유일하게 상업적 가치만이 존재하고, 예술적으로는 막다른 골목에 와 있다고 하는, 그러한 가정이 그들에게는 있는 것입니다. 그런 것은 없습니다. 저는 정열을 담아서, 이런 가정에 반대합니다.

그리고 또 한 가지, 정열을 담아서 말씀드립니다. SF의 이러한 자기모멸의 태도에 종종 수반되는, 강도 높은 여성혐오증—일종의 편안한 여성 기피—이 저는 아주 싫습니다. 도리스 레싱, 마거릿 애트우드, 캐롤린 시, 패트리샤 기어리, 그리고 저 자신을 포함해 많은 작가들은, 외부의 세계로부터 와서 SF의 세계에 자리를 잡았고, 늘 자유롭고 간단하게 SF의 영역을 넘나드는 것을 반복해왔습니다. 우리가 우연히 여성이기 때문은 아닙니다. 우리가 만든 게 아닌 규칙과, 우리에게 있어 의미가 없는 경계선의 인정을 거부하는 것은, 20세기의 아홉 번째 10년기를 사는 여성이면서 작가인 우리들의 직접적인 표현인 것입니다. 우리는 가령 예전에는 그랬다 하더라도, 지금은 이미 '남성처럼 쓰지' 않습니다. 많은 남성우월주의자(남성도 여성도)가 우리가 하는 작업을 이해하려 하지 않는다는 사실은 경험상 잘 알고 있습니다. 또한 남성우월주의자 안에는, 우리가 게임에 참가하는 것을 거부하는 것에 화가 나서 공공연히 비난하는 사람이 있다는 것도요. 우리는 전혀 동의하지 않는 규칙에 따라 게임에서 이기는 것 따위에는 전혀 관심을 갖고 있지 않습니다. 그런 게임의 하나가 SF의 OB회를 포함한, 올드 보이 클럽 게임이고, 또 하나가 문학 게임인데, 대학의 인사와 비평가에 의해 행해지는 문학 게임에는 '문학의 규범'이 되는 규칙(SF 불가, 판타지 불가, 두세 명의 죽은 처녀를 제외한 여성 작가 불가)이 있기 때문에, 이쪽 자경단원들의 뇌리에는, 우리에 대한 비난 따위가 떠오를 일이 없습니다. 무엇보다도 그들은 자신의 다리를 겨냥해 총을 쏘는 데 급급해 있습니다. 문학 게임 참가자들의 방어적 태도는 우리 시대의 중핵을 이루는 소설 양식의 하나로서의 SF를 인지하고 축하하는 것을, 그저 단지 늦추고 있는 것에 지나지 않습니다.

1989년 5월

밤의 언어

전미 도서상 수락 연설

제 소설 『머나먼 바닷가』가 전미 도서상 아동문학상을 수상하게 되어 매우 기쁘고, 매우 자랑스럽고, 동시에 매우 놀랐습니다.

이 책을 집필하고 출판하기 위해 함께 작업하며 인내심과 꾸준한 신뢰로 응원해 주신 모든 분들과 이 영광을 나눌 수 있다면 그보다 더 기쁜 일은 없을 겁니다. 아데나움 출판사의 여러분, 특히 제 편집자인 진 칼, 삽화가 게일 개러티, 대리인 버지니아 키드, 그리고 다른 누구보다도 제 남편과 아이들에게 이 영광을 바칩니다.

또한 이 영광을 동료 작가들과 나눌 수 있다면 정말 기쁘겠습니다. 아동문학 부문의 동료들뿐 아니라, 그보다 저평가되는

SF 분야의 동료들 말입니다. 저는 판타지 작가일 뿐 아니라 SF 작가이기도 하며, 조금 묘하게 들릴지도 모르지만 양쪽 모두에 속해 있다는 사실을 자랑스럽게 생각합니다.

호빗과 어울리고 작은 녹색 인간이 등장하는 믿기 힘든 이야기를 하는 우리들은 단순한 광대 취급을 받는 일에, 또는 현실도피자라는 낙인이 찍혀 배척받는 일에 익숙해져 있습니다. 그러나 어쩌면 이제 시대가 변하듯 이런 구분 또한 변하고 있을지도 모른다는 생각이 듭니다. 교양 있는 독자들은 있을 법하지 않고 통제할 수 없는 세상에서는 있을 법하지 않은 가상의 예술이 등장하기 마련이라는 사실을 받아들이고 있습니다. 지금 시점에서는 리얼리즘이야말로 우리 존재라는 놀라운 현실을 이해하거나 그려내기에 가장 부적합한 수단일지도 모릅니다. 실험실에서 괴물을 만들어 내는 과학자, 바벨의 도서관의 사서, 마법을 사용할 수 없는 마법사, 알파 센타우리로 날아가다 문제가 생긴 우주선, 이 모든 것들이 인간 조건의 정확하고 깊이 있는 은유일 수 있습니다. 환상 작가들은, 신화와 전설이라는 고대의 원형을 인용하는 사람이든, 아니면 보다 젊은 과학과 기술의 원형을 끌어들이는 사람이든, 사회학자들만큼이나 진지하고 어쩌면 훨씬 직설적으로, 현재와 과거와 미래의 인간의 삶에 대하여 이야기할 수 있습니다. 위대한 과학자들이 입에 담았고 모든 아이들이 알고 있는 대로, 통찰력과 연민과 희망을 얻는 데 상상력만큼 적합한 도구는 달리 없기 때문입니다.

몬다스의 시민

열두 살의 어느 저녁, 나는 읽을거리를 찾아 거실 책꽂이를 훑다가 낡은 가죽 장정의 작은 책을 손에 들었다. 모던 라이브러리 전집의 『꿈의 땅에서 온 이야기A Dreamer's Tale』라는 제목의 책이었다. 낡은 녹색 안락의자 옆의 등불 곁에 서서 책을 펼치던 순간이 아직도 놀랍도록 생생하게 떠오른다. 내가 읽은 글은 이랬다.

톨디스, 몬다스, 아리짐, 국경을 지키는 파수병들의 눈에 바다가 들어오지 않는 내륙의 땅들은 이런 이름을 가졌다. 그 동쪽 너머로는 사람의 발길이 닿은 적 없는 사막이 펼쳐졌다. 끝없이 펼쳐진 노란 바탕에 점점이 바위 그림자가 박힌 사막이, 죽음을 품고서, 볕을 쬐는 표범처럼 늘어져 있었다. 남쪽으로는 마법의 힘이, 서쪽으로는 높이 솟은 산이 그 경계를 이루었다.

던세이니의 글이 무슨 이유로 내게 계시처럼 다가왔는지, 왜 그 순간이 그토록 결정적이었는지는 아직도 온전히 이해할 수가 없다. 나는 제법 많은 책을 읽었고, 그중 상당수가 신화, 전설, 민담이었으며, 포드릭 콜럼이나 아스비요른센 같은 일급 작가의 작품들도 포함되어 있었다. 거기다 아버지가 낭독해 주시는 인도 전설을, 현지 정보원에게서 들으신 대로 그대로 느리고 장중한 영어로 번역해 주시던 것을 들었던 적도 있다. 아마 당시의 내가 미처 깨닫지 못했던 사실은, 사람들이 아직도 신화를 만들어내고 있다는 사실이었을 것이다. 물론 이야기를 만들기는 한다. 그러나 그 책에서는 다 큰 어른이 다른 어른을 위해서, 상식에 어긋나는 행동을 하겠다고 양해도 구하지 않고, 아무런 설명도 없이, 바로 내륙의 땅에 대해 말하기 시작했다. 이유야 어쨌든 바로 그 순간이 결정적이었다. 내가 속한 나라를 발견한 것이다.

그 책은 과학자인 아버지가 매우 좋아하시던 물건이었다. 사실 아버지는 상당한 판타지 애호가셨다. 나는 과학의 특정 사고방식(모험적이고 분석적인 측면)과 판타지의 사고방식에 실제로 연관이 있는 것은 아닌가 하는 생각을 종종 한다. 어쩌면

'과학소설'은 사실 우리 장르에 제법 어울리는 이름일지도 모른다. 판타지를 싫어하는 이들은 종종 과학 또한 지겹게 여기거나 혐오한다. 이런 이들은 호빗과 퀘이사를 동시에 싫어한다. 그런 것들을 거북하게 여긴다. 복잡한 소재도, 멀리 떨어져 있는 소재도 원하지 않는다. 판타지와 SF에 연관성이 존재한다면, 나는 그 요소가 기본적으로 심미적인 것이리라 생각한다.

내가 1929년이 아니라 1939년에 태어났다면 무슨 일이 벌어졌을지, 톨킨을 20대가 아니라 10대에 읽었더라면 어떻게 되었을지 궁금하긴 하다. 분명 그 위대한 업적이 나를 압도했을 것이다. 톨킨을 읽기 전에 나름의 방향성을 정립할 수 있어서 다행이었다. 던세이니의 영향은 모든 면에서 온화했고, 나는 청소년기 내내 온갖 다른 작품을 참조한 글을 엄청나게 쓰면서도 던세이니를 모방하는 일은 시도조차 하지 않았다. 그때부터 그런 부류의 글은 흉내 낼 수 없다는 사실을 알고 있던 것이 분명했다. 그는 내게 있어 전범이 아니라 해방자이자 인도자였으니까.

그러나 나는 그곳의 이름을 듣기 전부터 내륙의 땅으로 여행을 떠난 셈이었다. 내가 아홉 살 때 처음 완성한 단편소설은 아직도 가지고 있다. 사악한 요정들에게 괴롭힘을 당하는 한 남자에 대한 이야기였다. 다른 사람들은 그를 미쳤다고 생각하지만, 마침내 요정들이 열쇠구멍으로 미끄러져 들어와 그를 잡아간다. 열 살인가 열한 살 때는 첫 SF 단편을 썼다. 시간여행과 지구의 생명의 기원에 대한 내용이었는데, 전반적으로 매우 경쾌한 문체였다. 나는 그 작품을 〈어메이징 스토리즈〉에 투고했다. 여기서 다른 생생한 기억이 하나 등장하는데, 칼 오빠가 층계참에 서서 매우 어색한 태도로 "유감이지만 네가 투고한 단편이 돌아온 것 같은데"라고 말하는 모습이다. 사실 그리 심하게 낙담한 기억은 없고, 오히려 진품 게재 거절 쪽지를 처음 보고 우쭐했던 듯하다. 이후 스물한 살이 될 때까지 다시 투고한 적은 없지만, 이건 겁을 먹어서가 아니라 현명해져서라고 생각한다.

우리 남매는 40년대 초반에 SF를 읽기 시작했다. 〈스릴링 원더〉를, 그리고 한동안 나오던 대형 판형의 〈어스타운딩〉을, 그 외에도 이런저런 잡지를 읽었다. 나는 "루이스 패짓"*을 제일 좋아해서 그의 단편을 찾아 뒤적이기도 했지만, 우리가 주로 찾아다닌 것은 최고로 '시시한' 잡지들이었다. 그런 시시한 이야기를 좋아했기 때문이다. 이런 문장으로 시작하던 단편이 기억난다. "태초에 새가 있었노라." 우리는 그 새를 정말 좋아했

---

* Lewis Padgett. 헨리 커트너와 C. L. 무어 부부가 40년대에서 50년대 초반까지 사용한 필명이다.

다. 그리고 다른 작품(같은 작품이었나?)의 이런 마지막 문장도 좋아했다. "그대가 태어난 큰도마뱀의 점액질로 돌아가라!" 칼 오빠는 이 문장을 괜찮은 노래로 만들어 부르고 다녔다. "그대가 태어난 큰도마뱀의 점액질, 그를 위해 눈물을 흘리는 이도, 명예를 기리는 이도, 노래하는 이도 없다네." '순진한 아이들'이나 '십대 소년들'을 위해 글을 휘갈기던 삼류 작가들 중에서, 때로는 자신이 독자들에게 이런 식의 즐거움을 주었다는 사실을 아는 사람이 얼마나 있을지 모르겠다. 알았다면 그들이 태어난 큰도마뱀의 점액질 속으로 다시 가라앉아 사라지고 싶었으리라.

나는 일부 아이들처럼 SF만 골라 읽지는 않았다. 손이 닿는 책이라면 뭐든 읽었고, 책은 끝없이 있었으니까. 집에는 책이 빼곡했고, 공립 도서관도 훌륭했다. 내가 SF에서 빠져나온 것은 40년대 후반에 들어서였다. 하나같이 기계와 군인 이야기만 다루는 것처럼 보였기 때문이다. 게다가 톨스토이나 그런 부류 때문에 바쁘기도 했다. 이후 15년 동안 SF는 전혀 읽지 않았는데, 그 시기는 오늘날 사람들이 'SF의 황금기'라 부르는 시대와 거의 일치한다. 따라서 하인라인 등의 작가들을 거의 완벽히 빼먹은 셈이다. 당시 잡지를 훑어봤더라도 여전히 거칠고 야윈 얼굴에 검은색으로 빼입은 우주선 선장과 온갖 화려한 대포로 가득 차 있다고만 생각하고 넘겼을 것이다. 1960년부터 1961년까지 포틀랜드에서 지내는 동안, SF를 조금 모아 놓은 친구가 내가 빠져드는 책이면 뭐든 빌려주지 않았더라면 아마 나는 다시 SF를 읽기 시작하지도, 그리고 쓰기 시작하지도 않았을 것이다. 그가 빌려 준 책들 중 하나는 코드웨이너 스미스의 단편 「알파 람다 불러바드」가 수록되어 있는 〈판타지&사이언스 픽션〉 한 부였다.

그걸 읽은 당시 어떤 생각을 했는지는 솔직히 기억이 나지 않는다. 하지만 내가 했을 법한 생각을 지금 추측해 보자면 이렇다. 세상에! 이런 것도 가능하잖아!

이후 나는 제법 많은 양의 SF를 읽어 치우며 '그런 부류'의 이야기를 찾아 헤맸지만, 여기저기서 조금씩 찾아내는 데 그쳤다. 이내 그렇게 부족하다면 내가 직접 써서 안 될 게 뭐냐는 생각이 떠올랐다.

아니, 이건 진실과는 다르다. 훨씬 복잡하고 지난한 과정이었으니까.

간략하게 설명하자면, 나는 계속 글을 써 왔고, 그때는 출판하거나 포기하거나의 상황에 이르러 있었다. 계속 원고로 다락방을 채우고 있을 수는 없는 것이다. 섹스처럼 예술 또한 영원히 홀로 할 수는 없다. 결국 양쪽 다 불모라는 공통의 적을 마주하게 마련이니까. 작은 잡지에 시 몇 편, 단편 하나 정도가 수록되기는 했다. 하지만 그 전의 10년 동안 장편소설을 다섯 편 썼다는 점을 고려하면 그 정도로는 충분치 않았다. 비상과 포기의 갈림길에 서 있는 상황이었다.

장편 중 하나는 현대 샌프란시스코가 무대였지만, 다른 작품들은 내 최고의 단편들과 마찬가지로 판타지는 아니지만 가상의 중유럽 국가를 배경으로 삼았다. SF도 판타지도 아니지만 동시에 현실주의적 작품도 아니었다. 앨프리드 크노프 출판사에서는 10년 전이었다면 한두 권 출판해 보았겠지만 지금은 너무 손해가 막심할 것이라고 말했는데, 그게 1951년의 일이었다. 바이킹이나 다른 출판사들에서는 그저 '지나치게 관조적으로 보인다'고 평했을 뿐이었다. 분명 관조하고 있었다. 그러려고 쓴 거니까. 거리를 벌리는 기법을 찾아 헤매다가 그런 결론에 도달한 것이었다. 그러나 당시에는 아무도 사용하지 않는 기법이며, 유행에도 뒤떨어져 있었고, 기존의 장르에 넣기에도 애매했다. 미국에서 책을 출판하려면 특정 장르에 포함되거나 '명성'이 있어야 한다. 내가 명성을 얻을 수 있는 유일한 수단이 글쓰기뿐이었기 때문에, 결국 장르에 소속될 수밖에 없었다. 따라서 내가 SF 집필에 뛰어든 것에는 책을 내고 싶어서라는 명확한 이유가 있었다. 그 이상도 이하도 아니었다. 내 단편은 이런 외적 동기를 반영한다. 나름 정감이 가기는 하지만 딱히 훌륭하지도, 진지하지도, 매끄럽게 다듬지도 않은 글이다. 이 단편들은 60년대 초에 〈어메이징〉과 〈판타스틱〉의 편집자였던 친절하고 엉뚱한 셸리 골드스미스 랠리*의 손에서 세상의 빛을 보았다.

이전의 글에서 '판타지'와 'SF'의 범주에 들어갈 수 있는 글로 옮겨오는 데는 그리 큰 변화가 필요하지는 않았지만, 그래도 배울 것은 제법 많았다. 게다가 당시 나는 과학에 상당히 무지했으며 간신히 뭔가를 배우기 시작하던 중이었다(가망 없는 일이기는 하지만 아직도 여전히 즐겁기는 하다). 처음에는 얼개로 사용할 만큼도, 즉 단편에서 소재로 삼을 만큼도 과학에 대해 아는 게 없어서 그저 우주복을 입은 요정 이야기를 써내려갔다. 이 작품들에서 장점을 찾아볼 수 있다면 그건 내가 시 또는 심리적으로 현실적인 부류의 소설로 오랫동안 수련을 해 왔기 때문일 것이다.

내가 가볍고 형식적인 단편에서 벗어나 처음으로 쓴 SF 단편은 훗날 『로캐넌의 세계』라는 중편소설의 기반이자 도입부가 되었다. 나는 새로 사용하는 도구의 감을 잡아가고 있었다. 이어진 작품에서 나는 계속해서 나 자신과 SF 장르라는 매질의 한계를 시험했다. 예술이란 이렇게 끊임없이 바깥 경계를

---

* Cele Goldsmith Lally(1933~2002). 편집자. 1959년부터 1965년까지 〈어메이징 스토리즈〉, 1958년부터 1965년까지 〈판타스틱〉의 편집자로서 르 귄 외에도 디쉬나 젤라즈니 등 여러 SF 작가를 발굴했다.

갈구하는 행위다. 원하는 것을 찾아내면 온전하고 탄탄하고 현실적이고 아름다운 작품이 탄생한다. 그에 이르지 못하면 불완전할 수밖에 없다. 이 책들은 당연하게도 불완전했다. 특히 『환영의 도시』가 그랬는데, 애초에 지금 모습으로 출판해서는 안 되는 책이었다. 좋은 부분도 제법 있지만 절반쯤밖에 제대로 숙고하지 않은 작품이다. 당시 나는 자만하며 서두르고 있었다.

SF를 쓸 때면 항상 이런 문제가 벌어진다. 제대로 된 비평이 존재하지 않기 때문에, 팬들이 보내는 흥겹고 가슴 벅차는 온갖 호평에도 불구하고, 작가 자신 외에는 제대로 된 평론가가 아무도 없는 것이다. 출판사들은 급수가 떨어지는 작품도 마찬가지로 순식간에, 때로는 더 빠르게 사들인다. 그리고 팬들은 오로지 SF라는 이유 하나로 그 책을 구입한다. 2류로 전락하지 말아야 한다고 주장하는 자는 오직 작가의 자의식뿐이다. 다른 이들은 딱히 신경 쓰지 않는다.

물론 이는 모든 글쓰기에, 그리고 모든 예술 분야에 통용되는 진실이긴 하지만, SF에서는 그런 현상이 심화된다. 그리고 모든 예술 분야에서 그렇듯이, 장기적으로 보면 상황은 반대 방향으로 흘러가겠지만, 그러려면 끔찍하게 오랜 시간이 필요할 것이다. 후대의 평결은 신뢰할 수는 있겠지만, 특정 순간에 유용하게 적용할 수 있는 도구라고는 말하기 힘들다. 우리들 대부분이 필요로 하는 것은 보편적이고, 진지하고, 문학적인 비평이다. 기준이 필요한 것이다. 세세한 곳에서 학식을 뽐내거나 화려한 학술 이론을 들이미는 상황을 바라는 것이 아니다. 그저 이를테면, 음악가라면 응당 충족해야 하는 그런 부류의 기준을 원하는 것이다. 음악에서는 전자 피콜로로 록을 연주하든 첼로로 바흐를 연주하든, 사전 지식을 갖추고 진정으로 관심 있는 청자들이 그 음악에 귀를 기울이며, 만약 그 연주가 2류라면 2류라고, 훌륭하다면 훌륭하다고 솔직하게 일러준다. SF 장르의 팬들은 때로는 SF이기만 하면 아주 잠시 동안은 뭐든 사랑하는 것처럼 보인다. 따라서 출판사 또한 아주 잠시 동안은 뭐든 찍어내 준다. 따라서 작가도 최고에 한참 못 미치는 결과물로 만족할 가능성이 높다. 애호가들은 평범한 작품과 최고의 작품을 똑같이 찬양하며, 외부인들은 양쪽 모두를 똑같이 무시한다. 이런 상황에서 필립 K. 딕과 같은 작가가 꾸준히 최고의 작품을 써낸다는 점은 그저 놀랍기만 하다. 로저 젤라즈니 같은 작가가 잠시 안정기에 접어든 이후로 계속해서 발버둥 치며 암중모색만 반복하는 모습은 놀랍다기보다는 차라리 슬프다고 해야 할 것이다. 글쓰기는 창작 행위로 끝나는 것이 아니라 상호 작용이 필요하다. 제대로 된 반응이 부재하기 때문에 책임감을 형성할 수 없는 지금의 상황은, 끊임없이 자기 재생산을, 또는 타인의 복제를 반복하는 작가들을 보면 고통스러울 정도로 명백해진다.

그래도 이제 기준이 조금씩 상승하고 있다고 생각한다. 사실 우리 모두가 태어난 큰도마뱀의 점액질을 되새겨 보면 오늘날에 기준이 존재한다는 점은 부인할 수 없다.

1967년에서 68년에 걸쳐, 나는 『어스시의 마법사』와 『어둠의 왼손』을 통해 내 순수한 판타지의 흐름을 SF의 흐름으로부터 완벽하게 분리해 내는 데 성공했다. 그리고 이런 분리는 기법과 내용 양쪽에서 상당히 큰 발전의 증거가 되었다. 이후 나는 오른손과 왼손을 골고루 사용해서 집필해 왔으며, 계속해서 나 자신과 장르라는 매질의 한계를 밀어붙이려 시도했다. (아직 출간되지 않은) 최신작 『빼앗긴 자들』은 그중에서도 가장 큰 시도가 될 것이다. 이 책이 세상에 등장했을 때 책을 찢어발기는 소리와 실망의 외침이 들려오지 않기만을 간절히 빌 뿐이다. 이러는 와중에도, 사람들은 내가 SF를 저버리고 주류 소설로 투신할 것이라는 예측을 계속하고 있다. 나로서는 도무지 이유를 모르겠다. 내 상상력에는 판타지와 SF라는 방대한 영역과 한계가 반드시 필요하다. 외우주가, 그리고 내륙의 땅이, 지금도 앞으로도 언제나 나의 조국이 될 것이다.

꿈은 스스로를 설명해야 한다

올해 초에 앤디 포터*가 뉴욕에서 전화를 걸어와서 〈알골 Algol〉에 특정 주제로 글을 써 주기를 원한다고 말했다. 대화 자체는 즐거웠지만, 통화의 감도도 나빴고, 내 쪽에서는 쿠키 와 관심을 원하는 특정 인물이 간헐적으로 끼어드는 데다 살 짝 오해도 섞여서 전반적으로 어수선한 분위기를 자아냈다. 앤 디는 끊임없이 "독자들에게 선생님 자신에 대해서 이야기 해 주세요" 같은 주문을 반복했고, 나는 계속해서 "어떻게요? 왜 요?" 따위로 반응해 댔으니까.

---

* Andrew Porter(1946~). 휴고 상을 받은 팬진 〈Algol〉의 발행인 겸 편집 자.

전화로 온갖 이야기를 할 수 있는 사람들이 있다. 아무래도 그 물건을 진심으로 믿는 모양이다. 내게 있어 전화란 병원 진료 예약을 하거나 치과 예약을 취소하는 수단일 뿐이다. 전화는 인간의 의사소통 매개체가 될 수 없다. 아이와 고양이가 내 다리 주변을 뱅글뱅글 돌며 옷을 잡아당기고 그르렁거리며 쿠키와 고양이 사료를 요구하는 와중에, 복도에 서서 전화통을 붙들고 계속 끊기는 목소리로 융의 내향/외향적 심리 유형론이 진정한 인간뿐 아니라 작가라는 종족에도 적용될 수 있다고 설명하려 애쓰는 모습을 상상해 보라. 내 말은, 노먼 메일러처럼 자신에 대해서 기꺼이 말하고 싶으며 말할 필요가 있는 작가도 존재하지만, 사생활이 필요한 작가도 있다는 뜻이다. 사생활이라니! 이 얼마나 엘리트주의적이고 빅토리아풍의 개념인가. 요즘 같은 세상에서 그런 단어는 '겸허함'만큼이나 고색창연하게 들린다. 하지만 전화통을 붙들고는 이런 말을 할 수가 없다. 그냥 입에서 나오지를 않는다. 게다가 의사소통이란 복잡한 문제이며, 내향적 인간 중에서는 그 문제를 독특하고 온전히 만족스럽지는 못하지만 흥미로운 방법으로 해결하는 사람도 있다고 설명할 수도 없다(사실 어찌어찌 시도하기는 했는데, 그 순간 통화가 완전히 끊겨 버렸다. 아마 몸이 달아오른 고양이가 전화선을 잘근거리기로 마음먹었기 때문일 것이다). 우리들은 (극소수의 지인을 제외한 다른 사람들을 상대할 때는) 귀가 먹은 벙어리처럼 글을 통해 의사소통을 한다. 게다가 단순히 말을 옮겨 적는 게 아니라 간접적인 방식으로 글을 쓴다. 우리는 가상의 상황에 처한 가상의 인물을 등장시킨다. 그리고 그 글을 출간한다(출간이란 어떻게 보면 타인에게 선언하는 의사소통의 방식 중 하나이기 때문이다). 그러면 사람들은 그 글을 읽고서는 전화를 걸어서 그건 알겠는데 그래서 당신이 누구라고? 당신 자신의 이야기를 하라니까? 따위의 질문을 해 댄다. 그리고 우리는, 벌써 했는데, 거기 그 책 속에 다 있는데, 중요한 건 다 들어 있거든, 하고 대답한다. 하지만 그건 전부 꾸며낸 이야기잖아! 뭘 가져다 꾸며낸 거라고 생각하는데?

앤디와 내가 잠시 서로를 오해한 부분은 바로 이 지점이었다. 그는 내가 어스시 3부작과 그 작품들의 배경에 대해 써 주기를 원하면서 대략 다음과 같이 말했다. (잘못 인용할 수도 있으니 미리 사과할게요, 앤디) "독자들은 선생님이 어스시의 세계를 어떤 식으로 설계하셨는지, 그 안의 언어를 어떻게 만드셨는지, 지명과 인명을 어떤 식으로 정리하시는지 등에 흥미를 가질 겁니다." 이에 대해 나는 열심히 헛소리로 대답했는데, 기억이 나는 것은 다음 한 문장뿐이다. "하지만 저는 설계한 게 아닌데요. 발견한 거죠."

앤디(당연하게도): "어디서요?"

나: "제 무의식 속에서요."

이제 와서 생각하니 조금 이야기를 해볼 만한 소재였던 듯 싶다. 앤디와 나는 집필 방식에 대해 검증을 거치지 않은 서로 다른 관념을 가지고 있었기 때문에 상대방의 발언에 깜짝 놀랐고, 그 차이가 너무 컸기 때문에 충돌로 인한 가벼운 충격을 받았다. 양쪽 모두 완벽하게 유효한 관점으로, 그저 방법론의 차이일 뿐이다. 그러나 내 쪽의 관점은 여러 작가용 지침서에서 언급하지 않는 것이니만큼 조금 설명을 하고 넘어가야 할 듯하다.

나는 지금까지 살아오는 내내 글을 써 왔고, 동시에 (의식적인 결정은 아니었지만) 소위 글 쓰는 법을 기피해 왔다. 내가 글쓰기에 사용하는 도구는 옥스퍼드 사전 간략판과 『폴렛의 미국어 용법 안내서』와 『파울러의 영어 어법 사전』이 전부다.[*] 그러나 책을 읽고 학생을 가르치고 다른 작가들과 말하다 보면 결국 의식적으로 특정한 기법에 안착할 수밖에 없다. 그리고 나와 가장 극단적으로 다른, 시작점이 가장 먼 기법이, 바로 미

---

[*] 요즘은 『파울러』와 『폴렛』은 거의 사용하지 않는다. 권위주의적이라는 생각이 들기 때문이다. 이제 나는 스트렁크와 화이트의 『문체의 기초』에 밀러와 스위프트의 『언어와 여성』으로 수정과 보충을 더해서 영어의 길잡이로 사용하며, 이런 지도를 펼쳐들 때면 길을 잃은 적이 없다. 2권짜리 중고 옥스퍼드 영어사전 소형판본은 무한한 배움과 즐거움의 원천이 되어 주었지만, 서둘러 퇴고할 경우에는 여전히 간략한 옥스퍼드가 유용하다. — 원주

리 계획과 목록과 설명을 준비하는 것이다. 이야기가 시작되기도 전부터 공책에 모든 등장인물을 묘사하는 것이다. 윌리엄의 몸무게가 얼마고 학교는 어디를 나왔고 헤어스타일은 어떻고 주된 특성은 어떻고 하는 식으로.

나도 물론 공책은 가지고 있지만, 주요 줄거리 구상에 대해서 혹시 누가 써먹은 것은 아닌지 전전긍긍하며 뼈다귀를 물든 개처럼 으르렁거리거나, 수도 없이 파묻었다가 다시 파내거나 하는 데 사용할 뿐이다. 또한 작품을 쓰는 동안에, 특히 장편소설을 쓰는 동안에는 종종 특정 인물에 대해 메모를 하기도 한다. 나는 기억력이 매우 나쁘기 때문에, 인물의 특성을 깨달았는데 당장 책에 넣을 수 없다는 생각이 들면 후일 사용하려고 메모를 해 놓는 것이다. 이를테면 이런 식으로.

W는 H가 하는 거 싫음. 질책!!

물론 그 메모도 잃어버린다.

그러나 미리 인물의 세부 사항을 적어놓지는 않으며, 그런 행동을 하게 된다면 한심하다는 생각으로 끝나는 정도가 아니라 나 자신에게 부끄러워질 것이다. 해당 인물에 대해 이미 모든 것을 명확하게 알고 있지 못하다면, 애초에 그 인물에 대해 쓸 자격이 없는 게 아닐까? 윌리엄의 외모와 과거와 정신세계와 외면과 내면에 대해서 그가 나 자신인 것처럼 알고 있지 못하다면, 대체 무슨 자격으로 헬렌한테 무릎을 꿇렸을 때 어떤 반응을 보이는지를 서술할 수 있단 말인가? 어차피 윌리엄 또한 나 자신인데. 나 자신의 일부인데.

만약 윌리엄이 글을 쓸 만한 가치가 있는 인물이라면, 그는 존재하는 것이다. 물론 존재하는 장소가 내 머릿속이기는 하지만, 윌리엄은 이미 고유의 생명력을 가진 자립하는 존재인 것이다. 나는 그저 그를 바라보기만 하면 된다. 설계하는 것도, 조각을 모아 구성하는 것도, 분류해서 보관해 놓는 것도 아니다. 찾아낸 것이다.

저기 윌리엄이 있고, 헬렌이 그의 무릎을 깨물고 있다. 윌리엄은 살짝 헛기침을 하며 "솔직히 그런 행동은 별 도움이 안 될 것 같아, 헬렌"이라고 말한다. 윌리엄이라면 그렇게 말하는 것이 당연하지 않겠는가?

행위 또는 창조에 대한 이런 태도는, 내 대부분의 책들의 근간이 되는 『역경易經』이나 도가 철학에 대한 관심과 같은 근원을 가지는 근본적인 것이다. 도가 철학의 세계는 혼돈이 아니라 질서정연하게 구성된 세계지만, 그 질서를 구성하는 법칙은 인류나 특정 개인이나 인격신이 강제한 것이 아니다. 진정한 도덕적 법칙, 심미적 법칙, 그리고 당연하게도 과학의 법칙은 권위자가 강제하는 것이 아니라, 모든 존재 속에 깃들어 있어 찾아내야 하는 것이다. 발견해야 하는 것이다.

한 바퀴 돌아서 다시 어스시로 돌아가 보자. 이런 반이데올로기적이며 실용적인 기법은 인물뿐 아니라 장소에도 적용할 수 있다. 나는 의식적으로 어스시를 창조해 낸 것이 아니다. "우와, 생각해 봐. 섬은 원형이고 군도는 초원형이니까 군도를 창조해 보자고!"라는 식으로 생각하지 않았다. 나는 공학자가 아니라 탐험가다. 어스시는 발견한 것이다.

제대로 세운 계획은 모든 요소를 포괄해야 한다. 반면 발견이란 한 걸음씩 전진하는 것이다. 발견이란 시간의 경과가 필요한 과정이다. 오랜 세월이 걸릴 수도 있다. 사람들은 아직도 남극을 탐험하고 있지 않은가.

어스시 발견의 역사를 서술해 보자면 이렇게 될 것이다.

1964년에 나는 한 마법사에 대한 단편인 「해제의 주문」이라는 작품을 썼다. 셀리 골드스미스 랠리가 이 작품을 사들여 〈판타스틱〉에 수록해 주었다. (셀리 랠리는 나를 비롯한 여러 사람들에게 SF에 입문할 기회를 주었다. 그녀는 이 분야에서 가장 예리하고 대담한 편집자 중 하나라 불려 마땅할 것이다) 사실 지금은 그 단편 안에 제대로 서술되었는지 기억이 나지 않지만, 내 마음 속에서 이야기의 무대가 여러 섬들 중 하나라는 점은 당시에도 명백했다. 그때는 배경에 그리 주의를 기울이지 않았고, (윌리엄이 응당 말할 것처럼) 별 의미도 없었으며, 그 안의 마법의 법칙은 아주 소소한 이야기의 소소한 관점에만 연결되어 있을 뿐이었다.

머지않아 나는 「이름의 법칙」이라는 단편을 쓰게 되었는데, 여기서는 마법의 법칙과 섬들로 구성된 배경이 훨씬 세세하게 발전했다. (셸리는 이 작품도 수록해 주었다) 이번 단편은 우울했던 예전 작품에 비해 훨씬 경쾌했으며, 나는 러시워시 차를 마시는 섬의 노부인들을 등장시키는 등 배경을 이용해 장난을 쳤다. 새틴스라는 이름의 섬이 무대였는데, 나는 이 섬이 군도의 주요 섬들에서 동쪽으로 떨어져 있는 한 무리의 섬들 중 하나라는 사실을 알고 있었다. 처음에는 언더힐 씨라는 이름이다가 훗날 정체가 밝혀지면서 이에바드라는 진정한 이름이 드러난 주인공 드래곤은 펜도르라는 이름의 서쪽 섬에서 왔다.

나는 새틴스와 펜도르 사이에, 그리고 그 북쪽과 남쪽에 존재하는 여러 섬들에는 딱히 신경을 쓰지 않았다. 이야기와 관계가 없기 때문이었다. 그러나 나는 「해제의 주문」의 무대가 된 섬이 펜도르의 북쪽에 존재할 것이라고 어렴풋이 느끼고 있었다. 이제는 내가 처음 상륙한 섬이 정확하게 어디인지 짚어낼 수가 없다. 뒤이은 여러 발견 때문에 지도가 너무 복잡해져서, 신대륙에 바이킹이 처음 상륙한 지점처럼 명확하게 짚어내기 힘들어진 것이다. 그러나 새틴스는 지도상에서도, 이스트리치의 요어와 베미쉬 사이에서 명확하게 찾아볼 수 있다.

1965년인가 1966년에 나는 군도의 중심이 되는 섬인 하브노어에서 출발해서 '궁극'을 찾아 군도를 여행하는 왕자에 대한 제법 긴 단편을 썼다. 주인공은 남서쪽으로 여행을 해서 섬들의 영역을 떠나 대양으로 나가고, 그곳에서 평생을 뗏목 위에서 보내는 민족과 마주친다. 그는 자기 배를 뗏목 하나에 묶어놓고 그들과 정착하며 그 삶을 '궁극'으로 여긴다. 마침내 뗏목 공동체 중 가장 먼 곳의 저편에 바다 그 자체와 하나가 되어 살아가는 바다의 민족이 있다는 것을 깨닫기 전까지. 그는 결국 그 민족과 합류한다. 나는 이 이야기의 의미는, 주인공이 결국 (인어가 되는 것이 아니라) 탈진해서 바다 밑으로 가라앉아 최고의 '궁극'을 찾아내는 것이라고 생각한다. 이 단편은 출판을 위해 투고한 적도 없고, 그 자체만 놓고 봐도 썩 괜찮다고는 생각하지 않는다. 그러나 나는 뗏목 공동체라는 기본 착상 자체는 훌륭하며, 머지않아 어딘가 다른 곳에 안착하리라 생각했다. 어스시 연작의 세 번째 작품인 『머나먼 바닷가』에서 그 생각이 현실이 되었다.

　1967년에 이르러 파르나서스 출판사의 발행인 허먼 샤인이 책을 한 권 써 보지 않겠느냐고 묻기 전까지, 나는 그 이상 어스시를 탐험하지 않았다. 그는 연령대가 높은 아동을 위한 책을 원했다. 그때까지 파르나서스는 주로 유소년 독자를 대상으로 미국에서 가장 멋지고 질 좋은 그림책을 펴내던 출판사였다. 그는 주제와 접근 방식에 대해서는 완벽한 자유를 약속했다. 그때까지 나한테 뭔가 써 달라고 주문한 사람은 아무도 없었다. 그저 혼자서 쉬지 않고 써 왔을 뿐이었다. 그런 와중에 받은 청탁은 거의 횡재나 다름없는 사건이었다. 이런 환희 때문에 나는 '젊은 독자'들을 대상으로 하라는, 그때까지 한 번도 진지하게 시도해 본 적이 없는 주문을 완전히 내 마음대로 해석해 버렸다. 이후 몇 주인지 몇 달인지 시간이 흐르는 동안 나는 완전한 암흑 속에서 상상력을 자유롭게 풀어놓고 무엇이 필요한 것인지 감을 잡으려 애썼다. 그러다 상상력의 발길이 도달한 곳은 군도와 그곳에서 사용하는 마법이었다. 마법과 청소년 독자에 대해서 진지하게 생각하다 보니, 결국 둘이 한데 섞여 마법사에 대한 고찰로 이어졌다. 마법사는 보통 나이가 많거나 간달프처럼 나이라는 개념이 없는 존재다. 사실 그럴듯한 원형이라 할 수 있다. 하지만 흰 수염을 기르기 전의 마법사는 어떤 존재였을까? 마법이라는 난해하고 위험한 기술을 어떤 식으로 습득한 것일까? 젊은 마법사들이 다니는 대학이 있는 것일까? 기타 등등.

책 속의 이야기는 길게 이어지는 나선 문양을 그리는 하나의 여행이 되었다. 이내 나는 지도를 그렸다. 이제 모든 요소의 위치를 파악해서 지도 위에 옮길 때가 되었기 때문이었다. 물론 그중 많은 부분은 지도를 그리는 과정에서 수면 위에 처음 모습을 드러냈다.

작은 섬 세 개에는 내 아이들의 어릴 적 이름을 붙였다. 무에서 세계를 창조할 수 있다는 자유에 심취한 덕분에, 섬 하나에는 살짝 무책임하고 우스꽝스러운 이름이 붙었다(모든 권력은 부패하기 마련이다). 그 외의 다른 이름들에는 내가 아는 한 아무런 '의미'도 없다. 그 이름의 소리는 내게는 바로 그 섬의 의미를 가지게 되었지만.

사람들은 종종 판타지를 쓸 때 어떤 식으로 작명을 하느냐고 묻는다. 그리고 이 경우에도 나는 직접 찾아낸다고, 들리는 대로 쓴다고 대답한다. 사실 이 작품에서는 맥락상 중요한 주제이기도 하다. 최초의 단편부터, 어스시에서 사용하는 마법 행위의 정수는 바로 '이름 붙임'이기 때문이다. 마법사들에게 그렇듯이, 내게 있어서도 섬이나 인물의 이름은 바로 그 섬이나 인물의 본질로 연결된다. 보통 그런 이름은 저절로 떠오르지만, 가끔 주의를 기울여야 할 때가 있다. 게드라는 진짜 이름을 가진 주인공의 경우에 그랬듯이 말이다. 나는 (오지언이라는 이름의 마법사와 함께) 그의 진정한 이름을 '들으려' 시도하고, 그게 진짜 이름인지를 확인하려 애썼다. 상당히 신비주의적으로 들리는 소리고 실제로 내가 이해하지 못하는 영역도 존재하지만, 동시에 매우 현실적인 작업이기도 했다. 이름이 잘못되면 그 인물 또한 잘못될 것이기 때문이다. 잘못 받아들여지거나, 오해를 사거나.

파르나서스에 투고한 원고를 읽은 어떤 남자는 '게드Ged'라는 이름이 '유일신God'을 의미한다고 생각했다. 나는 그 말에 심하게 동요했다. 그런 기발한 정신의 소유자들이 나를 후려치려고 도사리고 있을지도 모른다는 생각에 이름을 바꿔야 할지 진지하게 고려해 보기도 했다. 그러나 불가능한 일이었다. 그 친구의 이름은 게드고, 그 사실에 협상의 여지는 없었기 때문이다.

참고로 말해 두는데, 그 이름을 제드라고 읽으면 안 된다. 꼭 산에 숨어서 밀주를 빚으며 사는 사람처럼 들리지 않는가. 'get'과의 유사성 때문에 나름 명확하리라 생각했는데도, 사람들은 이런 질문을 멈추지 않았다. 내가 작명에서 의도적으로 영향력을 행사하는 부분은 발음의 용이성뿐이다. 철자는 최대한 부담스럽지 않은 쪽을 택하고 (쿠렘카머룩Kurremkarmerruk처럼 일부러 부담스럽게 보이려 한 경우만 빼고) 영어 또는 이탈리아어의 모음을 이용해서 손쉽게 발음할 수 있어야 한다. 어느 쪽이든 상관없다.

3부작 안에 등장하는 가공의 언어의 어휘에도 거의 비슷한 원칙이 적용된다.

러시워시 차처럼 전혀 설명을 덧붙이지 않는 단어들도 있다. 그냥 그 동네에서는 러시워시 차라는 것을 마실 뿐이다. 우리 동네의 랍상소우총이나 립튼처럼 그냥 그렇게 익숙한 호칭일 뿐이다. 물론 러시워시는 하드 어의 어휘다. 나를 계속 압박하면 결국 러시워시 차는 엔라드 남쪽에서는 야생종 또는 작물로 어디서나 쉽게 찾아볼 수 있는 러시워시 관목의 작고 둥근 잎을 수확해 말린 물건으로, 뜨거운 물에 우려내면 향기가 좋은 갈색을 띤 찻물이 나온다는 설명을 끌어낼 수 있을 것이다. 사실 방금 이 문장을 쓰기 전까지는 나조차 모르고 있던 사실이다. 혹시 알고는 있었지만 지금까지 생각해 본 적이 없었던 것은 아닐까? 그 이름에는 어떤 의미가 숨어 있을까? 글쎄, 온갖 의미가 있다고 답할 수밖에.

이 3부작 안에는 이보다 전형적인 외국어의 예시도 존재한다. 『머나먼 바닷가』에는 드래곤이 사용하는 '창조의 언어'가 문장 하나 단위로 통째로 등장하는 경우가 몇 번 있다. 드래곤은 다른 어떤 언어도 사용하지 않기 때문이다. 이런 문장들은 (부담스러운) 철자까지 포함해서 단번에 내 머릿속에 와 닿았고, 나는 다른 질문 없이 옮겨 쓰기만 했다. 하드 어나 '진정한 언어'의 어휘집을 만들려는 시도는 그리 쓸모가 없을 것이다. 책 안에 그럴 정도로 많은 어휘가 등장하지 않기 때문이다. 어떻게 보면 자기가 개발한 언어를 사용할 사람들이 필요해서 『반지의 제왕』을 썼다고도 할 수 있는 톨킨과는 경우가 다르다. 물론 멋진 일이고, 창조자의 정신이 아무런 통제 없이 작동해서 세계에 살을 붙인 결과물이기는 하다. 하지만 톨킨은 위대한 창조자일 뿐 아니라 언어학자이기도 했다는 사실을 잊지 말자.

(다른 책들에서는 내가 만든 언어를 조금 더 발전시켰다. 『어둠의 왼손』을 쓸 때는 카르히드 어로 짧은 시를 몇 편 쓸 수 있을 정도였다. 지금은 무리다. 제대로 어휘나 문법을 정리하지 않고 참고용으로 단어 목록 정도만 만들었기 때문이다.)

앞에서 진정한 이름을 아는 일은 내게도 마법사들에게도 그 이름의 대상을 아는 일과 마찬가지라고 말했다. 이는 3부작의 '의미'에 대해서도, 나에 대해서도 많은 것을 일러준다. 이 3부작은 어떤 면에서는 예술가에 대한 이야기이기도 하다. 예술가는 마법사다. 속임수를 쓰는 재주꾼이다. 『템페스트』의 프로스페로다. 이것이 이 작품에서 내가 의식적으로 인지하는 유일한 상징이다. 다른 상징이 존재한다면 부디 내 앞에서는 입에 담지 말아 주길 바란다. 나는 상징을 싫어하니까. A는 '사실은' B고, 저기 저 독수리는 '사실은' 작은 톱이라고. 하, 웃기는 소리. 애초에 주요한 것이든 부수적인 것이든 창조물이 생명을 가지려면 '사실은' 동시에 열두 가지 배타적인 존재일 수 있어야 한다. 조금도 힘들이지 않고서.

마법은 예술이다. 그렇다면 이 3부작은 어떤 면에서는 예술, 창작의 경험, 창작의 과정에 대한 이야기라고 할 수 있다. 판타지 속에는 항상 이런 자기 회귀적 성향이 존재한다. 뱀은 자기 꼬리를 먹는다. 꿈은 스스로를 설명해야 한다.

아이들(즉, 12세를 넘은 사람들)을 대상으로 글을 쓰려 시도하는 경험은 흥미로웠다. 물론 어렵기도 했다. 내가 앤디 포터에게 보내고 싶었던 것은 '아동용 도서'의 지위에 대한 길고 열정적인 사설이었다. 그는 보다 사적인 글을 원했다. 그러나 내 말을 믿어 주길 바란다. 나는 이 문제를 사적인 것으로 받아들인다. 안드레 노턴*이 최근 전미 SF 및 판타지 작가협회 포럼에 이 문제에 대해 언급했는데, 나는 그 글을 읽고 깜짝 놀라 해당 문제에 대한 의식이 몇 단계는 상승했다.

여성 운동을 위해 여기서 한 방 날리고 싶은 마음은 간절하지만, 솔직히 어디를 목표로 삼아야 할지 모르겠다. 나는 작가로서는 내 성별 때문에 부당하거나 미심쩍거나 깔보는 취급을 받은 적이 없다. 〈플레이보이〉에서 사소한 오해로 인해 U. K. 르 귄이 되기로 동의한 일을 제외하면 말이다(율리시즈 킹피셔 르 귄이려나?). 그리고 그 사건은 분노하기에는 너무 웃기기만 했다. 그러나 SF 작가들이 쓰레기 작가에 비해 적은 원고료를 받는 상황에는 명백한 혐오를 느낀다. 그리고 원고료가 적다고 생각하는 SF 작가들은 아동 작가들 쪽을 한번 곁눈질해 보길

---

* Andre Alice Norton(1912~2005). 미국의 SF 및 판타지 작가. 여성 작가로서는 처음으로 전미 판타지 및 SF 작가협회의 그랜드마스터가 되고 영예의 전당에 이름을 올렸다.

바란다. 개인적으로는 불평할 생각이 없다. 지금 내 아동 서적을 출판하는 아테나움에서는 대접이 훌륭하고, 영국의 골란츠도 마찬가지다. 그리고 양쪽 출판사 모두 훌륭한 (여성) 편집자들을 붙여 주었다. 문제가 되는 것은 전체 규모다. 출판사 전체에서 아동용 도서에 책정하는 예산 말이다. 아동문학에는 긴급하고 많은 자금이 투입되는 경우가 별로 없는데도, 한 번 성공하면 놀랍도록 긴 수명을 가진다. 학교가, 도서관이, 선물을 찾는 어른들이 책을 구입하며, 세월이 흐르고 또 흘러도 꾸준하게 팔리며 매상을 올려 준다. 그러나 원고료나 인세에는 이런 상황이 반영되지 않는다. 전반적으로 상당히 벌이가 박한 장르라 할 수 있을 것이다.

그러나 언제나 그렇듯, 경제적 차별은 진짜 문제, 즉 편견을 반영하는 구성 요소 중 하나일 뿐이다. 진짜 문제는 돈이 아니라 어른들이 보이는 독선적이고 저열한 행위다.

"너 애들 책을 쓴다고 했지?"

네, 엄마.

"네 책은 정말 좋아한다. 그러니까, 진짜 책들 말이다. 당연히 애들 보라고 쓴 것들은 안 읽었지!"

물론 그러시겠죠, 아빠.

"기분전환 삼아서 단순한 이야기나 쓰고 있으면 편하긴 하겠네."

물론 애들을 대상으로 작품을 쓰는 일은 단순하긴 하다. 딱 애들을 키우는 것만큼.

그저 성행위를 전부 제거하고, 간단하고 짧은 단어를 사용하고, 단순하고 어리석은 주제를 부여하고, 너무 무섭지 않게 만들고, 행복한 결말로 끝내기만 하면 된다. 그렇지? 아무것도 아니잖아. 얼른 쓰라고. 지금 당장.

이렇게만 하면 『갈매기의 꿈』 같은 걸 써서 한 200억 달러쯤 벌고 미국의 모든 성인이 당신 책을 읽게 할 수 있을지도 모른다!

그러나 미국의 모든 어린이들이 당신의 책을 읽게 되지는 않을 것이다. 한번 휙 넘겨보고는 그 또렷하고 냉정하고 똘망똘망한 눈망울로 속임수를 전부 파악한 다음, 책을 내려놓고 떠날 것이다. 어린이는 엄청난 양의 쓰레기를 먹어치우기는 하지만(좋은 일이다) 어른과는 달리 아직 플라스틱을 먹는 법은 배우지 못한 것이다.

영국인들은 출판사의 '아동용', '십대용', '청소년용' 따위의 분류를 우리처럼 절대적으로 신봉하지 않는 모양이다. 예를 들어, 영국 신문에서는 종종 안드레 노턴 같은 작가에 대해 완벽한 경의를 담은 평론을 싣는다. 심지어 〈타임즈 리터러리 서플먼트〉 같은 곳에서도 말이다. 다독이지도, 비웃지도, 깔보지도 않는다. 영국인들은 판타지가 모든 연령을 평등하게 만드는 장르라는 사실을 아주 잘 알고 있는 듯하다. 열두 살에 판타지를 즐겁게 읽었다면, 서른여섯 살이 되어서도 즐겁게 읽을 수도, 어쩌면 더 즐길 수도 있는 것이다.

내 어스시 연작에 대해 편지를 보낸 미국인 독자는 대부분 16세에서 25세 사이의 연령대다. 반면 영국인 독자는 30세 이상이며 남성이 다수를 차지한다. (그중에는 성공회 목사도 제법 많다. 건전한 비기독교도 입장에서는 조금 놀라운 일이었지만, 편지는 아주 훌륭했다) 이런 연령대 차이를 영국인들이 미국인보다 유치하다는 의미로 받아들이는 사람도 있을지 모르지만, 내 생각은 다르다. 영국 독자들은 자기네가 어른이라는 사실을 열심히 증명해 보이지 않아도 될 정도로 충분히 어른인 것이다.

『어스시의 마법사』에서 가장 어린아이 같은 부분은 그 주제, 즉 성년에 도달하는 과정이 아닐까 싶다.

나는 성년에 도달하기 위해 오랜 시간이 필요했다. 내가 도달할 수 있는 최대치에 이른 것은 서른한 살이 되어서였고, 따라서 나는 그 부분에서는 상당히 공감할 수 있다. 대부분의 청소년도 마찬가지일 것이다. 사실 그게 청소년의 직업이라 할 수 있으니까.

『아투안의 무덤』의 주제는, 굳이 한 단어로 옮기자면 '성性'이라 할 수 있다. 이 책에는 다양한 상징이 등장하고, 당연한 소리지만 나는 글을 쓰는 동안에는 전혀 의식적으로 분석하지 않았다. 그 상징의 대부분은 성적으로 해석할 수 있다. 보다 엄밀하게 말하자면 여성이 성년에 도달하는 과정이라고 할 수 있을 것이다. 탄생, 재생, 파괴, 자유가 그 안에 깃든 주제다.

『머나먼 바닷가』는 죽음에 관한 작품이다. 바로 그 때문에 다른 책들에 비해 구성이 엉성하며 깔끔하게 완결되지 않는 것이다. 다른 책들은 내가 이미 겪고 살아남은 것들에 관한 이야기였다. 『머나먼 바닷가』는 겪고서 살아남을 수 없는 것에 대한 이야기다. 내가 보기에는 젊은 독자들에게 완벽하게 딱 들어맞는 주제였는데, 어떻게 보면 유년기가 끝나는 시점은 죽음의 존재를 인지하는 것이 아니라―아이들은 죽음에 대해서는 아주 잘 알고 있으니까―아이 자신이 필멸의 존재이며 죽음을 맞이할 수밖에 없다는 사실을 인지하는 순간이라고 할 수 있을 것이다. 그 순간 새로운 삶이 시작되는 것이다. 보다 넓은 의미에서 성년에 도달하는 순간이다.

어찌됐든 주제에 대해서는 선택할 수 있는 폭이 꽤나 좁았다. 언제나 굳센 마음을 잃지 않는 게드는 나를 놀라게 하는 말을 입에 담고 해서는 안 될 행동을 하면서 책 전체를 장악해버렸다. 그는 자신의 삶이 어떻게, 무슨 이유로 끝나야 하는지를 내게 보여주려고 단단히 마음먹고 있었다. 그를 따라잡으려 애써도 항상 앞서가기만 했다. 나는 기억하고 싶지도 않을 만큼 고쳐 쓰고 또 고쳐 쓰며, 그를 어느 정도라도 통제하려 애썼다. 여기서 마침내 출판되었을 때는 전부 끝났다고 생각했지만, 영국판은 초기의 미국판에 비해 세 군데 긴 구절에서 차이가 있다. 골란츠의 편집자가 "게드가 말이 너무 많은데요"라고 지적한 것이다. 그리고 그 말이 옳았기 때문에, 나는 세 번 그의 입을 다물게 만들었고, 그 결과 전체적으로 훨씬 나은 작품이 되었다. 계획을 세우는 식이 아니라 발견하는 식으로 글을 쓰다보면 이런 문제가 발생하는 것은 피할 수 없다. 가장 비경제적인 집필 방식이라 할 수 있다. 이 책은 아직도 3부작 중에서 가장 완벽하지 못한 작품이지만, 동시에 내가 가장 좋아하는 작품이기도 하다. 3부작은 이로서 완결됐지만, 동시에 내게는 아직 멈추지 않은 꿈이기도 하다.*

---

* 그리고 아직도 꿈꾸기는 멈추지 않았다. 게드의 삶이 어떤 식으로 끝나게 될지를 상당히 잘못 짐작했다는 것은, 그리고 어스시 연작의 마지막 권에서 나를 인도해 줄 사람이 테나르였다는 것은 나름 즐거운 놀라움으로 다가왔다. 그 마지막 권은 〈테하누〉라는 제목으로 조만간 출판될 예정이다. 나 자신은 〈늦었지만 안 쓰는 것보다는 낫다〉라고 부르고 싶은 책이다. – 원주

엘프랜드에서 포킵시까지

　로드 던세이니는 그곳을 엘프랜드라고 불렀다. 다른 이들은 미들어스, 프라이데인, 브로셀리안드의 숲, 옛날 옛적에 등으로 불렀다. 물론 그 외에도 다른 이름이 수없이 많은 땅이다.

　이런 엘프랜드를 거대한 국립공원이라고, 홀로 걸음을 옮기며 특별하고 내밀하고 심오한 방식으로 현실과 접촉할 수 있는 광대하고 아름다운 땅이라고 생각해 보자. 하지만 이런 장소를 '도피처'로만 간주할 경우에는 무슨 일이 벌어질까?

　글쎄, 다들 요세미티가 어떻게 되었는지는 잘 알고 있을 것이다. 사람들은 도끼와 성냥갑 정도가 아니라, 후면에는 오토바이를 붙이고, 지붕에는 모터보트를 올리고, 짐칸에는 부탄 스토브와 알루미늄 접이식 의자 다섯 개와 트랜지스터 라디오

하나를 실은 트레일러를 끌고 그곳을 방문한다. 간접 현실로 자신을 완벽하게 꽁꽁 싸맨 채로 도착하는 것이다. 그다음에는 옐로스톤으로 옮겨가겠지만, 그곳에서도 똑같이 트레일러와 트랜지스터만 존재할 뿐이다. 공원에서 공원으로 계속 이동해도 실제로는 그 어디에도 가지 않는 셈이다. 그러다 결국 야생동물까지 현실이 아니라는 결론을 내렸다가 곰에게 잘근잘근 씹히는 직접적인 진짜 체험을 하게 되기 전까지는.

최근에는 엘프랜드에서도 비슷한 일이 벌어지고 있는 듯하다. 가고 싶은 사람은 잔뜩 있지만, 다들 실존하는 대상에 대해 모호한 갈증만 느낄 뿐 진정으로 무엇을 원하는지는 모르고 있다. 그들을 도와주려는 생각을 품거나 품은 척하는 일부 판타지 작가들은 6차선 도로와 자동차 극장이 딸린 트레일러 주차장을 건설하고 있다. 여행객들이 포킵시*의 자기 집에 있는 것처럼 편안하게 쉴 수 있도록 말이다.

그러나 엘프랜드의 가장 중요한 특성은 그곳이 편안한 자기 집이 아니라는 것이다. 엘프랜드는 포킵시가 아니다. 완전히 다른 장소다.

판타지란 무엇인가? 물론 기초적 층위에서는 놀이라 할 수

---

* 잉글랜드에서 "포킵시"에 해당하는 곳이 어디쯤일지 모르겠다. 아마 레딩이나 서비튼쯤 되려나? ─원주

있다. 그런 층위의 판타지는 이면의 동기 따위는 전혀 없는 순수한 가정이다. 만약 어떤 아이가 다른 아이에게 "드래곤 놀이하자"라고 말하면, 두 아이는 한두 시간 정도 드래곤이 될 수 있다. 이는 가장 사랑스러운 부류의 현실도피다. 오로지 놀이를 위한 놀이이기 때문이다.

층위를 하나 올려 보면, 판타지는 여전히 놀이이기는 하지만 매우 큰 판돈이 걸리게 된다. 따라서 즉흥극이 아니라 예술로서 간주할 경우, 판타지는 백일몽이 아니라 꿈과 연관을 가진다. 현실에 대한 종래와 다른 접근 방식으로서, 실존을 이해하고 대응하는 대안적 기법이 된다. 판타지는 비논리적이지는 않지만 초논리적이기는 하다. 현실적이 아니라 비현실적, 초현실적이며, 현실을 고조시키는 기법이다. 프로이트의 용어를 빌리자면 이차 과정이 아니라 일차 과정의 생각을 사용한다고 할 수 있을 것이다. 융이 위험하다고 경고한 '원형archetype'을 사용하기도 한다. 드래곤은 곰에 비하면 훨씬 위험할뿐더러 상당히 흔하기도 한 것이다. 판타지는 자연주의 소설에 비하면 시에, 전설에, 광기에 가까운 곳에 있다. 진짜 야생의 땅이므로, 그곳에 가는 독자들은 안전할 것이라 믿고 안심하면 안 된다. 그리고 그 땅을 안내하는 판타지 작가들 또한 안내자로서의 의무를 진지하게 받아들여야 한다.

이제 비유와 일반화는 물리도록 맛보았으니, 예시를 한번

들어 보도록 하자. 판타지를 조금 읽어 볼 때가 왔다.

과거에 비하면 이런 일도 훨씬 쉬워졌는데, 여러 면에서 한 특정 인물의 도움이 컸다고 할 수 있다. 바로 발렌타인 북스 출판사의 린 카터*다. 신작과 구작의 재판을 망라하는 이 출판사의 〈성인 판타지 전집〉 덕분에 우리 모두는 이제 헌책방에 틀어박혀 '오컬트'와 '아동'이라는 표제 아래의 먼지 쌓인 박스를 뒤지면서, 혹시라도 존재 자체가 미신이라 할 법한 던세이니 전집에서 빠진 단권이 발견되지 않을까 전전긍긍하지 않아도 된다. 이 전집을 통해 훌륭한 구작과 신작을 잔뜩 공급해 준 카터 씨에게 감사를 표하기 위해서, 나는 앞으로 그의 출판사에서 보낸 책은 뭐든 전부 읽어치우기로 마음먹었다. 따라서 작년에 그곳에서 보내준 신작도 기꺼이 신뢰하며 그대로 읽기 시작했다. 내가 읽은 내용을 조금 인용해 보기로 하겠다. 여기서 화자는 신화 속 켈트 왕족의 피를 이어받은 사람이며, 마법을 쓰는 전사이기도 하다. 양쪽 모두 엘프랜드의 위대한 군주들인 셈이다.

---

* Lin Carter(1930~1988). SF, 판타지 작가, 편집자. 1970년대에 〈밸런타인 성인 판타지〉 전집을 통해 수많은 고전 판타지 명작을 미국 독자들에게 소개했다.

"그들이 최종적으로 성공할지의 여부는 표결을 조작하는 켈손의 개인적 능력에 달렸네."

"가능하겠나?" 함께 갑옷을 절그렁대며 낮은 계단을 따라 정원으로 나가면서, 모르간이 물었다.

"나도 모르지, 알라릭." 니겔이 대답했다. "솜씨가 훌륭하기는 하다네. 끔찍하게 훌륭하지. 하지만 확답할 수는 없지 않은가. 게다가 자네도 의회를 주재하는 군주들의 상황을 봤지. 라르손은 죽었고 브란 코리스는 공공연하게 고발하고 나서는 것이나 다름없는 상황일세. 글쎄, 별로 낙관적으로 보이지는 않는군."

"카르도사에 있을 때 미리 일러 줄 걸 그랬군."*

이 시점에서 잠시 독서를 중단해야 했는데 (아마 콜리지처럼 폴록에서 원치 않는 방문자가 도착하거나 그랬던 모양이다. 기억은 안 나지만), 다시 자리에 앉았을 때는 어쩌다보니 다른 종류의 소설을, 진짜 우리 시대의, 자연주의적이고 정치적 함의를 담았으며 현실과 연관이 있는, 워싱턴 D. C.를 무대로 삼은 소설을 들게 되었다. 여기에 그 안의 대화를 조금 옮겨 보겠다. 어떤 국회의원과 공해대책 위원회를 상대하는 로비스트 사이의

---

* 『Deryni Rising』, 캐서린 커츠

대화다.

　"그들이 최종적으로 성공할지의 여부는 투표를 조작하는 퀠슨의 개인적 능력에 달렸네."

　"가능하겠나?" 함께 구둣발 소리를 울리며 낮은 계단을 따라 백악관 정원으로 나가면서, 모건이 물었다.

　"나도 모르지, 앨러릭." 나이젤이 대답했다. "솜씨가 훌륭하기는 하다네. 끔찍하게 훌륭하지. 하지만 확답할 수는 없지 않은가. 게다가 자네도 주요 위원회 의장들의 상황을 봤지. 랄슨은 죽었고 브랜 코리스는 공공연하게 고발하고 나서는 것이나 다름없는 상황일세. 글쎄, 별로 낙관적으로 보이지는 않는군."

　"포킵시에 있을 때 미리 일러 줄 걸 그랬군."

자, 이제 뭔가 잘못됐다고 인정해야겠다. 내가 앞에 인용한 작품은 온갖 영웅과 마법사들이 등장하기는 하지만 판타지가 아니다. 그 작품이 판타지라면 단어 몇 개 바꾼 정도로 이런 고약한 장난이 성립할 리가 없다. 페가수스의 날개는 그리 쉽게 자를 수 없는 법이다. 물론 애초에 날개가 있을 경우의 이야기지만.

논의를 진행하기 전에 우선 해당 문단을 안 좋은 예시로 인용했다는 점에 대해 작가에게 사과해야겠다. 비교도 할 수 없을 정도로 끔찍한 소설이 수도 없이 많으니, 그런 글을 예시로 사용할 수도 있었을 것이다. 내가 이 책을 고른 이유는 좋은 작품이 방향을 잘못 잡은 경우이기 때문이다. 진실이 거짓으로 변한 것이다. 흔히 '영웅 판타지'라 불리는 책들에 대해서는 이야기해봤자 딱히 도움이 안 될 것이다. 바프나 클로드 같은 이름을 가진 야만인과 그 부족과 혈족과 기타 등등이 끝없이 등장하는 이야기들… 여기에 대해서는 딱히 할 말이 없다. (그러니까, 예술 측면에서 그렇다는 말이다. 윤리, 인종주의, 성차별, 정치 측면에서는 상당히 할 말이 많다.)*

그렇다면 내가 읽은 책에서, 그리고 인용한 문장에서 어떤 실수가 벌어졌다고 생각하는 것일까? 나는 그 실수가 '문체'에 있다고 생각한다. 내가 문체가 문제라고 생각하는 이유에 대해서는 곧 설명해 보겠다. 그러나 일단 다른 예시를 확보해 놓는 쪽이 유용할 것이다. 앞의 구절은 대화로 구성되어 있으며, 종종 한 소설의 문체는 대화 속에서 가장 확실하게 드러난다. 그러니 엘프랜드의 다른 지역에서 들려오는 대화를 여기 옮겨 보겠다. 내가 인용할 작품들은 모두 20세기에 집필했으며, 화

---

* 이제는 1973년 당시처럼 '예술'과 '윤리, 인종주의, 성차별, 정치'를 구분하는 것이 쉽지 않다. 그런 구분은 이제 위험할뿐더러, 보통 환상으로 끝날 뿐이다. – 원주

자들은 마법사, 전사, 또는 엘프랜드의 군주로서 일급의 인물이다. 인용하는 작품은 물론 세심하게 선별했지만, 인용한 문장은 무작위로 선택했다. 그저 두세 명의 고귀한 인물들이 대화를 나누는 부분을 찾기만 했다.

그리하여 스핏파이어는 말하였으니, "그대에게 청하노니, 그로의 책의 내용을 우리에게 들려주겠나. 나의 영혼은 그 운명을 알고 싶어 달아올라 있나니."

"상당히 난해하고 잔혹할 정도로 길게 쓴 책이오." 브랜독 다하가 대답했다. "흘러간 밤의 절반을 그 내용을 궁구하며 보냈으나, 내게 명확한 것이라고는, 그로가 진실을 말했다면 모루나를 통하는 길을 제외하면 이 산맥에 닿을 수 없다는 것뿐이니…"

"진실을 말했다면?" 스핏파이어가 말했다. "이미 변절자이자 배교자일진대. 응당 거짓을 입에 담는 자일 수밖에 없지 않은가?"

"내 진실로 혐오하는 것은 가증스러운 허기뿐이니, 여행길의 식량 부족은 참으로 참람한 일이라. 나 비탄에 잠겨 그대에게 이르노니, 어찌 나처럼 뛰어난 혈통으로 태어나 훌륭한 양육을 누린 이가 이런 운명을 맞을 수 있단 말인고!"

"이런, 이런." 디예노르 안포드윤은 다시 고통스러운 허기가 깨어나는 것을 느끼며 말했다. "내게 있어 기아의 경험은 익숙하니.

그대에게 거리낌이 없다면 남은 음식은 전부 드시게."

"내 마땅히 그러겠네. 그게 나을 것이야." 고로우가 말했다.

"누가 알겠소?" 아라고른이 말했다. "하지만 머지않아 시험해 볼 날이 오겠지."

"그날이 너무 지체되지 않기를." 보로미르가 말했다. "우리도 도움이 필요하기는 하지만 여기서 몸소 요청할 생각은 없소. 그러나 다른 이들도 모든 것을 바쳐 싸우고 있다고 아는 것만으로도 우리에게 큰 위안이 될 거요."

"그렇다면 이 자리에서 그 위안을 얻으시오." 엘론드가 말했다.

여기서 화자들은 모두 서로 다른 식으로 영어를 사용하지만, 전부 진품 엘프랜드 억양을 가지고 있다. 문장마다 절반쯤 어휘를 바꾸지 않고는, 모르간과 나이젤에게 했던 장난질을 성공할 수는 없다. 이 사람들이 국회의사당에 서 있다고 착각할 수는 없을 것이다.

첫 인용문에서 등장인물들은 살짝 미친 것 같다. 두 번째 인용문에서는 미쳤을 뿐 아니라 웨일즈 사람이기까지 하다. 그러나 이들은 거친 땅의 위엄을 담아 강렬하게 말한다. 모두 영웅적이고, 고고하고, 열정적이다. 어쩌면 가장 중요한 것은 열정일지도 모른다. 앞의 두 구절에서는 딱히 사건이 진행되지 않는다. 하나는 책을 읽는 내용이고, 다른 하나는 차갑게 식은 토끼다리를 나누는 내용이다. 그러나 이런 사소한 행위조차 놀랍도록 중요해 보인다. 놀라운 감정과 생명력이 담겨 있다.

세 번째 인용문에서 화자들은 훨씬 조용하고 보다 덜 독특한, 또는 시대를 초월하는 단순성을 확보했다는 점에서 지극히 독특하다 할 수 있는 영어를 사용한다. 국회의사당에서도 드물기는 해도 존재한 적이 있는 언어다. 냉철하며 동시에 재치와 힘이 깃들어 있다. 고매한 인격을 가진 남자들*의 언어다.

대사는 인물을 표현한다. 화자나 작가가 모르든 알든 벌어질 수밖에 없는 일이다. (대통령 연설문 작가들은 이 사실을 아주 잘 알고 있다) "카르도사(또는 포킵시든 다른 어디든)에 있을 때 미리 일러 줄 걸 그랬군"이라는 대사를 들으면, 나는 그 사람에 대해 적어도 한 가지는 확실히 알게 된다. 그 사람은 "내가 그럴 거랬지"라고 대꾸하는 부류의 사람이라는 것이다.

"내가 그럴 거랬지"라고 대꾸하는 사람이 영웅인 경우는 지금까지도 없었고, 앞으로도 없을 것이다.

엘프랜드의 군주들은 진짜 군주, 유일한 진짜 군주, 이 지구에는 존재하지 않는 부류의 군주들이다. 그들의 군주라는 지위

---

* 내가 인용한 판타지 작품들의 영웅은 전부 남성이다. 심지어 여성 작가가 쓴 작품에서도. - 원주

는 내면에 실재하는 위대함이 외면으로 드러난 상징인 것이다. 그리고 한 인간의 영혼의 위대함은, 그가 입을 열 때 드러난다. 적어도 책 속에서는 그렇다. 현실에서 우리는 실수를 기대한다. 자연주의 소설에서도 우리는 실수를, 그리고 '지나치게 영웅적인' 영웅을 비웃을 수 있기를 기대한다. 그러나 판타지는 존재의 혼란과 복잡성을 모사하는 것이 아니라 존재의 근원에 숨은 질서와 명징성을 암시하는 문학이다. 판타지에서는 타협할 필요가 없다. 입에 담는 모든 어휘가, 숨어 있더라도 의미를 가져야 한다. 예를 들어 두 번째 인용문에서 고로우라는 이름의 남자는 투정과 불평을 늘어놓으며 불쌍한 디예노르의 마지막 음식을 파렴치하게 빼앗아 가고 있다. 그런데도 우리는 저런 식으로 말할 수 있는 사람이라면 천박한 성품의 소유자는 아닐 것이라고 생각하게 된다. 저 사람은 "내가 그럴 거랬지"라고는 말하지 않을 것이다. 사실 그는 애초에 인간이 아니라 돈 여신의 아들 귀디온이 변장한 모습이며, 상당히 고결한 이유로 주인공을 속이고 있는 것이다. 반면 세 번째 인용문의 경우에는 보로미르의 어조에서 아주 살짝 엿보이는 불만이 중요한 의미를 가진다. 보로미르는 고결한 인물이지만, 그의 성품에는 질투라는 비극적인 결함이 깃들어 있는 것이다.

내가 비교하려 고른 세 명의 작가는 문체에 있어 대가라 할 수 있는 사람들이다. E. R. 에디슨, 케네스 모리스, J. R. R. 톨킨이니까. 내가 언급한 다른 작가들에게는 불공평한 일이라는 생각이 들지도 모르겠다. 그러나 나는 이런 비교가 불공평하다고 생각하지 않는다. 예술에서는 최고가 곧 기준이 된다. 신인 음악가의 바이올린 연주를 들으면서 옆집 꼬맹이와 비교하지는 않을 것 아닌가. 아이작 스턴이나 야샤 하이페츠와 비교해야 하는 법이다. 연주가 부족해도 비난하지는 않겠지만, 어떤 점에서 부족한지는 확실히 알 수 있을 것이다. 그리고 그 신인이 진짜 음악가라면 자신도 알고 있을 것이다. 예술에서는 '그 정도면 충분하다'는 정도로는 충분치 않다.

이 세 작가를 선택한 다른 이유는, 판타지에 입문하는 작가들이 모방할 가능성이 높은 세 가지 문체를 대표하기 때문이다. 판타지 작가들 사이에서는 대놓고 영향을 주고받고 문체를 모방하는 경향이 강하다. 나는 이것이 매우 건전한 상황이라 생각한다. 가장 활력 넘치는 예술 장르들 또한 이런 식으로 만들어졌다. 예를 들어 음악의 경우, 18세기에 하이든과 헨델과 모차르트와 다른 여러 음악가들은 선율과 요령과 기법을 서로 차용하며 대성당을 건축하는 석공들처럼 위대한 음악의 체계를 건설해 냈다. 물론, 우리는 아직 위대한 판타지의 체계를 만들어내지 못하기는 했다. 그러나 모방의 대상이 사용한 기법을 습득하지 않고서는 모방을 할 수 없는 법이다.

여러 작가들이 가장 많이 모방하고, 또한 가장 모방하기 쉬운 판타지 작가는 아마도 로드 던세이니일 것이다. 던세이니의 대화문을 여기 인용하지 않은 이유는 적절한 대화문을 찾을 수 없어서다. 그가 사용하는 극도로 격식을 차리고 극도로 시적인 서술 속에서는 대화를 주고받는 진정한 대화문이 그리 많지 않으며, 그마저도 성경 속 대화처럼 매우 짤막하게 끝나버린다. 던세이니의 산문체에 가장 큰 영향을 끼친 작품은 두말할 나위 없이 킹 제임스 성경이지만, 나는 아일랜드의 일상 회화가 다음으로 큰 영향을 주지 않았을까 생각한다. 대화 속에서 운율을 찾아낼 수 있는 섬세한 귀와 훌륭하고 명징한 상상력을 배제한다고 쳐도, 이런 두 가지 영향만 고려해도 요람에서부터 창세기나 전도서를 읽어주는 낭랑한 목소리와 함께 자라난 아일랜드인이 아닌 이상, 그를 모방하거나 모사하려는 작가들의 시도가 부질없다는 사실을 깨달을 수 있을 것이다. 던세이니는 아주 가늘게 박혀 있지만 순수한 광맥을, 온전히 자신의 힘으로 파고든 작가다. 내가 지금까지 본 던세이니를 모방한 작품들은 화려한 가상의 이름, 아름다운 도시나 참혹한 파국에 대한 애매한 묘사, '그리고'로 시작하는 문장의 빈도가 엄청나게 높다는 점을 제외하면 그와의 접점을 조금도 찾을 수 없었다.

실로 던세이니는 조심성 없는 판타지 초보들이 마주치는 첫 번째 참혹한 운명이라 할 수 있을 것이다. 그러나 던세이니를 피하더라도 다른 작가가, 너무 많은 작가들이 등장한다. 여러 문제 중 하나는 던세이니나 기타 판타지 작가들이 너무도 수월하게 사용하는 고어체다. 이는 거의 모든 신예 판타지 작가들이 빠지는 함정이라 할 수 있다. 나도 안다. 나도 빠져 본 적이 있으니까. 젊은 작가들은 본능적으로 판타지에서는 '일상과 거리를 벌려야' 한다는 점을 알고 있다. 그리고 말로리의 『아서의 죽음』과 같은 옛 작품에서, 또는 옛 작품의 문체를 기반으로 삼은 새로운 작품 속에서 이런 일을 능란하게 수행하는 것을 목격하고 "아하! 나도 이렇게 해야겠군"이라고 생각한다. 그러나 애석하게도 이 또한 자전거 타기나 컴퓨터 프로그래밍처럼 미리 방법을 알고서야 수행할 수 있는 일의 부류에 들어간다.

"아하! 'thee'나 'thou'와 함께 동사를 붙여야 하는 거군." 우리의 초보자는 이렇게 말하고 그대로 수행한다. 제대로 된 방법을 모르는 상태로. 지금 살아 있는 미국인 중에서 2인칭 단수 동사를 어떻게 써야 하는지 제대로 아는 사람은 얼마 되지 않는다. 일반적인 가정은 '-est'를 붙이기만 하면 된다는 것이다. 데비 레이놀즈가 에디 피셔에게 이렇게 말했던 것이 기억난다. (아직 데비 레이놀즈와 에디 피셔를 기억하는 사람이 있으려나?)* "그대가 어디로 가든 나도 그곳에 함께 가리니 Whithersoever thou goest there also I goest."** 가짜 느낌이 들

것이다. 가짜 문법이니까.

다음으로 우리 초보자는 가정법 동사를 사용하려 시도한다. 모든 was는 were로 모습을 바꾸어 신음하는 독자들에게 달려든다. 게다가 퀘이커교도들 덕분에 우리는 Thou의 주격 형태가 무엇인지 완전히 헷갈리게 되어 버렸다.*** Thee가 맞던가, 아니던가? 그다음에는 She-To-Whom 함정이 등장한다. "나의 사랑이 바쳐진 그녀에게 이것을 주리니! I shall give it to she to whom my love is given!" "이 칼의 일격에 당하는 그는 분명히 죽으리라! Him whom this sword smites shall surely die!" 'she'나 'him'이 서부극 주인공에게 말하는 톤토 족 인디언처럼 들리지 않는가. 악의를 품은 거리두기 기법이라 할 만하다. 그러나 이게 다가 아니다. 천만에, 아직 기발하고 예쁘장한 단어들이 남아 있다. Eldritch(섬뜩한). Tenebrous(음침한). Smaragds(에메랄드)와 chalcedony(옥수). Mayhap. Maybe나 Perhaps면 안 된다. 절대 안 되지. 반드시 Mayhap

---

* Debbie Reynolds(1932~2016)와 Eddie Fisher(1928~2010). 1950년대에 활동한 배우 겸 가수.

** 킹 제임스 성경의 여호수아 1장 9절 "~whithersoever thou goest"에 현대 영어 문장을 흉내 내서 붙인 표현이다.

*** 미국에서는 주격과 목적격 양쪽 모두 'thee'를 사용하는 것이 퀘이커교도의 전형적인 어법으로 여겨졌다. 현대 퀘이커교의 용례와는 조금 다르다.

이어야 한다. 아니면 Perchance거나. 그리고 최후의 시험이, 최고 등급의 시금석이 남아 있다. Ichor(진액). 진액이 뭔지는 알 것이다. 잘려 나간 촉수에서 흘러나오고, 쪽매 붙인 포석 위를 끈적하게 뒤덮고, 보석처럼 화려하게 차려입은 선남선녀를 흠뻑 적시며, 모든 독자가 신을 찾을 정도로 지루하게 만드는 바로 그 액체 말이다.

고어체는 일상과 거리를 두는 도구로서 완벽하다고 할 수 있지만, 동시에 그 사용법에 있어서도 완벽을 기해야 한다. 외줄타기 곡예와 같아서 살짝 미끄러지기만 해도 전부 끝장이 난다. 이 도구를 완벽하게 사용한 작가는 바로 에디슨이다. 그는 1930년대에 진품 엘리자베스 시대 산문을 쓸 수 있는 사람이었다. 그의 문체는 완벽하게 인위적이지만 꾸며낸 흔적은 조금도 없다. 순수하게 언어 그 자체를 좋아하는 사람이라면 그의 매력을 거부할 수가 없다. 많은 사람들이 그의 글이 가독성이 떨어지고 끔찍하게 길다고 여기는데, 분명 그렇게 여길 만한 이유는 존재한다. 하지만 그의 글은 진품이다. 그 기묘하고 거리감 있는 현실을 강조하기 위해서, 여기에 조금 더 긴 구절을 인용해 보겠다. 『큰뱀 우로보로스』의 한 문단인데, 야음을 틈타 왕의 시체를 몰래 해변으로 나르는 대목이다.

위치랜드의 군주들은 무기를 쥐고 병사들은 손에 익은 병장기를 높이 쳐들었으니, 왕은 창대로 만든 상여를 타고 길에 올랐다. 그리하여 그들은 달 없는 밤을 헤아려 궁전을 돌아 골짜기 아래로 이어지는 구불구불한 산길을 따라 길을 더듬었고, 이어 바다를 그리며 서쪽으로 흐르는 냇물을 따라 걸음을 옮겼다. 여기서 그들은 길을 밝힐 횃불을 태워도 안전하리라 짐작했다. 바람에 휘날리는 불길에 황량하고 적막한 골짜기의 양쪽 절벽이 모습을 드러냈다. 위치랜드의 왕관에 박힌 수많은 보석에, 왕의 곰가죽 망토 아래에서 허공을 향해 비죽이 튀어나온 장화의 금속판에, 그를 호위하며 함께 걷는 이들의 무수한 무기와 갑옷에, 바위투성이 강바닥을 쓸어내리며 서둘러 바다로 달려가는 냇물의 검고 차가운 수면 위에, 불길이 비쳐 나부꼈다. 돌투성이의 험한 산길을 따라 그들은 천천히 걸음을 옮겼다. 발이 걸려 왕을 떨어트리는 일이 없도록.

이 글은 고어체로 구성되어 있음에도, 어쩌면 바로 그 때문에 훌륭한 산문이다. 명징하고, 정확하고, 힘이 있다. 시각적으로는 명확하며 생생하다. 음악적으로는 (그러니까 단어의 소리, 구문의 움직임, 문장의 박자 측면으로는) 치밀하며 매우 강력하다. 거짓이거나 흐릿하다는 느낌이 드는 부분은 조금도 없다. 모든 문장이 보이고, 들리고, 느껴진다. 이 문체는 작가 본연의 문체, 작가 자신의 목소리다. 예술가로서의 에디슨은 이런 목소리로 말한다.

우리의 세 가지 '대화 인용문' 중 두 번째는 케네스 모리스의 『세 드래곤의 책』에서 인용한 것이다. 이 책은 여전히 골판지 박스 뒤 먼지 쌓인 서가에서, 아마도 '아동용'이라는 명판이 붙은 구역에서 찾아야 할 것이다. 적어도 내가 찾아낸 곳은 거기였는데, 카터 씨는 이 책의 아주 일부만을 재판으로 찍어냈으며, 이 책이 영예를 누리던 전성기가 있었다면 분명 우리 시대보다는 이전이었을 것이기 때문이다. 내가 이 책을 여기서 인용한 것은 부분적으로는 과거의 관심을 되살리기 위해서인데, 많은 사람들이 즐길 만한 책이라고 생각하기 때문이다. 이 책은 그 자체만으로 훌륭한 작품(『마비노기온』)을 재창작한 소설이라는 점에서도 훌륭한 예시가 된다. 판타지 장르에서는 다른 소설에 비해 이런 시도가 상당히 흔한 편인데, 어쩌면 이런 빈도의 차이가 신화와 전설이 보이는 끝없이 재생하는 생명력의 증거가 될 수 있을지도 모르겠다. 굳이 증거가 필요하다면 말이지만. 그러나 모리스의 글이 내 목적에 부합하는 이유는 한 가지가 더 있는데, 바로 그 훌륭한 유머 감각이다. 판타지 작품의 유머는 모방자들에게 미끼와 함정의 역할을 동시에 수행한다. 던세이니는 역설적인 묘사를 즐기면서도 영웅적인 필치에 단순한 유머를 섞지는 않는다. 에디슨은 가끔 하지만, 내가 보기에 희극적인 영웅담의 대가는 모리스와 제임스 브랜치

캐벌이다. 이들의 작품을 읽을 때는 쓴웃음을 머금는 정도가 아니라 웃음을 터트리게 된다. 이들은 문체의 힘만으로, 독자를 압도하는 우아함과 풍요로움과 교묘함만으로 희극을 이룩한다. 터무니없으면서도 의도하는 바를 명확히 알고 있는 작가들이다.

프리츠 라이버와 로저 젤라즈니 또한 이런 희극적인 영웅담을 쓰지만, 그들은 다른 부류의 기술을 사용한다. 유머를 섞고 싶을 때면 인물들이 미국 구어체 영어로 말하거나, 심지어 현대 은어까지 사용하는 것이다. 그리고 진지한 순간에는 구식의 정중한 어투로 돌아간다. 언어에 무심한 독자에게는 딱히 거슬리지 않을 수도 있겠지만, 그렇지 않은 독자에게는 상당히 부담이 크다. 나는 후자에 속하는 사람이다. 나는 정신없이 엘프랜드와 포킵시 사이를 오가며 휘둘리게 된다. 내 머릿속에서 등장인물의 일관성이 사라지며 그들을 신뢰할 수가 없게 된다. 라이버와 젤라즈니 양쪽 모두 숙련된 작가이자 뛰어난 상상력의 소유자라는 사실을 생각하면 묘한 일이다. 게다가 라이버는 셰익스피어 작품에 능통하며 참으로 다양한 기법을 연마한 만큼, 어떤 문체를 택하더라도 우아하고 매끄러운 글을 쓸 수 있으리라는 점에는 의심의 여지가 없다. 때로는 이들 두 작가가 자신감이 부족해서 자기 기량을 과소평가하는 것은 아닐까 하는 생각마저 든다. 또는 이 나라의 이 시대에서 판타지가 진지하게 받아들여지지 않기 때문에, 그들 또한 판타지를 진지하게 대하는 일을 두려워하는 것일지도 모르겠다. 자신들의 창조물을 온전히 믿고 있다는, 가상의 존재들에 최선을 다하고 있다는 사실을 들키고 싶지 않은 것일지도 모른다. 바로 그 때문에 그들의 유머는 자조적이고 자기 파괴적이다. 그들이 그려낸 신과 영웅들은 계속해서 슬쩍 책 너머의 당신을 바라보며 이렇게 속삭이는 것 같다. "보라고, 우린 그냥 평범한 사람들이야."

캐벌은 절대 그런 일을 하지 않는다. 그는 모든 것을 조롱한다. 자신의 판타지뿐 아니라 우리의 현실까지 조롱한다. 그는 자신이 만든 꿈속 세계를 믿지 않는다. 그러나 동시에 우리 또한 믿지 않는다. 그의 어조는 완벽하게 일관성 있다. 항상 우아하고, 거만하고, 모든 것을 비꼰다. 때로는 즐거움을 느끼고 때로는 비명을 지르고 싶은 마음에 사로잡히지만, 언제나 감탄스럽다. 캐벌은 자신이 원하는 바를 명확히 아는 상태로 작업을 수행했다. 출판 시장 따위는 엿이나 먹으라고 말하면서.

에반젤린 월튼의 작품은 케네스 모리스와 마찬가지로 『마비노기온』을 재창작한 것인데, 그녀 특유의 방식으로 유머와 영웅담을 아름답게 하나로 엮어냈다. 이런 시도에 켈트 신화가 적합하다는 사실은 두말할 나위가 없을 것이다. 그리고 유머라는 화제를 입에 올린 이상 잭 밴스를 언급하지 않고 넘어갈 수는 없다. 그의 유머는 너무 고요해서 눈을 깜빡이기만 해도 놓치고 지나갈 수도 있지만 말이다. 사실 그의 작풍은 전체적으로 너무 겸손해서, 때로는 그 또한 라이버나 젤라즈니처럼 자신이 얼마나 뛰어난 작가인지 인지하지 못하고 있는 것 같다는 생각이 든다. 만약 그렇다면 이 또한 순수한 상상력의 산물을 깔보는 미국 문화의 태도가 낳은 결과물일지도 모르겠다. 그러나 밴스는 깔보는 태도나 무지와 절대 타협하지 않는다. 그는 농담을 위해서 자기 창작물을 하찮게 취급하지도 않으며, 문체에 무심한 모습을 보이지도 않는다. 그가 창조한 인물들이 나누는 대화는 작가 본인의 문체처럼 고고하고 절제되어 있다. 독특하지만 명확하고 우아한 영어를 사용하며, 밴스의 뛰어난 상상력에 완벽하게 들어맞는다. 그의 문체는 완성되어 있다. 고어체는 조금도 사용하지 않으면서도.

어쨌든 고어체는 필수적인 요소가 아니다. 마법사가 되기 위해서 가정법 동사의 사용법을 알 필요는 없다. 헨리 5세처럼 말할 수 있어야 영웅이 되는 것은 아니다.*

그러나 한 가지 주의할 점이 있다. 이 점에는 정말로 주의를 기울여야 한다. 한번 생각해 보자. 잉글랜드의 헨리 5세가 과연 셰익스피어의 헨리처럼 말했을까? 실제 아킬레우스가 6보

---

* 후자의 주장은 여전히 재고의 여지가 없지만, 전자의 주장은 잘못되었다고 생각한다. 마법사는 가정법을 사용해서 마법을 부린다. – 원주

격 운율에 맞추어 말했을까? 실제 베오울프에게 언제든 두운을 맞춰 말하는 능력이 있었을까? 우리 주제는 역사가 아니라 영웅 판타지다. 현대에 되살아난 서사시의 후예에 대해 말하고 있는 것이다.

대부분의 서사시는 운문이든 산문이든 직설적으로 말한다. 그 선조격인 구전문학의 단순명쾌한 박력을 고스란히 지니고 있다. 호메로스의 비유는 조금 늘어지는 느낌은 있어도, 정적이거나 현란하다는 느낌은 들지 않는다. 『롤랑의 노래』는 4천 행에 달하지만 직유는 하나뿐이며 은유는 하나도 없다. 『마비노기온』이나 북구의 사가는 꾸밈없는 평어체로 구성되어 있다. 구전문학에서는 명징성과 단순성이야말로 빼놓을 수 없는 미덕이다. 허세를 부리는 문체는 필요 없다. 평범한 언어야말로 가장 고결하다.

동시에 가장 어렵기도 하지만.

톨킨은 평범하고 명확한 영어를 사용한다. 톨킨이 사용한 영어의 가장 큰 미덕은 그 유연성과 다양성이다. 평범한 언어에서 장중한 언어로, 심지어 톰 봄바딜 이야기처럼 운율을 맞춘 시어로도, 부주의한 독자라면 알아차리지도 못하는 사이에 가볍게 넘어갈 수 있다. 톨킨의 어휘는 놀랄 정도로 풍요롭지는 않다. 적어도 진액ichor은 등장하지 않으니까. 그의 어휘는 하나같이 직설적이고 탄탄하고 단순하다.

다만 내가 공격하고 있는 부류의 작품, 즉 포킵시 판타지 부류도, 일단 평범하며 직설적인 산문체를 사용하고 있다는 사실을 잊지 말자. 그렇다고 그런 작품이 톨킨의 작품과 동격이 될 수 있을까? 세상에, 그럴 리가. 그런 작품에는 거짓된 평범함이 깃들어 있을 뿐이다. 단순한 것이 아니라 무미건조할 뿐이다. 엄밀한 명징함이 아니라 부정확한 명징함이다. 직설적이지만 공허하다. 그런 문장에서는 상상력을 발휘하는 작품에서 매우 중요한 감각 자극의 묘사조차도 모호하며 보편적인 수준에서 끝난다. 바위도 바람도 나무도 실제로 존재하는 것처럼 느낄 수 없다. 골판지나 플라스틱으로 만든 배경이다. 문체 전반이 서술하고자 하는 내용에 심각하게 어울리지 않는다.

그렇다면 어디에 어울린다는 것일까? 저널리즘이다. 언론의 산문이다. 언론에서는 의도적으로 저자의 개성과 감정을 억제한다. 객관성을 확보하기 위해서다. 빠르게 쓰고 그보다 더 빠르게 읽기 위한 작품이다. 신문 기사를 쓴다면 이런 기법은 적절하다고 할 수 있다. 그러나 소설이라면 잘못된 것이며, 판타지 소설이라면 절대 사용해서는 안 된다. 즉물적이고 사소한 소재를 표현하는 용도의 언어를 현실과 유리되고 근원적인 대상에 적용하는 것이다. 따라서 결과물은 엉망일 수밖에 없다.

요즘 들어 이런 결과물을 자주 접하게 되는 이유가 무엇일까? 물론 그 이유 중 하나는 탐욕일 것이다. 판타지가 잘 팔리니 다들 판타지를 쏟아내고 있다. 흔히 찾아볼 수 있는 헛소리의 대중화다. 여기에 순수한 무능이 가세한다. 그러나 탐욕이나 재능 부족의 문제가 아닌 경우도 제법 보이는데, 이런 경우에 나는 작업 자체를 진지하게 받아들이지 않은 것은 아닐까 하는 의심을 한다. 자신이 도끼 한 자루와 성냥갑 한 개만 들고 엘프랜드로 떠나는 사람이라고 인정하지 않으려 드는 것이다.

판타지란 여행이다. 정신분석학과 마찬가지로 머릿속 무의식으로 떠나는 여행이다. 정신분석학처럼 위험할 수도 있다. 그리고 반드시 정신분석학처럼 당신을 바꾸고 만다.

일반적으로 사람들은 드래곤이나 히포그리프가 등장하거나, 배경이 켈트나 중세의 근동 분위기를 풍기거나, 마법을 사용하는 장면이 나오면 판타지로 간주한다. 그러나 이는 잘못된 생각이다.

서부극에 대해 모르는 작가라면 산쑥 덤불이나 바위 벌판을 한가득 등장시키면서도 진짜 서부극을 쓰지 못할 수도 있다. 우주선이나 돌연변이 박테리아에 대해서 주절거리는 작가가 진짜 SF 근처에도 가지 못할 수도 있다. 지그문트 프로이트와 전혀 관계없는 내용으로도 프로이트에 대한 500쪽 짜리 소설을 쓸 수도 있다. 실제로 일어난 일이다. 고작해야 한두 해 전에 벌어진 일이다. 마찬가지로, 실제로는 아무것도 상상하지 않고도 판타지의 온갖 요소들을 사용할 수 있다.

나는 이런 실패는, 이런 사기극은, 문체를 살펴보면 즉시 밝혀낼 수 있다고 감히 주장해 본다.

많은 독자와 평론가들, 그리고 대부분의 편집자들은 문체가 작품의 여러 요소 중 하나인 것처럼 말한다. 케이크 속의 설탕처럼. 때로는 작품의 첨가제로 간주하기도 한다. 케이크에 뿌린 설탕 가루처럼. 그러나 당연한 소리지만, 문체야말로 곧 작품이다. 케이크를 제거하면 남는 것은 쪽지에 적은 조리법뿐이다. 문체를 제거하면 개요와 줄거리밖에 남지 않는다.

역사에서는 부분적으로 진실이다. 소설에서는 대부분 진실이다. 판타지에서는 절대적인 진실이다.

문체가 곧 작품이라는 말은 사실 독자의 관점에서 한 것이다. 작가의 관점에서 말하자면, 문체는 곧 작가다. 문체란 글을 쓸 때 영어를 사용하는 방법만을 일컫는 것이 아니다. 습관이나 선호의 문제도 아니다(습관이 되거나 선호하게 될 수는 있지만). 사람들이 '있는 그대로' 쓰겠다고 선언할 때 가정하는 것과는 달리, 배제할 수 있는 대상도 아니다. 문체가 없으면 아예 글을 쓸 수 없기 때문이다. 문체란 당신이 작가로서 대상을 관찰하고 그 대상에 관해 말하는 방식이다. 세상을 보는 방식이다. 당신의 눈, 당신이 생각하는 세상, 당신의 목소리다.

그렇다고 해서 문체를 학습하거나 연마할 수 없다는 말은 아니다. 빌리거나 모방할 수 없다는 말 또한 아니다. 어린이는 주로 모방을 통해 보는 법과 말하는 법을 익힌다. 예술가는 그저 다 큰 후에도 계속 배우는 사람일 뿐이다. 그중에서도 훌륭한 이들은 가장 어려운 것까지도, 즉 자신의 세계를 관찰하고, 자신의 언어로 말하는 법까지도 배울 수 있다.

그러면 판타지에서 문체가 그토록 근본적인 중요성을 가지는 이유가 무엇일까? 작가가 대화문의 어조를 조금 잘못 잡았다거나, 서술이 조금 모호했거나, 시공간의 설정에 어긋나는 어휘나 조잡한 구문을 사용했다고 해서, 또는 저녁식사 전에 진액을 조금 지나치게 들이켰다고 해서, 판타지 작품으로서 결격 사유가 있다고 말할 수 있을까? 문체가 약하고 부적절하다는 이유만으로? 문체가 그 정도로 중요하단 말인가?

나는 그렇다고 생각한다. 판타지란 결국 작가의 세계관을 제외하면 아무것도 남지 않기 때문이다. 역사 속의 현실이나 현시대의 사건에서, 또는 페이튼 플레이스*의 평범한 사람들에게서 차용해 올 수가 없다. 판타지에는 상상을 대체할 안온한 일상 공간이, 즉발적인 감정적 반응을 불러올 수단이, 창조물의 실패나 결점을 숨길 방법이 존재하지 않는다. 공허 속에 건

---

* 『Peyton Place』. 그레이스 메탈리어스 원작의 소설 제목이자 배경이 되는 마을. 동명의 영화와 드라마로 제작되어 인기를 끌었다.

물 하나만 달랑 서 있기 때문에, 모든 연결부와 이음매가 고스란히 드러나 보인다. 톨킨이 말하는 "제2세계"를 창조하는 행위는 곧 새로운 세계를 만들어내는 행위나 다름없다. 지금껏 그 어떤 목소리도 들린 적이 없는 세계를, 목소리를 내는 행위가 곧 창조의 행위가 되는 세계를. 그곳에서 울리는 목소리는 창조자의 목소리뿐이다. 따라서 단어 하나하나가 영향을 끼친다.

이는 지독하게 끔찍한 책무라 할 수 있다. 불쌍한 작가가 원하는 일이 그저 모두를 즐겁게 하려고 잠시 드래곤 놀이를 하는 정도일 경우에는 더욱 그렇다. 이런 책무에 실패했다고 해서 비난을 퍼부을 수는 없을 것이다. 그러나 책무를 지려면 먼저 그 책무를 인지해야 한다는 사실을 기억하기로 하자. 엘프랜드는 포킵시가 아니다. 그 땅에서는 트랜지스터라디오의 소리는 들리지 않는다.

마지막으로 덧붙이자면, 나는 독자 또한 비슷한 의무를 진다고 믿는다. 우리가 읽는 작품을 사랑한다면 독자도 마땅히 의무를 감당해야 한다. 그 의무란 바로 속아 넘어가지 않을 의무다. 신화의 성역을 상업적으로 착취하지 못하도록 거부해야 한다. 조잡한 작품을 거부하고, 제대로 된 작품을 기다리며 갈채를 아껴야 한다. 진짜 판타지보다 더 진짜인 것은 존재할 수 없으니까.

도주로

이 글은 작년에 오리건, 캘리포니아 영어 교사 협회, 밀워키에서 SF 수업을 하는 여러 교사 집단을 상대로 강연한 내용을 취합 및 정리한 결과물이다. 강연 중 일부분은 SF 수업을 할 때 마주치는 특정 문제와 기법에 관한 것이었기 때문에 이 지면에서는 배제했다. 그러나 내가 학교 사람들에게 SF에 대해서 등 뒤에서 수군거리며 돌아다닌 이상, SF에도 내가 무슨 말을 했는지 확인해 볼 권리가 있다. 따라서 나는 전반적인 흐름과 골자를 이 글로 응축해 내려 시도했다.

내가 종종 '학교라는 성역에 존재하는 프랑켄슈타인의 신부'라고 부르는 'SF 연구 협회 모임'이라는 연례행사가 있는

데, 1974년 회합에서 알렉세이와 코리 팬신[*]이 학교와 대학에서 SF를 가르치는 것에 반대하는 유장한 연설을 했다. 사실 조금 만용에 가까운 상황이기는 했는데, 눈앞의 청중이 SF를 가르치는 교사들, 즉 해당 주제에 깊은 열정과 관심을 가지고 그에 대해 토론하고 더 나은 방법론을 배우고 싶어 전국에서 몰려온 사람들로 구성되어 있었기 때문이다. 지금은 수천 군데의 고등학교에서 SF를 가르치며, 가장 빽빽한 대학의 영문학과들조차 굴욕을 삼키며 항복하는 상황이다. 이제 와서 교수들에게 알데바란 접근 금지령을 내려봤자 아무 소용도 없다고 생각한다. 벌써 도달해 있는 상황이니까. 그리고 상아탑의 5층 창문에서 밖을 내다보는 저 얼굴은, 작은 초록색 외계인이 아닌가. 나로서는 이런 혼혈을 기쁘게 인정하며, 단순히 그 자손이 어떤 모습일지를 확인하고 싶을 뿐이다.

최근 들어 급격히 늘어난 SF 강좌는 SF 작법에도 영향을 끼칠 것이 분명하기 때문이다. 우리의 독자층은 엄청나게 넓어졌고, 사상 처음으로 우리 SF의 게토에도 비평의 세례가 찾아오기 시작했다. 문학계의 고상하신 분들의 무시하는 언사도 아니

---

[*] Alexei Panshin(1940~)과 Cory Panshin(1947~). 작가, SF 비평가. 종종 부부가 함께 작업했다. 1968년에 〈통과 의례 Rite of Passage〉로 네뷸러 상을, 1990년에 SF의 역사를 서술한 〈언덕 너머의 세상 The World Beyond the Hill〉으로 휴고 상 논픽션 부문을 수상했다.

고, 질투심과 충성심이 강하고 소집단으로 나뉘어 싸우는 추종자들의 찬사와 혹평의 폭발도 아닌, 훈련과 지성을 갖추고 장르 안팎에서 다양한 작품을 읽은 진짜 평론가들의 비평 말이다. 이야말로 SF계에 일어난 최고의 사건이라 할 수 있을 것이다. 독자와 작가 양쪽에게 모두, 영향력과 책무를 가지는 예술 형태로서 인정을 받은 것이라 할 수 있기 때문이다.

게토는 편안하고 근심 없는 거처지만, 동시에 그곳에 살다 보면 몸이 상할 수밖에 없다. 어쨌든 게토의 본질은 그곳에 살도록 강제되었다는 것이기 때문이다. 보다 넓은 공동체에 살 수 있는데도 굳이 게토를 선택하는 것은 겁쟁이의 행동이다. 이제 모든 벽이 무너진 이상, 나는 우리가 마땅히 잔해를 넘어 바깥의 도시를 마주해야 한다고 생각한다. 그러는 과정에서 굳이 연대를 포기할 필요는 없다. 연대나 충성심은 선택권이 없는 감옥이 아니다. 자유롭게 내려야 하는 결정이다. 하지만 그와 동시에, 바깥의 모든 낯선 사람들이 찬사의 노래를 읊조리며 우리를 맞이할 것이라 기대해서도 안 된다. 그런 기대를 할 이유가 있겠는가? 우리 또한 그들에게는 이방인인데. 우리에게 약점이 있다면 그에 대한 비판을 받아들일 줄 알아야 한다. 우리에게 강점이 있다면 몸소 증명해 보여야 한다.

우리의 강점을 내보이는 방법 중 하나는 SF를 대하는 진지한 평론가들이 SF를 학습하고 교수하는 일에 적정한 비평의 도구를, 가치 기준을 세울 수 있도록 돕는 것이다. 전통적인 소설을 논평하고 재단하는 기준 중에는 SF에 적용되는 것도, 적용되지 않는 것도 있다. 교사 또한 『두 도시 이야기』를 가르치다 『높은 성의 사나이』로 넘어가려면 기어를 바꿀 필요가 있다. 기어를 바꾸지 않으면 둘 중 한 쪽은 잘못 해석되어 부당한 혹평을 받게 된다. 다행히도 SF는 적어도 두 가지 영역에서는 자신의 기준을 수립했고, 그 기준을 작문에서, 작문 수업에서, 그리고 문학으로서의 SF 수업에서 갈수록 엄밀하게 적용해 가고 있다.

그중 하나는 지적 일관성과 과학적 타당성이라는 기준이다.

판타지의 근본 계율은, 당연한 소리지만, 규칙을 직접 세울 수는 있지만 일단 세운 다음에는 자신도 따라야 한다는 것이다. SF는 이 계율을 한 단계 정제한다. 규칙을 직접 세울 수는 있지만 한도가 있다는 것이다. SF의 이야기에서는 과학적 증거를, 칩 딜레이니의 표현을 빌리자면 알고 있다고 간주되는 내용을 무시해서는 안 된다. 또는 그런 일을 하는 작가는 자신이 무엇을 하는지 알고 있어야 하며, 자신이 허용한 논리를 진지한 가설 또는 건전하고 설득력 있는 허구를 동원하여 방어해야 한다. 만약 내가 우주선에 초광속을 부여하고자 한다면, 나는 그 설정이 알버트 아인슈타인의 이론과 모순된다는 사실을 알고 있어야 하며, 그에 따른 대가를, 모든 결과를 받아들여야 한다. 이런 식으로 하나의 개념을 격렬하고 일관성 있게 따르며 적용하는 과정에 SF만의 독특한 심미적 가치가 존재한다. 그 개념이 파격적인 미래 기술의 편린이든, 양자역학의 이론이든, 현대 사회의 경향성을 풍자적으로 투사한 것이든, 또는 생물학과 인류학을 외삽해 만든 새로운 세계든 전부 마찬가지다. 이런 개념이 물질적으로, 지적으로, 사회적으로, 심리적으로, 윤리적으로 일관성 있게 작동하기 시작한다면, 그것만으로도 실체를 가지는 업적을 이룩했다고 간주할 수 있다. 그렇게 되면 그 현실감 있는 개체는 자신의 용어로 읽고 가르치고 판단할 수 있는 존재가 된다. '경이의 감정'은 흐릿한 향수 냄새가 아니라 훌륭한 이야기 안에 탄탄하게 뿌리를 내린 요소이며, 가까이 다가갈수록 경이의 감정 또한 강하게 느낄 수 있는 것이다.

두 번째 기준은 문체의 역량에 대한 비평이다.

SF의 황금기에 SF가 어떤 모습이었는지는 여러분도 알고 있을 것이다. 분명 알고 있다. 이런 식이었으니까. "오, 히긴스 교수님. 실례지만 안티파스토매터 디누디파이어가 어떻게 작동하는지 알려주실 수 있으시려나요?" 늘씬하고 쾌활한 로라가 목젖을 울리며 이렇게 말한다. 그러면 히긴스 교수는 친절하고 맹한 미소를 띤 채로 그 기계가 어떻게 작동하는지를 여섯 쪽에 걸쳐서 주절주절주절 설명해 댄다. 뒤이어 우주선 선장이 호리호리한 구릿빛 얼굴에 뻣뻣하고 뒤틀린 웃음을 머금은 채로 들어온다. 강철 같은 잿빛 눈동자가 번득인다. 그는 담배를 빼물고 깊이 들이쉰다. "오, 토미 선장님. 뭔가 잘못된 거라도 있나요?" 로라는 발랄한 동작으로 머리채를 한쪽으로 휘날리며 묻는다. 선장은 연기를 깊이 들이쉬며 대꾸한다. "그 작고 귀여운 머리로 그런 걱정을 할 필요는 없소. 좌현에 9천 척의 글루비언 점액질 괴물 함대가 등장한 것뿐이니까." 기타 등등. 여러분도 알다시피 과거에 미국의 SF는 펄프 잡지와 대중문화라는 매질을 통해 전파되었다. 하지만 더 이상은 아니다. 이제 적어도 전부 그렇지는 않다. 미국의 SF는 영국과 유럽의 SF와 다시 합류했다. 그쪽의 SF는 드물기는 하지만 우리를 흉내 낼 때를 제외하고는 싸구려로 전락하지 않았으며, 항상 소설의 주류 흐름의 일부였다. 따라서 우리의 SF 또한 싸구려로, 쓰레기로 취급되는 것이 아니라 창작물로서 취급받아 마땅한 것이다.

내 이런 의견은 자명하지도, 많은 사람들이 공유하지도 않는 의견이다. SF 게토의 주민들 중 많은 수는 자신의, 또는 가장 좋아하는 작가들의 작품이 문학으로 평가받는 일을 원하지 않는다. 그들은 쓰레기를 원하며, 쓰레기에 심미적 평가를 내리는 일을 극도로 혐오한다. 거기다 게토 밖에는 SF에 대해 우월한 지위를 점유하고 깔보고 싶은 마음으로 가득한 평론가들이 살고 있으며, 그런 자들은 SF가 쓰레기 대중문화로서 멸시해 마땅한 존재가 되기를 원한다. 제럴드 조나스[*]의 〈뉴요커〉 기고문은 다른 여러 부분에서는 통찰력이 있으면서도 이런 성향이 강하게 느껴지며, 레슬리 피들러[**]가 꾸미는 수많은 게임 중 하나이기도 하다. 다행스럽게도 우리가 가진 최고의 SF 평론가인 다코 수빈[***]은 이런 게임을 벌이지 않는다. 나는 이런 게임이야말로 작품과 그 독자 양쪽을 거만하게 대하는, 진정한 의미의 책임회피라고 생각한다.

SF가 자신을 평가하는 데 실패하는 일이 잦으며, 객관적인 평론가들에게 가장 혹독한 평가를 받는 영역이 하나 있다. 우리에게 있어서는 지적인 비평과 토론이 간절히 필요한 영역이라 할 수 있을 것이다. SF에 대한 가장 오래된 비판이며, 가장 피상적인 비평도 심오한 비평도 건드리는 지점이다. 바로 SF

---

[*] Gerald Jonas(1935~). 평론가, 저술가. 30년 동안 〈뉴요커〉에 전속 작가로 근무했고, 〈뉴욕 타임스〉에 정기적으로 SF 평론을 기고했다. 2018년에는 〈뉴욕 타임스〉에 르 귄의 부고 기사를 썼다.

[**] Leslie Fiedler(1917~2003). 평론가. 1970년대에 텔레비전과 헐리우드로 영역을 넓혀 활발히 활동했으며, 70년대 후반부터 대중문화, 그중에서도 특히 SF에 대한 비평에 열정을 보였다.

[***] Darko Suvin(1934~). 철학자, 평론가. SF의 본질이 가설을 둘러싸는 개념에 있다고 생각했다. SF 붐을 타고 크로아티아에서 몬트리올로 이주해서 맥길 대학에서 SF를 가르쳤다.

가 다른 모든 판타지와 마찬가지로 도피주의 성향을 가진다는 주장이다.

이 주장은 얄팍한 비평가가 입에 담으면 얄팍해진다. 보험 중개인이 SF가 현실 세계를 다루지 않는다고 말하거나, 화학과 초년생이 과학이야말로 신화가 틀렸음을 입증해 준다고 말하거나, 검열관이 사회주의 리얼리즘의 정전에 들어맞지 않는다는 이유로 작품을 발매 금지한다면, 이것은 비평이 아니라 편견일 뿐이다. 이런 질문에 굳이 답을 할 필요가 존재한다면, 작가이자 비평가이자 학자였던 톨킨의 말을 인용하는 쪽이 최고의 답변이 될 것이다. 그는 이렇게 말했다. 그렇다, 판타지는 현실 도피이며, 바로 그 점에 판타지의 영광이 존재한다. 만약 병사가 적에게 사로잡혔다면, 도망치는 것이 자신의 의무라 여겨 마땅하지 않은가? 대금업자들이, 무학자들이, 권위주의자들이 우리를 감옥에 가두어 놓고 있다. 우리가 정신과 영혼의 자유를 중시한다면, 우리가 자유를 위해 싸우는 지하 투사라면, 도망치는 것이야말로, 그리고 가능한 한 많은 사람을 함께 데려가는 것이야말로 우리의 의무라 할 수 있을 것이다.

그러나 어리석지도 편견에 사로잡히지도 않은 사람들도, 예술과 자유 양쪽을 사랑하는 사람들도, 에드먼드 윌슨*처럼 신뢰할 만한 비평가들조차도, SF를 거론할 가치조차 없는 장르라고 단언한다. 그 이유가 무엇일까? 그들은 어째서 그렇게 확신하는 것일까?

우선 이런 질문을 던져 보아야 할 것이다. 우리는 무엇으로 부터, 그리고 어디로 도피하는 것일까?

당연한 소리지만, 만약 우리가 〈뉴스위크〉와 〈프라우다〉와 증권 시장 보고서로 구성된 세계에서 도망쳐서 생생하고 참된 세계를, 기쁨과 비극과 윤리가 존재하는 보다 생생한 세계를, 격렬한 현실의 존재를 확립하고자 하는 것이라면, 우리는 좋은 일을 하고 있는 것이며, 톨킨의 말은 옳다고 할 수 있다. 하지만 우리가 정반대의 일을 벌이는 것이라면 어떨까? 만약 우리가 죽음과 세금으로 구성되어 있는 복잡하고 불확실하고 두려운 세계로부터 도망쳐서 친절하고 단순하고 안락한 세계로, 주인공은 세금을 낼 필요가 없으며, 죽는 사람은 악당뿐이고, 과학에다 자유기업주의와 검은색과 은색의 제복을 걸친 은하 함대를 첨가하면 모든 문제를 해결할 수 있는 세계로, 인간의 고뇌를 괴혈병처럼 치료할 수 있는 세계로 도피하는 것이라면? 이런 행위를 거짓으로부터의 도피라고 부를 수는 없다. 도리어 거짓으로의 도피일 것이다. 이런 식으로는 언제나 실존이라

---

* Edmund Wilson(1895~1972). 평론가, 저술가. 작가이자 평론가로서 미국의 문필가들에게 많은 영향을 끼쳤다. 『반지의 제왕』을 "유아적인 쓰레기"라 치부하고 "톨킨 박사는 내러티브를 펼칠 능력이 없으며 문체에 있어서는 전혀 감각이 없다"고 혹평한 것으로 유명하다.

는 수수께끼를 강렬하게 만드는 장대한 신화와 전설의 방향으로 도주할 수 없다. 다른 방향으로, 현실을 거부하는 방향으로, 정신병의 방향으로 향하게 될 뿐이다. 유아 퇴행이나 피해망상으로, 아니면 조현병의 단절로 도피하는 것이다. 퇴보하는, 자폐증을 향한 움직임이다. 우리 자신을 감방에 가두는 방식으로 도피해 버린 것이다.

그리고 사람들은 자물쇠를 채운 감방 안에 들어앉아서 이렇게 말한다. 이야, 우와, 이번 『야만인 벨치』 신작 읽었어? 세계 최고의 작품이라니까.

그런 이들은 바깥에서 귀를 기울이는 사람들에게는 신경조차 쓰지 않는다. 바깥세상이 존재한다는 것조차 알기를 원하지 않는다.

SF에서 가장 유명한 작품들이 사회적으로도 윤리적으로도 사변적인 경향을 보이기 때문에, 이 장르는 본질적으로 '현실과 밀접하다'는 명성을 얻었다. 현실 도피적이라는 비난을 받을 때마다, SF 업계는 웰스, 오웰, 헉슬리, 차페크, 스테이플던, 자먀친을 가리켜 보이면서 자신을 변호한다. 그러나 그 정도로는 오명을 씻을 수 없다. 그 작가들 중 미국인은 한 사람도 없으니까. 나는 미국의 SF가 위대한 유럽 걸작의 등에 업혀가면서도 여전히 펄프 시대의 도피주의를 놓지 못하고 있다고 느낀다.

물론 이는 과도한 표현이며, 아마도 부당할 것이다. 최근의 미국 SF는 전체주의, 국가주의, 인구 포화, 공해, 편견, 인종차별, 성차별, 군국주의 등에 저항하는 작품들로 가득하다. 이들 모두는 '현실과 밀접한' 문제들이다. 『위험한 상상력, 다시』*는 문제 해결의 정규 교과서로 사용되기도 했다(내 단편 또한 교과서에서 한 장을 차지했다). 그러나 나는 이런 창작물과 책들이 모두 잔혹할 정도로 독선적인 어투로 집필되었다는 사실에 걱정이 앞선다. 이 작품들의 어조는 마치 모든 문제에 해답이, 간명한 해답이 존재하며, 왜 너희 한심한 머저리들은 그걸 깨닫지 못하느냐고 훈계하는 것처럼 들린다. 글쎄, 나는 이야말로 도피주의라고 부르고 싶다. 선정적인 관심을 좋아하는 사람이 진짜 문제를 제기한 다음, 재빨리 그 문제에 따르는 온갖 무게와 고통과 복잡성은 회피하고, 실험처럼 그 문제를 이해하고 대처하려 시도하는 것이다. 그리고 한 가지 말해 두는데, 나는 반동적이고 단순한 해답만 내놓으려 애쓰는 특정 SF 분파, 즉 기술 관료 옹호자나 사이언톨로지스트나 '자유의지론자' 따위만이 아니라, 내 세대에 속하는 수많은 재능 있는 미국 또는 영국의 작가들이 영향을 받은 얄팍한 허무주의 또한 이런 비판을

---

* 할란 엘리슨의 앤솔러지 『Again, Dangerous Visions』(1972). 르 귄의 중편소설 『세상을 가리키는 말은 숲』도 여기에 처음 수록되었다.

피할 수 없다고 생각한다. 허무로 돌아가는 절멸이야말로 가장 쉬운 해결책이다. 모든 문을 닫아 버리면 끝나기 때문이다.

나는 SF가 문학에 건네는 가장 큰 선물이 열린 우주를 마주하는 포용력이라 생각한다. SF는 물리적으로도, 심리적으로도 열려 있기 때문이다. 어떤 문도 닫아버리지 않는다.

물리학이나 천문학에서 역사학이나 심리학에 이르기까지, 과학은 우리에게 열린 우주를 제공했다. 그 열린 우주는 단순히 고정된 계층 구조가 아닌, 오랜 시간에 걸쳐 방대하고 복잡한 사건이 발생하는 하나의 과정이다. 인간이 탄생하기 전의 과거로부터 놀라운 현재를 거쳐 처참하거나 희망찬 미래에 이르기까지, 모든 문이 열려 있다. 모든 연결이 가능하다. 모든 대안이 가능하다. 편안하고 안심되는 공간이 아니다. 아주 거대하고 바람이 숭숭 들어오는 집이다. 그러나 우리가 사는 집은 바로 그런 곳이다.

그리고 SF는 그 거대하고 외풍이 술술 들어오는 집에 거주할 수 있는, 그곳을 거처로 삼을 수 있는, 지하실에서 다락방까지 계단을 오르내리며 놀이를 즐길 수 있는, 현대적인 문학예술의 형태로 보인다.

나는 아이들이 SF를 좋아하고 SF 강의를 듣고 SF를 공부하고 SF를 진지하게 대하려 하는 이유가 바로 그것이라 생각한다. 아이들은 SF를 통해서, 우리가 두려울 정도로 광활하게 펼쳐 놓은 지식과 감각의 세계에서 놀이를 즐기고 이해하고 아름다움을 찾아낼 수 있다는 가능성을 느낀다. 그리고 바로 그 때문에, SF가 그런 임무를 실패할 때마다, 어리석고 단순한 위안으로 다시 추락할 때마다, 오 죄인이여 참회하라고 신음소리를 울릴 때마다, 하잘것없는 갈망 속에서 안식을 취할 때마다 나는 투덜대는 것이다.

따라서 나는 SF를 배우고 가르치는 일을 환영한다. 교사들이 책임감을 지니고 벅차게 우리를 비판하고, 학생들이 책임감을 지니고 벅차게 우리의 책을 읽어주기만 한다면. 만약 SF가 쓰레기가 아니라, 도피주의가 아니라, 지적이고 심미적이고 윤리적 책임을 지는 위대한 예술 형식으로 취급받는다면, SF는 머지않아 그렇게 될 것이다. 마땅히 과업을 완수할 것이다. 미래를 향한 문이 열릴 것이다.

주시하는 눈

그 책은 대학 도서관의 신규 매입 서적 서가에 진열되어 있었다. 멋지게 생긴 세 권의 책이, 휴튼 미플린 판본으로, 베이지색과 검은색으로 구성된 표지에, 저마다 한가운데에 독자를 주시하는 검고 붉은 눈이 박힌 채로.

때로는 한 권, 두 권, 아니면 세 권 모두가 대여되어 자리에 없었다. 때로는 세 권 모두 자리에 있었다. 나는 도서관에 갈 때마다, 그러니까 상당히 자주, 그 책들에 신경이 쓰였다. 왠지 불안한 기분이 들었다. 그 책들이 나를 주시하고 있었으니까.

〈새터데이 리뷰〉에서 마지막 권이 출간될 때 특별 사설로 그 책의 비범한 활력과 설득력을 칭찬했던 적이 있었다. 당시에는 꼭 한번 읽어봐야겠다고 마음먹었다. 그런데 도서관에 등장하니 피하고만 있는 것이었다. 나는 그 책들이 두려웠다. 〈새터데이 리뷰〉 그 자체처럼 지루할 것이라는 생각이 들었다. 아마 허세를 떠는 책일 것이다. 아마 우화로만 가득할 것이다. 한번은 서가에 홀로 남은 2권을 손에 들어서 첫 장을 펼쳐보기까지 했다. "두 개의 탑"이라. 사람들이 언덕 주변을 정신없이 돌아다니며 서로를 찾고 있었다. 문체가 조금 지나치게 격식을 차려 부자연스럽다는 생각이 들었다. 나는 책을 서가에 돌려놓았다. 눈은 나를 뚫어져라 쏘아보았다.

당시 나는 (이제는 짐작도 안 가는 이유로) 조지 기싱의 작품을 전부 독파하는 중이었다. 아마 『유랑의 몸』을 반환하러 도서관에 들렀을 때였을 것이다. 바짝 경계한 채로 매입 서적 서가를 피해 돌아가려 걸음을 멈추고 보니, 세 권이 다시 함께 모여서 나를 노려보는 모습이 보였다. 마침 『삼류 문인의 거리』 연작에 질려 버린 참이었다. 아 뭐야, 안 될 게 뭐람? 나는 1권을 대여해서 그대로 집으로 돌아갔다.

다음 날 아침 9시에 나는 그 자리에 돌아와서 나머지 책들도 빌렸다. 세 권을 읽는 데 사흘이 걸렸다. 삼 주 후까지도 나는 종종 중간계에 거주하고 있었다. 엘프처럼 꿈속에서 세상을 거닐며, 사라질 운명의 세계와 사라지지 않는 세계 양쪽을 동시에 살폈다.

18년이 지난 오늘 밤, 이 글을 쓰려고 자리에 앉기 직전까지, 나는 아홉 살 먹은 아들에게 책을 읽어주고 있었다. 우리는 조금 전에 이센가르드의 무너진 문 앞에 도착해서 메리와 피핀이 폐허 한복판에 앉아 간식을 먹고 담배를 태우는 모습을 발견했다. 아홉 살 먹은 아이는 메리는 좋아하지만 피핀은 별로 좋아하지 않는다. 나는 그 정도까지 두 호빗을 구별할 수 없었는데.

내가 이 책을 소리 내 읽는 것은 이번이 세 번째다. 아홉 살 먹은 아들에게는 누나가 두 명 있고, 그 아이들은 이제 스스로 책을 읽는다. 그 책의 세 가지 서로 다른 판본을 얻은 느낌이다. 나 자신은 몇 번이나 읽었는지 짐작조차 가지 않는다. 나는 온갖 책을 다시 읽지만, 읽은 횟수를 잊어버린 작가는 디킨스, 톨스토이, 톨킨뿐이다.

그러나 나는 대학 도서관에서 그 세 권의 책을 마주한 순간 본능적인 불신을 품고 망설인 것에 나름 근거가 있다고 생각한다. 그 책에서 직접 인용해서 설명해 보자면, 강대한 힘을 품은 존재는 그 자체만으로는 온전히 선량하다 할지라도, 무지한 채로, 또는 잘못된 시기에 사용하면 파멸을 초래할 수 있다. 준비가 필요한 것이다. 충분히 힘을 키워야 하는 것이다.

나는 나보다 나중에 태어나서 어린 시절에 톨킨을 읽을 수 있었던 사람들을 질투한다. 그 질투 대상에는 내 아이들도 포함되어 있다. 저항이 최소한에 그치는 어린 시절에 그 책을 접하게 하는 일에는 당연하지만 아무런 거리낌도 없다. 열 살이 나 열세 살일 때 엔트나 로스로리엔의 존재를 알 수 있다니, 얼마나 운이 좋은가!

그러나 (다행스럽게도) 그런 아이들이 자라나서 환상을 다루는 소설을 쓰는 일은 상당히 드물며, 나는 질투심을 품으면서도 내가 25세 이전에 톨킨을 읽지 않았다는, 사실 읽을 수 없었다는 사실을 내심 다행스럽게 생각한다. 감당할 수 있었을지 도저히 확신할 수 없기 때문이다.

나는 아홉 살 때부터 판타지를 써 왔으며, 다른 글은 아무것도 쓰지 않았다. 내 글은 다른 이들의 환상과 닮은 구석이 조금도 없었다. 나는 당시 손에 넣을 수 있는 상상에 근거한 창작물은 〈어스타운딩 스토리즈〉부터 시작해서 온갖 것들을 읽어치웠다. 내가 보기에 뿔과 상아로 만든 문의 열쇠를 쥔 거장은 던세이니였다. 그러나 나는 다른 것들도 닥치는 대로 읽었고, 스물다섯이 될 무렵에는 소설이라는 예술 분야에서, 그리고 글쓰기라는 기술의 분야에서, 거장이나 본보기로 인정할 만한 작가는 톨스토이와 디킨스뿐이라고 생각하고 있었다. 그러나 나는 오만함에 버금가는 회피 성향도 지니고 있었기 때문에 나 자신의 상상을 외부에 드러내는 일을 꺼렸다. 환상 분야에서는 본보기라 할 사람이 딱히 없었다. 나는 열두 살 이후로는 던세이니처럼 글을 쓰려고 시도한 적도, 심지어 〈어스타운딩〉의 작품들처럼 글을 쓰려고 시도한 적도 없었다. 목표점은 가지고 있었지만, 그곳에는 나 혼자의 힘으로 도착해야 한다고만 생각했다.

만약 같은 길을 앞서 간 사람이 있다는 사실을, 나보다 훨씬 위대한 사람이 있다는 사람을 알았더라면, 이 길을 계속 가겠다는 무모한 용기를 끌어올릴 수 있었을지 확신할 수가 없다.

그러나 내가 톨킨을 접했을 즈음에는 아직 쓸 만한 작품은 하나도 쓰지 못한 상태이기는 했지만 충분히 나이도 먹었고, 오랜 세월에 걸쳐 기술을 열심히 갈고 닦아서 이미 나의 길에 오른 상태였다. 내가 가야 할 길을 아는 상태였다. 그 놀라운 상상력의 힘이 나를 휩쓸고 지나가도, 내가 이미 땅에 새겨 놓은 바퀴자국에서 떨어트려서, 골룸처럼 꿈틀대고 칭얼대며 끌려가도록 만들 수는 없었다. 그러니까, 적어도 글쓰기에서는 그랬다는 말이다. 독서 쪽은 또 상당히 다른 문제다. 책을 펼치기만 하면 강풍이 불기 시작하고, 원정대의 임무가 시작되며 나는 그 뒤를 따르게 되고…

그토록 많은 사람들이 『반지의 제왕』을 지겹다고 여기거나 혐오하는 것도 생각해 보면 당연한 일이다. 한 가지만 들자면 몇 년 전에 일어난 괴상한 유행, 즉 '고 고 간달프' 사태만으로도 많은 사람들이 등을 돌리게 만들기에 충분했다.* 학계를 망

령처럼 떠도는 '일곱 가지 모호성'** 중에서 어느 것으로 재단하더라도, 『반지의 제왕』이 완벽하게 부적절하다는 사실은 피할 수가 없다. 우화를 찾아 헤매는 이들에게도 분통이 터지는 작품일 것이다. (우화일 수밖에 없는데! 당연히 프로도가 그리스도지! 아니, 골룸이 그리스도인가?) 현실을 인지하는 연결고리가 취약해서 독서를 할 때마다 '리얼리즘'의 양을 계속 늘려 줄 것을 갈구하는 사람들이 보기에는, 이 작품은 정신병원으로 가는 직행 차표 정도를 제외하면 아무것도 제공해 주지 않는다. 그 외에도 이 작품을 싫어할 이유는 수도 없이 많다. 이를테면 고난과 구조, 위협과 안도, 긴장과 이완을 계속해서 반복하는 이 책의 기묘한 흔들목마의 걸음걸이 같은 리듬은 (바로 그 때문에 아홉 살이나 열 살 먹은 아이들도 이 두꺼운 책을 읽을 수 있는 것이지만), 제트기 시대의 성인에게는 부적합할 수도 있다. 게다가 딱딱한 격식투성이의 아라곤에, 프로도를 부를 때마다 '나리'를 빼놓지 않고 붙여서 호빗 사회주의 연맹을 창설하는 환

---

* 미국에서는 1960년대 후반에서 1970년대에 걸쳐 '톨킨 컬트'라 부를 만한 일련의 팬 활동이 기성세대의 눈살을 찌푸리게 만들었다. 대학가에서는 "프로도는 살아 있다"나 "고 고 간달프"라고 엘프어로 적은 배지가 유행하고, 호빗식 인사나 호빗식 식사, 가장 행사 등이 시내에서 공공연하게 벌어지곤 했다.

** Seven Types of Ambiguity. 문예 평론가 윌리엄 엠슨이 1930년에 동명의 서적을 통해 제창한 비평 기준으로, 신비평 사조의 근간이 되었다.

각이 보이기 시작할 지경으로 만드는 셈도 있고, 섹스는 아예 등장하지 않는다. 게다가 일부 사람들이 톨킨의 완벽한 실수로 간주하는 절대악의 문제도 있다. 그들의 논지는 겉보기로는 매우 훌륭해 보인다. 그러나 톨킨은 이미 1934년에, 그와 동일한 주장에 분통이 터진 나머지 「괴물과 평론가들」이라는 제목의 훌륭한 논문으로 사후경직을 일으키는 현학자들의 손에서 『베오울프』를 해방시킨 전력이 있다. 톨킨을 사랑스러운 늙은이로 여기는 사람이라면 부디 그 논문을 읽어 보기 바란다.

절대악의 문제로 톨킨의 흠을 잡는 사람들은 보통 절대악의 문제에 대한 '해답'을 가지고 있다. 그러나 톨킨은 해답을 가지고 있지 않았다. 애초에 마법의 반지를 상상 속의 화산에 던지는 일이 어떻게 해답이 될 수 있단 말인가? 이데올로기에 심취한 사람이라면, 심지어 그 이데올로기가 종교적인 경우에조차, 성공적으로 곡해한 경우를 제외하면 톨킨을 읽고 만족할 수 있을 리가 없다. 다른 모든 위대한 예술가들처럼 톨킨은 민첩하게 헤엄쳐서 이데올로기의 그물을 벗어난다. 이데올로기의 장대한 단순성으로 옭아매기에는 너무 복잡하며, 이데올로기의 이성으로 해석하기에는 너무 환상적이며, 이데올로기의 일반화로 붙들기에는 너무 현실적이기 때문이다. 톨킨의 작품 또한 『베오울프』나 『고 에다』나 『오뒷세이아』와 마찬가지로 병조림으로 만들어 이름표를 붙일 수 없는 것이다.

이렇게 충만한 삶의 마지막 순간을 비통의 애가로 끝내는 것은 적절치 않아 보인다. 그저 이 책의 마지막 부분에 도달했을 때, 마지막 구절을 읽는 내 눈에 눈물이 그렁그렁하다는 사실을 아들 테드에게 들키지 않으려고 힘겹게 얼굴을 찌푸리며 애쓰게 되리라는 사실을 알고 있을 뿐이다.

그는 계속 걸음을 옮겼다. 작은 노란 빛이, 그 안에 흔들리는 불꽃이 보였다. 저녁식사가 준비되어 그를 기다리고 있었다. 로즈는 그를 안으로 맞아들여 그의 의자로 이끈 다음, 꼬마 엘레노어를 그의 무릎에 앉혔다.

그는 깊이 숨을 들이쉬고 입을 열었다.

"자, 돌아왔어."

미국인은 왜 드래곤을 두려워하는가?

이 자리에서는 판타지에 대해 이야기하기로 되어 있다. 하지만 최근 별로 경쾌한 기분이 아니라서 무슨 말을 해야 할지를 정할 수가 없었고, 따라서 괜찮은 착상을 찾아 다른 사람들의 두뇌를 헤집기에 이르렀다. "판타지 어때? 판타지에 대해서 뭐든 말 좀 해 봐." 그러니 친구 한 명이 이런 말을 꺼냈다. "좋아, 판타지스러운 이야기를 하나 해 주지. 10년 전에 어쩌구저쩌구라는 이름의 도시에서 도서관 아동도서실로 가서 『호빗』을 주문했거든. 그랬더니 사서가 이러는 거야. '아, 그건 성인도서 쪽에만 있습니다. 아이들이 현실도피에 빠지면 곤란하다고 생각해서요.'"

나는 친구와 함께 한바탕 신나게 웃고 몸서리를 친 다음, 지난 10년 동안 상황이 상당히 많이 변했다는 점에 동의했다. 요새는 아동도서실에서 판타지 작품에 대해서 그런 부류의 도덕적 검열을 하는 일이 매우 드무니까. 그러나 아동도서실이 사막의 오아시스가 되었다고 해서 사막 자체가 없어진 것은 아니다. 그 사서와 같은 관점은 아직도 존재한다. 그녀는 완벽한 선의로 미국인의 내면에 깊이 뿌리 내린 특성, 즉 환상에 대한 도덕적 반감을 표출해 보였을 뿐이다. 그런 반감은 너무 격렬하고 때로는 지나치게 공격적이라, 근원을 따져 보면 공포에서 비롯되었을 것이라는 생각을 하지 않을 수가 없다.

그렇다면 미국인들은 왜 드래곤을 두려워하는 걸까?

이 질문에 답하려 시도하기 전에, 먼저 드래곤을 두려워하는 민족이 미국인만은 아니라는 점을 짚고 넘어가야겠다. 나는 고도의 기술 문명을 영위하는 민족이라면 다들 어느 정도 판타지에 반대하는 성향을 가지고 있으리라 생각한다. 우리처럼 지난 수백 년 동안 국가의 문학적 전통에 성인 판타지가 포함되지 않았던 국가들도 수가 제법 된다. 예를 들면 프랑스라든가. 반면 독일에는 판타지가 제법 존재했던 편이며, 영국은 존재하는 정도가 아니라 아예 애지중지하며 다른 어떤 민족보다 뛰어난 작품들을 배출해 왔다. 따라서 드래곤에 대한 공포는 단순히 서구 또는 기술 문명의 보편적 특성이라 보기는 힘들다. 그러나 이렇게 방대한 규모의 역사적인 질문을 파고들고 싶지는 않으니, 내가 고찰할 수 있을 정도로 충분히 잘 아는 단 하나의 민족, 즉 현대 미국인에 대해서만 이야기하기로 하겠다.

미국인이 왜 드래곤을 두려워하는가를 생각하다가, 나는 문득 상당히 많은 미국인이 단순히 반판타지 성향이 아니라 반소설 성향도 보인다는 사실을 깨닫게 되었다. 우리 미국인은 상상력의 산물 자체를 수상쩍거나 경멸스러운 존재로 바라보는 경향이 있다.

"아내는 소설을 읽지요. 저는 시간이 없어서."

"십대 시절에는 SF를 읽곤 했지. 물론 지금은 손에서 놓았지만."

"동화는 애들이나 읽는 거 아니요. 나는 현실 세계에 산다고."

이런 말을 하는 사람이 누구인가? 대체 누가 『전쟁과 평화』, 『타임머신』, 『한여름 밤의 꿈』을 이토록 완벽하게 자신감 넘치는 태도로 거부할 수 있는가? 애석하게도 평범한 남자들, 근면하게 일하는 30세가 넘은 미국인 남성들, 이 나라를 이끌어나가는 남자들이다.

소설이라는 예술의 범주 자체를 거부하는 상황은 몇 가지 미국적인 특성에 기인한다. 우리의 청교도주의, 노동 윤리, 이윤을 추구하는 마음가짐, 심지어는 성적인 관습까지도 여기에 영향을 끼친다.

『전쟁과 평화』나 『반지의 제왕』은 '노동'으로서가 아니라 즐거움을 추구하기 위해 읽는 책이다. 그리고 '교육'이나 '자기 계발' 등으로 정당화시킬 수 없다면, 청교도 가치관 체계 내에서 그런 즐거움은 방종이나 현실도피 취급을 받는다. 청교도에게 즐거움이란 아무런 가치도 없는 행위며, 도리어 죄로 간주하기 때문이다.

마찬가지로 사업가의 가치 체계에서 즉각적이고 가시적인 이윤으로 이어지지 않는 행동은 어떤 식으로도 정당화될 수 없다. 따라서 톨스토이나 톨킨을 읽을 핑계가 있는 사람은 독서를 통해 봉급을 받을 수 있는 영문학 교사뿐이다. 그러나 우리의 사업가도 가끔씩 베스트셀러를 한 권씩 읽기는 한다. 좋은 책이라서가 아니라, 베스트셀러이기 때문이다. 성공해서 돈을 벌어들인 책이기 때문이다. 환전상이나 다름없는 이런 기묘한 정신 체계에서는 이윤을 획득했다는 사실이 존재를 정당화해 주며, 따라서 그 책을 읽음으로서 성공이 가지는 힘과 마력을 조금이나마 공유할 수 있다는 생각을 하게 되는 것이다. 이처럼 마법이라는 단어에 어울리는 상황도 또 없을 것이다.

마지막 요소, 즉 성적인 문제는 조금 더 복잡하다. 성차별주의자로 몰리지 않기를 빌면서 감히 말해 보자면, 우리 문화권에서 이런 반소설주의는 기본적으로 남성의 태도다. 미국의 소년과 성인 남성은 종종 우리 문화권에서 '여성적' 또는 '유아적'이라 간주하는 특정 성향, 특정 재능과 가능성을 배척함으로서 남성성을 드러내 보일 것을 강요받는다. 그리고 냉정하게 말하자면, 그런 성향 또는 가능성 중에는 인간에게 반드시 필요한 능력인 상상력이 포함되어 있다.

여기까지 도달한 나는 재빨리 사전을 뒤졌다.

옥스퍼드 사전 간략판에는 "상상. 1. 시각화, 또는 실제로 감각을 통해 느낄 수 없는 정신적 개념을 구현하는 행위. 2. 아직 존재하지 않는 행동 또는 사건을 고려해 보는 정신 행위"라고 적혀 있다.

좋아, 이 정도면 '인간에게 반드시 필요한 능력'은 그대로 놔둬도 될 것 같다. 하지만 현재 주제에 맞춰 정의를 제한할 필요가 있을 것이다. 나는 '상상'이라는 단어를 지적 또는 감각적 측면에서 정신의 자유로운 발현 행위를 의미하는 단어로 사용했다. 여기서 '발현'이란 오락, 재창조, 그리고 이미 아는 사실과 새로운 사실을 조합하는 행위를 말하는 것이다. '자유로운'이라는 단어는 즉각적인 이윤을 목표로 하는 행동이 아니라는 뜻이다. 정신의 자유로운 발현에 숨은 목표가 있으면 안 된다는 뜻은 아니다. 실제로 목표는 매우 중요한 역할을 담당할 수 있다. 아이들이 상상력에 기반한 놀이를 즐기는 것은 명백하게 성인의 행동과 감정을 연습하기 위한 것이다. 상상력이 필요한 놀이를 즐기지 않는 아이들은 성숙할 수 없다. 그리고 성인의 정신이 자유롭게 발현되면, 『전쟁과 평화』나 상대성이론과 같은 결과물이 나올 수 있다.

자유롭다고 해서 아무런 규율도 없는 발현을 말하는 것은 아니다. 사실 예술 또는 과학의 방법론이나 기술에서 상상력을 통제하는 일은 매우 중요하다고 할 수 있다. 문제는 우리의 청교도주의가 규율에는 마땅히 억압이나 형벌이 필요하다고 주장함으로서 혼란을 불러온다는 것이다. 단어의 뜻에 맞게 규율을 적용하려면, 필요한 것은 억압이 아니라 훈련이다. 대상이 복숭아나무든 인간의 정신이든, 성장하고 행동하고 결실을 맺도록 촉진해 주어야 하는 것이다.

나는 상당히 많은 수의 미국 남성이 그와는 반대의 교육을 받아왔다고 생각한다. 그들은 상상력을 억눌러야 한다고, 유아적이거나 여성적이며 이윤으로 이어지지 않는, 심지어 죄를 낳는 행위로 치부해야 한다고 배워 왔다.

두려워하도록 학습된 것이다. 그러나 규율을 부과하는 법은 조금도 학습하지 못했다.

나는 상상력이란 억누를 수 없는 것이라 생각한다. 아이의 정신에서 상상력을 완전히 말살해 버리면, 그 아이는 식물이나 다름없는 인간으로 자라날 것이다. 인간의 다른 온갖 사악한 성향처럼, 상상력 또한 결국 비집고 나오게 마련이다. 그러나 거부와 멸시를 마주한 상상력은 거친 잡초처럼 기형으로 자라나게 된다. 최선의 경우라도 자기중심적인 백일몽에 지나지 않을 것이며, 최악의 경우에는 진지하게 받아들일 경우 극도로 위험할 수 있는 무모한 희망이 될 것이다. 진정으로 청교도적이었던 과거에는, 성경만이 읽도록 허용된 유일한 문학이었다. 반면 세속화된 오늘날에는, 남자답지 못하거나 진실이 아니라는 이유로 소설을 거부하는 남자들은 결국 텔레비전에서 잔인한 범죄 스릴러를 시청하거나 싸구려 서부극이나 스포츠 이야기를 읽거나 〈플레이보이〉부터 저급의 극단에 이르는 온갖 포르노그래피에 빠져든다. 굶주려 자양분을 찾는 상상력이 그렇게 만드는 것이다. 그리고 그런 사람들은 현실적이라는 이유로 그런 유희를 정당화한다. 어찌됐든 섹스도, 범죄자도, 야구 선수도 현실에 존재하고, 카우보이도 존재한 적은 있으니까. 그리고 그런 유희에는 남성의 활력이 넘친다고도 덧붙인다. 즉 대부분의 여성이 관심을 보이지 않는 분야라는 뜻이다.

이런 장르들이 끔찍할 정도로 생산성 없고 얄팍하다는 사실은 단점이 아니라 도리어 안도를 주는 요소다. 진정한 의미에서 현실적이었다면, 제대로 된 상상력의 산물이었다면, 두려움을 느꼈을 테니까. 우리 시대의 현실도피 문학은 거짓 리얼리즘이다. 그리고 최고의 현실도피 작품, 완벽한 비현실주의 독서의 최고 걸작은 일일 증권 시장 보고서라 할 수 있을 것이다.

그럼 그런 남자의 아내는 어떨까? 아마도 삶이 요구하는 역할을 수행하기 위해 내밀한 상상력의 불씨를 끌 필요는 없었겠지만, 동시에 규율을 부과하기 위한 훈련을 받지도 못했다. 소설을, 심지어 판타지 소설조차도 읽도록 허용되기는 했을 것이다. 그러나 훈련과 격려를 접하지 못한 그녀는 결국 영양가 없는 사료에 관심을 빼앗기게 되기 십상이다. 텔레비전 연속극, "트루 로맨스", 위안용 소설이나 역사를 배경으로 한 감성 소설, 기타 상상력의 효용을 극도로 불신하는 사회에서 진정한 상상력이 깃든 작품을 대체하기 위해 예술 분야의 저임금 노동자들을 부려서 만들어낸 허튼소리들에 말이다.

그렇다면 상상력에는 대체 어떤 효용이 있다는 걸까?

우리 눈앞에는 끔찍한 존재가 하나 있다. 근면하고 강직하고 의무감으로 무장한, 교육을 받은 완벽한 성인이면서, 드래곤을 두려워하고, 호빗을 두려워하고, 요정만 보면 죽을 정도로 겁에 질리는 사람이다. 우스꽝스럽지만 동시에 끔찍한 일이기도 하다. 뭔가 아주 심각하게 잘못되었다. 이 문제를 어떻게 해결해야 할지는 짐작도 가지 않지만, 일단 바로 그 사람의 질문에 진솔하게 대답하려 시도해 보겠다. 물론 이런 질문은 때로는 공격적이고 멸시하는 기색이 감돌지만 말이다. "그래서 그걸 어디다 써먹는데? 드래곤과 호빗과 녹색 꼬마 외계인… 그게 대체 무슨 쓸모가 있는데?"

애석하게도 진실 그대로의 답변에는 그런 사람은 귀를 기울이지조차 않을 것이다. 듣지 않으려 할 것이다. 가장 진실된 답변은, "우리에게 기쁨과 즐거움을 제공한다"니까.

그는 "그럴 시간 없어"라고 쏘아붙이고 위궤양 약을 삼키며 스트레스를 다스리고는 골프장으로 달려가 버릴 것이다.

그러면 다음으로 진솔한 답변을 시도해 보자. 아마 딱히 더 수월하게 받아들이지는 못할 테지만, 그래도 반드시 해야 하는 말이니까. "상상 소설의 효용은 당신이 살고 있는 세계, 당신과 함께 살아가는 인간, 당신의 감정, 당신의 운명에 대한 보다 깊은 이해를 추구하게 해 준다는 것이다."

애석하지만 이 말에는 다음과 같은 답변이 돌아올 것이다. "이봐, 나는 작년에 급여가 올랐고, 우리 가족을 위해 뭐든 최고의 물건만 제공하고 있다고. 차도 두 대에 컬러 TV도 있단 말이야. 세상에 대해서라면 알 만큼 안다고!"

그리고 물론 그 말은 덧붙일 거리가 없을 정도로 완벽하게 진실이다. 그런 것을 원한다면. 원하는 것이 그게 전부라면.

어떤 호빗이 상상 속 화산에 마법의 반지를 떨어트리러 가다가 마주치는 온갖 문제들에 대해서 아무리 읽어도, 당신의 사회적 지위나 물질적 성공이나 수입에는 거의 아무 영향도 없을 것이다. 사실 도리어 부정적인 영향을 끼칠 가능성이 높다. 환상과 돈 사이에는 반비례 관계가 성립하니까. 경제학자들은 이 법칙을 르 귄의 법칙이라 부른다. 르 귄의 법칙이 적용되는 실례를 찾아보고 싶다면, 도로를 따라 걸어가고 있는 사람을 하나 차에 태워 줘 보자. 배낭과 기타, 덥수룩한 머리, 만연한 미소, 기타를 칠 수 있는 엄지 말고는 아무것도 가진 게 없는 사람 말이다. 당신은 종종 이런 방랑자들이 『반지의 제왕』을 읽었다는 사실을 발견하게 된다. 말 그대로 암송할 수 있는 사람도 있다. 하지만 아리스토텔레스 오나시스나 J. 폴 게티를 붙들고 같은 질문을 한다면 어떨까. 이런 사람들이 살아오면서 그 어떤 연령대에서든, 어떤 상황에서든, 호빗 종족과 접점이 있었을 것이라 상상할 수 있겠는가?

하지만 나의 예시를 조금 더 끌고 가서 경제의 영역에서 벗어나 보자면, 오나시스 씨나 게티 씨나 다른 수많은 억만장자들이 사진 속에서 얼마나 우울해 보이는지 깨달은 적이 있는가? 그런 사람들은 다들 굶주린 것처럼 기묘하게 초췌한 얼굴을 하고 있다. 뭔가에 굶주린 것처럼, 잃어버린 물건이 어디 있는지를, 아니 그 물건이 무엇인지를 떠올리려 애쓰는 것처럼, 무엇을 잃어버렸는지를 생각해 내려는 것처럼.

그들이 잃어버린 것이 혹시 어린 시절은 아닐까?

상상에 대한, 특히 소설 속의 상상에 대한, 그중에서도 동화와 신화와 판타지와 SF와 기타 광기의 경계에 있는 작품에 대한 내 개인적인 변호는 다음과 같이 정리할 수 있을 것이다. 나는 성숙이란 껍질을 깨고 나오는 것이 아니라 꾸준히 성장해서 도달하는 것이라 생각한다. 아이가 죽고 어른이 등장하는 것이 아니라, 아이가 살아남아 어른이 되는 것이다. 나는 어린이의 내면에 성숙한 인간에게 필요한 최고의 잠재력이 전부 존재한다고 생각한다. 그리고 이런 능력을 어린 시절부터 북돋워 주면 성인이 되어서도 선하고 현명하게 행동할 것이고, 억압하고 부인하면 성인이 된 후의 인격도 제대로 발육하지 못하고 뒤틀릴 것이다. 그리고 나는 그런 잠재력 중 가장 인간적이고 인도적인 능력이 상상력이라고 생각한다. 따라서 도서관 사서로서, 교사로서, 부모로서, 작가로서, 또는 단순히 성인으로서, 이런 능력이 자유롭게 성장할 수 있도록, 푸른 월계수처럼 번성할 수 있도록 도와주는 것이 우리의 의무라고 생각한다. 이를 위해서는 흡수할 수 있는 가장 훌륭한, 두말할 나위도 없이 최고의 순수한 자양분을 공급해야 한다. 그리고 어떤 경우에도 억압하거나, 비웃거나, 유아적이거나 남자답지 못하거나 거짓이라는 암시를 주지 말아야 한다.

판타지는 당연하지만 참이기 때문이다. 현실은 아니라도 진실이기는 하다. 아이들은 그걸 알고 있다. 어른들도 알고 있으며, 바로 그 때문에 판타지를 두려워한다. 어른들은 판타지 속의 진실이 모든 거짓에, 모든 허상에, 자신의 삶 속으로 파고

들어온 온갖 불필요하고 사소한 것들에 도전하고 심지어 위협하기까지 한다는 사실을 알고 있다. 그들은 자유가 두렵기 때문에 드래곤을 두려워하는 것이다.

따라서 나는 우리 아이들을 신뢰해야 한다고 생각한다. 보통 아이들은 현실과 판타지를 제대로 구분한다. 때로는 우리 어른들보다도 훨씬 제대로 구분한다(한 위대한 판타지 작가가 「벌거벗은 임금님」이라는 이야기 속에서 지적한 것처럼). 아이들은 유니콘이 현실에 존재하지 않는다는 사실을 아주 잘 알고 있지만, 동시에 좋은 책이기만 하면 유니콘이 나오는 책이라도 진실을 알려준다는 사실도 알고 있다. 때로는 엄마아빠들도 그 사실을 깨닫지 못하는데 말이다. 어린 시절을 거부당한 어른들은 이 지식의 절반밖에 얻지 못했기 때문에, 아무 의미도 없는 슬픈 상식, 유니콘은 존재하지 않는다는 상식에만 집착하는 것이다. 그리고 이런 지식은 그 사람에게 어떤 도움도 될 수 없다(유니콘의 비현실성에 집착하면 그대로 정신병원행이 될 수 있다는 점을 그려낸 다른 판타지 작가의 작품, 「정원의 유니콘」*을 제외하면 말이다). "먼 옛날에 드래곤 한 마리가 살았다"나 "땅속 토굴에 호빗 한 명이 살았다"와 같은 서술이야말로, 사실이 아닌 이런

---

* The Unicorn in the Garden. 제임스 서버가 1939년 〈뉴요커〉에 발표한 단편소설.

아름다운 표현이야말로, 환상을 품은 우리 인간들이 나름의 독특한 방식을 통해 진실에 도달하게 해 주는 열쇠가 되는 것이다.

아이와 그림자

한스 크리스티안 안데르센의 이야기에 따르면, 옛날 옛적에 북구 출신의 상냥하고 수줍고 학식 있는 젊은 남성이 한 명 살았다고 한다. 그는 남쪽으로 내려와 태양이 따갑게 내리쬐어 숯처럼 검은 그림자를 만드는 무더운 나라를 방문했다.

젊은이의 거처 창문에서는 길 건너 집이 보이는데, 그는 언젠가 그 집의 발코니에서 아름다운 여성이 아름다운 꽃을 가꾸는 모습을 본 적이 있었다. 젊은이는 그녀에게 말을 걸기를 간절히 원했지만 실제로 행동에 옮기기에는 너무 수줍음이 많았다. 어느 날 한밤중에, 뒤쪽에서 일렁이는 촛불에 자신의 그림자가 길 건너 발코니까지 길게 드리운 모습을 보고, 그는 '농담 삼아' 그림자에게 먼저 그 집으로 들어가라고 이른다. 그리고 그림자는 그 말을 따른다. 젊은이를 떠나 길 건너 집으로 들어가 버린 것이다.

당연하게도 젊은이는 조금 놀라기는 했지만, 딱히 행동을 취하지는 않는다. 즉시 새로운 그림자를 만들어내고 그대로 집으로 돌아가 버릴 뿐이다. 세월이 흘러 젊은이는 나이를 먹고 학식을 쌓지만, 성공하지는 못한다. 미와 선을 아무리 설파해도 사람들은 그의 말에 귀를 기울이지 않는다.

그리고 젊은이가 중년의 남성이 된 어느 날, 그림자가 그에게 돌아온다. 비쩍 마르고 피부색은 상당히 거무스름하지만, 훌륭하게 빼입은 채로. "길 건너 집에 들어갔던 건가?" 남자는 다른 무엇보다 이 질문을 먼저 던지고, 그림자는 대답한다. "아, 그럼, 당연하지." 그림자는 자기가 모든 것을 목격했다고 주장하지만, 그저 허세일 뿐이다. "방들이 산꼭대기에 오르면 보이는 별로 가득한 밤하늘 같던가?" 그는 이렇게 묻지만, 그림자는 "아, 그럼, 온갖 것들이 전부 있었어"라고 대답할 뿐이다. 그림자는 어떻게 대답해야 할지 알 수가 없다. 고작해야 그림자일 뿐이기 때문에 현관 안으로는 들어가 보지도 못했기 때문이다. "그 처녀가 있는 방까지 들어가려 했다가는 빛의 홍수 속에서 그대로 소멸되어 버렸을 거야." 그림자는 이렇게 말한다.

그러나 어느새 그림자는 협박을 비롯한 온갖 기술에 능숙해졌으며, 강인하고 거친 사나이가 되어 남자를 완전히 압도한다. 그들은 함께 여행길에 오르고, 그림자가 주인이, 남자가 하인이 된다. 둘은 여행 도중 '모든 것을 너무 명확하게 보기 때문에' 고통에 시달리는 공주를 만나게 된다. 그녀는 그림자가 그림자를 드리우지 않는다는 사실을 깨닫고 그를 불신하지만, 그림자는 이내 남자 쪽이 홀로 걷도록 허락해 준 자신의 그림자라고 설명한다. 조금 괴상한 상황이기는 해도 논리적이기는 하니, 공주는 그 설명을 받아들인다. 그녀와 그림자가 약혼을 하고 나서야 남자는 반발하기 시작한다. 그는 공주에게 사실을 설명하려 들지만, 그림자가 먼저 나서서 새로운 설명을 붙인다. "이 불쌍한 친구는 미쳤습니다. 자기가 인간이고 내가 자기 그림자라고 생각하고 있지요!" "정말 끔찍하네요." 공주는 대답한다. 여기에는 죽음이라는 자비를 베풀 수밖에 없다. 그림자와 공주가 결혼식을 올리는 동안, 남자는 처형된다.

상상 이상으로 잔혹한 이야기다. 광기를 다루고, 굴욕과 죽음으로 끝나는 이야기다.

아이에게 들려줄 만한 이야기인가? 물론 그렇다. 귀를 기울이는 모든 이들에게 들려줄 수 있는 이야기다.

귀를 기울이면 무엇이 들리는가?

길 건너편 집은 미의 저택이고, 처녀는 시의 뮤즈다. 그림자가 그 사실을 직설적으로 말해 준다. 그리고 모든 것을 너무 명확하게 보는 공주가 순수하고 냉철한 이성이라는 점도 명백하다. 하지만 남자와 그림자는 누구일까? 이 비유는 그리 명백하지 않다. 이들은 우화적인 인물이 아니기 때문이다. 이들은 꿈속의 등장인물처럼 상징적 또는 원형적 인물이다. 끝없이 다양하고 복합적인 의미를 가질 수 있다. 나 또한 내 눈에 보이는 약간의 의미에 대해서만 단서를 줄 수 있을 뿐이다.

남자는 모든 품위 있는 덕성의 상징이다. 교양 있고 상냥하며 이상을 품은 제대로 된 사람이다. 그림자는 제대로 품위 있는 어른이 되는 과정에서 억압해야 했던 모든 것들이다. 그림자는 그 남자의 좌절된 이기심, 인정하지 않은 욕망, 결국 입밖에 내지 않은 욕설, 저지르지 않은 살인이다. 그림자는 남자의 영혼 속에 존재하는 인정하지 않은, 그리고 인정할 수 없는 어두운 일면이다.

그리고 안데르센은 이 괴물 또한 남자를 구성하는 총체의 일부라고 말하고 있는 것이다. 또한 시의 저택에 들어가고 싶다면 그 일부를 부인해서는 안 된다고도.

남자의 실수는 그림자를 따라 길 건너 집에 들어가지 않은 것이다. 남자가 창가에서 꼼짝도 않은 채, '농담 삼아' 자기를 두고 가라고 말하는 행위로 그림자를 잘라내자, 그림자는 진짜로 그 말에 따른다. 남자를 현실의 수면 위에, 집 밖에 내버려둔 채로, 그림자 홀로 모든 창조력의 원천인 시의 저택으로 들어가 버린 것이다.

그래서 선량하고 학식 있는 사람이면서도, 남자는 그 어떤 선도 행할 수 없다. 스스로 뿌리를 잘라 버렸기 때문이다. 그리고 그림자 쪽도 똑같이 무력하다. 어둠에 뒤덮인 현관을 빠져나갈 수도, 빛이 있는 쪽으로 나아갈 수도 없는 것이다. 양쪽 모두 상대방이 없으면 진리에 도달할 수 없다.

그림자가 중년이 된 남자에게 돌아오자 두 번째 기회가 생긴다. 그러나 남자는 그 기회도 놓친다. 마침내 자신의 어두운 일면을 마주하고서도, 그는 동등한 지위를 취하거나 그림자를 다스리는 대신 스스로 그림자의 지배에 들어가 버린다. 굴복한 것이다. 남자는 결국 그림자의 그림자가 되어버린 셈이며, 이 시점에서 그의 운명은 결정된 것이나 다름없다. 이성이라는 이름의 공주는 잔혹하게 남자를 처형하기는 했지만, 분명 그녀의 판결은 공정했다.

안데르센의 잔인함은 부분적으로는 이성 본연의 잔인함이다. 심리적 현실주의, 극단적인 정직성, 행동한 또는 행동에 실패한 결과를 관찰하고 받아들이는 행위에 깃든 잔인함이다. 물론 안데르센 본인에게도 그 자신의 그림자라 할 수 있는 가학적이고 우울한 성향이 존재한다. 그러나 안데르센은 명확하게 존재하며 자신의 일부분인 그 그림자의 지배를 받지 않는다. 그의 강렬함과 섬세함과 천재적인 창조력은 바로 이런 자신의 영혼의 어두운 부분을 인정하고 협력하는 데에서 오는 것이다. 동화 작가인 안데르센이 가장 위대한 현실주의 문학가인 이유가 바로 여기에 있다.

지금 나는 공주 본인처럼 당당히 서서, 그림자 이야기가 마흔다섯 살이 된 내게 무슨 의미를 가지는지를 여러분에게 설명하고 있다. 하지만 내가 처음 그 이야기를 읽었을 때, 열 살이나 열한 살이었을 때는 무슨 의미를 가졌을까? 아이들에게는 무슨 의미가 있을까? 아이들이 이 이야기를 '이해'할 수 있을까? 덕성의 패배에 대한 쓰라리고 복잡한 고찰이 아이들에게 '좋은 영향'을 끼치게 될까?

잘 모르겠다. 어릴 적에 나는 이 이야기를 싫어했다. 안데르센의 동화 중에서 불행한 결말로 끝나는 것들은 전부 싫어했다. 그러나 싫다고 해서 읽는 것을, 다시 읽고 또 읽는 것을 멈출 수는 없었다. 그리고 기억하지 않을 수도 없었다… 덕분에 35년의 시간이 흐른 후에, 이번 강연에 대해 생각하고 있는 동안 갑자기 내 왼쪽 귓속에서 작은 목소리가 종알거린 것이다. "그 안데르센 이야기를 꺼내는 게 좋겠어. 그 있잖아, 그림자 이야기 말이야."

열 살 때는 분명 온갖 이성이니 억압 따위를 떠올리지는 않았을 것이다. 당시에는 비판적 사고나 객관성 따위로 무장하지도 못했고, 일관성 있는 사고를 하는 능력 또한 지금보다도 훨썬 약했으니까. 지금에 비하면 의식적 사고 자체가 훨씬 부족했을 것이다. 그러나 당시에도 무의식 속의 정신은 지금만큼, 어쩌면 더욱 풍요로웠고, 따라서 지금의 나보다 훨씬 나은 방식으로 받아들였을 수도 있을 것이다. 그리고 이 이야기는 바로 그 지점에, 나도 모르던 내 마음속 심연에 말을 걸었다. 그리고 내 마음속 심연은 그 말에 응답하여 말로 옮길 수 없는 비논리적인 방식으로 이해하고 그로부터 뭔가를 배웠다.

위대한 판타지 문학이나 전설이나 민담은 사실 꿈과 유사하다. 이들은 무의식에서 무의식으로, 무의식의 '언어'인 상징과 원형을 이용해서 말을 건다. 말을 사용하지만 작동하는 방식은 음악과 유사하다. 언어의 논리 회로를 끊어 버리고 말로 옮기기에는 너무 깊숙이 숨은 생각 쪽으로 일직선으로 달려가 버리기 때문이다. 이런 이야기를 이성의 언어로 온전히 번역하는 일은 불가능하다. 그러나 그걸 이유로 들어 이런 이야기에 아무 의미가 없다고 말하는 사람은, 베토벤의 9번 교향곡에 아무런 의미가 없다고 주장할 수 있는 논리 실증주의자뿐일 것이다. 그런 이야기 속에는 생생한 의미가 가득하며, 도덕이나 통찰력이나 성장 등 실용적인 용도로 사용할 수도 있다.

낮의 언어로 환원해 보자면, 안데르센의 동화는 자신의 그림자를 대면하고 받아들이지 않는 사람은 영혼을 잃은 것이나 다름없다는 내용이다. 또한 이야기 자체에 대해서, 예술에 대해서 적용할 경우에는 특별한 의미를 지닌다. 시의 저택에 들어가고 싶다면 불완전하고 움직이기 힘들지만 실체가 있는 육신을 지녀야 한다고, 티눈과 감기와 탐욕과 열정이 깃들어 있으며 그림자를 드리우는 육신을 지녀야 한다고 말하는 것이다. 자신의 악성을 무시하는 예술가는 빛의 저택에 들어갈 수 없다고 말하는 것이다.

한 위대한 예술가는 그림자에 대해서 이렇게 말했다. 그럼 이제 우리의 촛불을 움직여 다른 방향으로 그림자를 드리워 보자. 같은 주제를 놓고 위대한 심리학자 한 명을 심문해 보고 싶다. 예술의 이야기는 들었으니 이제 과학의 이야기를 들을 차례이다. 주제가 예술인 만큼, 그 예술에 대한 착상이 거의 대부분의 예술가들에게 의미를 가지는 심리학자, 카를 구스타프 융을 불러오기로 하자.

융은 난해한 용어를 사용하기로 악명이 높은데, 그가 자라나며 잎을 떨구는 나무처럼 계속 용어의 의미를 바꾸어 대기 때문이다. 여기서는 주요 용어 중 몇 개를 아마추어 느낌으로, 완전히 잘못 해석하지는 않는 선에서 정의해 보기로 하겠다. 융은 우리가 보통 자기 자신이라는 의미로 사용하는 '자아ego'를 보다 큰 '자기self'의 일부로, 우리가 의식적으로 인지하는 부분일 뿐이라고 보았다. 그는 "지구가 태양을 중심으로 공전하는 것처럼, '자아'는 '자기' 주변을 맴돈다"고 말했다.

'자기'는 '자아'보다 훨씬 거대한 초월적인 개념이다. 개인의 소유물이 아니라 집합적인 개념이다. 나머지 모든 인류와, 어쩌면 다른 모든 생명체와 공유하는 것이다. 어쩌면 신이라 불리는 존재로의 연결 고리일지도 모른다. 이렇게 말하면 신비주의적으로 들리고, 사실 그렇기도 하지만, 동시에 엄밀하고 실용적이기도 하다. 융은 그저 우리 모두가 본질적으로 유사하다고 말하고 있을 뿐이다. 육신 내부에 보편적으로 유사한 형태의 폐와 골격을 가지고 있는 것처럼, 정신의 내면과 그 구성 방식에도 동일한 보편적 경향성이 존재한다는 뜻이다. 인간은 큰 틀에서 보면 모두 비슷하게 생겼다. 뿐만 아니라 비슷하게 생각하고 느끼기도 한다. 그리고 모두 같은 우주의 일부이다.

개인의 작고 내밀한 의식인 '자아'는 이 사실을 알고 있으며, 자폐증의 무기력한 침묵에 빠지지 않으려면 자아 바깥의, 자아를 넘어선, 자아보다 큰 무언가와 자신을 동일시해야 한다는 사실을 알고 있다. 스스로가 약하거나 다른 대안이 없을 경우, '자아'는 자신을 '집합 의식collective consciousness'과 동일시한다. 여기서 '집합 의식'이란 모든 작은 '자아'들의 집합이 가지는 최소공통분모를 가리키는 융의 용어다. 제식, 교리, 유행, 패션, 지위 갈망, 관습, 보편적인 신념, 광고, 대중문화, 모든 부류의 사상, 모든 부류의 이념, 모든 부류의 공허한 의사소통, 실제 교감이나 나눔을 배제한 '연대의식togetherness' 등으로 구성되어 있는 대중의 정신이다. 이런 공허한 형식만 받아들인 '자아'는 '고독한 대중lonely crowd'의 일원이 된다. 이런 사태를 피하고 진정한 공동체를 획득하기 위해서는 군중을 피해 자신의 내면으로, 근원으로 시선을 돌려야 한다. '자아'의 심층부에 존재하는, '자기'의 탐색하지 않은 영역과 자신을 동일시해야 한다. 융은 인간 정신의 이런 영역을 '집단 무의식collective unconscious'이라 불렀는데, 그는 우리 모두가 하나로 연결되는 바로 그곳이 진정한 공동체의 근원이며 진정한 신앙을, 예술을, 기품을, 자발성을, 사랑을 느낄 수 있는 곳이라고 생각했다.

어떻게 하면 그곳에 이를 수 있을까? 집단 무의식에 이르는 자신만의 입구를 어떻게 하면 발견할 수 있을까? 글쎄, 종종 그렇듯이 첫걸음이 제일 중요한 법이며, 융은 여기서 첫걸음이 몸을 돌려 자신의 그림자를 따라가는 것이라 말했다.

융은 인간 정신 속에 프로이트의 우울한 삼총사인 원초아Id, 자아Ego, 초자아Superego보다 훨씬 매력적인 인물들이 가득 들어 있다고 생각했다. 다들 만나볼 가치가 있는 친구들이다. 지금 우리 관심사가 되는 존재는 바로 '그림자'다.

그림자는 인간 정신의 이면에 존재하는, 인간 의식의 그늘 속 형제라고 할 수 있다. 카인이며, 칼리반*이며, 프랑켄슈타인의 괴물이며, 하이드 씨다. 단테의 지옥 여행을 인도하는 베르

길리우스이며, 길가메시의 친구인 엔키두이며, 프로도의 적수
인 골룸이다. 도플갱어다. 모글리의 늑대 형제다. 늑대인간이
다. 수천 가지 민담에 등장하는 늑대나 곰이나 호랑이다. 독사
루시퍼다. 그림자는 의식과 무의식의 경계면에 서 있으며, 우
리 꿈속에 자매, 형제, 친구, 짐승, 괴물, 적, 인도자의 모습으로
등장한다. 우리의 의식적 자아의 일부로 받아들이고 싶지 않거
나 받아들일 수 없는 모든 존재들이며, 우리가 억압하거나 부
인하거나 사용하지 않은 모든 형질과 천성이다. 욜란드 야코
비는 융의 심리학을 서술하며 '자아와 평행으로 달리는 그림
자의 발현. 자아가 필요로 하지 않거나 사용할 방법을 몰라 한
쪽으로 밀어내거나 억압한, 따라서 개인의 의식적 삶에는 거
의 또는 전혀 영향을 끼치지 않는 형질. 따라서 아이에게는 제
대로 된 그림자가 존재하지 않지만, 자아가 한계점과 안정을
찾아감에 따라 그림자 또한 뚜렷해지게 된다'라고 말한다. 융
본인은 '누구나 그림자를 가지고 있다. 개인의 의식적인 삶에
서 체현되지 않은 그림자일수록 보다 어둡고 묵직하게 마련이
다'라고 말한다. 다른 말로 하자면 눈을 돌릴수록 그림자는 강
해지며, 마침내 감당할 수 없는 무거운 짐이, 영혼 속에 내재한

---

* Caliban. 셰익스피어의 『템페스트』에 나오는 캐릭터로 마녀 시코락스의
  아들.

위협이 된다는 말이다.

의식으로부터 부정당한 그림자는 외부를 향해, 타인을 향해 표출된다. 문제가 있는 건 내가 아니라 저들이다. 나는 괴물이 아니다. 괴물은 다른 사람들이다. 모든 외국인은 사악하다. 모든 공산주의자는 사악하다. 모든 자본가는 사악하다. 고양이가 못된 짓을 해서 발로 찬 거라고요, 엄마.

현실 세계를 살고 싶은 사람이라면 자아를 타인에게 투사하는 일을 삼가야 한다. 자기 내면에도 혐오스럽고 사악한 존재가 있다는 사실을 인정해야 한다. 이건 쉬운 일이 아니다. 다른 누구에게도 책임을 돌리지 않는 일은 쉽지 않다. 하지만 그만한 가치가 있을지도 모른다. 융은 '자신의 그림자를 다스릴 수 있게 되는 것만으로도 세계에 진정한 도움을 주는 셈이다. 우리 시대의 해결되지 않은 거대한 사회 문제 중에서, 아주 미소한 일부라도 나누어 감당하는 데 성공한 셈이니까'라고 말한다.

뿐만 아니라 그런 사람은 진정한 공동체와 자아 인식과 창의성을 향해 한 걸음 나아간 것이기도 하다. 그림자는 바로 그 경계에 서 있기 때문이다. 그림자는 무의식의 심연에 도사린 창조성을 막는 장애물이기도 하지만, 동시에 안내자가 될 수도 있다. 그림자는 단순히 악한 존재가 아니기 때문이다. 그림자는 열등하고, 원시적이고, 서투르고, 짐승 같고, 아이 같은 존재다. 즉 강인하고, 생명력 넘치고, 즉흥적이다. 북구에서 찾아온 학식 있는 젊은이처럼 연약하고 성실하지 않다. 거무스레하고 털투성이에 꼴사납지만, 그 존재가 없으면 인간은 그 무엇도 될 수 없다. 그림자 없는 육신에 무슨 의미가 있겠는가? 형체조차 없는 2차원의 만화 속 인물일 뿐이다. 악성과 자기 자신의 밀접한 관계를 부인하는 사람은 곧 자신의 현실을 부인하는 셈이다. 그런 사람은 만들거나 이룩할 수 없다. 부수거나 해체할 수 있을 뿐이다.

융은 특히 인생의 후반기에, 안데르센의 이야기 속 불쌍한 친구처럼 삼사십 년에 걸쳐 자라온 그림자를 의식적으로 마주하는 일을 피할 수 없게 되는 시기에 관심이 많았다. 융의 말에 따르면, 어린아이는 자아와 그림자 양쪽 모두 또렷하지 못하다. 아이는 무당벌레 속에서 자아를 찾으며, 그림자는 침대 밑에서 도사리고 있는 무시무시한 존재로 여긴다. 그러나 나는 종종 과도할 정도로 자의식이 표출되는 사춘기 전기와 사춘기에, 그에 맞춰 그림자 또한 짙어진다고 생각한다. 정상적인 사춘기 청소년은 더 이상 어린아이처럼 분별없이 자아를 투사하지 않는다. 청소년은 검은색 카우보이모자를 눌러쓴 못된 사람들한테 모든 핑계를 떠넘길 수 없다는 사실을 알게 된다. 자신의 행동과 감정에 책임을 지기 시작한다. 그리고 종종 동시에 엄청난 죄책감을 품게 된다. 자신의 그림자를 실제보다 훨씬 어둡게, 훨씬 총체적인 악성으로 보게 되는 것이다. 젊은이가 이 단계에서 온몸을 옭죄는 자기비하와 자기혐오에서 빠져나오려면 그 그림자를 직면하고, 사마귀와 어금니와 여드름과 발톱 그 모두가 자신이라고, 자신의 일부라고 인정해야 한다. 가장 추한 부분이기는 해도 가장 약한 부분은 아니라는 사실을 깨우쳐야 한다. 그림자는 안내자이기 때문이다. 내면으로 침잠했다 다시 바깥으로 솟아오르는, 하강했다가 다시 상승하는 안내자다. 빌보라는 이름의 호빗이 말했듯이, 그곳으로 또 다시 돌아가는 여정의. 자아 인식과 성년과 빛으로 향하는 여행을 안내하는 존재인 것이다.

'루시퍼'는 빛을 나르는 자라는 뜻이다.

내가 보기에는 여기서 융은 개인에게 있어 피할 수 없는 욕구이자 의무인, 안데르센의 학식 있는 젊은이가 실패한 여행을 묘사하고 있는 것 같다.

나는 또한 가장 위대한 판타지 작품이란 바로 그 여정을 묘사하는 것이라고 생각한다. 그리고 판타지야말로 그 여정을, 그 안의 위험과 보상을 묘사하기에 가장 적합한 매체라고 생각한다. 무의식 세계의 여정에서 일어나는 사건은 논리적인 일상 언어로 표현할 수 없다. 정신의 깊은 곳에서 우러나온 상징의 언어만이 그런 여정을 사소하게 만들지 않으면서 적절하게 묘사할 수 있다.

게다가 이런 여행은 심리적인 동시에 윤리적인 것이기도 하다. 대부분의 위대한 판타지 작품은 매우 강하고 충격적인 윤리적 변증법을 차용하며, 이를 종종 어둠과 빛의 갈등의 형태로 표현한다. 이렇게 말하면 단순해 보일지 몰라도, 무의식의 윤리는, 꿈과 판타지와 민담 속의 도덕률은 조금도 단순하지 않다. 도리어 매우 기묘하다고 할 수 있다.

민담 속의 윤리를 예로 들어 보자. 민담에서는 종종 말, 늑대, 곰, 뱀, 물고기 따위의 동물이 그림자의 역할을 맡는다.『민담 속 악의 문제』에서, 융 학파의 일원인 마리-루이즈 폰 프란츠는 민담 속 도덕률이 실제로 기묘하다는 점을 지적한다. 민담 속의 남녀 주인공에게 옳은 행동을 할 방법은 존재하지 않는다. 행동 수칙도 없고, 선량한 왕자가 반드시 해야 하는 일이나 착한 소녀가 해서는 안 되는 일도 없다. 그러니까 내 말은, 착한 소녀가 노파를 빵 굽는 오븐 속으로 밀어 넣어서 대가를 치르는 경우는 흔하지 않다는 것이다. 우리가 '현실 세계'라 부르는 곳에서는 그런 일은 벌어지지 않는다. 그러나 꿈과 판타지 이야기에서는 가능하다. 그리고 그레텔을 의식의 기준으로, 낮 세계의 가치 체계에 의거해 평가하는 일은 완벽하게 터무니없는 실수다.

민담 속에는 '옳은' 일이나 '잘못된' 일이 없는 대신 다른 부류의 기준이 존재한다. 이 기준은 '적절함'이라 부르는 편이 가장 나을지도 모르겠다. 어떤 경우에도 노파를 빵 굽는 오븐 속으로 밀어넣는 일이 도덕적이나 윤리적이라고 말하기는 힘들 것이다. 그러나 민담 속 상황에서라면, 원형의 언어를 사용하는 경우라면, 그 일이 적절한 것이라고 완벽한 확신을 담아 말할 수 있다. 왜냐하면 그 경우에는 마녀는 단순한 노파가 아니며, 그레텔 또한 어린 소녀가 아니기 때문이다. 양쪽 모두 복합적인 정신을 구성하는 심리 요소가 된다. 그레텔은 고전적 개념인 순진무구하고 무방비한 어린아이의 영혼이다. 마녀는 점유하고 파괴하는 고전적 노파의 개념이다. 당신에게 과자를 먹이지만, 그 대가로 당신을 과자처럼 먹어치우기 전에 무찔러야 하는 어머니다. 그래야 당신 또한 성장해서 어머니가 될 수 있기 때문이다. 설명은 이런 식으로 계속된다. 모든 설명은 부분적일 뿐이다. 원형이란 마르지 않는 샘이다. 그리고 아이는 어른처럼 온전하고 확실하게 그 모든 것을 이해한다. 아니, 때로는 어른보다도 온전하게 이해한다. 한쪽으로 편중된, 그림자 없는 절반의 진실이나 집합의식의 보편적 도덕률로 머릿속이 가득 차지 않았기 때문이다.

그렇다면 민담 속의 악이란 선의 극단적 대칭점에 있는 개념이 아니라 음양의 기호처럼 불가분하게 연관되어 있는 개념이라 할 수 있을 것이다. 딱히 어느 쪽이 더 위대한 것도 아니며, 인간의 이성과 덕성으로 양쪽을 떼어놓고 선택할 수 있는 것도 아니다. 남녀 주인공은 적절한 행동을 판별할 수 있는 이들이다. 선 또는 악보다 더 큰 전체를 볼 수 있기 때문이다. 그들의 영웅으로서의 미덕은 바로 그 확실성이라 할 수 있을 것이다. 민담 속 주인공은 규칙에 따라 행동하지 않는다. 그저 가야 하는 길을 알고 있을 뿐이다.

순전히 직감에 의존해야 하는 것처럼 보이는 이 미궁 속에도, 폰 프란츠의 말에 따르면 단 하나의 일관된 '윤리'가 존재한다. "동물에게 감사를 받거나 무슨 이유든 동물의 도움을 받는 사람은 반드시 승리한다. 지금껏 내가 발견한 언제나 유효한 법칙은 이것뿐이었다."

다른 말로 하자면 우리의 직감은 맹목적이 아니라는 뜻이다. 동물은 이유를 찾지 않고 받아들인다. 그리고 확신을 품고 행동한다. '옳은 식으로', 적절한 행동을 한다. 바로 그것이 모든 동물이 아름다운 이유다. 동물은 집으로 돌아가는 길을 알고 있다. 우리 내면의 동물, 원시적인 어둠 속의 형제, 그림자의 영혼이 바로 인도자가 된다.

민담에서는 때로 이런 측면을 묘하게 뒤틀어 마지막 비밀을 만든다. 도움을 주는 동물, 종종 말이나 늑대가 주인공에게 "내 도움을 받아 이러이런 일을 한 다음에는, 나를 죽이고 내 머리를 잘라야 한다"고 말하는 것이다. 그리고 주인공은 그 동물 인도자를 너무 완벽하게 믿기 때문에 적극적으로 그 행위를 수행한다. 이런 이야기의 의미는 지금껏 동물의 본능을 충실히 따라 왔으면, 이후에는 그 본능을 희생하여 진정한 자기가, 온전한 인간으로서, 재생을 거쳐 동물의 육신을 벗어던지고 나와야 한다는 뜻으로 보인다. 이것이 폰 프란츠의 설명이며, 내가 보기에는 충분히 설득력이 있어 보인다. 사실 항상 충격적으로 다가왔던, 수많은 민담 속에 등장하는 이런 부류의 이야기를 어떤 식으로든 설명할 수 있다는 것만으로도 만족할 수 있다. 하지만 나는 이게 전부라는 생각이 들지는 않는다. 융 학파의 사람들 또한 그렇다고 주장한다고는 생각지 않는다. 그 어떤 논리적인 사고나 논리적인 윤리로도 상상하는 정신의 기묘한 심연을 '설명'할 수는 없다. 민담을 읽으려면 낮 동안의 확신을 버리고, 자신을 믿으며 입을 다문 채 어둠 속 인도자를 따라가야 하는 것이다. 그리고 돌아온 다음에도 우리가 어디 있었는지 설명하기 힘들 수도 있다.

19세기와 20세기의 여러 판타지 이야기는 선과 악, 빛과 어둠의 관계를 절대적이고 명확한 전투처럼 그려낸다. 한쪽에는 선의 세력이, 반대쪽에는 악의 세력이 존재한다. 경관과 도둑, 기독교도와 이교도, 영웅과 악당의 구도다. 나는 이런 판타지를 보면서 작가가 이성이 갈 수 없는 곳으로 이성을 밀어붙였다고, 따라야 마땅한 충직하고 무시무시한 인도자인 그림자를 저버렸다고 생각한다. 이런 이야기들은 가짜 판타지, 논리화된 판타지다. 진짜가 아니다. 언제나 가짜보다 훨씬 흥미롭게 마련인 진짜의 예로서, 『반지의 제왕』을 잠시 언급해 보기로 하자.

평론가들은 항상 톨킨의 '진부함'을, 중간계Middle Earth의 주민을 선한 종족과 악한 종족으로 양분했다는 점을 가혹하게 비판해 왔다. 그리고 그 점은 사실이며, 그의 선한 종족은 사랑스러운 연약함에도 불구하고 온전히 선하며, 오크나 기타 악당들은 완벽하게 고약하다. 그러나 이런 분류는 낮 시간의 윤리에 따른, 진부한 미덕과 악덕의 기준에 따른 평결일 뿐이다. 이 이야기 전체를 심리적 여행으로 간주하면 상당히 다르고 꽤나 이상한 정경을 목격하게 된다. 빛을 발하는 인물들에 검은 그림자가 따라붙는다. 엘프에 대해서는 오크가 있다. 아라곤에 대해서는 검은 기수가 있다. 간달프에 대해서는 사루만이 있다. 그리고 다른 무엇보다, 프로도에 대해서는 골룸이 있다. 그에 대적하는 존재이자, 동시에 그와 함께하는 존재다.

이런 존재들이 이미 두 배로 불어나 있기 때문에 이야기는 정말로 복잡해진다. 샘은 적어도 부분적으로는 프로도의 그림자, 그의 열등한 부분이다. 골룸은 보다 직접적이며 자아분열적으로 두 사람이다. 골룸은 샘의 표현에 따르면, 슬링커Slinker가 스팅커Stinker에게 말하는 식으로 항상 혼잣말을 하고 있다.[*] 샘은 골룸을 아주 잘 이해하고 있으면서도 그 사실을 인정하지 않으며, 프로도처럼 골룸을 받아들이고 신뢰하며 안내자로 삼지도 않는다. 프로도와 골룸은 단순히 같은 호빗 종족이 아니다. 둘은 동일한 인물이며, 프로도는 그 사실을 알고 있다. 프로도와 샘은 빛에 드러난 측면이고, 스미아골-골룸은 그림자의 측면이다. 마지막에 이르면 부차적인 존재인 샘과 스미아골은 떨어져 나가고, 기나긴 여정의 끝에는 프로도와 골룸만 남는다. 그리고 마지막 순간에 힘의 반지를 차지함으로써 선한 프로도는 임무에 실패한다. 임무를 완수하는 것은 자신과 함께 반지를 파괴하는 사악한 골룸이다. 창조와 파괴를 동시에 수행하는 통합 기능의 원형적 표상이라 할 수 있는 반지는 화산으로, 영원한 창조와 파괴의 원천으로, 태초의 불로 돌아간다. 이런 식으로 봐도 단순한 이야기라 할 수 있을까? 물론 그럴 수 있다. 『오이디푸스 왕』도 꽤나 단순한 이야기다. 하지만 진부하지는 않다. 고개를 돌려 자신의 그림자를 마주하고 심연을 들여다 본 사람만이 쓸 수 있는 이야기다.

이 이야기가 판타지의 언어를 사용한 것은 톨킨이 현실도피를 추구하거나 아이들을 위한 이야기를 썼기 때문이 아니다. 판타지야말로 영적인 여정과 영혼 속에서 벌어지는 선과 악의

---

* 기존의 번역에서는 '살살이'와 '도둑놈', '사기꾼'과 '악당' 등으로 번역되어 있으나, 여기서는 논지를 확실히 드러내기 위해 원어를 사용했다.

사투리를 표현하기에 가장 적절한 언어이며 따라서 자연스러운 선택이기 때문이다.

톨킨 본인을 비롯하여 여러 사람들이 이미 언급한 사실이기는 하지만, 반복해 말할 필요가 있다. 아주 많이 반복해야 한다. 이 나라에는 아직도 판타지에 대한 청교도적인 불신이 깊이 뿌리내려 있기 때문이다. 종종 아이들의 윤리 교육에 대해 진심으로 걱정하는 사람들이 이런 의견을 피력한다. 그들에게 있어 판타지는 현실도피일 뿐이다. 그들은 상업주의가 세운 마약 공장에서 뽑아내는 슈퍼맨이나 배트맨 따위와 집단 무의식 속에 존재하는 불멸의 원형 사이에서 아무런 차이를 발견하지 못한다. 그들은 인간 심리에서 보편적이고 필수 불가결한 요소인 판타지를 유아적인 퇴행 증세와 구별하지 못한다. 그들은 그림자가 그저 전등을 충분히 밝히기만 하면 지울 수 있는 것이라 치부한다. 그래서 그들은 동화 속에서 비이성과 잔혹함과 기묘한 부도덕을 발견하고 이렇게 말한다. "하지만 아이들한테 이런 책은 아주 나쁘다고요. 현실적인 책으로, 현실에 충실한 책으로 옳고 그름을 분별하는 법을 가르쳐야죠!"

나는 아이들에게 옳고 그름을 가리는 법을 가르쳐야 한다는 점에는 동의한다. 그리고 아이들 또한 보통은 그런 방법을 배우기를 원한다. 그러나 사실적인 소설은 아이들에게 그런 방법을 가르치기에는 극도로 사용하기 힘든 매체라 생각한다. 집합의식의 피상적인 외면에, 진부한 도덕주의에, 다양한 부류의 현실 투사에 발목을 잡히기 일쑤며, 결국 악당과 선인의 구도로 돌아가기 때문이다. 또는 "가장 선량한 사람들 속에도 약간의 나쁜 점은 존재하며, 가장 고약한 사람들 속에도 약간의 미덕은 존재하게 마련이다"와 같이, 모든 사람의 내면에는 선과 악을 행할 수 있는 막대한 가능성이 숨어 있다는 위험한 단순화를 저지를지도 모른다. 또는 단순히 선정주의를 자극하라는 명령을 받은 작가들에 의해 아이들이 이야기 속의 폭력성과 자신을 결부하지 않은 채로 충격만 받을 수도 있는데, 부끄러운 일이라 해야 마땅할 것이다. 또는 '문제집'을 접하게 될 수도 있다. 마약의, 이혼의, 인종차별의, 미혼모의 문제를 다루며, 악 또한 그런 문제 중 하나이며 해결책이 존재하는, 5학년 산수 문제처럼 단순히 풀어내면 되는 문제라고, 답을 원한다면 그저 책 뒤편을 넘겨보기만 하면 된다고 여기게 만드는 책들 말이다.

악을 직시하지 않고 '문제'로 여기는 이런 태도야말로 현실 도피다. 있는 그대로의 모습을 보여주어야 한다. 우리는 평생 고통과 고뇌와 낭비와 상실과 불의를 겪게 될 것이며, 직시하고 꾸준히 극복하고 또 극복하며 인정하고 함께 사는 법을 익혀야 한다고. 그래야 인간다운 삶을 살 수 있게 된다고.

그렇다면 자연주의 작가는 대체 아이들에게 무슨 도움이 된

단 말인가? 아이들에게 악이란 해결할 수 없는 문제라는 점을, 아이뿐 아니라 그 어떤 어른도 손댈 수 없다는 점을 일러주어야 하는가? 아이에게 다카우의 가스실이나 인도의 기근이나 정신질환을 앓는 부모의 잔혹함을 상세하게 묘사하고, "그래, 얘야, 이게 현실이란다. 이걸 어떻게 생각하니?"라고 묻는 것은 분명 비윤리적인 행동이다. 이런 참혹한 현실에 '해결책'이 존재한다고 암시한다면, 그건 아이에게 거짓말을 하는 행위다. '해결책'이 없다고 주장하면, 그건 아이가 짊어지기에 아직 너무 무거운 짐을 강제로 떠안기는 행위다.

어린아이는 보살피고 지켜야 하는 존재다. 그러나 아이는 진실도 필요로 한다. 그리고 내가 보기에는, 아이에게 선과 악에 대해 완벽하게 솔직하고 사실 그대로 말하려면, 결국 아이 본인에 대해 말할 수밖에 없다. 아이의 내면, 가장 깊은 심연 속의 자신에 대해서. 아이도 이런 현실은 받아들일 수 있다. 사실 성장해서 자신이 되는 것이야말로 아이의 직업이 아니겠는가. 그 업무가 가망이 없다고 생각하거나, 그런 업무가 존재하지 않는다고 생각하면 완수할 수 없는 직업이다. 강제로 절망에 빠트리거나 거짓 희망으로 부추김을 당하면, 즉 두려움에 사로잡히거나 응석받이가 되면 아이의 성장은 정체되고 왜곡될 수밖에 없다. 아이가 성장하려면 현실이 필요하다. 우리의 모든 미덕과 악덕을 초월한 온전한 전체가 필요한 것이다. 지식이, 자신에 대한 성찰이 필요하다. 자신과 자신이 드리우는 그림자 모두를 시야에 넣을 수 있어야 한다. 아이는 자신의 그림자를 감당할 수 있다. 또한 그림자를 다루고 그림자의 인도를 받는 방법도 배울 수 있다. 그런 과정을 거쳐 사회에서 능력과 의무감을 갖춘 성인으로 자라나면, 이 세상 곳곳에서 벌어지는 악한 행위에 직면하고, 우리 모두가 짊어지는 불의와 비탄과 고통을 경험하고, 모든 것의 끝에 존재하는 최후의 그림자를 마주할 때도 절망에 빠져 포기하거나 눈앞의 광경을 부인하지 않게 될지도 모른다.

판타지는 내면의 자신이 사용하는 언어다. 그에 대한 변호는 개인적으로 판타지가 아이들에게, 그리고 다른 이들에게 이야기를 들려주기에 가장 적합한 언어라고 생각한다는 정도로 끝낼 생각이다. 그러나 그 말은 나름 자신감 있게 할 수 있으리라 생각한다. 한 위대한 시인이 훨씬 단호한 어조로 같은 말을 했으므로, 그 권위를 빌릴 수 있기 때문이다. "윤리적 미덕의 가장 위대한 도구는 상상력이다." 셸리의 말이다.

미국의 SF와 타자

한 위대한 초기 사회주의자는 한 사회에서 여성의 지위야말로 해당 사회의 문명화 정도를 평가하는 믿을 만한 시금석이 된다고 말했다. 만약 그 말이 사실이라면, SF에서 여성의 지위가 극도로 낮다는 사실은 SF가 애초에 문명화 과정을 거치기나 한 것인지를 의심하게 만든다고 할 수 있을 것이다.

여성운동 덕분에 대부분의 독자들은 SF가 완벽하게 여성의 존재를 배제하거나, 또는 나오자마자 괴물에게 강간을 당하는 소리만 빽빽 질러대는 인형으로 그려냈다는 사실을 깨닫게 되었다. 또는 지적 기관이 지나치게 비대해져 여성성을 잃어버린 노처녀 과학자로 그려내거나. 또는 가장 나은 경우라도, 영웅적인 업적을 달성한 주인공의 아내나 정부로 등장하거나. 남성의 엘리트주의가 SF의 세계를 유린했다. 하지만 이런 상황을 단순히 남성 엘리트주의의 발로라고 평가하는 것으로 충분한 걸까? SF에서 보이는 '여성의 종속' 또한, 그저 전체주의적이며 권력을 숭배하고 극도로 편협한 사회가 보이는 병증의 하나일 뿐인 것은 아닐까?

이 질문은 결국 '타자'에 관한 질문으로 귀결된다. 즉, 당신과 다른 부류의 사람 말이다. 타자란 성별이 다를 수도 있고, 연수입이 다를 수도 있고, 말하고 옷을 입고 행동을 하는 방식이 다를 수도 있다. 또는 피부색이 다를 수도 있고, 다리나 머리의 수가 다를 수도 있다. 다른 말로 하자면, 우리 세상에는 성적 외계인, 사회적 외계인, 문화적 외계인, 그리고 마지막으로 종족적 외계인이 존재한다.

자, 그렇다면 SF에서 사회적 외계인은 어떻게 다루어질까? 마르크스주의의 용어를 빌려오자면 '프롤레타리아' 말이다. 그들은 SF 안에서 어디에 있는가? 힘든 노동을 마치고 굶주린 배를 움켜쥐고 침대에 들어야 하는 빈자들은 어디에 살고 있는가? 그들이 SF에서 개인으로 존재하는가? 아니다. 그들은 그저 시카고 하수도에서 쏟아져 나온 거대한 점액질 괴물로부터 도망치는, 또는 환경오염이나 방사능에 의해 백만 단위로 목숨을 잃는, 또는 장군이나 정치가의 영도를 받아 병사로서 전장으로 끌려가는 거대한 익명의 군중의 일부로 등장할 뿐이다. 검과 마법의 세계라면 그들은 고등학교의 '초콜릿 왕자' 연극에서 단역을 맡은 학생들처럼 행동한다. 가끔씩 풍만한 아가씨가 지구 통합 사령부 대장의 관심이라는 영예를 얻는 정도다. 아니면 우주선 선원들 사이에 섞여서, 스코틀랜드나 스웨덴 억양을 가진 고풍스럽고 나이 든 요리사로 등장해서 평범한 민중의 지혜를 대변하거나.

SF의 민중은 민중이 아니다. 그들은 상관들에게 영도당한다는 단 한 가지 목적을 위해 존재하는 이름 없는 대중일 뿐이다.

사회적 관점에서 볼 때 대부분의 SF작품은 놀랍도록 역행적이며 상상력이 결여되어 있다. 그 모든 은하 제국들은 1880년의 대영제국을 고스란히 옮겨왔을 뿐이다. 수많은 행성들은, 서로 80조 마일씩 떨어져 있음에도 불구하고, 전쟁을 일삼는 민족 국가나 약탈의 대상인 식민지일 뿐이거나, 그것조차 아니면 자력 발전을 위해서 자비로운 지구 제국의 보살핌을 필요로 하는 존재일 뿐이다. 다시 한 번 백인 남성의 책무가 등장하는 것이다. 로터리 클럽 알파 센타우리 지부의 수준을 벗어나지 못한다.

문화적 또는 종족적 타자의 경우에는 어떨까? 이런 외계인들은 모든 독자가 외계인이라고 인지하는, 애초에 SF의 특별한 관심 대상이어야 하는 이들이다. 사실 옛날의 펄프 SF에서는 상당히 단순했다. 알데바란의 사마귀 인간이든, 독일인 치과의사든, 좋은 외계인은 죽은 외계인뿐이다. 그리고 이런 전통은 여전히 번성하고 있다. 래리 니븐의 단편 「변덕스러운 달Inconstant Moon」 (1971년에 단편집 『무수히 많은 길 사이에서All the Myriad Ways』에 수록된 작품이다)을 예로 들어 보자. 이 작품에서 해피엔딩이 성립하는 이유는 로스엔젤레스를 포함한 미국이 태양 표면 폭발의 피해를 벗어나기 때문이다. 물론 수백만 명의 유럽인과 아시아인들이 통구이가 되기는 했지만, 그건 별로 중요한 사실이 아니다. 오히려 세계가 민주주의 사회가 번영하기에 조금 더 안전한 곳이 되었다고 해야 할 것이다. (이 단편의 여성 등장인물이 무뇌아에 가까운 존재라는 점은 자못 흥미롭다. 그녀의 기능이란 영리하고 재능 넘치는 주인공을 바라보며 오?와 오오오오!를 반복하는 것뿐이니까.)

그리고 이 동전에는 반대쪽 면이 존재한다. 당신이 특정 대상을 당신과 완벽하게 이질적인 존재로 간주한다면, 그 존재에 대한 두려움은 혐오로 표출될 수도 있지만, 거꾸로 경이로, 숭배로 표출될 수도 있다. 덕분에 우리는 지구를 원죄와 위험으로부터 구원하려 친히 강림하시는 현명하고 친절한 존재들을 잔뜩 맞이하게 된다. 순백의 잠옷을 걸치고 덕성이 넘치는 비웃음을 머금은 채로 단상 위에 내려서는 외계인 분들 말이다. 빅토리아 시대의 '선한 여인'과 완벽하게 똑같은 모습으로.

미국에서 이런 온정적인 외계인을 발명한 사람은 『화성의 오디세이A Martian Odyssey』를 쓴 스탠리 와인바움으로 보인다. 그 이후로 시릴 콘블러스, 테드 스터전, 코드웨이너 스미스 같은 작가들에 의해 SF는 조금씩 단순한 인종주의에서 벗어나기 시작했다. 로봇, 즉 외계의 지성은 착하게 굴기 시작했다. 흥미롭게도 스미스에 이르러 종족적 외계인은 사회적 외계인과 결합되어 '언더피플'*이 되었고, 여기서는 그들의 반란이 허용된다. 외계인들이 친화적으로 변해감에 따라 주인공 또한 변했다. 그들은 광선총뿐 아니라 감정까지 가지기 시작했다. 거의 인간에 가까운 존재로 변하기 시작했다고까지 말할 수 있을지도 모른다.

다른 인간, 또는 특정 부류의 인간과 자신의 연관성을 완벽하게 부정하면, 그들이 자신과 근본적으로 다르다고 선언하면―남성이 여성에게, 한 계급이 다른 계급에게, 한 국가가 다른 국가에게 했던 그런 행동을 벌이면, 그 타자는 증오의 대상이 될 수도, 신과 같은 경외의 대상이 될 수도 있다. 그러나 양쪽 모두 결국에는 정신적인 동등성을, 그리고 인간으로서의 현실을 무시할 뿐이다. 타자를 권력 관계 외에는 다른 어떤 관계도 가질 수 없는 사물로 만들어 버리게 된다. 이런 행동은 결국

---

* 코드웨이너 스미스의 장편소설 『노스트릴리아Norstrilia』(1975)에 등장하는, 유전자 조작으로 지성과 인간 형태를 얻은 짐승인간 종족.

자신의 현실을 치명적으로 궁핍하게 만들 뿐이다. 결국은 자기 자신을 타자화한 것이나 다름없는 셈이다.

미국 SF는 유독 이런 성향이 강하다. 대부분의 SF에서는 전체주의로 이행하는 것 외의 다른 사회적 변화를 보여주지 못한다. 권력을 손에 쥔 엘리트가 무지한 대중을 지배하는 과정이, 때로는 경고로 제시되기도 했지만 종종 상당히 흐뭇한 정경으로 그려진다. 대안으로 사회주의를 제시하는 경우는 절대 등장하지 않고, 민주주의는 거의 망각에 묻혀 버린다. 군대의 미덕이 보편적 도덕으로 제시된다. 부는 정당한 목적이자 개인의 덕목으로 간주된다. 자유 사기업의 경쟁을 통한 자본주의가 전 은하계 경제의 지향점이 된다. 전반적으로 미국의 SF는 우월한 자와 열등한 자로 구성된 영속적인 계급 체계를 가정한다. 부유하고 야심 넘치고 공격적인 남성이 최상위에 있고, 거대한 공백을 사이에 두고 밑바닥에 빈자와 무지렁이와 얼굴 없는 대중과 모든 여성들이 존재하는 것이다. 이런 모습 자체가 어떻게 보면 흥미로울 정도로 '미국적이지 못하다'고 할 수도 있을 것이다. 맨 꼭대기의 알파 메일이 다른 열등한 원숭이들에게서 정중하게 몸단장을 받는 모습이, 개코원숭이의 부계 집단과 완벽하게 동일하지 않은가.

이런 것을 사변소설spec-fic이라 부를 수 있을까? 상상력의 발로라 칭할 수 있을까? 외삽의 결과물이라 할 수 있을까? 나라면 무뇌아의 퇴행이라 부르겠다.

나는 이제 SF 작가들과 독자들이, 빅토리아 여왕 시대가 돌아오리라는 백일몽에서 벗어나 미래를 숙고해야 한다고 생각한다. 개코원숭이의 이상이 작은 인간들의 이상으로 대체되는 모습을, 그리고 자유, 평등, 박애처럼 끔찍하게 과격하고 미래지향적인 개념을 고려하는 모습을 보고 싶다. 그리고 인류 연맹Brotherhood of Man의 53퍼센트가 사실은 여성 자매들Sisterhood of Woman이라는 사실을 부디 기억해 주길 바란다.

돌도끼와 사향소

먼저 저를 이 자리에 초대해 주서서 감사하다고 말씀드리고 싶습니다. 특히 저를 여기까지 데려와 주신 오스트레일리아 예술협회 문학부, 그리고 워크숍을 주선하고 로빈과 저를 돌봐 주신 컨벤션 위원회의 여러분, 그리고 다른 누구보다 처음에 이 재미있는 기획을 떠올린 존 뱅선드* 씨에게 감사를 표하고 싶습니다.

여러분께 진지하게 묻고 싶은 질문이 하나 있습니다. 대체

---

* John Bangsund(1939~). 오스트레일리아의 SF 팬진 편집자. 르 귄과 수
 잔 우드가 참석한 33회 세계 SF 컨벤션(1975 오지콘)의 멜버른 개최에 큰
 역할을 했다. 휴고 상 수상식의 사회자를 맡았으며, 여기서 르 귄의 『빼앗
 긴 자들』이 장편 부문을 수상했다.

우리가 여기서 뭘 하고 있는 걸까요?

글쎄요, 아무래도 축제가 있어서 여기 모인 것 같습니다. 이건 축제입니다. 단어의 뜻을 굳이 풀어 설명하자면, 세상의 온갖 괴상한 구석에 살던 수많은 사람들이, 익숙한 삶과 삶의 방식을 버리고 떠나, 때로는 상당한 곤란과 지출을 무릅쓰고, 어쩌면 본인조차 명확한 이유를 모르는 채로, 일단 길을 떠나서 이곳에 도착해 한데 모여서 축제를 벌이게 되었다는 겁니다.

그리고 축제에는 딱히 축하할 만한 일도, 변명이나 합리화도 필요하지 않습니다. 축제판에 도착한 사람들은 축제 그 자체가 존재 이유가 된다는 사실을 깨닫게 됩니다. 이성은 모르는 이유라도 마음은 알고 있으며, 이런 축제에는 그 나름의 이유가, 자신만의 기묘한 법칙과 생애 주기가 존재하기 마련입니다. 축제란 실존하는 하나의 사건, 하나의 존재이며, 우리는 훗날 서로 멀리 떨어진 장소에서 지극히 다른 방식으로 살아가다가도 문득 이 축제를 돌이켜보며 하나가 되었던 순간을 기억할 것입니다. 그리고 이 안에서 고약한 순간이 있었더라도, 우리 중 누군가 술에 취하고 누군가 분노를 터트렸다 해도, 누군가는 강연을 하고 다른 사람들은 그 강연이 지루해서 몸부림을 쳤다고 해도, 저는 우리가 이 시간을 뒤돌아보며 나름 만족을 느낄 수 있으리라 생각합니다. 축제의 필수적인 구성 요소는 찬사이며, 찬사는 기쁨을 타고 흘러나오기 때문입니다.

본질을 파고들자면, 결국 우리 모두는 즐기기 위해 이곳에 왔다고 할 수 있습니다.

우리는 아무것도 이룩하지도, 설립하지도, 팔지도 않을 겁니다. 새로운 법률을 만들거나, 전쟁을 선포하거나, 원유의 배럴당 가격을 정하러 이곳에 온 것이 아닙니다. 정말 신께 감사드릴 일이라 할 수 있겠지요. 그런 하찮은 일에 얽매여 있는 사람은 지금도 충분히 많으니까요.

제 생각에 우리가 이곳에 모인 이유는, 단순히 서로를 만나기 위해서라고 생각합니다. 서로를 좋아하게 되리라는 나름의 확신을 가지고서요. 우리는 즐기기 위해 이곳에 모였으며, 그 말은 곧 우리가 가장 인간적인 과업인 즐거움을 찾는다는 과업을 수행하고 있다는 뜻입니다. 햄스터조차도 할 수 있는 단순한 쾌락의 추구가 아닌, 즐거움의 추구입니다. 그리고 저는 여러분 모두가 이곳에서 즐거움을 찾기를 바랍니다.

그러나 우리가, 지금 이 특별한 우리가, 캔버라나 오리건 같은 기묘한 곳에서 찾아온 괴짜들이 여기 멜버른에서 한데 모여 머리를 맞대고 있는 이유가 대체 무엇일까요? 우리가 여기에 어떤 축제를 즐기려고 모인 것일까요? '즐거움'은 조금 막연한 표현이지요. 특정하고 범위를 좁혀서 손가락으로 짚어 줄 필요가 있습니다. 자, 오늘 밤 여기서 제가 손가락을 들어 짚는, 제가 만지는 이것이 대체 무엇일까요?

당연하지만 SF입니다. SF가 우리를 이곳에 모은 겁니다. 사람을 움직이는 원동력 치고는 제법 괴상해 보이지만, 배관용 장비 제작사 국제 컨벤션이나 과잉의 공평함을 달성하려고 모이는 국제 정상회담의 동기와 비교해 보면 딱히 더 이상하지는 않을 겁니다. SF는 우리 축제의 동기이자 주제입니다. 서로 다른 정신과 영혼들이 공명하는 단 하나의 지점입니다. 다른 분야에서는 광년 단위로 헤아려야 할 정도로 완벽하게 떨어져 있는데도 말입니다. 이곳에 모인 우리들은 영혼에 단추를 하나씩 가지고 있습니다. 배꼽 같은 느낌의, 영혼단추라고 할까요. 그리고 그 단추에는 SF라는 이름표가 붙어 있습니다. 많은 사람들은 영혼단추는 없고 배꼽만 가지고 있지만, 우리는 모두 영혼단추를 가지고 있지요. 그리고 손가락을 뻗어 그 단추를 누르면, 영혼이라는 단말 전체에 불이 들어오며 지지지지직 깜빡 깜빡 시스템 작동, 시스템 작동이라는 소리가 들리는 겁니다.

저는 주빈으로 이 자리에 부름 받는 영예를 얻었습니다. 따라서 단순히 여러분에게가 아니라, 여러분을 위해서 이야기를 해야 할 것 같습니다. 예언자로서, 축제의 지휘자로서, 사교집단의 여사제로서 말입니다. 마지막 광란의 연회가 끝나고 나면 앞으로 끌려 나와서, 멜버른이 섬기는 풍요의 신들을 달래기 위해 가장 가까운 분화구에 던져지리라는 정도는 저도 잘 알고 있지만요. 하지만 상관없습니다. 제가 여기 서 있는 한은, 제 임무는 여러분을 위해서 이야기를 하는 것입니다. 우리가 축하하는 그 존재를 기리는 것입니다. SF에 찬미를 바치는 것입니다.

자, 이거야말로 제가 사양 않고 할 수 있는 일입니다. 저는 SF를 좋아하니까요. 그리고 SF에 감사할 만한 이유도 있습니다. 지난 십여 년 동안, SF는 제 가족의 주머니에 돈을 채워 주고, 가족의 소득세 환급금에 혼선을 불러일으켰으며, 가족의 책꽂이에 책을 더해 주고, 가정생활에 온갖 종류의 평행우주 차원을 더해 주었습니다. "이번 달에는 엄마 어디 가요?" "오스트레일리아." "그럼 제가 일주일이나 설거지를 해야 한다는 거예요?" "아니, 함께 가는 거야." "코알라 키워도 돼요? 밥은 제가 줄게요!"

그러고 보니 말인데, 혹시 여러분은 제 아이들 세 명에게 있어 SF란 작은 녹색 인간이 등장하고 경멸받아 마땅한 품팔이들이 끄적거리는 저급한 문학 형식이 아니라, 완벽하게 정상적이고, 존중받아 마땅하고, 당당한 생계 수단으로 간주된다는 사실을 알고 계실지 모르겠습니다. 우리, 즉 여러분과 저는, 우리 대부분은, 적어도 스물다섯 살을 넘은 사람들은, 어린 시절 SF를 읽을 때 시간을 제대로 쓰고 있다는 인상을 주려고 〈갤럭시〉 잡지를 중급 대수학 교과서 속에 숨겨 본 경험이 있을 겁니다. 우리는 아동도서관의 사서에게 SF를 주문했다가 "이런, 우리는 아이들이 도피주의 문학을 읽는 걸 용납할 수 없단다"라는 말을 들어본 적이 있습니다. 우리는 성인 쪽 사서에게 SF를 주문했다가 "이런, 이쪽 건물에서는 아동 도서는 취급하지 않는데요"라는 말을 들어 본 적이 있습니다. 우리는 책의 뒤표지가 보이도록 놓아 본 경험이 있습니다. 앞표지에는 보라색 오징어가 커다란 청동 브래지어 차림의 기절한 처녀를 납치해 가는 그림이 그려져 있으니까요. 우리 모두는 실제로 불법은 아니지만 엉큼하고, 괴상하고, 중독성 있고, 끔찍하게 악평이 만연하는 행위를 저지를 때의 어려움과 즐거움을 만끽한 경험이 있습니다.

그런데 우리 아이들, 제 아이들뿐 아니라 여러분 모두의 아이들, 그리고 여기서 아직 아이를 가질 수 없을 정도로 어린 분들, 즉 신세대라고 불러야 할 분들은, 이제 그런 경험을 거의 할 수가 없다는 겁니다. 혹시라도 알고 계셨나요? 그 불쌍한 아이들은 섹스와 마리화나 말고는 못된 짓을 할 수가 없는 데다, 섹스조차도 너무 빠르게 존중받을 만한 행위로 변하고 있습니다. 학교에서 SF를 가르친다니까요. 제 생각에는 『위험한 상상력, 다시』 안에 중급 대수학 교과서를 숨기고, 교사가 그들이 의미 있는 문학 작품을 읽고 있다고 생각하는 동안 몰래 재미는 있지만 아무런 의미도 없는 방정식 따위나 푸는 아이들도 있을 것 같습니다.

저는 영연방 국가들에서는 SF를 교과 과정에 넣는 경우가 미국보다 적다고 전해 들었습니다. 하지만 저는 올해 초에 잉글랜드에 갔다가, 텔레스팟에서 메릴본에서 온 다섯 명의 매력적인 런던 토박이 아이들과 어울릴 기회를 얻었습니다. 다들 저보다 SF를 더 많이 읽었고, SF를 읽고 쓰는 데 한 학기를 통째로 사용했더군요. 따라서 팬 여러분, 미래를 기대해도 좋을 겁니다. 미합중국에는 이미 찾아왔습니다. 그리고 세인트 판크라스 역의 대합실에서부터 머나먼 목장의 대기실에 이르기까지, 이제 모든 곳에 그런 시대가 찾아오고 있습니다. 교사와 교수들이, 학교와 대학에서 SF를 가르치고 있습니다. 컴퓨터를 가진 미래학자들과 박사 학위를 가진 문학평론가들이 SF를 놓고 진지하게 토론을 벌이고 있습니다. 다이슨 스피어와 워프 파이브를 구분할 줄 모르는 사람들이 SF를 쓰고, SF를 읽지 않는 사람들이 그 책을 읽고 있습니다. 저는 여기 모여든 신실한 분들께 벽이 무너졌다고 선언하러 이곳에 온 것입니다. 벽은 무너졌고, 우리는 마침내 자유를 얻었습니다. 그리고 혹시 그거 아시나요? 바깥에는 냉혹한 세상이 끝없이 펼쳐져 있습니다.

저와 같거나 그 윗세대의, 벽이 무너져 내리는 모습을 보고 싶지 않은, 게토 상태를 부여잡고 SF를 종교로 만들어 입문 의식을 치르지 않은 사람들을 불경하다고 몰아가려 하는 사람들을, 저는 솔직히 비난할 수가 없습니다. 그들의 특정 흥미 분야에 대한 지식인 또는 주류 문필가 사회의 태도 때문에 이런 자세를 굳히게 된 것이니까요. 핍박받은 집단이 그런 자세가 필요하다고 덕목으로 삼는 것은 완벽하게 자연스러운 일이기도 하고요. 그들을 비난할 수는 없지만, 그렇다고 동의할 수도 없습니다. 차별과 경멸이 멈춘 후에도 회피와 방어에 매달리면, 한때의 반항아는 결국 불구가 됩니다. 그리고 저는 SF가 반항을 계속하는 모습을 보고 싶습니다. 저는 SF가 이를 혐오하는 사람들이 아니라 30년 전과 똑같은 모습이기를 원하는 자들을 회피하기를 원합니다. 저는 SF가 무너져 내린 낡은 벽의 잔해를 넘어서 곧장 다음 벽으로 돌진해 다시 무너트리기 시작하는 모습을 보고 싶습니다.

그런 벽들 중 하나는 출판사에서 작품에 SF라는 딱지를 붙이는 행태입니다. 이름을 붙이고, 포장해서, 유통하는 거지요. 지금 이 순간에는 출판업의 필수 요소라고 부를 수도 있을 겁니다. 합리적인 행동이기도 하며, 즉시 없어질 관습이라고는 생각지 않습니다. 공공 도서관이나 학교 도서관의 사서들과 서적상들은 SF를 한쪽에 모아서 원하는 사람들이 찾을 수 있도록 만들고 싶어 하지요. 우리 같은 중독자들에게는 편리하고, 서적상이나 출판사들에게는 이윤에 도움이 되는 방식입니다.

그러나 순진무구한 비중독자들에게는 이런 관습이 악영향을 끼칩니다. 우연히 SF를 집어들 가능성을 봉쇄해 버리니까요. SF를 찾으려면 고딕 소설과 소프트 포르노 사이에 있는 63번 서가까지 가서 두리번거려야 하는 겁니다. 물론 SF라는 딱지는 이제 더 이상 존재하지 않는, 주류와 SF를 가르는 이분법의 산물입니다. 이제는 분리된 것이 아니라 연속된 스펙트럼일 뿐이지만요. SF라는 이름표는 게토 벽의 잔재고, 그마저 사라지면 저로서는 아주 기쁠 겁니다. 도서관에 들어가서 『높은 성의 사나이』가 엘머 T. 핵의 『야만인 바프』 옆이 아니라 작가 이름에 따라, 찰스 디킨스 옆의 필립 K. 딕 항목에 꽂혀 있는 모습을 볼 수 있다면, 정당한 자리를 찾는 날이 찾아온다면 얼마나 기쁠까요.

제가 기대하는 다른 날도 있습니다. 〈타임스 리터러리 서플먼트〉나 〈뉴욕타임스 북 리뷰〉나 이스트 그롱그롱 목장주 주간 회보 등에서, 새로 나온 대작 SF 소설을 다른 소설들과 같은 지면에서 다루어 주는 날 말이지요. 한쪽에 작은 칸을 나누어 공상과학이니 사변소설이니 그런 소제목을 달지 말고 말입니다. 그런 별도의 공간이 존재한다는 것만으로도, 비평의 대상이 되는 작품을 아무리 호평하더라도 어차피 전면에 실리는 다른 소설들과는 같은 부류에 속할 수 없다는 암시를 주는 것이니까요. 진짜 소설과는 어깨를 나란히 할 수 없다는 겁니다.

보시다시피 아직 무너트려야 할 벽은 잔뜩 있습니다.

그러나 이런 문제들은 어떻게 보면 외부의 것이지요. 언제나 가장 고약한 벽은 갈 길을 막는 벽이 아닙니다. 가장 고약한 벽은 스스로 그곳에 세운 벽입니다. 이런 벽은 높고 두터우며 문도 달려 있지 않습니다.

자, 우리 SF는 무너진 벽들의 한가운데에 고결하게 홀로 서 있습니다. 굵직한 사지에는 사슬을 매단 채로, 독수리처럼 날카로운 눈으로 미래를 바라보고, 대충 그런 느낌으로요. 그러나 실제로 우리란 누구를 말하는 걸까요? 그리고 독수리처럼 날카로운 눈으로 직면하는 미래란 정확히 무엇입니까? 자유를 얻은 것은 좋은데, 이제 뭘 해야 할까요?

이 시점부터는 작가로서 말해야겠습니다. 지금까지는 SF 작가와 팬으로 구성된 공동체의 일원으로 말하려고 애썼고, 그것도 나름 즐거웠지만, 이제는 계속할 수가 없습니다. 사실 거짓이거든요. 저는 팬이 아닙니다. 여러분도 많은 작가들이 팬이기도 하거나 한때 팬이었다는 사실은 알고 계실 겁니다. 팬으로 시작했으니까요. 게토 시절에 오늘날 'SF의 황금기'라고 부르는 현상이 벌어졌던 때가 있으니까요.

그런데 저는 조금 늦게 도착해서 황금 게토를 놓쳤고, 존재했다는 것조차 몰랐습니다. 저는 어린 시절 SF를 읽기는 했지만 팬의 계층 문화에 대해서는 아무것도 몰랐습니다. 저는 SF

를 쓰기부터 시작해서, 출판사가 일러준 다음에야 그게 SF라는 사실을 깨달았고, 그 후에야 팬층이 존재한다는 사실을 발견했습니다. 아마 1964년 오클랜드에서 열린 최초의 대규모 세계 SF 컨벤션에서였을 겁니다. 거기서 SF 팬미팅이 개최된다고 들었는데, 당시 저는 서너 편의 SF 작품을 출판했으며 필립 K. 딕과 코드웨이너 스미스에 미쳐 있었습니다. 그래서 저는 오클랜드까지 내려가서 무슨 일이 벌어지는지 살펴보기로 했지요. 그런데 가보니까 1926년 이후의 SF 작품에 대해서라면 뭐든 알고 있는, 서로를 알아보는 사람들이 5천 명쯤 모여 있는 겁니다. 그리고 제가 만난 유일한 사람은 바버라 실버버그*였는데, 너무 끝내주게 아름다운 사람이라 즉각 집으로 돌아가서 이후 일주일 동안 머리에 종이봉투를 뒤집어쓰고 살았지요.

그게 제가 마지막으로 참가한 세계 SF 컨벤션이었습니다. 지금 이 자리는 빼고요. 아시겠지만 저는 외부자이자 이방인입니다. 여러분에게는 머나먼 다른 은하계에서 찾아와서 오스트레일리아의 투표 제도를 통째로 전복시키려 획책하는 외계인이나 다름없을 겁니다. 그러나 동시에, 저는 SF를 쓰는 사람입

---

* Barbara Silverberg. SF 작가 로버트 실버버그의 아내로, 1957년 이래 여러 컨벤션에 부부 동반으로 참석했다.

니다. 그래서 여러분이 저를 불러 주신 것이겠지요. 따라서 이 자리에서 계속 말을 이어나가려면 제 본연의 자세로 돌아가는 편이 나을 것이라고 생각합니다. 작가로, SF 작가로, 여성 SF 작가로 말입니다.

제가 아주 희귀한 생명체라는 사실을 알고 계십니까? 제 종족은 한때는 트리블이나 유니콘처럼 신화 속 생물이라 여겨졌습니다. 우리 종족은 보호색과 모방 적응을 통해서만 살아남을 수 있었거든요. 즉, 남성 필명을 사용했던 겁니다. 천천히, 두려움에 떨면서, 이들은 은신처에서 나오기 시작했습니다. 사방으로 고개를 돌리며 포식자를 두려워하면서요. 저 자신은 딱 한 번 은신처에 들어가 본 경험이 있는데, 〈플레이보이〉의 편집자 한 명이 저를 단순하고, 위협적이지 않고, 살짝 수수께끼를 곁들인 U라는 형태로 환원해 버렸거든요. 어슐러가 아니라 U 입니다. 그 후로 지금까지도 살짝 휘어서 U 모양이 되어 있는 기분이 듭니다. 하지만 우리는 꾸준히 기어 나왔습니다. 시간도 좀 걸렸고, 차질도 있었지만, 우리 종족은 천천히 용기를 얻어 화려한 짝짓기용 깃털을 자랑하며 등장했습니다. 앤, 케이트, 조아나, 본다, 수지, 나머지 사람들도요. 그러나 제가 '나머지 사람들'이라 말했다고 해서 부디 경계하거나 위협적이라고 생각하지는 말아 주시기 바랍니다. 우리는 정말 수가 적으니까요. 아마 SF 작가들 중에서 여성 작가는 30명 중에서 한 명 정도일 겁니다. 이 통계를 제공해 준 사람은 우리 종족의 매우 아름다운 일원이며 제 대리인이기도 한 버지니아 키드입니다. 비율은 추측일 뿐이지만 근거는 있지요. 비율이 제법 놀랍다고 생각하시나요? 저는 그렇게 생각합니다. 저 자신이 그렇게 희귀한 존재라는 사실에 강한 의문을 품고 당황하기까지 했습니다. 사람들이 미국흰두루미나 오리너구리나 기타 멸종 위기에 처한 생물종처럼 우리에 가두고, 알을 낳는지 열심히 지켜보고 있으면 어쩌지요?

SF계에 이렇게 여성이 귀한 이유가 무엇일까요. 장르 전반에 걸쳐, 팬층에도, 그리고 다른 어디보다도 작가층에서 더 적을 만한 이유가 있을까요? 제법 여러 가지 역사적인 이유가 떠오릅니다. 30년대의 SF는 액션 펄프 소설이었다던가, 캠벨풍의 SF는 공학에 관심이 많은 청소년을 겨냥했다던가, 기타 등등. 하지만 이런 설명은 모두 순환논리일 뿐입니다. SF의 황금기라는 게토가 남성만 출입 가능한 클럽이었던 이유가 뭘까요? 이 장르에 여성의 마음에 들지 않을 보편적인 특성이 실제로 존재하는 걸까요?

적어도 저는 없다고 생각합니다. 〈아날로그〉에 수록되는 작품들이나 그와 비슷한 부류의 소설들은 분명 SF에 존재하는 하나의 요소를 극단까지 추구해서, 전쟁 또는 배선도를, 최선의 경우라면 양쪽 모두를 좋아하는 사람이 아니면 쉽사리 즐길 수 없게 만듭니다. 우리 문화권의 대부분의 여성은 전쟁 영웅담이나 배선도에 비교적 무심하도록 양육받았기 때문에, 이런 소설을 마주하면 지겨워하거나 짜증을 낼 가능성이 높습니다. 그런 일에는 익숙하니까요. 거의 모든 문화권에서 청소년기의 남성은 여성을 두려워하며, 따라서 그들을 배제하고 몰아낼 수 있는 무리를 형성합니다. 비슷한 식으로 검과 마법을 다루는 작품들도 대부분의 여성한테서 싸늘한 시선을 이끌어내는데, 대부분 남성적인 영웅담과 남성의 성적 기량에 대한 환상으로 점철되어 있으며, 보통 그 과정에서 극도로 가학적인 요소를 포함하기 때문입니다. 그러나 이런 두 부류를 보이스카우트들을 위해 따로 떼어 놓아도, 나머지 부분은 고스란히 남아 있습니다. 폭 넓고 아름다운 성숙한 SF의 교외 풍경이, 모든 일이 일어날 수 있으며 종종 실제로 일어나는 공간이 남습니다. 여성들이 이런 곳으로 이주해 들어와서 정착하지 않는 이유가 뭘까요?

저도 모르겠습니다. 제 경우에는 이곳에서 태어나 버렸다는 사실이 문제겠지요. 저는 이주민이 아니기 때문에 문제를 인식할 수가 없습니다. 해가 바뀔 때마다 같은 종족의 일원이 더 많이 보이기는 합니다. 주로 젊은 사람들이, 들어와서 임시 둥지를 틀거나, 단호하게 산맥을 넘어가려고 날갯짓을 해 보기도 합니다. 그러나 아직도 충분치 않습니다. 이삼십 명의 남성에 대해 한 명의 여성이라는 비율은 종족 보전에 충분하다고는 말하기 힘듭니다. 사실 가금류의 경우에는 반대 방향으로 비율이 깨지지요. 대여섯 마리의 암탉에 대해서 수탉 한 마리가 있으니까요. 이런 이야기는 관두기로 하지요.

저는 그저 남성들에게 짬이 나면 느긋하게 생각 정도는 해 주기를 부탁하고 싶을 뿐입니다. 혹시라도 남성들이 여성을 배제하거나, 여성이 '얌전히 굴기를 원해서' 담을 쌓고 있다면, 그런 행동으로 인해 무엇을 잃게 될지를 말이지요.

또한 여성들에게도, 느긋하게든 완전히 진지하게든, 왜 우리 같은 종족이 이토록 적은지를 한번 생각해 달라고 부탁하고 싶습니다. 온전히 편견 탓으로만 돌리기는 힘든 것이, SF 출판계는 전반적으로 상당히 성별의 구애를 받지 않는 업계이기 때문입니다. 정신적인 나태함 때문에, 또는 대중 앞에서 지성을 드러내 보이는 일이 두려워서, 상상력을 풀어놓는 일이 두려워서, 그리고 다른 무엇보다도, 어쩌면 남성과 경쟁하는 일이 두려워서 담을 쌓아 스스로를 격리한 것은 아닐까요? 우리가 모두 알고 있듯이, 남성과 경쟁하는 것은 숙녀답지 못한 일이니까요.

그러나 숙녀다운 예술이란 존재할 수 없습니다. 신사다운 예술이 없는 것과 마찬가지겠지요. 남성적이거나 여성적인 예술이 없는 것도 마찬가지입니다. 책을 읽거나 책을 쓰는 일은 어떤 식으로도 실행자의 성별과는 연관이 없습니다(사실 출산과 임신과 수유를 제외한 대부분의 인간 행동이 그렇지만요).

예술 창작에 착수할 때는, 그 작품이 소설이든 도자기든, 자신이나 신을 제외하면 경쟁할 대상은 존재하지 않습니다. 유일한 질문이 "이번에는 더 잘할 수 있을까?"라는 사실을 깨닫고 나면, 그런 고독 속에서 텅 빈 종이나 찰흙 조각을 마주하게 되면, 자기 자신을 제외하면 아무도 탓할 수 없다는 공포와 도전을 깨닫게 되면, 숙녀다운 자세나 소위 말하는 경쟁에 대해서는 남성이든 여성이든 신경 쓸 수 없게 됩니다. 예술의 수행이란 그런 절대적인 자기 수련을 통해 절대적인 자유를 경험하는 일입니다. 그것이 제가 산맥을 넘으려 날개를 펼치는 자매들을 더 많이 보고 싶은 이유입니다. 여성에게 자유란 항상 쉽게 얻을 수 있는 것이 아니기 때문입니다.

자, 좋아요, 이제 SF가 어떤 얼굴을 가진 어떤 존재인지 한 가지 측면은 확립한 셈입니다. 상당히 남성적이지만, 항상 조금씩 양성성 쪽으로 기울어지고 있는 것처럼 보이지요. 적어도 저는 그러리라 기대합니다. 또 무엇이 있을까요? 한때 시어도어 스터전이라는 사람이 말했듯이, 95퍼센트는 쓰레기입니다. 다른 세상만사와 마찬가지로요.

오늘은 이단이 되고 싶은 기분이로군요. 감히 스터전의 법칙에 도전해 보겠습니다. 세상만사의 95퍼센트가 쓰레기라고 할 수 있을까요? 정말로? 숲의 95퍼센트가 쓰레기일까요? 대양의 95퍼센트가 쓰레기일까요? 우리가 계속 이렇게 오염시켜 간다면 머지않아 그렇게 되겠지만, 처음부터 그렇지는 않았습니다. 인류의 95퍼센트가 쓰레기일까요? 독재자라면 누구나 동의하겠지만, 저는 그 말에 동의하지 않습니다. 문학의 95퍼센트가 쓰레기일까요?

음, 그렇지요. 아마 그럴 겁니다. 매년 전 세계에서 출판되는 책들을 대상으로 잡는다면, 아마 95퍼센트는 쓰레기조차 되지 못하는 소음에 지나지 않을 겁니다.

그러나 저는 여기서 독자가 아닌 작가로 돌아가서, 다시 한 번 질문을 던져 보겠습니다. 글을 쓰는 동안에도 쓰레기인, 작가의 착상이었던 시점부터 쓰레기였던 작품은 얼마나 될까?

실제로 흥미로운 질문이라 생각합니다. 해답은 짐작조차 안 가지만요. 0퍼센트가 아니라 훨씬 많을 것이라는 점은 분명합니다. 돈을 노리고 일부러 쓰레기를 쓰는 작가들은 수없이 많고, 조금 덜 냉소적인 자세로 자신의 작품을 '돈벌이용'이나 '단순한 여흥'이라 평하는 작가들도 여럿 만나 봤습니다. 물론 후자의 경우에는, 작품에는 어떤 식으로든 작가의 자아가 반영되기 마련이니 조금 방어적일 수밖에 없겠지요. 그러나 그들은 자신이 무엇을 하지 않았는지, 무엇을 시도하지 않았는지, 자신이 할 수 있는 최고점이 어디인지를 분명 알고 있습니다. 그리고 예술이란, 예술가의 관점에서 보면, 양자택일의 문제입니다. 자신의 최고작이거나, 아니면 쓰레기거나. 이진법인 셈이지요. 켜짐/꺼짐. 예/아니오. 그러나 당연하지만 독자의 관점에서는 그렇지 않습니다. 독자의 관점에서 보면 최고의 작품과 최악의 작품 사이에는 수많은 단계가 존재합니다. 셰익스피어와 싸구려 작가 사이에는 온갖 천재성과 재능과 업적의 단계가 있으며, 심지어 셰익스피어의 작품군 속에도 무한한 단계가 존재합니다. 그러나 작가의 관점에서 보면, 글을 쓸 때의 선택이란 두 가지밖에 없습니다. 자신의 능력을 한계까지 밀어붙이거나, 느긋하게 앉아서 쓰레기를 뱉어내거나. 그리고 정말로 불공평한 점은 아무리 의도가 좋더라도 결과는 조금도 보장되지 않는다는 겁니다. 혼신의 힘을 다해서 노예처럼 일하더라도 헛소리가 나올 수 있으니까요. 그러나 반대쪽 의도는 보증수표입니다. 그 어떤 작가도 최선을 다하려는 마음을 먹지 않고서 우연히 명작을 써낼 수는 없습니다. 완벽을 지향하더라도 쓰레기가 나올 수는 있습니다. 그러나 쓰레기를 지향한다면, 어머나 세상에, 항상 쓰레기를 얻게 되는 겁니다. 완벽을 추구하면 최소한 95퍼센트는 실패하지만, 쓰레기를 추구하면 실패하는 법이 없습니다.

저는 대부분의 SF에서 이런 쓰레기의 반복 재생산을 너무 쉽게 발견합니다. 방어적인 쪽으로도, 파괴적인 쪽으로도. 방어적인 쪽에서는 "그만 때려요, 친구들, 벌써 쓰러져 있다고요"라고 말합니다. 게토에서 예전부터 볼 수 있었던 사근사근하고 자기보호적인 자세입니다. 그리고 파괴적인 쪽에서는, 냉소적이기 때문에 제한을 걸고 벽을 쌓게 마련입니다. 파괴적인 논리는 하고많은 사람들 중에서도 하필이면 SF작가들에게 대체 왜 달에 가 닿는 허튼 꿈을 꾸느냐고 묻습니다. 목표에 도착할 확률이 19대 1인 상황이라고 말합니다. 그곳에 도착하는 사람은 엘리트뿐이며, 어차피 엘리트라는 작자들은 속물일 뿐이라는 사실을 알고 있지 않느냐고 말합니다. 발을 땅에 단단히붙여라, 꼬맹아. 꿈이 아니라 돈을 위해서 일하는 거야. 편집자가 원하는 대로 써 주면 되잖냐. 퇴고하고 윤문하느라 시간낭비 하지 말고. 얼른 팔아버리고 다음 책을 써 내야지. 빌어먹을, 직업으로 하는 일 아니냐? 예술이 아니면 어때. 적어도 오락거리는 되잖아.

저는 그 '오락거리' 대목에서 분노가 타오릅니다. 명백한 진실 뒤에 커다란 거짓말을 숨기는 행위지요. 물론 SF 소설은 오락거리입니다. 모든 예술은 오락거리니까요. 너무 명백한 사실이라 되풀이해 말하기에도 진력이 납니다. 헨델의 메시아가 오락거리가 아니라 지루하기만 했다면, 수천 명의 사람들이 매년 그걸 듣고 있겠습니까? 시스티나 성당의 천장화가 따분했다면, 관광객들이 그곳에 모여들어 발길조차 옮기지 못하고 목에

경련이 일어날 때까지 버티고 있겠습니까? 만약 『오이디푸스
왕』이 끝내주게 훌륭하지 않았더라면, 그걸 2500년 동안 반복
해서 공연할 이유가 있겠습니까? 만약 『제1원』이 독자를 사로
잡는, 강렬하고 놀랍도록 재미있는 소설이 아니었더라면, 소비
에트 당국이 알렉산드르 솔제니친을 그토록 두려워할 이유가
있겠습니까? 그럴 리가요! 솔제니친이 따분한 싸구려 작가였
다면, 소련은 그를 사랑했을 겁니다. 그들이 원하는 글만, 편집
자의 주문을 정확히 따라서, 술에 물 탄 듯한 완벽하게 안전한
작품들만 써냈을 테니까요. 아마 지금쯤이면 인민 예술가 칭호
를 얻었을 겁니다.

물론 보는 즉시 매료되는 예술도 있고, 청중이 격렬하게 열
중하고 반응해야 하는 난해한 예술도 있는 법입니다. 우리 시
대처럼 계속 변화하는 시대에서 당대의 예술 작품이란 어려울
가능성이 높습니다. 작품에 몰입하기 전에 그 작품을 어떻게,
어디서부터 다루어야 할지, 우리에게 어떤 반응을 요구하는지
를 배워야 하기 때문입니다. 진실로 새로운 작품은 바로 그 때
문에 조금 두려울 수밖에 없습니다.

저 또한 쉽사리 겁을 먹는 사람입니다. 저는 처음에는 비틀
스도 겁낼 정도였어요. 인간이란 쉽사리 겁을 먹으면서도, 동
시에 용감하고 완고한 존재이기도 합니다. 사람들은 오직 예
술만이 줄 수 있는 오락을, 바로 그 기묘하면서도 탄탄한 만족

감을 원하며, 바로 그 때문에 가장 괴상한 부류의 전자 음악을 듣고, 얼룩방울투성이인 크고 못생긴 그림을 멍하니 바라보고, 2만 년 후의 다른 행성에서 사는 사람들에 대한 괴상하고 어려운 책을 읽습니다. 그러고는 이렇게 말하지요. 딱히 마음에 들지 않는데, 거북한 느낌이야, 고통스러워, 미친 것 같아… 하지만 있잖아, 거기 뭔가 위이이이이이이-쾅! 하고 나가떨어지는 부분은 나름 마음에 들던데. 뭔가 느껴지더라고. 무슨 말인지 알겠어?

모든 예술은 그런 것을 원합니다. 여러분에게 다가가고 싶은 거지요. 잠시라도 우리 사이에 존재하는 장벽을 무너트리고 싶은 겁니다. 축제를 통해, 의식을 통해, 오락을 통해 하나가 되고 싶은 겁니다. 이해를, 고통을, 즐거움을 함께 나누고 싶은 겁니다.

따라서 저는 예술은 여기 한쪽 좌대 위에 올려놓고, 오락은 어릿광대 옷을 입혀서 저 아래쪽에 내치는 관념에 완벽하게 반대합니다. 예술과 오락은 한몸이며, 깊이 있는 진정한 오락을 제공하는 작품은 보다 나은 예술인 겁니다. 예술은 무겁고 진중하고 지루하며, 오락은 겸손하지만 즐겁고 대중적인 것이라 간주하는 자세는 네오빅토리아풍 어리석음의 정수라고 할 수 있을 겁니다.

모든 예술가는 자신의 작품에 대해 깊은 진지함과 열정을 가지고 있으며, 동시에 모든 예술가는 어릿광대 옷을 걸치고 대중 앞에 나가서 푼돈을 벌기 위해 재롱을 부립니다. 어릿광대 옷을 입고 얼굴에 미소를 그리면서도 훌륭한 연기를 할 마음은 없는 자들은 연예인도 작가도 아닙니다. 가짜일 뿐이지요. 그들도 우리도 그 사실을 알고 있지만, 그런 이들이 잠시 막대한 인기를 거머쥘 수도 있습니다. 그러나 겁을 주거나 감동시키거나 진짜 웃음과 눈물을 이끌어내지 않고 단순히 거짓말을 통해 위안을 제공할 뿐이니, 결국 아무런 의미도 없는 인기일 뿐입니다. 그 이름이 사라지고 작품이 잊히면 무엇이 남을까요? 텅 빈 공허만 남습니다. 허망함만 남습니다. 진짜로 뭔가를, 예쁘장한 도자기 주전자나 진짜 재밌는 이야기를 만들 수도 있었는데도 기회를 놓쳤다는 깨달음만 남습니다. 우리가 놓친 겁니다. 우리가 진짜를 찾아 손을 뻗을 수도 있었던 상황에서 가짜를, 플라스틱으로 만든 일회용품을 받아들였기 때문인 겁니다.

저는 골동품 애호가는 아닙니다만, 이제 이 세상에 존재하지 않는 수많은 낯선 사람들이 몇 세대에 걸쳐 사용해 온 물건을, 이를테면 그릇이나 공구 등을 사용하거나 손에 들어보는 일이 얼마나 감동적일 수 있는지 여러분은 알고 계십니까? 저의 집 책상 위에는 돌도끼가 하나 놓여 있습니다. 자기방어가 아니라 즐거움을 위해서요. 제 아버지도 책상 위에 돌도끼를 올려놓으셨죠. 서진으로서도 제법 괜찮습니다. 신석기 시대 물건인데, 얼마나 오래됐는지는 모릅니다. 그래봤자 수 세기 전에서 2만2천 년 전 사이겠죠. 일부는 연마를 했고 일부는 거친 그대로지만, 형태는 완벽하게 잡혀 있습니다. 아주 훌륭한 작품이지요. 그 화강암 조각을 끈질기게 갈아내는 인간의 손이 떠오릅니다. 그 돌도끼를 건드리고 어루만지면 안에 깃든 견실함과 공동체의 느낌이 전해져 옵니다. 감상적이라고는 할 수 없어요. 도리어 그 반대겠지요. 시간을 암시하는 흔치 않은 실제 경험이니까요. 우리 내면의 가장 깊은 차원에 존재하는, 의식적으로는 정말로 경험하기 힘든 부분이지만, 그것이 없으면 익숙해 보이는 외면의 공간 차원을 보면서도 완전히 길을 잃게 됩니다. 제가 말하는 진짜 예술 작품은 그런 것입니다. 돌도끼처럼, 예술 작품은 그곳에 존재합니다. 그대로 그 자리에 머물러 있습니다. 실체를 가지면서도 동시에 내면의 차원에 영향을 끼칩니다. 놀랍도록 아름다울 수도, 꽤나 흔하고 수수할 수도 있지만, 사용되고 영원히 남도록 만들어진 것입니다.

싸구려 작품은 사용하기 위해서가 아니라 팔기 위해서 만듭니다. 그리고 영원히 남도록 만드는 것이 아니라 한 번 쓰면 닳아서 대체품이 필요하도록 만듭니다. 그리고 저는 이것이 예술이자 오락거리인 작품과 쓰레기의 차이점이라고 생각합니다.

테드 스터전이 자신의 법칙을 만들었을 때, 그가 겨냥한 대상은 그렇게 영리한 답변을 얻을 자격조차 없는 멸시로 가득하고 무지한 SF의 비판자들이었습니다. 그러나 그 이후로 그의 법칙은 방어 논리와 변명과 책임 회피에 남용되어 왔습니다. 따라서 저는 우리 SF 업계의 사람들에게 그 법칙을 인용하는 일을 잠시 멈추자고 제안하고 싶습니다. 적어도 체념과 냉소를 담은 방식으로는 사용하지 말자고요. 우리는 체념하지 말고 반항해야 합니다. 냉소에 안주하지 말고 비판적이고 고집스럽고 이상주의적인 자세를 유지해야 합니다. 우리가 이렇게 말할 수 있었으면 좋겠습니다. SF의 95퍼센트가 쓰레기라고—좋아! 그런 것들은 전부 치우자고! 창문을 열고 쓰레기를 전부 던져 버리자고! 산문 형식 중에서도 가장 유연하고, 적응력 강하고, 폭이 넓고, 뛰어난 상상력을 겸비한 SF가 있는데, 그걸로 가지고 놀면 순식간에 부서지는 장난감 플라스틱 광선총이나, 미리 포장하고 미리 조리하고 미리 소화해서 이제 소화시킬 수조차 없는 무미건조한 텔레비전 정찬이나, 뜨거운 공기 말고는 속에 아무것도 없는 커다랗게 부푼 고무풍선 따위나 만들고 있도록 놔둘 셈이야? 그런 꼴을 눈 뜨고 볼 수는 없지!

조금 전 우리가 세운 웅장한 SF의 형상은 무얼 해야 할까요? 독수리처럼 날카로운 눈을 사용해서 자신을 살펴야 합니다. 오래도록 숙고하면서 바라봐야 합니다. 비판적으로 봐야 합니다.

우린 이제 더 이상 방어적인 자세를 취할 필요가 없습니다. 우리는 더 이상 어린이도, 불가촉천민도, 장애인도 아닙니다. 우리는 이제 좋든 싫든 사회의 능동적인 성인 구성원입니다. 따라서 도전도 당당히 맞이해야 합니다. 노블레스 오블리주라는 말도 있잖아요.

모두에게 괴롭힘당하는 아이처럼 어슬렁거리며 혼자 노는 일은 그만둬야 합니다. 팬 잡지든 문학 서평이든, SF 작품을 비평할 때는 다른 책들과 마찬가지로 현재 문학 사조에 맞춰서 비판을 하고, 그 독자적인 장점을 따져서 다른 책들과 비교해야 합니다. 지면이든 수업 시간이든 SF 작품을 비판할 때는 다른 책을 비판할 때와 마찬가지로 단호하고 엄밀하게, 문학성과 견실함과 복잡성과 문필 능력에 대한 동등한 기대를 가지고 비판해야 합니다. SF 작품을 읽을 때는, 장편 또는 단편 소설로서 읽어야 합니다. 즉, 공장에서 쏟아져 나오던 펄프 작품들의 유산으로서가 아니라 디킨스나 체호프를 포함하는 전통의 일부로서 읽어야 하는 겁니다.

독자는 당연히 즐거움을 기대해야 하지만, 동시에 낯선 땅에 도착하리라는 기대도 품고 있는 편이 좋겠지요. 실험과 혁신과 불경과 복잡성과 열정을 발견한다면 마땅히 즐거워해야지, "1937년에는 이렇지 않았는데!"라고 칭얼대며 도망쳐서는 곤란합니다. 마지막으로 SF를 집필하는 작가는 자신이 모두의 부러움을 살 만한 독특한 위치에 있다는 점을 명심해야 합니다. 모든 문학 전통 중에서도 가장 덜 경직되고, 가장 자유롭고, 가장 젊은 사조를 상속받은 것이니까요. 따라서 진지하고도 재미난, 최대한 지적이고 열정적인, 자신의 최고 작품을 남길 의무가 있는 겁니다. 우리 작가들에게 할 수 있는 최소한의, 그리고 최대의 주문이라 할 수 있겠지요. 예술가에게 걸작을 배출하라는 주문을 할 수는 없으니까요. 최선을 다해 달라고 주문할 수 있을 뿐이지요.

저는 근래의 SF가 문간에 서 있다고 생각합니다. 문은 활짝 열려 있습니다. 그저 이곳에 버티고 서서 대중이 박수갈채를 보내기만을 기다릴까요? 그러면 박수 소리가 들려올 날은 없을 겁니다. 아직 우리가 그럴 만한 일을 하지 않았으니까요. 그대로 몸을 움츠리며 친숙하고 안전한 게토의 방 안으로 돌아가서 저 바깥에 고약한 대중이 잔뜩 도사리고 있다는 사실을 모르는 척할까요? 그러면 우리 쪽의 훌륭한 작가들은 절망에 빠져 우리를 버리고 떠날 테고, 다음 세대는 아예 찾아오지 않을 겁니다. 아니면 문을 지나 걸음을 옮겨서 도시의 사람들과 합류해야 할까요? 저는 그렇게 되기를 바랍니다. 우리가 그럴 수 있다는 사실을 알고 있고, 그렇게 하기를 바랍니다. 예술에는 우리처럼 새로운 사조가 필요합니다. 그리고 항상 똑같은 작품들을 물어뜯는 일에 질린 평론가들에게도, 그리고 다른 무엇보다 지금 읽는 대부분의 작품들보다 나은 소설을 받아 마땅한 모든 독자들에게도 우리는 많은 것을 줄 수 있습니다. 그러나 SF가 문학이라는 공동체에 합류하기 위해서는 단순히 용기뿐 아니라 힘과 자존감과 이류의 위치에 만족하지 않는 단호한 의지가 필요합니다. 진정한 자기비판의 자세가 필요할 겁니다. 이를 위해서는 진정한 찬사 또한 필요합니다.

여러분이 속으로든 공공연하게든 자신들이 이류라고, 95퍼센트가 쓰레기라고 생각하고 있다면, 아무리 스스로 찬사를 보내봤자 여러분에게도, 다른 사람들에게도 별 의미가 없을 겁니다. 그런 찬사는 청소년기의 허세와 같아서 자신이 무가치하고 무력하다는 끔찍한 느낌을 드러내 보일 뿐이니까요.

이제 SF도 제법 성장했습니다. 우리는 문맹기와, 잠재기 또는 무성기無性期와, 섹스 말고는 아무것도 생각할 수 없었던 시기와 다른 온갖 시기를 거쳐서, 이제는 진짜로 성숙기를 눈앞에 두고 있는 것처럼 보입니다.

제가 SF가 자기비판적이어야 한다고 말한다고 해서, 현학에 빠지거나 파괴적일 정도로 완벽을 추구해야 한다고 말하는 것은 아닙니다. 저는 건전한 판단을 내리고, 성공을 보다 즐겁게 축하하기 위해서 실패를 조용히 외면하고, 그 성공을 발판으로 삼아 전진하는 SF 독자가 보다 많아지기를 바랄 뿐입니다. 이런 것이 바로 성숙 아닐까요? 자신의 능력을 공정하게 가늠하는 능력과 실행에 옮기기 위한 의지를 갖추는 겁니다. 여러분도 아시다시피 찬사를 보낼 작품은 아주 많습니다. 저는 지난 10년 동안 영생을 누릴 수 있는 SF 작품들이, 지금으로부터 여러 해가 지난 후에도 의미와 아름다움을 유지할 작품들이 여럿 등장했다고 생각합니다.

저는 우리가 동질성을 잃지 않고도 성장하고 변화할 수 있으며, 기꺼이 그 성장과 변화를 맞이해야 한다고 생각합니다.

SF 공동체의 동질성은 정말로 보기 드문 미덕입니다. 덕분에 팬들의 삶은 보다 풍요롭고 훨씬 복잡해졌으며, 또한 작가에게 있어서도 엄청난 자산이 될 수 있습니다. SF 작가가 독자로부터 받는 지지와 반응은 유례가 없다고까지 할 수 있을 겁니다. 대부분의 소설가는 그런 것을 얻을 수가 없습니다. 상당히 고립되어 있으니까요. 그들이 얻는 반응은 주로 서평지나 언론지에 실리는 전문 비평가들에 의한 것입니다. 베스트셀러가 되기라도 하면 상업적 필요성과 매스컴의 관심과 성공이라는 거대한 기계장치가 작동해서 진솔한 반응과 완벽하게 격리되어 버립니다. 팬들과 SF 공동체가 SF 작가에게 선사하는 것은, 적어도 제 개인적 경험에 따르자면, 과거 도시국가와 같은 소규모 공동체가 선사하던 경험의 현대적인 형태라고 불러도 좋을 것입니다. 즉, 가장 훌륭한 예술 형식이 발전하고 꽃을 피웠던 장소 말이지요. 열정적으로 관심을 피력하는 사람들로 이루어진 공동체, 만반의 준비를 마친 청중이 서로 토의하고 방어하고 공격하고 다툼을 벌이고, 예술가는 짜증도 내고 즐거움도 느끼면서 그 모든 일을 자양분으로 삼던 장소를 경험하게 되는 겁니다.

제가 게토의 벽이 무너져서 우리가 마땅히 그 잔해를 딛고 자유를 찾아야 한다고 말했을 때, 저는 SF 공동체가 쪼개진다고, 또는 쪼개져야 마땅하다는 뜻으로 말한 것이 아닙니다. 저는 쪼개지지 않기를 바랍니다. 그리고 쪼개지지 않을 것이라 생각합니다. 쪼개질 이유를 모르겠습니다. 우리를 묶어주는 근본적인 광기가 앞으로도 우리를 한데 묶어줄 겁니다. 변할 것은 딱 하나뿐입니다. 우리는 이제 극지방에서 늑대의 공격을 방어하는 눈밭의 사향소 무리처럼, 둥글게 둘러서서 문학의 반동세력의 멸시와 자만심에 대한 방어태세를 취할 필요가 없습니다. 오늘날과 다가오는 미래에는, 우리 SF의 작가와 독자들은 서로에게 상을 주고 얼굴을 마주하고 오랜 알력다툼을 공고히 하고 신작에 대해 토론하고 축제를 벌이기 위해서 모일 겁니다. 어떤 것에도 얽매이지 않고 완전히 자유롭게, 우리가 원하기 때문에 모이게 될 겁니다. 간단하게 말하자면, 우리가 서로를 좋아하기 때문에 말이지요.

『변화한 나: SF와의 조우』머리말 (발췌)

실제로 참석한 사람한테 들은 이야기인데, 작가 회의나 워크숍의 일반적인 시나리오는 이런 식으로 진행된다고 한다. 작가는 작가 지망생들을 마주보고 단상에 앉는다. 지망생이 자기 작품을 제출하면 작가는 그 작품을 비판한 다음 글쓰기의 기술에 대한 강의를 한다. 저녁이 되면 작가는 자기 작품을 지망생들 앞에서 낭독한다.

내가 참가한 워크숍은 완전히 다른 모습이다. 끔찍할 지경으로 엉망이니까. 스무 명이나 되는 사람들이 몰려와서 원형으로 자리를 잡고 앉거나 눕거나 빈둥거리거나 가부좌를 튼다. 근처 어딘가에는 내일치 원고가 이미 쌓여 있다. 오늘 제출한 원고는 벌써 다 읽은 후다. 첫 번째 단편에 대해서 한 사람씩,

원을 그리고 앉은 순서대로 자신의 비평과 반응을 말한다. 문법이나 구조에서 현실적 가능성이나 삶의 자세에 대한 암시에 이르기까지, 연관이 있다면 무슨 이야기든 해도 좋다. 단편의 작자는 전원이 발언을 끝내기 전까지는 대답할 수 없으며, 전부 끝난 후에는 열정적이고 충분히 시간을 들여 답할 수 있다. 참가하는 전업 작가는 종종 '레지던트(주재자)'라 불리는데 (아마 '프레지던트'에서 대문자 P를 뺀 단어일 것이다) 자기 차례에 비판을 하거나, 아니면 마지막에 논점을 요약하려 시도할 수 있다. 전업 작가가 가지는 특별한 권위란 그저 사람들이 같은 말을 반복하기 시작할 때 "저기, 수잔이 벌써 그 말은 했는데요"라고 말하거나, 보편적인 토의를 제창하거나, 주먹다툼을 중지시키는 정도다. 이런 식의 연속 토론은 보통 9시에서 12시까지 진행되며, 아직 작업이 끝나지 않은 단편이 있다면 오후에 재개한다. 남은 낮과 밤 시간 동안에는 모두가 글을 쓰고(레지던트가 제안한 주제나 훈련에 관한 것일 수도 있고, 참가자들이 제각기 원하는 내용일 수도 있다) 다른 사람들이 쓴 글을 읽고 대화를 나눈다. 그리고 읽고 읽고 대화를 나누고, 다른 사람들과 함께 식사를 하고, 심지어 새벽에 짬이 나면 잠깐 수면을 취하기까지 한다. 이런 생활이 하루에 스무 시간, 한 주에 닷새 또는 엿새, 총 여섯 주 동안 계속된다. 레지던트는 한 명당 일주일을 버티는 게 고작이며, 이후 요양원으로 이송된다. 새로운 제물은 정기적으로 공급된다.

이런 상호 비판 토론의 시스템은 펜실베이니아 주 밀포드의 전업 SF 작가들의 회의석상에서 고안된 것이다(그리고 밀포드 회의는 여전히 미국과 영국에서 매년 개최된다). "밀포드"의 생존자인 로빈 스콧 윌슨 교수는 이런 평등주의적인 방법론을 펜실베이니아 주 클라리온의 SF 작가 지망생들을 위한 워크숍에 적용했다. 이 실험은 훌륭한 성공을 거두었고, "클라리온"은 이후 미국의 여러 장소에서 매년 개최되어 왔다.

나는 본다 매킨타이어가 워싱턴 주립대학에서 주최한 6주짜리 클라리온 웨스트 워크숍에서 세 번 레지던트를 맡았고, 오리건에서 앤서니 워크 교수와 함께 주 1회 SF 및 판타지 글쓰기 강좌를 두 번 진행하면서 이 시스템을 최대한 적용하려 시도했다. 영국의 레딩 대학에서도 한 번 시도해 보았다. 1975년 8월에 멜버른에서 열린 세계 SF 컨벤션에 참가할 비용을 벌어야 할 상황이 되자, 오스트레일리아 문학 위원회는 자비롭게도 일주일짜리 "지구 반대편의 클라리온"을 주최할 기회를 제공해 주었다. 나는 기꺼이 그 기회에 뛰어들었고, 이내 워크숍의 레지던트가 흥분되는 만큼 진을 빼는 일이라는 사실을 깨달았다.

워크숍의 흥분은 두 가지 층위를 가진다. 부분적으로는 이런 꽤나 극단적인 환경에서는(스무 명의 사람들이 극도로 자아를 노출시키는 상황에서, 단 하나의 목표에 집착에 가까울 정도로 집중하는 상태로 함께 살고 먹고 대화하고 작업해야 하니까) 하나의 집단이 형성되기 때문이다. 나는 이런 집단이 대면 요법에서 의도적으로 형성하려 애쓰는 그런 부류의 집단이라 생각한다. 실제 집단에 참가하는 일은 고독 속에서(외면적으로는 자주, 내면적으로는 항상) 작업하는 사람인 작가에게는 항상 흥분되는 일이다. 드물며 동시에 활력을 주는 경험이기 때문이다. 흥분의 다른 요소는 시스템 자체가 기능하는 모습이다. 참가자들은 글을 쓰며, 갈수록 보다 나은 글을 쓰는 경향을 보인다. 워크숍에서 압박을 받으며 한나절이나 하룻밤 사이에 쓴 글이, 참가 자격을 획득하기 위해 미리 공들여 써서 제출한 글보다 나은 경우가 종종 등장한다. 이런 발전은 참가자들이 비판하는 훈련을 쌓으며 자기비판에도 능숙해지기 때문에, 그리고 자기비판에 따라오는 자존감의 맛을 보았기 때문에 성립하는 것이다. 또한 나는 참가자들의 글이 나아지는 이유가 집단의 가속도와 에너지에 사로잡혀 함께 전진하기 때문이라고 생각한다. 보통 그렇듯이 이 시스템이 제대로 작동할 때는, 경쟁하는 상황이 아니라 그 반대의 상황이 벌어진다. 공동의 영감을 자극하는 역할을 하는 것이다.

공연 연주자에게는 아주 흔히 벌어지는 일이라 생각한다. 음악가들은 집단 공연을 수행하며, 기술을 통한 공동의 에너지 방출에 연주의 질이 달려 있기 때문이다. 작가에게 이런 일은 하나의 계시처럼 다가온다. 젊은 소설가가 마주하는 '경쟁'의 대상은 이미 유명하거나 성공한 작가들로 구성되어 있으며, 개인적으로 아는 사람은 아무도 없고, 대부분은 이미 세상을 떠난 사람들이다. 손이 닿지 않는 머나먼 하늘에 떠 있는 권위자들인 것이다. 그런 작가가 자신처럼 야심차고, 진지하고, 무명이며, 아직 성공을 거두지 못한 작가 집단을 만나고 함께 생활하게 되면, 자신이 호두나무에 매달린 유일한 호두가 아니라는 사실을 깨닫게 되면, 기술에 관해 토론하고 아이디어를 놓고 말다툼을 벌이며 자신의 작품을 다른 이들 앞에 노출하고 다른 이들의 작품에 노출되면, 조금도 망설일 필요가 없게 되면, 그는 음악가들이 매번 공연을 할 때마다 경험하고 의존하는 그런 경험을 하게 되는 것이다. 함께 작업하며 서로의 기술을 나누고, 경쟁을 통해 상승 작용이 일어난다. 그리고 음악이 탄생한다. 이야기가 탄생한다.

미국의 클라리온 참가자가 전업작가의 길을 선택한 비율은 놀랄 정도로 높다. 마땅히 자랑스럽게 여겨야 할 일이다. 그러나 우리가 주목할 점은 그것은 아니리라 생각한다. 진짜 중요한 점은 우리도 함께 음악을 만들 수 있다는 것이다.

SF 속의 신화와 원형

"SF란 현대 세계의 신화다." 훌륭한 표어이며, SF에 대해 무지하거나 경멸하는 사람들과 맞설 때는 편리하기도 하다. 그들이 말을 멈추고 생각하게 만들기 때문이다. 그러나 모든 표어가 그렇듯이 이 문장 또한 절반만 진실이며, 온전한 진실인 것처럼 무분별하게 사용하면 온갖 종류의 혼란을 불러일으킬 수 있다.

신중하게 접근해야 하는 부분은 바로 '신화'라는 복잡한 단어다. 신화란 무엇인가?

"신화란 아직 논리적으로 이해할 수 없는 사실을 논리적으로 설명하려던 시도다." 20세기 전반부를 지배한 환원적이며 과학적인 정신이 제창하고, 아직도 여러 사람이 받아들이는 신화의 정의다. 이 정의에 따르면, 아폴론은 '단순히' 원시적인 정신이 태양의 성질과 움직임을 설명하고 체계화하기 위해 부적절한 방향으로 노력을 기울인 결과물일 뿐이다. 논리를 통해 태양을 지구보다 훨씬 큰 불타는 구체로 이해하고, 과학 법칙의 체계를 통해 그 움직임을 서술할 수 있게 되면, 예전에 사용하던 신화를 통한 유사 설명은 의미를 잃는다. 불타는 말과 금빛 전차는 사라지고, 신은 권좌에서 밀려나며, 그의 온갖 위업은 아이들에게 들려줄 예쁘장한 이야기로만 남는다. 이 관점에 따르면, 과학의 진보는 신화의 내용물을 빨아서 건조시키는 과정이라 할 수 있다.* 여기서 신화의 내용물이 논리적이고 신화의 역할이 설명뿐이라면, 이 정의는 옳다고 할 수 있다. 그러나 논리적 정합성과 설명은 신화의 여러 역할 중 하나일 뿐이다. 신화란 육체와 정신체로 구성된 인간이 세상을 감지하고, 이해하고, 연관 관계를 형성하는 다양한 방법 중 하나를 표현으로 옮긴 것이다. 과학과 마찬가지로, 신화는 인간의 근본적인 세계 해석 방식에서 탄생한 결과물이다. 그것을 추상적이거나

---

* 이런 도식은 신화 또는 상징을 가장으로 간주하고, 무의식 속 질료의 의식도를 올려서 무의식을 차츰 비워 가거나 그대로 말려 버리고자 하는 프로이트의 심리학에서 다시 등장한다. 반면 융과 기타 심리학자들이 따르는 도식에 의하면, 상징은 환원할 수 없는 존재이며, 의식과 무의식 사이에는 상보적이고 생산적인 관계가 존재한다. – 원주

정량적인 인식으로 바꿀 수 있다고 가정하는 것은 결국 인간이 잠재적 또는 이상적으로 순수한 이성의 존재, 육체와 유리된 정신체가 될 수 있다고 주장하는 것이나 다름없다. 사실 생각해 보면 우리 모두가 시간의 흐름 속에 떠다니는 순수한 이성의 작은 물거품인 상황도 나름 즐거울지 모른다. 그러나 우리는 그런 존재가 아니다. 우리는 이성적인 존재이기는 하지만 동시에 감각적이며, 감정적이며, 욕구를 가지며, 윤리적인 존재이고, 지성으로는 얻을 수 없는 것들을 원하며 그 갈망을 원동력 삼아 움직이는 존재이기도 하다. 이런 기타 존재와 행동의 방식이 부적절해지면 지성이 승리를 거둘 것이다. 그러나 우리는 육체와 분리된 물거품이 될 수 없기 때문에 지성은 언제나 패배하게 마련이고, 그러면 다른 방식 중 하나가 그 자리를 차지해야 한다. 신화와 신화적 직관 또한 이런 방식 중 하나다. 자신의 역할 영역에서는 다른 무엇보다 효과가 좋기 때문에, 대체할 필요도 없다. 신화를 대체해야만 한다고 주장하는 것은 현대 과학자들의 정신분열적 자만심의 발로일 뿐이며, 그런 허세는 손쉽게 꺾어 줄 수 있다. 예를 들어, 우리가 태양의 성질과 운동을 과학적으로 이해할 수 있다고 해서 아폴론의 비범한 성생활을, 또는 음악이나 온갖 천상의 화음을 담당하는 신으로서의 역할을, 해명은 고사하고 설명할 방법이라도 찾아낼 수가 있겠는가? 아니, 아예 연관이 없다고밖에는 할 수 없을 것이다. 과학으로 해석한 태양은 성생활이나 음악이나 화음이나 신성과는 아무런 연관이 없다. 게다가 과학 쪽에서는 그런 주장을 한 적도 없다. 과학만능주의의 주장일 뿐이다. 아폴론은 태양과 동치가 아니며, 그랬던 적도 없다. 사실 태양은 '단순히' 아폴론의 여러 이름 중 하나일 뿐이다.

원래 환원주의란 양날의 검인 법이다.

그래서 과학소설 속의 과학이 '낡고 거짓인' 신화를 대체한다고도, 과학소설 속의 소설이 과학이 아직 설명하기에 이르지 않은 부분을 설명하려는 시도일 뿐이라고도 주장하지 않는다면, 우리는 그 슬로건을 사용할 수 있다. SF란 현대 세계의 신화다. 또는 신화 중 하나다. SF는 많은 부분을 지성에 의존하는 예술 형식이며, 신화는 지성에 의존하지 않는 해석 방식이기는 하지만 말이다. 그 이유는 SF가 우리가 사는 세계를 해석하려 시도한다는 점에서 신화를 만드는 능력을 가지고 있기 때문이다. 우리가 사는 세계는 주로 과학과 기술에 의해 성형되고 변화하며, SF의 독자성은 바로 이런 새로운 재료를 이용해 신화를 만들어 내는 능력에 있기 때문이다.

그러나 주의해야 하는 함정이 하나 더 있다. 이야기 속에 신화에서 따온 소재가 존재한다고 해서 신화를 만드는 능력이 사용되고 있다는 뜻은 아니기 때문이다.

SF 단편을 하나 떠올려 보자. 고대의 신화에서 직접 따온 플롯을 사용하거나, 특정 신이나 전설 속 영웅에서 따온 인물들이 등장하는 이야기다. 그렇다고 해서 이런 이야기를 신화라 할 수 있을까? 반드시 그런 것은 아니다. 사실 아닐 가능성이 높을 것이다. 신화를 만들어 낸 것이 아니라, 훔쳐 왔을 뿐이다.

절도는 건전한 문필에 따르는 필수적인 요소다. 훌륭한 플롯은 직접 만들기보다 옛날 작품에서 훔쳐오는 쪽이 훨씬 쉽다. 사실 진땀을 빼며 독창적인 플롯을 만들고 나면, 옛날 작품 중 하나와 완벽하게 평행을 이루는 경우도 종종 있다(이 흥미로운 사실은 나중에 다루기로 하자). 또한 전설의 세계에는 온갖 아름답고 힘 있는 이야기들이 가득한데, 그리고 이야기란 세대를 거듭하며 개작되어야 마땅한데, 훔쳐서 안 될 이유가 있을까? 나 또한 당연하게도 이런 관례를 비판할 입장이 아니다. 내 첫 장편소설에는 북구 신화에서 통째로 차용해 온 부분이 가득하다(브리싱가멘, 프레이야의 목걸이, 오딘의 행적에 등장하는 사건 등). 물론 내 소설은 원본의 짜깁기가 아니었지만, 그래도 나는 아스가르드의 신들에게 딱히 해를 입히지도 않았고 그들 또한 내 책에 나름 좋은 영향을 끼쳤다고 생각한다. 이런 종류의 좀도둑질은 항상 일어나며, 진정한 의미에서 새로운 창작이나 인식에 도달하지 못한다 해도 여러 즐거운 예술 작품을 만들어 냈다.

이보다 파괴적이며 동시에 자기파괴적인, 보다 명확하게 자각하는 절도 행위도 존재한다. 여러 대학의 영문학 강좌 시간에는 '신화'와 '상징'이라는 단어에 엄청난 중요성을 부여한다. 책장을 넘길 때마다 겁에 질린 햄스터처럼 숨어 있는 상징을 찾아내지 못한다면, 그 학생은 실력이 없는 것이다. 그리고 수많은 문예창작 강좌에서 이 작은 짐승들은 계속 불어나서 강의실을 가득 메워 버린다. 이 안에 숨겨진 의미는 무엇인가? 이 표현은 무엇을 상징하는가? 이 아래 내포된 신화는 어떤 것인가? 아이들은 머릿속에 햄스터를 가득 채우고 비틀대며 교실에서 걸어 나온다. 그리고 자리에 앉아서 공허하고 화려한 글을 열심히 끄적거리기 시작한다. 멜빌도 이런 식으로 글을 썼을 것이라고 생각하면서.

그러다 예술이 평론가들을 위해 만드는 것이 아니라 다른 인간 존재들을 위해 만드는 것이라는 사실을 깨닫기 시작할 때조차도, 그들 중 일부는 이런 과도하게 분석적인 습성을 유지한다. 그런 이들은 여전히 상징이란 이미 알고 있는 것을 가리키는 기호가 아니라, 모르기 때문에 상징을 통하지 않으면 닿지 못하는 것을 표현하는 기호라는 사실을 깨닫지 못한다. 그들은 (살아 있는 의미인) '심벌'을 (죽은 동의어인) '알레고리'로 착각하는 것이다. 따라서 그들은 신화를 거만한 태도로, 합리화하고 응축하는 식으로 다룬다. 그들은 플롯과 인물을 가져올 때도, 건전한 도둑답게 문학적인 은밀한 방식으로 훔쳐오는 것이 아니라 대놓고 자랑하며 훔쳐온다. 신화를 이런 식으로 사용하는 행위는 원본을 하찮아 보이게 만들기 때문에 피해를 끼치며, 이야기 자체에도 전혀 도움이 되지 않는다. 그 근본에 깃든 얄팍한 사고가 화려한 어휘나 수수께끼를 과시하는 문체에, 또는 유머를 섞어 어조에 수다스러운 불편함을 가미하는 문체에 가려지는 경우도 있다. 하찮은 농노들이여, 여기 올림포스에 군림하며 아프로디테에게 치근덕거리는 나의 모습을 똑똑히 보라. 상징으로 재주를 부릴 테니까 잘 보라고! 우리 교양인들은 이런 낡은 원형을 다루는 방식 정도는 완벽하게 깨우치고 있으니까.

그러나 제우스는 언제나 그런 이들에게 천벌을 내린다. 벼락으로!

지금까지 나는 작가가 사용하는 신화가 모두 죽어 있는 것처럼 말했다. 그러니까, 심미적인 이유를 제외하면 작가 또는 그가 속한 공동체가 어느 정도의 감정을 실어 그 신화를 믿지 않는다는 것처럼. 당연하지만 이는 사실과는 거리가 있다. 아프로디테에게 추근거리는 일은 그리 어렵지 않다. 애초에 먼 옛날의 여신을 믿는 사람이 남아 있을 리가 없지 않은가? 하지만 살아 있는 신화도 존재한다. 이를테면 성처녀 마리아나 국체國體를 생각해 보자.

SF에서 현존하는 종교의 신화를 사용하는 예를 원한다면, 코드웨이너 스미스의 작품을 보면 된다. 나는 그의 작품 전체에 걸쳐 기독교의 신앙이 명백하게 드러나 있다고 생각한다. 구원자, 순교자, 재생, '언더피플'까지. 기독교도든 아니든, 작가의 생생한 신앙이 반영된 작품에서 발산되는 힘과 열정을 마주한 독자는 그에 진심으로 감동하게 된다. 그러나 나는 SF에서 기독교적 주제의식을 찾아다니는 평론가들의 태도는 아무 의미도 없는 실수에 지나지 않는다고 생각한다. 대부분의 SF 작가들은 기독교의 주제의식을 살아 있는 상징이 아니라 죽은 표지標識로 여기며, 이를 사용하는 작가들 중 많은 수는 노력하지 않고 손쉬운 정서적 반응을 이끌어내려 하는 것뿐이다. 십자가형에 무임승차해서, 요즘 유행하는 오컬트 풍조에 편승해 냉소를 머금은 채 돈을 긁어모으는 것뿐이다. 이런 부류의 차용과 아서 클라크의 방식으로 진정하고 순진무구한, 자신이 간직한 생생한 재생의 상징을 표현하려 애쓰는 신비주의 사이에는 범접할 수 없을 정도의 차이가 있다.

종교와 권력의 실존하는 거대한 신화의 위아래에는 SF가 진입할 수 있는 또 다른 영역이 존재한다. 나는 이런 영역을 '하위신화Submyth'라 부른다. 종교적 또는 윤리적인 의의를 가지지 않으며, 지적 또는 심미적인 가치도 없지만, 생생하며 강렬하기 때문에 단순히 정형화된 관념이라고 치부할 수 없는 심상, 인물, 모티프를 말하는 것이다. 우리 모두가 공유하기 때문에 진정으로 집합적이라 할 수 있을 것이다. 슈퍼맨은 하위신화다. 그 아버지는 니체고 어머니는 만화책이며, 모든 열 살 먹은 아이들의 마음속에, 그리고 다른 수백만의 사람들의 마음속에 생생하게 살아 있다. 다른 SF계의 하위신화로는 검과 마법의 세계 출신의 괴상한 무기를 다루는 금발 영웅이 있다. 광기에 빠지거나 스스로를 신으로 여기는 컴퓨터, 미친 과학자, 자애로운 독재자, 범인을 찾아내는 탐정, 은하계를 사고파는 자본주의자, 용감한 우주선 선장과 선원들, 사악한 외계인, 선량한 외계인, 그리고 언제나 전술한 영웅들 중 하나에 의해 괴물에게서 구출당하고, 설교를 듣고, 경멸을 당하고, 근래에는 강간마저 당하는, 뾰족한 가슴은 있으나 두뇌는 없는 젊은 여성들이 있다.

이들을 신화적 존재라 부르는 것은 고통스러운 일이다. 신화란 고결한 단어인데, 이들은 너무 저급하다. 그러나 이들은 책 속에서, 잡지 속에서, 그림과 영화와 광고와 우리의 정신 속에서 생생하게 살아 있다. 이들은 신화와 같은 뿌리를 가지며, 그 뿌리는 우리의 무의식 속에 존재한다. 정신체 속에 널찍이 펼쳐진, 그리고 아마도 정신체의 경계 너머까지 이어지는 모호한 영역에 존재한다. 아마도 우리의 육체가 기본적으로 비슷한 구조를 가지듯 비슷한 형태를 공유하는, 융이 '집합적'이라 부른 내면의 영역일 것이다. 이들의 활력은 이 영역에서 오는 것이기 때문에, 단순히 중요하지 않다고 치부해 버릴 수가 없다. 심지어 파시즘 같은 세계적인 조류를 부추기는 일을 돕는다 해도 말이다! 이들이 예술에 유용한 소재를 제공하지 못한다 해도 마찬가지다. 이런 하위신화는 집단 무의식의 활력을 가지지만, 그 외에는 어떤 윤리적, 심미적, 지성적 가치도 없다. 감정적이고 비이성적인 '실재성' 이외에는 진짜 신화의 요소를 가지지 못한다. 자신의 예술을 의도적으로 이런 하위신화에 종속시키는 예술가는 자기 작품을 SF라 부를 권리를 포기한 것이나 다름없다. 그런 이들은 돈을 벌어들이는 대중문화 창작자일 뿐이다.

진정한 신화는 수천 년 동안 지적 사색이나, 종교적 희열이나, 윤리적 질문이나, 예술의 부활을 제공해 주는 마르지 않는 샘이 될 수 있다. 진정한 수수께끼는 이성에 의해 파괴되지 않는다. 가짜는 파괴된다. 그대로 직시하기만 하면 사라져 버린다. 금발 영웅을 바라보면, 진심으로 마주하면, 그는 햄스터로 변해 버린다. 그러나 아폴론을 직시하면 그는 당신을 되쏘아본다.

시인 릴케는 50여 년 전에 아폴론 상을 바라보았고, 아폴론은 그에게 말했다. "네 삶을 바꾸어야 한다"고.

의식의 표면으로 떠오른 진정한 신화는 항상 같은 말을 한다. 당신의 삶을 바꾸어야 한다고.

어쨌든 예술의 길이란 감정이나 감각이나 육체 등과 결별하고 순수한 의미라는 공백으로 항해를 떠나는 것도, 정신의 눈을 감고 비이성적이며 도덕을 초월한 무의미 속에서 뒹구는 것도 아니다. 예술의 길이란 이런 양쪽 극단 사이에서 미약하고 힘겹지만 반드시 필요한 연결의 끈을 놓지 않는 일이다. 연결하는 일이다. 개념에 가치를 연결시키고, 감각에 직관을 연결시키고, 대뇌피질과 소뇌를 연결시키는 일이다.

진정한 신화는 바로 이런 연결고리 중 하나가 된다.

다른 모든 예술가들과 마찬가지로, SF 작가는 이런 의식과 무의식 사이의 연결 또는 통로를 만들고 이용하려 시도하며, 이를 통해 독자들 또한 그런 여행을 할 수 있는 기회를 제공한다. 만약 SF 작가가 사용하는 도구가 자신의 지성뿐이라면, 그가 생산해 내는 물건들은 자신의 내면 깊은 곳과 예술과 신화의 걸작들 속에 살아 있는 원형의 복제품이나 풍자에 지나지 않게 된다. 만약 지성을 저버린다면, 그는 원형의 근원의 조잡하고 박약한 풍자에 지나지 않는 무의미한 하위신화의 걸쭉한 국물 속에 자신의 인격과 재능을 빠트려 버리게 될 것이다. 진정한 집단성을 획득하려면, 즉 우리 모두에게 살아 있고 의미를 가지는 심상에 접속하려면, 결국 진정으로 개인적인 요소를 통하는 방법밖에 없어 보인다. 순수한 이성이라는 몰개성도 아니고, '대중'의 몰개성도 아니다. 환원 불가능한 개인, '자기self'를 사용하는 것이다. 예술가는 타인의 내면에 닿으려면 자신의 내면으로 들어가야 한다. 예술가는 이성을 사용해서 자의로 비이성 속으로 들어간다. 자신의 내면으로 더욱 깊숙이 들어갈수록 타인에게 더 가까워질 수 있는 것이다.

이런 설명이 역설처럼 느껴진다면 그건 우리들의 문화가 관념화와 외향성을 중시하기 때문이다. 예를 들자면 고통 또한 같은 방식으로 작동할 수 있다. 고통만큼 개인적이고 공유 불가능한 감정은 없다. 괴로움의 가장 끔찍한 점은 홀로 겪어야 한다는 것이다. 그러나 고통을 겪지 않거나 자신의 고통을 인정하지 않는 사람은, 동료 인간들로부터 자신을 냉혹하게 고립시키게 된다. 가장 외로운 경험인 고통은 곧 공감으로, 그리고 사랑으로 이어진다. 자신과 타인의 다리가 되고 교감의 수단이 된다. 예술도 마찬가지다. 자신의 내면 가장 깊은 곳까지 들어갈 수 있는 그런 고통스러운 여정을 감내하는 예술가야말로, 우리의 가장 내밀한 감정을 건드려서 가장 명확한 목소리로 이야기하는 예술가가 되는 것이다.

모든 위대한 심리학자들 중에서 이런 과정을 가장 훌륭하게 설명해 낸 사람이 바로 융이다. 그는 고립된 '이드id'뿐 아니라 '집단 무의식'의 존재를 강조한다. 그리고 의식이라는 환히 밝혀졌지만 비좁은 영역 밖에 존재하는 정신/육체의 영역이 우리 모두에서 거의 비슷하다는 사실을 환기한다. 이는 의식이나 이성의 가치를 폄훼하는 것이 아니다. 융이 '분화'라 부른 개인의식의 구축은 그가 보기에는 훌륭한 위업이자 문명의 가장 큰 업적이며, 우리 미래의 희망이기도 하다. 그러나 나무가 크게 솟으려면 뿌리를 깊이 내려야 한다.

따라서 진정한 신화는 의식과 무의식의 세계를 연결하는 과정에서만 탄생한다고 할 수 있을 것이다. 책꽂이나 텔레비전에서 살아 있는 원형을 찾을 수는 없다. 오로지 나 자신에게서만 찾을 수 있는 것이다. 인류 공통의 마음속 어둠에 도사린, 개인성의 핵심에서 말이다. 자리에서 일어나 창가로 가면, 그리고 커튼을 젖히고 어둠 속을 응시하기만 하면 발견할 수 있을 것이다.

그런 일에는 때로는 상당한 용기가 필요하다. 커튼을 젖힌 순간 창밖의 밤하늘 아래 무엇이 보일지는 아무도 모른다. 별빛일 수도 있다. 드래곤일 수도 있다. 비밀경찰일 수도 있다. 신의 은총일 수도 있고, 죽음의 공포일 수도 있다. 그 모든 것들이 그곳에 있다. 우리 모두를 위해서.

타인의 작품과 사상을 끌어오지 않고 자신의 생각과 내면 깊은 곳의 자아에 의지해서 글을 쓰는 작가라면, 결국 공통된 질료를 마주하게 될 것이다. 그의 작품이 독창적일수록, 더욱 두드러지게 알아볼 수 있을 것이다. 독자는 자신을, 자신의 꿈을, 자신의 악몽을 알아보고 "그래, 당연하지!"라고 소리칠 것이다. 인물이, 도상이, 심상이, 모티프가, 플롯이, 줄거리 속의 사건이 모두 신화나 전설과 평행을 이룬다는 점을 알아볼 수 있을 것이다. 재생산한 것처럼 보일지도 모른다. 판타지라면 공공연하게, 자연주의 작품이라면 슬쩍 숨긴 채로, 드래곤과 영웅과 임무와 권능을 품은 물체와 한밤중의 항해와 바다 밑 여행 등이 등장할 것이다. 회화 작품에서와 마찬가지로, 이야기 속에서도 익숙한 특정 패턴이 눈에 띄게 될 것이다.

그러나 융의 말이 옳다면, 이 또한 역설이 아니다. 우리 모두가 신체 속에 동일한 부류의 심장과 폐를 품고 있듯이, 정신체 속에도 동일한 부류의 드래곤을 품고 있기 때문이다. 또한 자신의 신체에 새로운 장기를 만들어낼 수 없듯이, 단순히 생각하는 것만으로 원형을 창조해낼 수는 없다는 의미도 된다. 그러나 이는 손실이 아니라 도리어 이득이다. 결국 우리가 소통할 수 있다는, 인간이 필연적으로 소외되는 존재가 아니라는 뜻이기 때문이다. 우리 모두가 만날 수 있는 널찍한 공통되는 기반이 존재한다는 뜻이기 때문이다. 이성을 통해서만이 아니라, 심미적으로도, 직관적으로도, 감정적으로도.

교묘하게 복제하거나 대량생산한 드래곤이 아니라, 위협적이고 설명할 수 없으며 예술가 본인의 무의식 속에서 튀어나온, 꿈틀거리며 다가오는 사악한 짐승인 드래곤은, 살아 있는 존재다. 끔찍할 정도로 살아 있다. 그런 드래곤은 어린아이를, 예술가 본인을, 나머지 우리 모두를 두렵게 한다. 드래곤이 우리의 일부이기 때문에, 예술가가 우리로 하여금 그 사실을 인정하게 만들기 때문에 두려운 것이다. 포고가 말했듯이, 우리는 적을 만났으며 그 적은 우리 자신인 것이다.[*]

"무슨 말이야? 우리 거실에는 드래곤 따위는 없는데. 드래곤은 멸종했어, 진짜가 아니라고…"

"창밖을 봐… 거울을 들여다 봐…"

자신의 존재 중심으로부터 작업해 나가는 예술가는 원형의 심상을 발견해서 의식으로 풀어놓을 수 있다. 이런 행동을 한 첫 번째 SF 작가는 메리 셸리였다. 그녀는 프랑켄슈타인의 괴물을 풀어 놓았다. 그리고 그 후로는 누구도 괴물을 다시 가두지 못했다. 그 괴물은 유리와 플라스틱으로 장식한 사랑스러운 현대적 거실 구석에서, 쇠파이프로 만든 인체공학적 의자 위에 앉아 있다. 생전처럼 거대하고 두 배는 못생겨진 모습으로. 에드가 라이스 버로도 힘과 독창성이 훨씬 덜하기는 해도 같은 일을 해냈다. 타잔은 진정한 신화적 인물이기는 하지만, 프랑켄슈타인의 괴물처럼 현대의 윤리/감정의 딜레마와 연관이

---

[*] 월트 켈리의 만화 〈포고Pogo〉의 주인공 포고 포섬의 유명한 표어.

있다고는 할 수 없다. 차페크도 같은 일을 했으며, 그의 업적은 전반적으로 특정한 존재에 '로봇'이라는 이름을 붙인 일에서 유래한다(이름붙임은 매우 중요한 원형화의 방식 중 하나다). 그들은 지금까지 우리와 함께 걸음을 옮겼다. 톨킨도 그런 일을 해냈다. 그는 우리가 계속 잃어버리려 애쓰는 반지 하나를 발견해 냈으니까…

학자들은 이런 신화를 마음껏 가지고 놀면서, 신화나 전설이나 교리나 예술에서 발현*되는 다른 원형들과 어떤 연관성을 가지는지를 확인하고, 그런 작업을 통해 원형의 효력을 강화할 수도 있다. 이런 연관성을 파악하면 이해에 큰 도움이 될 수도 있다. 프랑켄슈타인의 괴물은 골렘과, 예수와, 프로메테우스와 연결된다. 타잔은 한편으로는 늑대아이/고귀한 야만인의 직계 후손이며, 다른 한편으로는 고귀한 혈통의 고아라는 아이들의 보편적인 환상에 근원을 두고 있다. 로봇은 르네상

---

* '발현' 이상은 얻을 수 없으리라는 점을 명심해 두길 바란다. 원형 그 자체는 이성, 예술, 심지어 광기조차도 닿을 수 없는 존재다. 융은 원형이란 실체가 없는, 심리적 양상 또는 기능으로, 인간 눈의 가시 범위처럼 기능적 한계에 가까운 것이라 추측했다. 즉, 전자기 진동의 감지 범위를 제한한 덕분에 물체를 볼 수 있게 되는 것과 동일한 것이다. 원형이란 "어떤 측면에서도 그 자체가 실체를 의미하지 않는다. 그보다는 감지하고 인식할 수 있는 형상이라 해야 할 것이다." 원형은 "의식의 질료로 형성한 선험적 구조체"다. – 원주

스 이후의 기계적 세계관으로 강화된 '정신'과 '육체', '영혼'과 '기계'의 분리로 인해 육체를 두려워하게 된 현대인의 자아로 해석 가능하다. 『타임머신』에는 '종말'이라는, 여러 종교에서 보이는 심판의 날에 비견할 수 있는 종말신학의 원형이 존재한다. 『전설의 밤』은 우리 사촌인 대형 유인원과 공유하는 어둠에 대한 공포를 이용해서 어둠과 빛이라는 근본적인 대척점을 보여준다. 필립 K. 딕의 작품을 읽으면 독자성과 소외라는 고전적인 주제와 자아가 분열하는 느낌을 탐구할 수 있다. 스타니스와프 렘의 작품에서는 비슷한 방식으로 타자의 원형, 즉 외계인을 복잡하고 세심하게 탐구하게 된다.

이런 신화, 상징, 심상은 지성의 성찰을 거쳐도 사라지지 않는다. 윤리적, 심미적, 심지어 종교적 분석조차도 이들을 줄어들어 사라지게 만들 수는 없다. 오히려 그 반대다. 자세히 들여다볼수록 그 존재가 명확해지기 때문이다. 그리고 이런 존재들은 오래 생각할수록 더 많은 의미를 가지게 된다.

이런 수준에 이르러야, 비로소 SF는 현대의 신화라는 호칭을 받아들일 수 있는 것이다.

물론 대부분의 SF는 이 수준에 이르지 못하며, 앞으로도 결코 이르지 못할 것이다. 예술가가 그렇게 사방에 널린 시대는 찾아오지 않을 것이다. 우리는 분명 앞으로도 다시 데운 바빌론의 찌꺼기나, 고상한 속물들이 제공하는 노스럽 프라이*의 비평이나, 저질 글쟁이들이 쏟아내는 근육질 햄스터인간의 무리를 마주하며 대부분의 시간을 보낼 것이다. 그러나 신화를 만드는 이들도 여전히 존재할 것이다. 누가 알겠는가? 지금 이 순간에도 차세대의 메리 셸리가 탑 꼭대기 방에 얌전히 누워서, 천둥번개를 동반한 폭풍을 기다리고 있을지도 모르지 않는가.

---

* Northrop Frye(1912~1991). 캐나다의 문학 평론가. 20세기의 가장 영향력 있는 평론가 중 하나로, 과학비평과 원형비평의 이론을 확립했다.

SF와 브라운 부인

지금으로부터 약 50년 전에, 버지니아 울프라는 이름의 여인이 리치몬드에서 워털루로 가는 기차의 객실에 앉아 있었다. 그 맞은편에는 이름이 알려지지 않은 다른 여인이 앉아 있었다. 울프 여사 또한 그녀의 이름을 몰랐기 때문에, 브라운 부인이라 부르기로 마음먹었다.

극도로 단정한 모습이 누더기와 땟국물보다 심각한 궁핍을 암시하는 사람이 있다. 모든 단추를 꼼꼼히 채우고, 끈을 조이고, 한데 모아 묶고, 수선하고, 빗질을 마친, 해진 옷을 걸치고도 청결한 그 노부인의 모습이 바로 그랬다. 어딘가 초췌한 기색이 느껴지는 사람이었다. 고통과 불안에 시달리는 모습에, 키도 매우 작았다.

작고 깔끔한 장화를 신은 그녀의 발은 간신히 바닥을 스칠 정도였다. 부양해 줄 사람이 아무도 없으리라는 생각이 들었다. 스스로 모든 결정을 내려야 하는 사람이리라고. 몇 년 전에 가족이 떠나거나 남편과 사별한 이후, 걱정에 시달리는 삶을 살아오면서 외아들을 키웠을 것이라고. 아마도 그 아들은, 반대일 가능성도 있겠지만, 지금쯤 나쁜 길에 들어서고 있을 것이라고. (「베넷 씨와 브라운 부인」)

상습적인 염탐꾼인 울프 여사는 노부인이 함께 여행하는 남성과 나누는 대화를 부분부분 엿들었다. 무색무취한 논평과 이해하기 힘든 사업 이야기가 이어졌다. 그러다 문득 브라운 부인이 이렇게 말했다. "혹시 말인데, 2년 연속으로 애벌레들이 잎사귀를 전부 먹어 버리면 떡갈나무가 죽는지 알고 있나요?" 그녀의 말투는 제법 밝고 명확했고, 교양이 담긴 호기심 넘치는 목소리였다. 그리고 동승객이 켄트에 있는 자기 동생 농장에서 일어난 병충해 이야기를 길게 늘어놓으며 대답하는 동안, 브라운 부인은 작고 하얀 손수건을 꺼내 조용히 흐느끼기 시작했고, 남자는 그 모습에 짜증을 냈다. 그러다 남자는 클랩햄 정선에서 내렸고, 부인은 워털루에서 내렸다. 울프 여사는 이렇게 썼다. "나는 그녀가 가방을 들고 열기 가득하고 부산한 기차역으로 사라지는 모습을 지켜보았다. 매우 작고, 매우 결연해 보였다. 매우 연약하면서도 동시에 매우 영웅적으로 보였다. 그리고 나는 그녀를 두 번 다시 보지 못했다."

버지니아 울프는 이 브라운 부인이 바로 소설의 소재라고 말한다. 그녀는 기차의 객실 또는 소설가의 마음속에서, 갑자기 소설가의 눈앞에 등장해서 말한다. 잡을 수 있으면 잡아 보라고!

나는 모든 소설이 건너편 구석에 앉아 있는 노부인에서 시작된다고 믿는다. 그 말은 곧 내가 모든 소설이 인물에서 시작된다고, 인물을 표현하기 위해 만들어졌다고 믿는다는 뜻이기도 하다. 너무 어색하고 장황하고 극적인 면이 부족하며, 동시에 너무도 풍요롭고 유연하며 생동감 넘치는 소설이라는 문학 형식이 발전한 이유가, 교리를 설파하거나 노래를 부르거나 대영제국의 영광을 축복하기 위한 것이 아니라고 생각한다는 것이다… 위대한 소설가는 독자들로 하여금 특정 인물의 눈을 통해 그들이 원하는 것을 보도록 만든다. 그러지 않는 사람은 소설가가 아니라 시인이나, 역사가나, 팸플릿 작가일 것이다. (같은 글에서)

나는 이 정의를 받아들일 수 있다. 지금 이 순간에 평론가들 사이에서 이런 정의가 유행하는지는 알지도 못하고 솔직히 별로 관심도 없다. 강림이나 종말이나 다른 종교적 다음절어polysyllable에 대해 지껄이기를 좋아하는 평론가들에게는 시시하게 보일지도 모르지만, 소설가에게 있어서는 (적어도 지금 여기 있는 소설가에게는) 단순하고 심오하며 단음절로 구성된 진리인 것이다.

그것은 1865년에 브라운 부인이 사라 갬프[*]라는 이름으로 불렸을 때도 사실이었다. 1925년에 브라운 부인에게 레오폴드 블룸이라는 이름이 붙었을 때도 사실이었다. 그리고 1975년에도 사실이다. 오늘날 영국에서 브라운 부인의 이름은, 매거릿 드래블의 『바늘귀』에서는 로즈다. 앵거스 윌슨의 『뒤늦은 방문』에서는 실비아다. 하인리히 뵐의 『여인과 군상』에서는 레니다. 그녀는 오스트레일리아까지 가서 보스, 또는 로라라는 이름을 받았다. 그녀는 단 한 번도 러시아 땅을 떠나지 않았으며, 당연하게도 나타샤나 안나나 라스콜리니코프라는 이름을 사용했다. 그러나 동시에 유리 지바고, 이반 데니소비치이기도 했다. 브라운 부인은 인도에도, 아프리카에도, 남아메리카에도, 소설을 쓰는 땅이라면 어디든 모습을 보였다. 울프 여사가 말했듯이, "브라운 부인은 영원하다. 브라운 부인은 인간의 본성이다. 브라운 부인은 겉모습만 바꿀 뿐이고, 소설가들은 같은

---

[*] 찰스 디킨스의 『마틴 처즐윗Martin Chuzzelwit』에 나오는 무능력하고 지저분한 알코올 중독자 간호사.

객실을 들락거릴 뿐이다. 그녀는 그대로 그곳에 앉아 있다".

그녀는 그대로 그곳에 앉아 있다. 여기서 나는 한 가지 의문이 생긴다. SF 작가들도 그녀의 맞은편에 앉을 수 있을까? 그게 가능한 일일까? 우리도 브라운 부인을 만날 가능성이 있을까, 아니면 은하계를 가로지르는 반짝이는 거대한 우주선 안에, 리치몬드-워털루 왕복 기차편보다도 광속보다도 빠르게 움직이는 멸균 처리된 우주선 안에 영원히 사로잡혀 있는 것일까? 우리 우주선은 검은색과 은색 제복을 걸친 영웅적인 선장과 귀가 묘하게 생긴 이등 항해사와 매력적인 딸을 가진 미친 과학자들을 태울 수도 있고, 적 함선을 향해 종말과 참화를 이룩하는 파괴광선을 날려 가루로 만들어버릴 수도 있고, 지구에서 한 무리의 식민지 개척자들을 데려와서 끔찍하게 사악하거나 믿을 수 없이 아름다운 외계 생명체들이 사는 미지의 행성들에 부려놓을 수도 있고, 그 외에도 온갖 일을 할 수 있다. 단 한 가지, 브라운 부인을 태우는 일만 제외하고. 그녀는 탈수가 없는 것이다. 브라운 부인이 우주선에 승선한다는 생각자체가 우스꽝스럽게 느껴진다. "작고 깔끔한 장화를 신은 그녀의 발은 간신히 바닥을 스칠 정도였다"는 표현대로, 은하 제국을 방문하거나 중성자별의 궤도에 들어가기에는 너무 작은 사람이기 때문이다. 아니면 오히려 반대는 아닐까? 사실 브라운 부인이 어떤 면에서는 우주선에 담기에 너무 큰 사람인 것은 아닐까? 어쩌면 브라운 부인이 너무 솔직한 것이 문제일지도 모른다. 그녀가 우주선에 한 발짝을 들여놓으면, 우주선은 통째로 반짝이는 주석 장난감으로 졸아들어 버리고, 영웅적인 선장들은 골판지 장식으로 변하며, 정말 묘한 일이지만 사악하거나 아름다운 외계인들은 갑자기 외계인이 아니라 브라운 부인 자신을 구성하는 면면의 요소로, 살아오며 제법 친숙해졌지만 여전히 놀라운 존재인, 브라운 부인의 무의식 속의 주민들로 변해 버리기 때문인 것은 아닐까?

따라서 내 첫 번째 질문은 다음과 같다. 브라운 부인과 SF 작품이 기차의 같은 객실에, 또는 같은 우주선에 서로를 마주하고 앉을 수 있을까? 보다 평이한 말로 옮겨 보자면, SF 작가가 소설을 쓸 수 있을까?

이 질문은 곧 두 번째 질문을 불러온다. 그런 상황을 지향해도 되는 것일까? 바람직하다고 할 수 있는 것일까? 그러나 이 질문은 나중을 위해 미뤄 두기로 하겠다.

나는 버지니아 울프라면 첫 번째 질문에 대해 그녀답게 미묘하고 모호한 표현을 사용해서, 하지만 상당히 단호하게 아니라고 대답했을 것이라 생각한다. 그러나 1923년에 「베넷 씨와 브라운 부인」을 집필했을 당시에는 사실 대답할 수가 없었을 것이다. 당대에는 그녀가 읽고 판단을 내릴 만한 SF가 거의 없었기 때문이다. H. G. 웰스의 과학 로맨스가 집필된 지도 사반세기밖에 지나지 않은 시대였고, 웰스는 당시 과학 로맨스를 뒤로 하고 유토피아를 그려내느라 바빴다. 그리고 버지니아 울프는 그의 유토피아에 대해 매우 단호하게 말했다. "유토피아에는 브라운 부인이 존재하지 않는다." 완벽하게 옳은 소리다.

그러나 그녀가 그렇게 말하는 와중에도, 잉글랜드에서는 책한 권이 출간되는 와중이었고, 미국에서는 다른 책이 집필의 산고를 겪고 있었다. 기묘한 상황에서 집필된 아주 기묘한 책들이라 평론가의 주목도, 대중의 시선도 끌어들이지 못했지만. 영국에서 출간된 책은 자먀친이라는 이름의 러시아인이 러시아에서 쓴 책이었지만, 러시아에서 출간되지 않았으며 이후로도 출간되지 못했다. 50년 동안 번역된 형태로만 이국땅의 판본으로만 출간되며 망명자의 삶을 보낸 것이다. 그 작가 또한 망명자로서 생을 마감했다. 이 시대에는 온전히 낯설다고는 부르기 힘든 조합이다. 미국의 책은 애초에 출간을 염두에 두고쓴 것이 아니었으며, 따라서 작가인 오스틴 태편 라이트가 세상을 뜨고서도 한참이 지난 1942년이 되어서야 출간되었다.

창작물 속에서 브라운 부인의 존재 혹은 부존재 여부를 판별할 수 있는 제법 괜찮은 방법이 하나 있다. 책을 읽고 한 달쯤 지나서, 그녀의 이름을 기억할 수 있는지를 확인해 보는 것이다. 우스꽝스럽지만 제법 잘 먹히는 방법이다. 예를 들어, 『오만과 편견』을 읽은 사람은 엘리자베스나 다시라는 이름을,

아마도 한 달보다는 훨씬 오랜 시간 동안 기억할 것이다. 그러나 노면 메일러 씨의 창작물을 읽은 사람은 등장인물의 이름이 하나도 기억나지 않아도 사과할 필요가 없다. 물론 단 하나의 이름, 당연하지만 노면 메일러라는 이름을 제외하면. 메일러 씨의 책은 브라운 부인에 관한 것이 아니라 노면 메일러 씨에 대한 것이기 때문이다. 그는 훌륭한 작가지만 소설가는 아니다. 사실 소설가인 미국인은 매우 드물다. 어쨌든 방금 확인했다시피, 이 방법은 대충 효력을 발휘한다. 그러나 SF에 대해 이 방법을 처음 사용해 보려 마음먹었을 때는, 결국 실패했다고 인정할 수밖에 없을 듯하다. 주요 등장인물 세 명 중에서 두 명의 이름밖에 기억할 수 없었기 때문이다. 여자들은 O와 I-330이었다. 그리고 S라는 이름을 가진 끝내 주는 조연도 있었다. 하지만 중심인물이자 화자의 이름이 뭐였더라? 아, 젠장. 내 책을 확인해 보는 수밖에 없겠다. 그래, D-503이었지, 당연하지, 그런 이름이었는데. 불쌍한 사람. 이젠 두 번 다시 잊지 않을 것이다. 하지만 생각해 보면 내가 잊은 것은 숫자 쪽이었다. 내가 16년 동안 변하지 않은 우리 집 전화번호조차 가끔 잊어버린다는 사실을 변명으로 삼을 수밖에 없을 듯하다. 나는 수학 실력이 끔찍하니까. 하지만 어쨌든 나는 분명 D-503을 마주보고 앉았다. 당연하지만 기차 객실이 아니라, 벽도 바닥도 천장도 유리로 된 웅장한 유토피아 건조물 안에서 말이다.

그와 함께 고통을 겪고, 그와 함께 탈출하고, 함께 다시 사로잡히고, 다시 유토피아로 끌려가고, 전두엽 절제 수술을 받았다. 그리고 나는 절대 그 경험을 잊지 못할 것이다. 그 책의 제목인 『우리들』이나 세계 최초의 SF 소설 작가인 예브게니 자먀친 또한 잊지 못할 것이다.

『우리들』은 숨어 있거나 암시되는 유토피아를 내포하는 디스토피아다. 섬세하고, 교묘하고, 강렬한 작품이다. 감정을 울리며, 동시에 기술적으로는 SF 속의 은유라는 측면에서 후대의 대부분의 SF보다 훨씬 앞서 있는 작품이기도 하다. 오스틴 태편 라이트의 소설 『이슬란디아』는 완전히 다른 부류의 책이다. 구식이며, 미래를 전망하지 않는다. 동시에 과거를 회고하지도 않는다. 그는 고개를 돌려 옆을 본다. 유토피아가 아니라 대안을 제시한다. 그리고 그 대안은 표면적으로는 회피주의자의 백일몽에 지나지 않는 것으로 보인다. 일생에 걸친 백일몽이다. 성공한 변호사가 내밀한 평온과 희열을 만끽하려고 몰래 집필한 책이다. 어린아이의 공상 속 나라를, 지도를 비롯한 온갖 자료들을 만들고, 30년 동안 끌고 오면서 막대한 양의 원고를 집필한 것이다. 이슬란디아 대륙의 지질에 대해서, 역사에 대해서, 단체에 대해서… 그리고 이야기도 있었다. 인물이 존재하는 서술이 있었다. 작가의 딸은 그 이야기를 추출했고, 크노프에서는 그 이야기를 출판했으며, 그대로 책이 되어 몇몇 사람의 손에 들어갔다. 그리고 그 후로는 항상 그 책을 발견하고 보물로 간직하는 사람들이 존재해 왔다. 훌륭한 책은 아닐지도 모르지만, 놀랍도록 탄탄한 책이며, 탄탄하게 놀라운 책이다. 문학에 『이슬란디아』와 같은 부류의 책은 존재하지 않는다. 평생이 걸린 작품이다. 라이트는 자신의 재능을 온전히 그 책에 쏟았다. 이슬란디아는 모든 면을 세밀하게 고려한, 현실적이며 인도적인 진짜 대체 사회다. 게다가 소설이다. 이슬란디아는 진짜 사람들로 북적인다. 이슬란디아에는 브라운 부인이 들어갈 공간이 차고 넘친다. 사실 그게 이슬란디아가 중요한 이유다. 나는 라이트가 하나의 세계, 즉 그가 사는 미국이, 그의 세기가, 정신분열증에 사로잡히고 비인격적이며 생존하기 힘든 세계로 변해 가는 모습을 목격했다고 생각한다. 그래서 그는 존재하지 않는 대륙과 지질과 기후와 강과 도시와 건물과 베틀과 벽난로와 정치가와 농부와 주부와 예절과 오해와 정사까지, 인간의 생존 요건에 해당하는 모든 것을 창조해 낸 것이다. 이런 방식으로, 그는 버지니아 울프의 "유토피아에는 브라운 부인이 존재하지 않는다"라는 선언에 의문을 제기했다. 나는 울프 여사가 그 사실을 알게 되었다면 제법 흡족했으리라 생각한다.

하지만 오스틴 태펀 라이트가 서재에서 행복하게 펜을 움직이고, 자매친은 파리의 망명객이 되어 침묵을 지키고 있는 동안, 1930년대가 우리에게 밀어닥치며 SF가 태동하기 시작했다. 처음으로 로켓들이 발사대를 떠났다. 수십 년에 걸친 가슴 떨리는 모험의 시대가 뒤를 이었다. 사악한 금성인들이 패퇴했다. 과학자의 매력적인 딸들이 꺅꺅 소리를 지르며 구출되었다. 은하 제국이 융성하다 쇠락하고, 행성이 사고 팔렸다. 로봇들이 시나이 산에 올라 삼계명이 새겨진 석판을 받았다. 놀라운 장비들이 발명되었다. 인간은 노쇠하고, 스스로를 파괴하고, 스스로를 구원하고, 스스로를 대체하고, 스스로를 초월하고, 야수로 돌아가고, 신이 된다. 별의 불빛이 꺼졌다가 네온사인처럼 다시 깜빡이며 켜진다. 끔찍하고 경이로운 온갖 이야기들이 사람들의 입에서 쏟아진다. 그들 중 일부는 정말로 경이로웠고, 일부는 정말로 끔찍했다. 그러나 그 모든 우주선 안에는, 모든 행성에는, 모든 재미나고 무섭고 창의적이고 광기를 품은 기발한 이야기들 속에는 사람이 존재하지 않았다. 스테이플던의 경우처럼 인간성과 미래가 존재하기는 했다. 오웰과 헉슬리의 경우처럼 비인간성과 미래가 존재하기도 했다. 선장과 기병대가, 외계인과 처녀와 과학자들이, 황제와 로봇과 괴물이 존재했다. 온갖 종류의 기호가, 상징이, 선언이, 도상이, 우화가, 전형과 원형 사이에 있는 모든 것들이 존재했다. 그러나 브라운 부인은 없었다. 뭐든 이름을 떠올려 보라. 그곳에 이름은 존재하지 않는다. 이름은 상관없다. 이름은 꼬리표일 뿐이다. 가가린이나 글렌처럼, 상징, 영웅성을 전파하는 꼬리표, 우주비행사의 이름들일 뿐이다. 우주비행사에게 있어 인간성이란 임무에 필요치 않은 결점이나 단점일 뿐이다. 우주비행사는 그 존재가 아니라 행위로 정의된다. 그에게 중요한 것은 행동뿐이다. 우리는 그 무엇도 존재로 정의되지 않는 과학의 시대를 살고 있다. 그 어떤 과학자나 철학자도 어떤 물체나 인간의 존재를 정의할 수 없다. 그저 엄밀하고 아름답게 그 용도만 설명해줄 수 있을 뿐이다. 기술의 시대, 행동주의의 시대, 행위의 시대다.

그럼 그다음에는?

글쎄, 그다음에는, 이 세기가 중반에 가까워지고 행위가 비극적 대단원으로 이어지리라는 사실이 갈수록 확실해지면서, 우리는 지금까지 보지 못한 가장 말도 안 되는 브라운 부인이 가장 말도 안 되는 방향에서 다가오는 모습을 목격하게 되었다. 분명 이는 일종의 전조이자 징후일 것이다. 브라운 부인이 존재하지 않을 수 있는, 존재하지 않아도 되는 문학 분야를 하나 꼽는다면, 판타지 문학이 바로 그것이다. 민담과 동화와 신화의 직계 후손인 정통 판타지 말이다. 이런 장르들은 인물이 아니라 원형을 다룬다. 브라운 부인이 갈 수 없는 곳이라는 점이 바로 요정의 땅의 본질이다. 완벽하게 모습을 바꾸어 미친 늙은 마녀나 젊고 아름다운 공주나 고약한 용이 되지 않으면,

브라운 부인은 그 땅에 갈 수 없다.

하지만 그렇다면 여기 정말로 브라운 부인처럼 보이는 이 인물은 누구란 말인가? 발에는 털이 부숭하게 자라고, 키 작고 비쩍 마르고 지친 기색이 가득하며, 목에는 금반지를 끼운 사슬 목걸이를 걸고, 꽤나 암담한 표정으로 동쪽으로 터벅터벅 걸어가고 있다는 점만 제외하면 완벽한 브라운 부인인데? 나는 여러분이 이 인물의 이름을 알고 있으리라 생각한다.

솔직히 프로도 배긴스가 제대로 온전히 구축된 소설적 인물상이라고 강하게 변호할 생각은 없다. 앞에서도 말했듯이, 내 주제 속에서 그의 중요성은 도리어 전조이자 징후로서의 중요성에 가깝다. 프로도를 샘과 하나로 만들고, 골룸을 스미아골과 함께 놓으면, 그들은 하나의 인물로 맞물려 들어갈 뿐 아니라 복잡하고 매력적인 인물상을 형성한다. 그러나 전통적인 전설과 민담은 낮 시간의 복잡하고 의식적인 인물을 원형이라 할 수 있는 꿈속 세계의 무의식 요소들로 쪼개 놓는다. 브라운 부인이 공주가, 두꺼비가, 벌레가, 마녀가, 어린아이가 된다고 할 수 있을 것이다. 이에 따라 현명한 톨킨은 프로도를 프로도, 샘, 스미아골, 골룸이라는 네 부분으로 나누었다. 어쩌면 빌보까지 쳐서 다섯 부분일지도 모른다. 이 작품에서 가장 훌륭한 인물은 아마도 골룸일 텐데, 그 이유는 이런 요소 중 두 가지, 즉 스미아골과 골룸, 또는 샘의 말을 빌자면 슬링커와 스팅커를 함께 가지고 있기 때문이다. 프로도 본인은 자신의 본질의 4분의 1 또는 5분의 1에 지나지 않는다. 그러나 그조차도 환상문학의 세계에서는 나름 새로운 존재다. 약점으로 가득하고, 한계가 있으며, 자못 예측하기 힘들고, 마침내 자신의 임무에 실패하는 영웅이니까. 그것도 마지막 순간에 이르러서야 실패하며, 자신의 숙적인 골룸의 힘을 빌려서야 성공할 수 있는 존재다. 그러나 그 골룸은 동시에 그의 혈족이며, 그의 형제며, 사실 그 자신이기도 하다… 그는 브라운 부인이 기회만 있으면 언제든 그랬을 것처럼 샤이어로 귀환하지만, 결국 그곳에 머물지 못하고 다시 여행길에 오르고 만다. 사실 그는 죽음을 맞이하는 것이다. 판타지 속의 영웅은 절대 죽음을 맞이하지 않으며, 도상은 죽을 수 없는데 말이다.

톨킨을 '단순한' 작가라 생각하는 평론가들에게 경탄을 멈출 날은 결코 찾아오지 않을 것이다. 대체 얼마나 단순한 정신을 가지고 있기에 그런 말을 할 수 있는 것일까!

그래서 우리는 판타지 문학에도 브라운 부인의 초기 단계에 해당하는 인물을 가지게 된 셈이다. SF가 현대의 국가라면 판타지는 과거의 왕국이라 할 수 있다. 그곳에는 이제 브라운 부인이 털이 부숭한 발로 나름 탄탄히 땅을 딛고 서 있다. 그리고 우리는 유토피아의 변경의 땅에서 그녀를 두 번 만났다. 하지만 유토피아를 서술한 작품은 지난 수십 년 동안 등장하지 않앉다. 이 장르는 완전히 안팎이 뒤집혀서, 풍자와 경고 말고는 아무것도 남지 않은 것으로 보인다. 그리고 정통 SF에는 무슨 일이 벌어졌는가? 60년대와 70년대로 넘어오면서 이제 새로운 부류의 작가들이 SF를 집필하고 있으며, 그들의 이야기는 이제 순식간에 누렇게 변하지도 가장자리가 바스러지지도 않는 새로운 종류의 종이에 인쇄된다. 그리고 진짜 로켓이 하늘로 올라 진짜 달에 착륙하는 시대가 찾아와서, SF는 미래를 묘사하는 것을 멈추고 자유롭게 상상할 수 있게 되었다. 그럼 이제는 우주선에 브라운 부인이 탑승할 공간이 조금이나마 생긴 것일까?

나는 확신하지 못하겠다.

나와 내 작품에 대해서도 시간을 들여 언급할 생각이지만, 그러기 전에 이름 몇 개를 언급하도록 하자. 그러지 않으면 나 자신이 인적미답의 대해를 혼자 힘으로 발견하고 디즈니랜드의 꼭대기에 조용히 앉아 있는 용맹한 코르테스와 같은 부류라고 주장하는 것처럼 보일 테니까.

테아 카덴스 여사.

노부스케 타고미 씨.

이 이름들이 당신에게 의미가 있는가? 나한테는 상당한 의미를 가진다. 이들은 내가 현대 SF에서 처음으로 만난 두 사람의 브라운 부인이다.

타고미 씨는 필립 K. 딕의 『높은 성의 사나이』에 등장한다. 테아는 D. G. 콤튼의 『인조쾌락Synthajoy』의 주인공이다.

이 두 사람밖에 없는 것은 아니다. 여전히 SF에서는 희귀한 부류이기는 하지만, 유일한 것은 아니다. 내가 이 두 사람을 고른 것은 내가 그들을 좋아하기 때문이다. 인물로서 좋아하는 것이다. 이들은 인간이다. 인물이다. 모든 면에서 뚜렷하고 굴곡을 가진 인물이다. 시선과 돌출점을, 단단한 부분과 부드러운 부분을, 깊이와 높이를 갖춘 인간이다.

물론 그들은 상당히 많은 의미를 내포하고 있기도 하다. 그들은 견본이자, 원한다면 교보재라고 불러도 되는 사람들이다. 그들은 작가가 다급하게, 그리고 최대한 명확하게 말하고 싶은 무언가를 표현한다. 압박을 받고 있는, 독특하고 현대적인 형태의 도덕의 압박을 받는 인간이다.

그 작가들이 그렇게 명확하게 말할 거리가 있었다면, 대체 왜 에세이나, 다큐멘터리나, 철학 또는 사회학 또는 심리학 논문을 집필하지 않은 것일까?

두 사람 모두 소설가이기 때문이다. 진짜 소설가니까. 나는 그들이 SF를 쓴 이유가 그들이 원하는 바를 설파하기 위해서는 SF라는 도구를 사용하는 쪽이 가장 적합했기 때문이라고, 그리고 장인이야말로 적합한 도구를 명확히 아는 사람이기 때문이라고 생각한다. 게다가 그들은 여전히 소설가다. SF의 특성인 방대한 범주의 상상력을 동원하면서도, 그들이 원하는 바를 인물을 통해서 말했기 때문이다. 그들의 인물은 단순한 대변자가 아니라, 온전하게 구현한 이차적 피조물이다. 인물이 주가 된다. 그리고 한때 SF의 목적 그 자체였던 요소들은, 기적 같은 발명품이나 대체역사의 서술 등은, 이제 종속적 요소로서, 비유로서, 브라운 부인이나 테아나 타고미의 내면에서 벌어지는 일을 탐사하고 설명하기 위한 수단으로 사용된다. 작가의 관심은 더 이상 발명품이나 우주의 크기나 로봇공학의 법칙이나 사회계급의 운명이나 기타 정량적이거나 기계적이거나 객관적 방식으로 표현할 수 있는 것들에 머물지 않는다. 작가들은 대상이 무엇을 하는지가 아니라 어떤 존재인지에 대해 흥미를 가진다. 그들의 서술 대상은 이제 우리들 자신, 주관적인 존재다. 인간이라는 존재다.

그러나 이들 인간은 현대과학의 눈으로 보는 우주에, 현대기술로 변형된 세계에 살고 있다. SF가 여전히 다른 창작물과 동떨어진 이유가 바로 여기에 있다. 앞서 언급한 두 권의 책에서 과학과 기술의 존재는 필수적인 요소다. 당연하게 존재한다. 다만 이론과 사실이, 상대성이라는 개념이, 감정을 생산하는 기계라는 개념이, 그 자체가 목적이 아니라 비유로서 존재한다는 점이 다를 뿐이다. 무엇을 비유하는 것인가? 명확하게 제시되지 않았으니 미지의 X라 부르기로 하자. 작가들이 추구하는 X다. 모든 주어진 행동만으로는 평가할 수 없는, 단순히 그 자신인 사람이다. 인격, 인간의 정신, 생명, 브라운 부인, "우리가 따르며 사는 영혼"이다. 잡을 수 있다면 잡아 보라고! 나는 그들이 브라운 부인을 잡았다고 생각한다. 그 안에 있으니까. 정신병원에 붙들려 있는 통찰력 있고 비극적인 테아로서, 사무실에 앉아 있는 통찰력 있고 비극적인 타고미 씨로서, 두 사람은 반쯤 무의식 속에서, 혼란스러운 격통 속에서 자유를 추구하며, 시선에 따라 성공하기도 하고 실패하기도 한다. "매우 작고, 매우 결연해 보이며, 매우 연약하면서도 동시에 매우 영웅적으로 보이는" 모습으로…

우주선 승선을 환영합니다, 브라운 부인.

앵거스 윌슨(그의 작품 『동물원의 노인들The Old Men at the Zoo』은 SF로 정의할 수도 있을 법하지만, 그러면 해당 작품을 SF로 범주화하는 일을 그리 반기지 않을 것이다)은 『야생의 정원The Wild Garden』에서 처음으로 소설이 자신을 방문한 방식을 이렇게 그려낸다.

내가 처음 『독약과 그 이후Hemlock and After』를 구상했을 때… 나는 뚱뚱하고 달콤하고 위협적인 커리 부인이 버나드 샌즈라는 선량한 남성을 파멸로 몰아갈 수 있다는, 히스테리를 머금은 자신의 권력에 확신하는 모습을 보았다. 그리고 내 환상이 근본적으로 역설적이기 때문에, 나는 버나드를 끔찍할 정도로 마르고, 침울하고, 내향적인 사람으로 보았다… 그 순간 뚱뚱한 여자와 비쩍 마른 남자라는 강렬한 시각적 심상이 등장한 것이다. 소설의 나머지 부분은 좋든 나쁘든, 이 역설적인 시각적 심상을 내가 생각한 그대로 다른 사람들에게 전달하기 위한 부연이었을 뿐이다…

사실 소설이란 그런 환영의 찰나다. 소설가 본인에게 있어서는, 그 아무리 교훈적이나 사회적이나 심리적이나 기술적인 첨언의 과정을 거쳐도 그 찰나의 중요성을 바꾸지는 못한다. 다른 모든 예술가와 마찬가지로, 소설가가 표현하고자 하는 주제는 응축된 환영이다… 그러나 다른 예술가들과는 달리, 소설가는 가장 어려운 형식을, 갈수록 스스로 규율에 얽매여야 하는 형식을 선택했다. 우리는 절대 다른 예술가들이 이룩할 수 있는… 완벽에 도달할 수 없다. 그러나 진지한 소설가인데도… 이 환영이 자신의 근본적 충동이라 공표하지 않는 사람들은, 자기 상상 속의 "평범한 사람들"을 청중삼아 자신의 수준을 낮추는 이들이거나, 아니면 도덕이나 사회나 형식에 대한 논쟁에 휘말려 자신의 진정한 영감을 잊어버린 이들일 뿐이다. 모든 사람들이 소설이란 은유를 부연한 것이라고 상식처럼 지껄이지만, 그런 이들 중에서 은유야말로 모든 것이며 부연은 그저 표현의 수단일 뿐이라는 사실을 깨달은 사람은 아마 별로 없을 것이다.

그 자체로서 훌륭할 뿐 아니라 내가 서두에서 인용한 버지니아 울프의 주장을 훌륭하게 이어 받은 글이기도 하다. 이 글은 나 자신의 경험과 상당히 유사한 상황을 그려내고 있기 때문에 내게 감동을 준다. 나는 책의 영감을 개념이나 줄거리나 사건이나 사회나 메시지의 형태로 얻지 않는다. 내게 책은 사람의 형태로 찾아온다. 적당한 거리를 두고, 종종 어떤 풍경 안에 서 있는 사람의 모습이 보인다. 그 장소는, 그 사람은 그곳에 있을 뿐이다. 내가 창조해내지 않는다. 만들어내지 않는다. 그대로 그곳에 있을 뿐이다. 내가 할 일은 나도 그곳으로 넘어가는 것이다.

윌슨 씨의 경우처럼, 한 번에 두 명을 보는 경우도 있었다. 내 환상은 역설적이기보다는 낭만적인 쪽에 가까웠으므로, 그들은 얼음과 눈으로 뒤덮인 황량한 풍경 속의, 멀리 떨어진 작은 존재들에 지나지 않았다. 얼음 위로 썰매 비슷한 뭔가를 함께 끌고 있었다. 내가 본 것은 그것이 전부였다. 그들의 성별조차 판별할 수가 없었다(그리고 확인하고 나서는 깜짝 놀랐다는 점을 덧붙여야 할 것이다). 하지만 『어둠의 왼손』은 이런 식으로 시작되었으며, 그 책을 떠올릴 때마다 내가 보는 환영도 여전히 그 모습이다. 다른 나머지 부분은, 인간의 성별을 기묘하게 뒤섞고 배신과 고독과 추위라는 심상을 덧붙인 것은 그 환상을 따라잡기 위한, 가까이 가기 위한, 눈 속에서 함께 고립되어 있는 두 사람을 목격한 지점에 도달하기 위한 나의 노력의 발로였을 뿐이다.

『빼앗긴 사람들』의 기원도 마찬가지로 명확하지만, 다시 명확해지기 전까지 한동안 지독하게 혼탁했던 시기가 있었다. 그 작품 또한 한 명의 사람으로 시작했으며, 훨씬 가까운 곳의 극도로 생생한 환영이었다. 이번에는 남자였다. 과학자, 그것도 물리학자였다. 얼굴이 평소보다 훨씬 선명하게 보였다. 홀쭉한 얼굴, 크고 또렷한 눈, 커다란 귀―내 생각에는 어렸을 때 보았던 청년 시절 로버트 오펜하이머의 모습에서 온 것 같다. 그러나 그 어떤 눈에 보이는 모습보다 생생한 것은 참으로 매혹적인 그의 성격이었다. 여기서 매혹적이라는 말은 나방의 눈에 비치는 불꽃처럼 매력적이었다는 뜻이다. 그곳에 그가 있었고, 나는 어떻게든 그에게 다가가야 했다…

그를 붙들려는 최초의 시도는 단편이었다. 애초에 그가 단편에 담기에는 너무 크다는 사실을 알았어야 했는데. 작품의 적절한 크기와 길이를 실수 없이 판별해내는 일은 작가의 능력에 속한다. 중편 또는 장편소설의 아름다움은 기본적으로 그 구조에서, 비율의 아름다움에서 나온다. 그리고 내가 쓴 단편은 정말로 끔찍했다. 과오로 점철된 30여 년의 작가 인생 속에서도 손꼽을 만한 최악의 작품이었다. 내 과학자는 우주의 굴라그라 할 수 있는 일종의 교도소 행성에서 탈주하는 중이었고, 부유하고 안락하고 응석받이인 자매 행성에 도착했다가 그곳에서 연애까지 하면서도 견디지 못하고 다시 도망쳐서 슬프지만 고결한 모습으로 굴라그로 돌아간다. 고결하지만 의지박약인 모습으로. 아, 정말 한심한 단편이었다. 온갖 비유가 뒤섞여 버렸다. 그의 근처에도 도착하지 못한 것은 물론이다. 터무니없을 정도로 빗나가 버렸기 때문에 그에게 전혀 타격을 주지 못했다. 그는 아예 손이 닿지조차 않은 채로 그대로 서 있었다. 잡을 수 있다면 잡아 보라고!

좋아, 좋아, 이름도 모르는 남자 씨. 그런데 당신 이름이 뭐더라? 세벽이라고, 그는 즉각 대답했다. 좋아, 세벽. 그래서 당신은 누구지? 이번에는 그의 답변도 아까처럼 확신으로 가득하지는 않았다. 그는 자기 생각에는 유토피아의 시민인 것 같다고 대답했다.

아주 좋아. 나름 합리적으로 들리는 소리였다. 그에게는 어딘가 놀랍도록 진솔한 느낌이 들었다. 그토록 지적이면서도 경계심이 자동적으로 풀릴 만큼 순진한 것을 보니, 이곳보다는 나은 세계에서 온 것처럼 보였다. 하지만 그게 어딜까? 더 나은 장소라는 말에는 아무 의미도 없다. 내가 유토피아에 대해서 뭘 알고 있었을까? 모어의 찌꺼기, 웰스, 허드슨, 모리스의 파편들뿐이었다. 아는 것이 없었다. 그가 어떤 곳에서 왔으며 그 주변의 풍경이 어떤 모습인지를 깨닫는 데는 여러 해에 걸친 독서와 사색과 혼란이, 그리고 엥겔스와 마르크스와 고드윈과 골드만과 굿먼과 다른 누구보다도 셸리와 크로포트킨의 도움이 필요했다. 물론 그의 주변은 어떤 면에서는 수용소라고 부를 수 있었지만, 다른 점이 너무도 많았다! 뿐만 아니라 그의 눈으로 본 다른 사람들도, 그가 향하는 다른 장소도 확인할 수 있었다. 그리고 내가 알게 된 온갖 사실로부터, 그 자신은 항상 알고 있었을, 그가 돌아가야 하는 이유까지 확인할 수 있었다.

따라서 셰벡이 누구이며 어떤 존재인지를 파악하려 애쓰는 과정에서, 나는 그 외의 온갖 것들을 발견하고, 최선의 노력을 기울여 사회와 내가 살아가는 세계에 대해, 그리고 나 자신에 대해 열심히 생각하게 된 것이다. 내가 온갖 뒷골목과 샛길을 통해 수수께끼의 브라운 부인을 끈질기게 추적하지 않았더라면, 나는 이 모든 것을 발견하지도, 그리고 이 모든 것을 알려주지도 못하게 되었을 것이다.

결과물로 나온 작품은 일종의 유토피아였다. 교훈적이며 따라서 풍자적이고, 또한 이상주의적인 책이었다. 앵거스 윌슨의 정의에 따르자면 주제의식이 강한 소설이라 할 수 있을 텐데, 내 소설은 온전하게 "보편적인 삶의 경험 속에서 특정 도덕적 견지를 너무 완벽하게 전파해서, 읽는 동안에는 절대 직접 느낄 수 없지만 결말에 이르면 책 속에서 경험한 삶의 결과물을 토대로 자연스럽게 깨닫게 되는" 작품이라고는 할 수 없기 때문이다. 윌슨은 뒤이어 "이것이야말로 소설이 겨냥해야 할 참된 도전이자 궁극적인 승리라 할 수 있을 것"이라고 말한다(『야생의 정원』에서). 나는 그런 참된 도전을 겨냥하지도, 궁극적 승리를 거두지도 못했다. 『빼앗긴 사람들』의 도덕적 견지는 때로는 온전히 구현되고, 때로는 그렇지 못하다. 돌도끼를 연마하는 소리가 귓가에 울릴 때가 있는 것이다. 그래도 나는 이 작품이 기본적으로는 소설이라 생각한다. 그 본질에 들어서면 하나의 개념이나 고무적인 메시지나 돌도끼 따위를 찾아내는 것이 아니라, 훨씬 연약하고 이해하기 힘들고 복잡한 존재인 한 명의 인간을 찾아내게 되기 때문이다. 이런 믿음을 강화해준 것은 거의 대부분의 비평가들이, 이 책의 주제와 개념을 지지하거나 공격하거나 설명하는 데 지독하게 사로잡혀 있는 와중에서도, 주인공을 이름으로 언급했다는 사실이다. 분명 그곳에 있는 것이다! 아주 잠깐이라도, 분명 그곳에 있었다. 그에게 도달하기 위해 내가 두 개의 세계를, 두 개의 세계와 그 안의 모든 근심을 창조했다 해도, 충분히 가치 있는 일이었던 셈이다. 독자들에게 내가 본 그 찰나의 환영을 보여줄 수만 있다면. 셰벡을, 브라운 부인을, 타자를, 영혼을, 인간의 영혼을, '우리가 그 인도를 따르며 사는 영혼'*을…

두 번째 질문을 재차 입에 담기도 전에 답해 버린 모양이다.

218

여러분이 기억하는지는 모르겠지만, 'SF가 소설일 수 있는가?'라는 질문이었다. 만약 그런 일이 가능하다면, SF 작가가 소설가의 성격을 가지는 일을 지향해야 하거나 바람직하다고 생각할 수 있는 것일까?

나는 이미 그렇다고 대답해 버렸다. 내게 있어 그것이 전부라는 사실을 이미 인정해 버렸다. 내게 있어 소설보다 나은 산문 형식은 존재하지 않는다. 우리가 잠시라도 브라운 부인을 잡지 못하게 된다면, 그 모든 아름다운 초광속 우주선은, 모든 역설과 상상과 지식과 발명은 아무 쓸모없는 물건이 된다. 차라리 소책자를 쓰거나 만화를 그리는 편이 나을 것이다. 절대로 진짜 예술가는 되지 못할 테니까.

그럼 이제 나 자신에 반박하는 적수의 역할을 잠시 맡아서, 반대쪽의 논변을 진행해 보기로 하겠다. SF 작가들은 절대 소설가가 될 수 없으며, 그게 좋은 일이라고 말하는 반소설 또는 포스트소설의 관점에 서 보는 것이다.

이 관점에 따르면, 인물 중심의 소설은 이미 죽었다. 2행 영웅 서사시와 마찬가지로, 게다가 똑같은 이유로, 즉 시대가 변했기 때문에 사멸한 것이다. 윌슨이나 드래블 같은 작가들은

---

* The Spirit we live by; 갈라디아서 5장 25절.

텅 빈 술통에 고인 마지막 앙금을 빨아올리는 모방자일 뿐이
다. 바타차리야나 가르시아 마르케스 같은 작가들은 그저 그
들의 나라가 소설의 근원지에서 멀리 떨어진 변방이기 때문에,
주변부에는 소설이 늦게 도착했고 따라서 늦게 사멸할 수밖에
없기 때문에 아직 번영하는 것일 뿐이다. 소설은 죽었다. 그리
고 SF와 같은 새로운 사조의 임무이자 희망은 소설의 전통을
이어가거나 새로운 활력을 불어넣는 것이 아니라, 소설의 자리
를 대체하는 것이다.

사실 브라운 부인은 더 이상 존재하지 않는다. 남은 것은 계
급과 대중과 통계와 사망자 수와 구독 목록과 보험 위험성과
소비자와 무작위 표본추출과 희생양뿐이다. 또는 모든 양적 평
가의 너머에 질에 대한 일말의 갈망이 남아 있다고 해도, 브라
운 부인의 온기가 존재한다고 해도, 그녀는 이제 더 이상 소설
의 전통적인 도구를 이용해 닿을 수 있는 존재가 아니다. 누구
도 그녀를 붙들 수 없다. 이제 그녀는 우리의 삶에 의해 너무
본질적인 변화를, 너무 빠르게 겪어 버린 것이다. 브라운 부인
본인이 광속을 획득해 우리가 가진 최고의 망원경으로도 볼
수 없는 존재가 된 것이다. 현재의 '인간의 본성'이란 과연 무
엇인가, 1975년에 감히 그런 말을 진지하게 입에 담을 수 있다
는 말인가? 한 세기 전의 소설에서 소위 '인간의 본성'이라 불
렀던, 인간이 품은 방대한 다양성과 가능성 속에 파묻힌 제한

된 파편일 뿐인 그것과 연관 관계를 찾을 수나 있겠는가? 소설의 주체는 의식이었다. 즉 유럽인과 북미인의 일부, 대부분 백인이고, 대부분 기독교도이며, 대부분 중산층인, 대부분 과학의 세례를 받지 못했으며, 기술의 영향은 받았음에도 불구하고 전혀 관심을 보이지 않았던 일부 사람들, 화려한 예절 의식과 대인 관계에 대한 첨예한 몰입 덕분에 민족학자들의 관심을 끌었던 한 무리의 원주민들의 정신의 파편일 뿐이었다. 그들은 자기네 성질이 인간의 본성이라 생각했지만, 우리는 그렇게 생각하지 않는다. 생각할 수가 없다. 그들은 자기네가 표준이라 생각했다. 우리에게는 표준이란 존재하지 않는다. 여행과 대화를 가능케 해주는 기술 덕분에, 그리고 인류학이나 심리학 같은 과학 덕분에, 우리는 인간 행동의 다양성과 복잡성에 대해서, 그리고 그보다 더 광대한 인간 정신의 복잡성에 대해서, 의식과 무의식 양쪽에서 너무 많은 것을 깨우쳤다. 우리는 사실 거의 아는 것이 없다는 사실을 깨닫게 되었다. 이제 그 무엇도 명확하지 않다. 그 무엇에도 의지할 수 없다.

견실함의 예를 원한다면, 사라 갬프 부인을 보라. 저기 오는군. 그녀에 관련된 모든 것은 두려울 정도로 견실하다. 그녀는 명확하며 확고한 사회 계층을 대표한다. 물론 나는 무지한 미국인에 지나지 않으니 감히 그 모습을 명확하게 특정하려는 시도는 하지 않을 것이다. 그녀는 영국인이다. 그녀는 백인이다. 그녀는 기독교도다. 적어도, 자기 입으로는 기독교도라고 말한다. 그녀는 도시화와 산업혁명의 산물이지만, 그녀가 속한 전통은 그보다 훨씬 오래되었으며, 그녀의 선조들이 인면조人面鳥 하피처럼 오비디우스나 오레스테스의 침대 곁에 도사리고 있는 모습을 쉽사리 찾아볼 수 있다. 그녀는 역사에, 습속에, 자신의 개인적 의견에 고정되어 있는 존재다. 그녀는 자신의 정체성을, 그리고 자신이 원하는 바를 명확하게 알고 있다. 그녀가 원하는 것은 벽난로 선반 위의 손닿는 곳에 놓을, '때로 입이 심심할 때마다 입술을 축일 수 있는' 술병 하나뿐이다.

그럼 1975년이라는 현대에서 갬프 부인의 위치를 차지하는 사람은 누가 있을까? 끔찍한 비교를 반복하는 일을 피하기 위해서, 내가 그냥 하나 만들어 보겠다. 그녀는 아마 갬프 부인보다는 나이가 어릴 것이다. 갬프 부인보다 몸을 자주 씻지는 않을지도 모른다. 기독교도라면 히피풍의 예수 원리주의자일 테지만, 아마 그보다는 모호한 신비주의 활동이나 점성술에 빠져 있을 가능성이 높을 것이다. 아마 의식주 수준은 갬프 부인보다 높을 것이며, 갬프 부인이 들어본 적도 없을 법한 사치품을 당연한 것으로 여길 것이다. 이를테면 자동차, 병에 든 샴푸, 병실의 텔레비전, 페니실린 등을 말이다. 그러나 그녀는 사회에서 자신이 처한 위치에 대해서는 훨씬 확신이 덜할 것이다. 자신이 누구인지, 무엇을 원하는가를 제대로 말하기 힘들 가능성도 높다. 손에 닿는 곳에 술병이 있지는 않을 것이라고 거의 확신할 수 있다. 대신 주사바늘을 가지고 있을 테니까. 그녀의 중독 증상은 갬프 부인의 터무니없는 위선처럼 우스꽝스럽지 않을 것이다. 너무 시각적으로 명확하고 극적인 재난이라 우스꽝스럽기 힘들 테니까. 일상의 현실과 너무 유리되어 있어서, 너무 무능해서, 갬프 부인처럼 야간 근무 간호사로 일할 수도 없을 것이다. 그리고 그녀가 범죄와 연루되는 모습에서는 갬프 부인이 보이는 품위를 갈구하는 절망적인 몸부림도, 무한한 양의 진gin을 향한 희망조차도 찾아볼 수 없을 것이다. 그녀는 수동적이고, 무력하고, 아무 목적도 없이 범죄와, 그리고 폭력과 연루될 것이다. 갬프 부인이 구역질나는 불굴의 자세를 보일 때마다, 나는 그녀의 현대적 위상이 가장 수동적인 자세를 취하는 모습을 본다. 현대의 그녀는 혐오하기도, 비웃기도, 사랑하기도 힘들다. 우리가, 또는 적어도 디킨스와 내가 갬프 부인에게 품는 감정은 현대의 그녀를 향해서는 일어나지 않는다. 그럴 가치가 없는 존재이기 때문이다. 그녀는 떠돌이, 노리개, 파편, 담금질을 당해 보지 않은 한 인간의 깔쭉깔쭉한 조각, 온전한 인간으로 성장한 적이 없는 존재일 뿐이다. 그녀가 실제적인 인물로서 소설에 들어갈 수 있는가? 초상을 그릴 만큼의 가치가 담겨 있는가? 그녀가, 우리 모두가, 너무 지쳐 초라해지고 너무 변했고 너무 변하기 쉽고 너무 휘둘리고 미래의 충격을 받고 상대화되고 불안한 존재인 것은 아닐까? 초상화를 그릴 만큼 한 군데 오래 앉아 있지 못하는, 소설가들이 느리고 서투른 예술로 우리를 잡으려 애쓰는 꼴을 참아주면서 얌전히 기다릴 수 없는 존재인 것은 아닐까?

찰칵. 카메라의 눈은 순간을, 인간도 아니고 초상화도 아닌, 과거도 미래도 존재하지 않는 찰나의 순간을, 아무런 연속성 없이 찰칵 소리와 함께 잡아낸다. 그리고 필름 돌아가는 소리를 울리는 영화 카메라는 순간을 붙들어 아무 관련 없는 다음 순간에 집어넣어 용해시켜 버린다. 이것이 우리의 예술이다. 기술적 예술, 첨예하게 개량한 장비와 막대한 양의 기계적 에너지를 필요로 하는, 기술 시대의 표현 방식이다. 그 안에 시는 여전히 존재할 수 있지만, 브라운 부인이 있을 자리는 없다. 다양한 순간에 촬영한 한 여성의 사진은 존재한다. 다양한 장소에서 다양한 다른 사람들과 함께 있는 한 여성의 모습을 담은 영상은 존재한다. 그러나 그 모두를 합쳐도 명확하고 정형화된, 지나치게 빅토리아 시대나 중세스러운 표현인 '인물', 아니 심지어 인격이라 부를 것조차 등장하지 않는다. 순간은 존재한다. 분위기는 존재한다. 유동하는 시어는 존재한다. 파편화를 거친 파편, 변화한 존재가 변화하는 과정은 존재한다.

이런 상황의 전조는 버지니아 울프 본인의 예술 속에서 이미 찾아볼 수 있지 않았던가?

그리고 SF는, 바로 울프 여사가 50년 전에 공공연하게 찾아 헤매던 광기를 머금은 변화무쌍한 왼손잡이용 멍키스패너로서, 즉 단순히 '새로운 도구'로서 존재할 때야말로 최고의 가치를 지닐 수도 있지 않을까? 장인이 원하는 대로, 풍자에도, 외삽에도, 경고에도, 교훈 전달에도, 이야기에도, 무엇에든 사용할 수 있는, 팽창하는 우리 우주에 걸맞은 무한한 확장성을 가진 은유로서, 부서진 거울로서, 셀 수 없이 무수한 조각으로 쪼개졌지만 그 하나하나가 순간적으로는 반사 능력을 발휘해 독자의 왼쪽 눈이나 코를 비출 수 있으며, 동시에 머나먼 은하계의 심연 속에서 빛나는 가장 먼 항성까지도 비출 수 있는 도구로서 최적인 것은 아닐까?

만약 SF가 이런 도구라면, 또는 이런 도구가 될 가능성을 가지고 있다면, 우리가 사는 기묘한 시대를 비추는 진정한 은유라면, 분명 그 가능성을 고풍스러운 예술의 낡은 한계 안에 가두는 일은 원자로를 증기기관으로 바꾸려는 시도처럼 어리석고 반동적인 행위가 될 것이다. 이토록 훌륭하게 박살난 거울을 굳이 다시 맞춰서 불쌍한 브라운 부인의 모습을 다시 비추려 할 이유가 있겠는가? 이미 우리와 함께 있지 않을지도 모르는 사람을? 솔직히 그녀의 생사 여부에 관심을 가진 사람이 있기는 하려나?

음, 있다. 내 생각만 놓고 솔직히 말하자면, 있다. 내가 신경을 쓴다. 브라운 부인이 죽었다면, 나는 은하계 전체를 통째로 들어다 공이 될 때까지 돌돌 말아서 쓰레기통에 던져 버릴 것이다. 주체가 존재하지 않는다면 우주의 그 모든 객체들이 무슨 쓸모가 있겠는가? 인류가 딱히 그렇게 소중한 것도 아닌데. 나는 인류가 모든 존재의 판단 기준이라고 생각하지 않는다. 심지어 제법 많은 것들의 판단 기준도 아니라고 생각한다. 나는 인간이 뭔가의 종말이나 정점이라고 생각지 않으며, 뭔가의 중심이라고는 더더욱 생각지 않는다. 우리가 어떤 존재인지, 누구인지, 어디로 가는지는 전혀 모르며, 또한 자기는 안다고 주장하는 사람들의 말도 전혀 믿지 않는다. 아마 최후의 교향곡의 마지막 선율을 작곡한 순간의 베토벤 정도만 제외하고. 내가 아는 것은 우리가 이곳에 있으며 그 사실을 알고 있는 이상, 주변에 주의를 기울여야 마땅하다는 것뿐이다. 우리는 객체가 아니기 때문이다. 중요한 것은 그것이다. 우리는 주체이며, 우리의 일부이면서 우리를 객체로 간주하는 사람은 비인도적이며 그릇된, 자연의 섭리에 반하는 행동을 하고 있는 것이다. 그리고 우리와 함께 있으면 자연이라는 위대하고 궁극적인 객체는, 지치지 않고 무수한 태양을 타오르게 만드는 힘도, 은하계와 행성을 회전시키는 능력도, 그 안의 바위와 바다와 물고기와 양치식물과 침엽수와 작은 털북숭이 동물조차도, 전부 주체가 된다. 우리가 자연의 일부이기 때문에 자연 또한 우리의 일부가 되는 것이다. 우리의 뼈 중의 뼈요 살 중의 살인 것이다. 우리는 그들의 의식이다. 우리의 시선이 사라지면 세계는 시각을 잃는다. 우리가 말하고 듣기를 멈추면 세계는 귀가 먹고 벙어리가 된다. 우리가 생각을 멈추면 모든 사고는 존재하지 않는다. 우리가 스스로를 파괴하면, 의식은 소멸되어 버린다.

그리고 보고 듣고 말하고 생각하고 느끼는 이 모든 행위는 우리 개개인이 행하는 것이다. 위대한 신비주의자들은 공동체와 개체의 인식보다 더 깊은 심연으로 들어가 모든 존재의 정체성에 도달한다. 그러나 우리처럼 평범한 사람들은 그런 일을 할 수 없거나, 한다고 해도 아주 잠시 동안만 가능할 뿐이다. 우리는 개인으로서, 독립된 정신으로서 삶을 영위한다. 하나의 사람, 유일한 사람으로서. 우리에게 가능한 최고 수준은 공동체 정도며, 대부분의 사람들에게 있어 공동체란 접촉을 의미한다. 당신의 손으로 다른 사람의 손을 만지고, 함께 작업을 수행하고, 함께 썰매를 끌고, 함께 춤을 추고, 함께 아이를 품는 행위가 공동체를 정의한다. 우리는 오직 하나의 몸과 두 개의 손밖에 가질 수 없다. 원을 형성할 수는 있지만 직접 원이 될 수는 없다. 원이라는 진정한 공동체는 개별적인 육체와 개별적인 정신들로 구성되어 있다. 그렇지 않으면 애초에 만들어지는 것이 불가능하다. 객체화되고 정량화된 인간들로 구성되는 공동체는 진정한 사회의, 진정한 공동체의 기계적이고 비정한 모조품일 뿐이다. 사회 계급, 민족국가, 군대, 기업, 세력 집단이 된다. 그쪽 방향에는 더 이상의 희망은 존재하지 않는다. 종말에 이르기까지 따라 왔기 때문이다. 이제 남은 희망은 브라운 부인뿐이다.

우리들 대부분은 요즘 세상에 약간의 희망은 필요하다고 생각한다. 그리고 나는 독자 여러분에게 예술에 희망을 담아 주기를 부탁할 권리가 있다고 생각한다. 요구는 아니다. 절대 요구할 수는 없다. 부탁할 수 있을 뿐이다. 솔직히 과학에는 그런 부탁을 할 수가 없다. 과학은 예나 지금이나 희망을 다루지 않는다. 과학이 우리에게 제공하는 긍정적인 요소는 언제나 부차적인 응용 사례일 뿐이다. 과학은 언제나 자신의 참된 길을 걸어가며, 자연을 조금 더 세밀하게 모사하며, 그 객체성을 보다 완벽하게 갈고 닦으려 한다. 따라서 과학은 자유로울수록 피할 수 없는 종말을 향해 전진하며, 예술을 주체성이라는 본래의 영역에 방치하고 멀어져 갈 수밖에 없다. 예술은 그곳에서 자유롭게 자신의 방식으로 노닐며, 용기가 충분하다면 자연도, 그리고 우리가 만든 자연의 대체품인 과학도 자신의 방식으로 희롱할 수 있다.

스타니스와프 렘의 『무적』에서, 주인공인 로한과 우주선 '무적'호의 다른 승무원들은 적대적이고 수수께끼 같은 세계를 마주한다. 그들은 차츰 그 세계의 자연에 대한 우아한 해석을, 말 그대로 기계적인 설명을 만들어 낸다. 그러나 이 작품에서 중요한 것은 그 설명이 아니다. 추리소설이 아니기 때문이다. 이 작품의 주제는 도덕이며, 한 사람이 극도로 어려운 윤리적인 결정을 내려야 하는 상황에서 절정을 맞이한다. 부상도 처벌도 뒤따르지 않는다. 우리와 로한은 그저 자기 자신에 대해서 뭔가를 배울 뿐이다. 그리고 무엇이 무적이며, 무엇이 무적이 아닌지도. 렘의 『솔라리스』에서, 주인공은 아예 객체로서 이해할 수 없는 세계를 마주한다. 이 책의 많은 부분은 렘이 보르헤스적으로 솔라리스라는 행성을 설명하기 위해 과학자들을 파견하느라 보내는 노력을 즐겁게 서술하는 데 사용된다. 그들 모두는 솔라리스의 저항에 직면하고 당황하지만, 동시에 솔라리스는 주인공 켈빈의 가장 깊은 정신 내면의 동기와 문제에 관여하고, 종국에는 그가 솔라리스를 이해하지 못했더라도 솔라리스는 그를 이해하는 수단을 찾아낸 것으로 보이는 결말을 맞이한다. 이 소설들에서 눈부시게 풍요롭고 독창적이며 복잡한 비유는 20세기 후반을 살아가는 인간의 정신과 감정을 표현, 또는 상징화, 또는 해명하는 역할을 맡는다. 마치 디킨스가 런던의 슬럼과 고등법원 법정과 번문욕례의 관청과 갬프 부인의 술병을 통해 동시대인의 인물상과 운명을 조명해 보였듯이.

내가 서두에서 인용한 에세이에서, 버지니아 울프는 아놀드 베넷 유파의 소설을 비판하고 있었으며, 그녀는 그런 부류의 작가들이 외부의 객체를, 즉 주택이나 직업이나 집세나 수입이나 재산이나 습관 등을 그들이 더 이상 관심을 가지지 않는 주체를 대체하는 용도로 사용한다고 고찰했다. 그런 작가들은 소설 창작을 버리고 사회학을 선택한 것이다. 현대의 '심리 소설' 또한 보통 한 개인의 모습을 그려내는 대신 사례 연구를 택한다는 점에서 비슷한 경우라 할 수 있다. '사회주의 리얼리즘' 또한 주체성을 포기한다는 점에서 동일한 사례에 속한다. 그리고 대부분의 SF도 비슷한 경향을 보이기 시작했다. 과학자들이 견지하는 신처럼 무심한 태도를 동경하기 때문일지도 모르지만, 결국 그런 시도는 환상을 창조해야 한다는 (물론 간접적으로. 직접적으로 창조할 수는 없으니까) 예술가의 의무를 회피하는 결말로 이어질 뿐이다. SF는 대부분 허위 객체적이라 할 수 있는 신비롭거나 놀랍거나 두려운 존재를 열거하는 것만으로 만족하지만, 그 정도로는 자기 자신 이외에는 아무것도 밝히지 못할뿐더러 현실에서 윤리적 공명도 일으키지 못한다. 백일몽, 동경하는 감정, 악몽만을 불러올 뿐이다. 그들의 발명품은 훌륭하지만 자기 구속적이며 다른 무엇도 낳지 못한다. 그리고 SF 팬들의 괴팍하고 유치한 측면이 힘을 얻고, 방어적이며 광신적인 내부 집단으로 좋아들어, 이런 하찮은 작품을 자양분

삼아 세력을 키워 가면, 그 자체는 무해할지 몰라도 결국 출판사의 기준이나 독자와 평론가의 기대를 극도로 낮추어 취향의 질적 저하를 불러오게 된다. 마치 우리 모두가 돈을 걸지 않고 포커를 치기를 기대하는 것처럼 보인다. 그러나 진짜로 게임을 즐기려면 진짜 판돈이 필요한 법이다. 이런 하찮은 심상을 끝없이 반복해 사용하는 상황은 애석하다고밖에 할 수 없다. 자먀친에서 렘에 이르는 수많은 작가들의 작품이 SF의 특성인 무한한 상징과 은유를 소설에 사용하고, 주체를 작품의 중심에 놓으면 우리가 누구인지, 어디에 있는지, 어떤 선택을 직면하고 있는지를 다른 무엇보다도 명징하게, 번민이 서린 아름다움을 담아서 보여줄 수 있는지를 증명해 보이고 있는데 말이다.

내 생각에 소설의 아름다움은 항상 번민을 동반하는 듯하다. 소설은 시나 음악과는 달리 초월이나 이해를 넘어선 평화를 가져다줄 수는 없다. 또한 순수한 비극도 제공하지 못한다. 너무 혼탁하기 때문이다. 바로 그 혼탁함에 소설의 정수가 있다. 그러나 소설은, 즉 개인을 다루는 창작물은, 우직하게 인간의 성정과 윤리를 표현해 보임으로써 지금 이 시대에서조차 희망의 존재를 단언해 보인다. 재능 있는 반소설가들의 최선을 다한 노력에도 불구하고, 소설은 절망이라는 깔끔하고 광택 나는 불모의 세계를 피해 나간다. 소설은 혼탁하고, 유연하며, 창조적이고, 적응력을 갖춘 예술이다.

적응력이 필요할 수밖에 없다. 지금은 어려운 시기다. 그리고 어려운 시기에 예술이 무슨 도움이 되겠는가? 예술은 사람들에게 음식을 제공해 주지 못한다. 때로는 그 창작자인 예술가에게도 그렇다. 세계의 절반이 굶주리고 있어도, 예술은 그저 정신에 물질이 아닌 양식을 공급해 줄 뿐이다. 말, 말, 말로만. 내 말을 먹을 수 있게 된다면 풍족하게 살 수 있을 텐데.

그러나 그때가 오기 전까지는, 나는 계속 이렇게 생각할 것이다. 나는 예술이란 최고의 시대에도 최악의 시대에도 가장 중요한 요소일 수밖에 없다고 생각한다. 예술은 거짓을 말하지 않기 때문이다. 예술이 제공하는 희망은 거짓 희망이 아니다. 그리고 나는 소설이 우리가 빵 외의 의지해 살아갈 대상을 알려주기 때문에 중요한 예술 형식이라고 생각한다. 그리고 나는 SF가—음, 아니, 중요하다고까지는 말할 수 없지만, 여전히 언급할 가치가 있다고 생각한다. SF는 상상력이라는 의식을 확장시키는 훌륭한 도구를 이용해, 광막한 암흑을 등지고 서 있는, 아주 연약하고 영웅적인 브라운 부인의 모습이 계속 살아남을 것이라고 약속해 주고 있기 때문이다.

젠더는 필요한가?[*]

1960년대 중반이 되자 여성운동은 50여 년의 공백기를 넘어 다시 태동하기 시작했다. 힘이 모여 거대한 물결을 이루었다. 나는 그것을 느끼면서도 거대한 물결을 이루리라고는 생각지 못했다. 그저 내가 착각을 했다고만 생각했을 뿐이었다. 나는 자신을 페미니스트라고 생각한다. 생각할 수 있는 여성인데

---

[*] 르 귄은 1989년 1월에 출간된 『세상의 경계에서 춤추다』에 이 글을 재수록하며 "원래 에세이에서 내가 한 선언이 거북하게 느껴졌고, 이런 거북함은 이내 의견의 불일치로 발전했다"고 말하며 내용을 수정했다. 1989년 8월에 출간된 『밤의 언어』 재판에도 이 수정된 내용이 원본과 함께 수록되었다. 여기서는 1989년의 보론은 각주로 처리하되, 단순히 대명사만 수정한 부분은 원문에 함입하는 쪽을 택했다.

페미니스트가 아닐 수 있으리라고는 상상조차 할 수가 없다. 그러나 나 자신은 에멀라인 팽크허스트와 버지니아 울프가 개척한 땅에서 한 발짝도 내딛은 적이 없었다.*

1967년 즈음이 되어, 나는 스스로 한 발짝을 내딛어야만 할 것만 같은 묘한 불안감에 사로잡혔다. 나 자신의 삶과 우리 사회에서의 섹슈얼리티의 의미와 젠더의 의미를 정의하고 이해하기를 원하기 시작한 것이다. 개인과 집합 정신 양쪽의 무의식 속에 상당한 양이 모여 버렸기 때문에, 이걸 의식으로 끄집어 올리지 않으면 파괴적으로 변할 것처럼 보였다. 아마 보부아르가 『제2의 성』을 쓰게 만들고, 베티 프리단이 『여성성의 신화』를 쓰게 만들고, 나와 동시대에 케이트 밀렛을 위시한 다른 사람들이 제각기 책을 쓰고 새로운 페미니즘을 창시하게 만든 바로 그 필요성과 동일한 부류였으리라 생각한다. 그러나 나는 이론가도 아니고, 정치사상가나 활동가도 아니고, 사회학자도 아니다. 나는 예나 지금이나 소설가일 뿐이다. 나는 소설을 쓰는 행위를 통해 사유를 했다. 그 소설, 『어둠의 왼손』은 내 의식과 사유의 과정을 기록으로 옮긴 것이다.

---

* 페미니즘은 지난 20년 동안 방대하고 끈질기게 영역을 확장하고 이론과 실천 양쪽에서 강화되어 왔다. 그러나 실제로 버지니아 울프를 '넘어' 한 발짝을 내딛은 사람이 있는가? '진보'라는 이상을 암시하는 이런 심상은 지금의 나라면 사용하지 않을 것이다. – 원주

어쩌면 우리 모두가* 함께 이런 문제에 대한 고양된 의식의 차원으로 옮아간 이상, 다시 그 책을 되짚어보며 그 책이 무슨 역할을 수행했는지, 무엇을 하려고 시도했는지, 어떤 행동을 했을 수 있는지를, '페미니스트'** 소설로 간주하며 살펴보는 것도 나름 흥미로울 것이라 생각한다. (마지막 제한 요건을 다시 한 번 강조해 두자. 엄밀히 말해 이 책의 진짜 주제는 페미니즘이나 섹스나 젠더 등의 부류가 아니다. 적어도 내 생각에는, 이 작품은 배신과 신뢰에 관한 것이다. 바로 그 때문에 이 책에 존재하는 두 부류의 상징 중 하나가 겨울이라는 비유의 확장으로서 얼음과 눈과 추위를, 겨울의 여정을 다루고 있다. 이 뒤로 이어지는 논변은 이 작품의 나머지 절반을, 보다 덜 중요한 절반만을 다룰 것이다.)***

이 작품의 무대는 게센이라는 행성인데, 이곳의 인간 주민들은 성의 작용 기작이 우리와 다르다. 우리는 성생활이 지속

---

* 적어도 우리 중 꽤나 많은 사람들은. – 원주

** '페미니스트'에서 따옴표를 생략해 주기 바란다. – 원주

*** 이 괄호 속 내용은 조금 지나쳤다. 당시 나는 방어적인 기분이었고, 이 책의 비평가들이 계속 '젠더 문제'에 대해서만 주장을 펼치는 것을, 마치 소설이 아니라 에세이처럼 다루는 것을 혐오하고 있었다. '엄밀히 말해 이 책의 진짜 주제는…' 이 부분은 허장성세다. 온갖 귀찮은 문제가 연루되어 있어 사태를 수습하려 애쓰던 모습이 적나라하게 드러나 있다. '엄밀히' 말하자면, 이 책에는 다른 측면도 존재하지만, 그 측면들 또한 섹스/젠더 요소와 떼어낼 수 없는 관계를 가진다고 해야 할 것이다. – 원주

적으로 가능하지만, 게센인들은 케메르라 불리는 발정기를 가진다. 케메르에 들어가지 않은 게센인은 성적 활동을 하지 않으며 생식도 할 수 없다. 그들은 또한 양성을 가지고 있다. 작품 속 관찰자는 게센인의 성적 주기를 이렇게 서술한다.

케메르의 첫 단계에서 [개인은] 완벽한 양성 상태를 유지한다. 고립 상태에서는 성과 생식 능력을 획득할 수 없다… 그러나 이 단계에서 성적 충동은 엄청나게 강하여 성격을 온전히 지배한다… 해당 개인이 케메르에 들어가 있는 짝을 발견하면, 두 사람 중 한쪽에서 남성 또는 여성호르몬이 우위를 차지하게 될 때까지 호르몬 분비가 더욱 활발해진다(촉각에 의한 자극이 제일 중요하다—분비물? 냄새?). 그에 따라 외부생식기는 비대해지거나 축소되며, 전희가 격렬해지고, 이런 변화는 상대방으로 하여금 반대쪽의 성역할을 취하게 만든다(예외는 없는 듯하다)… 일반적인 개인은 케메르에서 수행하게 될 성역할에 대해 미리 정해진 경향성을 가지지 않는다. 자신이 남성이 될지 여성이 될지를 알 수 없으며, 선택권 또한 존재하지 않는다… 케메르의 절정 단계는… 이틀에서 닷새 정도 유지되며, 그동안 성적 욕구와 능력은 최고치를 유지한다. 이 단계는 꽤나 갑작스럽게 종료되며, 수태가 이루어지지 않았다면 두 사람은 각자 잠복기로 돌아가고 주기는 처음부터 다시 시작된다. 만약 해당 개인이 여성 역할이었고 수태를 했다면, 당연하지만 호르몬 분비는 계속되며 임신기와 수유기 동안 해당 개인은 여성으로 남는다… 수유기가 종료되면 여성은 다시 완벽한 양성 상태가 된다. 그 어떤 생리적인 경향성도 고착되지 않으며, 여러 아이를 낳은 어머니는 동시에 여러 아이의 아버지일 수도 있다.

내가 왜 이런 괴상한 종족을 만들어 냈을까? 단순히 책의 절반쯤 되는 곳에 "왕이 임신했다"라는 문장을 넣기 위해서는 아니었을 것이다. 이 문장이 마음에 든다는 사실은 인정해야겠지만. 그리고 게센인이 인류의 이상적인 형태라고 주장하고 싶었던 것은 당연히 아니다. 적어도 우리의 현재 지식 수준에서는, 나는 인간의 성전환을 그리 좋아하지 않는다. 나는 게센인의 성적 체계를 권하는 것이 아니라 단순히 이용하고 있었을 뿐이다. 체험 장치이자 사고실험이었을 뿐이다. 물리학자들은 종종 사고실험을 수행한다. 아인슈타인은 움직이는 승강기에서 빛을 쏘고, 슈뢰딩거는 상자에 고양이를 집어넣는다. 그러나 승강기도 고양이도 상자도 실제로 존재하는 것은 아니다. 그 실험도 질문도 모두 정신 속에서 일어나는 것이다. 아인슈타인의 승강기, 슈뢰딩거의 고양이, 내 게센인들은 사고를 하는 방식일 뿐이다. 질문일 뿐이지 해답이 아니다. 과정이지 고정된 상태가 아니다. 나는 SF의 필수적인 역할 중 하나가 바로 이런 부류의 질문이라 생각한다. 습관적인 사고방식을 거꾸로 뒤집고, 우리 언어로는 아직 표현할 수 없는 은유를 사용하고, 상상 속에서 실험을 하는 것이다.

그렇다면 내 실험의 주제는 이렇게 정리할 수 있을 것이다. 우리는 평생 사회에서 조건화 과정을 겪기 때문에, 순수한 생리학적인 형태와 기능 외에는 남성과 여성을 구분하는 본질적인 요소를 판별하기 힘들다. 성격, 능력, 재능, 사고 과정 등에 실제 차이가 존재하는가? 만약 그렇다면 그 차이는 무엇인가? 지금까지 이 문제에 대한 물증을 제시해 주는 학문은 비교인류학뿐이며, 그 증거조차도 불완전하며 종종 상호 모순적이다. 직접적인 관련을 가지는 사회 실험은 키부츠와 중국의 인민공사人民公社뿐이지만, 그들 또한 결정적인 증거는 제공하지 못하며, 편견이 섞이지 않은 정보를 얻기는 상당히 힘들다. 그럼 어떻게 알아내야 할까? 글쎄, 상자에 고양이를 넣는 일은 언제나 가능하다. 가상의 인물이지만 전형적인, 머리가 제법 굳은 지구의 젊은 남성을, 생리적인 성 구분이 전혀 존재하지 않기 때문에 성역할이 아예 존재하지 않는 가상의 문화 속으로 파견하는 일도 가능하다. 나는 그 뒤에 무엇이 남는가를 확인하기 위해 젠더를 소멸시킨 것이다. 아마 단순한 인간만이 남을 것이다. 이를 통해 남성과 여성이 공유하는 영역을 확정할 수 있을 것이다.

나는 아직도 발상 자체는 꽤나 괜찮았다고 생각한다. 그러나 실험으로서 평가하자면 엉망이었다. 모든 결과물이 불확실했다. 다른 사람이나 7년 후의 내가 실험을 재연했다면 아마도* 상당히 다른 결과물이 나왔을 것이다. 과학의 입장에서는 가장 불명예스러운 일이다. 하지만 상관없다. 나는 과학자가 아니니까. 내가 참가하는 게임은 끊임없이 규칙이 바뀌니까.

이런 온갖 미심쩍고 불확실한 결과를 놓고, 내가 만든 가상의 종족에 대해서 생각하고 쓰고 쓰고 생각하기를 반복한 결과, 나는 세 가지 흥미로운 점을 발견했다.

첫 번째는 전쟁이 존재하지 않는다는 것이다. 13,000년에 달하는 게헨의 기록된 역사 속에는, 단 한 번의 전쟁도 존재하지 않았다. 그곳의 사람들은 우리만큼이나 다투기 좋아하고 경쟁적이고 공격적이다. 싸움도, 살인도, 암살도, 반목도, 습격도 존재한다. 그러나 아시아의 몽골인이나 신대륙의 백인처럼 이주민에 의한 대단위 침략은 존재하지 않았다. 부분적인 이유는 게센인의 인구 규모가 일정하게 유지되기 때문에, 많은 인구가 빠르게 이동할 필요가 없기 때문이다. 그들의 이주는 매우 천천히 일어나고, 어느 특정 세대가 아주 먼 땅으로 이주하는 일

---

* '아마도'를 '확실히'로 바꿀 것. – 원주

은 벌어지지 않는다. 유목민족도 없고, 확장 또는 다른 공동체에 대한 공격 행위로 연명하는 공동체도 존재하지 않는다. 또한 대단위의 위계적 통치 구조를 가지는 민족국가를 형성하지도 않으며, 현대전의 필수 요소인 동원 가능한 인력을 조성하지도 않는다. 행성 전체에 걸쳐, 200명에서 800명 사이의 "화덕"이 공동체의 기본 단위를 이룬다. 이 구조는 경제적 편의성보다는 성적 필요성 때문에 구성되며 (같은 시기에 케메르에 들어가는 사람들이 존재할 것이므로) 따라서 도시보다는 부족에 가까운 형태를 가진다. 그 부족들이 서로 겹치고 얽히면 훗날에는 도시의 형태를 지니게 되지만 말이다. 화덕은 독립적인 공동체의 성격을 가지며, 자못 내향적이다. 화덕 간의 경쟁은 개인의 경우와 마찬가지로 시프그레서라는 사회적으로 용납되는 형태의 경쟁으로 처리하는데, 여기서는 신체적인 폭력 없이, 술책과 양자의 체면 문제로 승패를 결정한다. 예식화되고 양식화된, 통제된 충돌인 것이다. 시프그레서가 결렬되면 신체적 폭력이 발생할 수도 있지만, 이 경우에도 광범위한 폭력으로 이어지지 않고 개인적이고 제한적인 형태로 끝난다. 실제로 활동하는 집단은 작은 규모를 유지한다. 응집하려는 경향만큼이나 분산하려는 경향 또한 강하다. 역사를 살펴보면, 경제적인 이유에서 화덕이 모여 국가를 형성하는 경우에도, 중앙집권화가 일어나는 경우보다 소규모 공동체를 유지하는 경우가 많았다. 왕과 의회는 존재할 수도 있으나, 가부장적인 왕권신수설이나 애국자의 의무 등에 호소하지 않고 시프그레서와 간계를 이용하는 쪽이 관습으로 용인되기 때문에, 권위에 의한 강제가 일어나는 경우는 그리 많지 않았다. 의식과 행진이 군대나 경찰보다 효과적인 치안 수단으로 여겨졌다. 사회 구조는 유연하고 개방적이었다. 사회 계층의 가치는 경제적 효율성보다는 심미적 요소를 중시했고, 부자와 빈자 사이에 심각한 간격은 존재하지 않았다. 노예제도나 강제노역은 존재하지 않았다. 누구도 다른 인간을 소유할 수 없었다. 사유물도 존재하지 않았다. 경제 조직은 자본주의적이라기보다는 공산주의나 조합주의적이었고, 고도로 중앙집권적인 경우는 거의 없었다.

그러나 소설의 시간대에서, 이 모든 것들은 변하기 시작했다. 이 행성에서도 한두 개의 대국이 애국심과 관료주의를 완비한 진정한 민족국가로 변모하고 있었다. 그 국가는 국가자본주의와 중앙집권화, 권위주의 정부와 비밀경찰이라는 업적을 달성했다. 그리고 지금은 이 행성 최초의 전쟁을 눈앞에 두고 있다.

내가 전자의 풍경을 제안한 다음 그것이 다른 형태로 변해가는 과정을 보여준 이유가 무엇일까? 나도 확신은 못하겠다. 아마 하나의 균형 상태를, 그리고 그 균형이 얼마나 위태로운 것인지를 보여주고 싶었기 때문이라 생각한다. 내게 있어 "여성 원리"란, 적어도 지금까지의 역사 속에서는, 기본적으로 무정부주의였다. 구속 없는 질서를, 권력이 아니라 습속에 의한 지배를 꿈꾼다. 질서를 강제하고, 권력 구조를 구축하고, 법을 만들고 집행하고 파괴하는 것은 항상 남성이었다. 게센에서는 이런 두 가지 원칙이 균형을 이룬다. 탈중앙화와 중앙화, 유연성과 경직성, 곡선과 직선. 그러나 균형이란 위태로운 상태일 수밖에 없으며, 소설이 묘사하는 순간에는 "여성성" 쪽으로 기울어져 있던 균형이 반대쪽으로 움직이고 있는 것이다.*

두 번째는 착취의 부재다. 게센인은 자신의 세계를 수탈하

---

* 이 책을 처음 착상했을 때는 지금까지 전쟁을 해 본 적이 없는 사람들에 대한 소설을 쓰고 싶다는 생각을 하고 있었다. 그게 먼저였다. 양성성은 나중에 떠올랐다. (원인과 결과일까? 결과와 원인일까?) 지금이라면 이 문장은 이렇게 바꿔 쓰고 싶다… '여성 원리'란 역사적으로 무정부주의에 가까웠다. 다른 말로 하자면, 무정부성은 역사적으로 여성적인 것으로 간주되어 왔다고 할 수 있다. 여성에게 할당된 영역, 예를 들자면 '가정' 등은 강압 없는 질서가 존재하며 힘이 아니라 관습에 의해 지배되는 공간이다. 남성은 사회적 권력 구조를 자기들끼리 독점해 왔다(그리고 그 권력 구조에 받아들이는 극소수의 여성은 여왕이나 총리 등 남성의 언어로 정의된다). 전쟁과 평화를 이룩하고, 법률을 강제하고 깨트리는 것은 모두 남성이다. 게센에서는 우리가 문화 학습에 의해 남성적 또는 여성적이라 여기는 양극단이 남성 또는 여성의 형질로 여겨지지 않으며 균형을 이룬다. 합의와 권위, 탈중앙화와 중앙화, 유연성과 경직성, 곡선과 직선, 계층 구조와 거미줄 구조도 마찬가지다. 그러나 움직임 없는 균형은 아니다. 삶에는 그런 것은 존재할 수 없다. 그리고 이 소설에서 묘사하는 순간에, 그 균형은 위태롭게 흔들리는 중이다. – 원주

지 않는다. 그들도 고도의 문명을, 중공업과 자동차와 라디오와 폭발물을 만들어내기는 했지만, 매우 천천히 진행해서 기술에 압도당하는 대신 기술을 자신의 일부로 흡수했다. 진보라는 신화는 존재하지 않는다. 그들의 역법은 항상 올해를 1년으로 간주하고 이를 기준으로 앞뒤로 헤아려 나간다.

이 경우에도 나는 다시 균형을 추구하게 되었다. "남성"의 직선적인 저돌성, 극한까지 밀고 나가는 행태, 어떤 한계도 용납하지 않는 논리 체계와, "여성"의 곡선적인 사고방식, 인내심과 원숙함과 실용성과 쾌적함에 가치를 두는 방식 사이의 균형이다. 물론 이런 균형의 모델이 지구상에 존재한 적이 있었다. 지난 6천 년 동안 존재해 온 중국 문명이다. (이 책을 쓸 당시에는 이런 평행구조가 역법에까지 영향을 미치리라고는 생각하지 못했다. 중국인들은 우리처럼 그리스도의 탄생으로부터 시간을 헤아리는 직선적인 역법 체계를 가졌던 적이 없다.)*

---

* 유럽인이 정복하기 전의 아메리카 대륙의 문화가 보다 나은 예가 될 것이다. 물론 그렇게 계층적이지도 제국적이지도 않은 문명은, 계층적이고 제국적인 우리의 관점에서는 '수준 높은' 문명이라 할 수는 없겠지만. 중국을 실례로 삼기가 힘든 이유는 그들의 문명도 다른 '수준 높은' 문명처럼 남성 중심주의를 가르치고 실천해 왔기 때문이다. 내가 이 글을 쓸 때는 매매혼이나 전족 등 우리가 중요하게 여기지 않도록 훈련되어 온 요소들이 아니라 도가적 이상을 염두에 두고 있었다. 마찬가지로 우리가 정상이라 여기도록 훈련되어 온, 중국 문화에 깊이 뿌리 내린 여성 혐오 또한 고려하지 않았다. ─ 원주

세 번째는, 지속적인 사회적 요인으로서의 섹슈얼리티의 부재다. 한 달의 5분의 4에 달하는 기간 동안, 섹슈얼리티는 (임신한 경우를 제외하면) 게센인의 사회 활동에서 전혀 아무런 역할도 수행하지 않는다. 나머지 5분의 1 동안에는 개인을 완벽하게 지배한다. 케메르 동안에는 반드시 짝을 가져야 한다(발정기를 맞이한 얼룩고양이와 함께 비좁은 아파트에 살아본 경험이 있는가?). 게센인의 공동체는 이런 필요성을 온전히 수용한다. 게센인은 사랑을 나누어야 할 때는 사랑을 나누며, 모두가 그러리라 생각하고 인정해 준다.[*]

그러나 인간은 인간이지 고양이가 아니다. 우리는 지속적인 섹슈얼리티를 가지고 격렬하게 자기 가축화를 수행함에도 불구하고 (가축화된 동물들은 난잡한 성생활을 하지만 야생동물들은 짝이나 가족이나 집단 단위의 성생활을 한다) 우리는 진정으로 문란한 성생활을 벌이지는 않는다. 물론 강간은 존재한다. 다른 동물들은 그 측면에서는 우리를 따라잡지 못한다. (당연히 남성

---

[*] 지금이라면 이 문단을 이렇게 쓰고 싶다… 한 달의 5분의 4에 달하는 기간 동안, 섹슈얼리티는 게센인의 사회 활동에서 어떤 역할도 수행하지 않는다. 나머지 5분의 1 동안에는 행동을 완벽하게 통제한다. 케메르 기간에는 반드시 짝을 가져야 한다(발정기를 맞이한 얼룩고양이와 함께 비좁은 아파트에 살아본 경험이 있는가?). 게센인의 공동체는 이런 필요성을 온전히 수용한다. 게센인은 사랑을 나누어야 할 때는 사랑을 나누며, 다른 이들은 그러리라 생각하고 인정해 준다. ─ 원주

244

인) 군대가 침략을 할 때는 집단강간이 일어난다. 경제적 요소가 통제하는 난교인 매춘도 존재한다. 그리고 때로는 종교가 통제하는 해방의 난교가 일어나기도 한다. 그러나 전반적으로 우리는 진정으로 문란한 성행위를 허락해 주지는 않는다. 특정 상황에서 알파메일에게 포상으로서 수여해 주는 정도가 최대다. 여성에게는 사회적 처벌 없이 허용되는 경우가 거의 없다. 모든 인류 사회에 엄청나게 다양한 사회적, 법적, 종교적 통제와 제약이 존재한다는 사실을 생각하면, 남성이든 여성이든 성숙한 인간이라면 정신적인 교감 없는 성적 희열로는 만족할수 없으며, 사실은 두려워하는 편이 당연할지도 모른다. 성행위는 마력의 위대한 원천이며, 따라서 미성숙한 사회 또는 정신체는 그에 대한 막대한 터부를 세워 놓는다. 보다 성숙한 문화 또는 정신체는 이런 터부와 규칙을 내면의 윤리 규범에 포함시켜, 자유를 허용하면서도 다른 사람을 소유물로 치부하는 행위는 용납하지 않는다. 그러나 논리적이든 비논리적이든, 언제나 규범 자체는 존재하게 마련이다.

게센인은 상호 합의가 없으면 성행위를 할 수 없기 때문에, 강간하거나 강간당할 수 없기 때문에, 나는 이들이 우리에 비하면 성에 대한 공포와 죄의식이 덜할 것이라 생각했다. 그러나 극단적이고 폭발적이며 피할 수 없는 발정 주기 때문에 여전히, 어떤 측면에서는 우리보다 더, 성행위가 문제이기는 할 것이다. 그들의 사회에도 그런 요소를 제어할 방법은 필요하겠지만, 우리가 터부 단계에서 윤리 단계로 옮아갈 때보다는 훨씬 수월하게 발전할 수 있을 것이다. 따라서 나는 모든 게센인 공동체에 존재하는 케메르하우스가 가장 기본적인 제도일 것이라 생각했다. 케메르에 들어간 사람이면 누구든, 현지인이든 이방인이든, 그곳에 가면 짝을 찾을 수 있는 것이다. 그 외에도 (규율이 아니라) 관례에 따르는 다양한 집단이 존재할 것이다. 예를 들어 케메르 때마다 주기적으로 한데 모이기로 결정한 케메르 무리가 존재할 수 있다. 이런 경우는 원시부족이나 공동결혼과 유사하다고 할 수 있다. 또는 결혼과 흡사한, 법적인 구속 없이 개인들끼리 평생 짝을 맺기로 맹세하는 케메르 언약이 존재할 수도 있다. 이런 헌신은 도덕적이며 정신적으로 강렬한 중요성을 가지지만, 교회나 국가의 통제를 받지는 않는다. 그리고 마지막으로 두 가지 금지된 행위가 있는데, 게센의 어느 지역에 있느냐에 따라 터부일 수도, 불법일 수도, 단순히 경멸받는 행위일 수도 있다. 하나는 (당신의 부모나 자녀도 포함하는) 다른 세대의 친족과 짝을 짓지 말아야 한다는 것이며, 다른 하나는 형제자매와는 짝을 지을 수도 있지만 케메르의 맹세를 나누지는 말아야 한다는 것이다. 고전적인 근친상간 금지의 규율이다. 우리 사이에 너무 보편적이기 때문에, 그리고 내 생각에는 유전 문제보다는 심리적으로 충분히 그럴 만한 이유가 있다고 생각하기 때문에, 게센에서도 이런 제약은 동일한 의미를 가질 것이라 생각했다.

내 실험에서 도출한 이 세 가지 '결과'는, 제법 명확하고 성공적으로 적용할 수 있었다고 생각한다. 확정적이라고는 할 수 없지만 말이다.

내가 최소한 말이 되는 결과를 얻어내려고 발버둥 쳤던 다른 분야들에서는, 이제 와서 보면 모든 요소를 고려하지 않았거나 명확하게 표현하지 못하는 실수를 저질렀다는 사실이 드러나 보인다. 예를 들어, 나는 소설의 배경인 게센의 두 국가를 묘사할 때 봉건 왕정이나 현대적인 관료제 같은 익숙한 정부 구조를 사용하면서 너무 편한 길만 택했다고 생각한다. 소규모의 '화덕'에서 발생한 게센의 정부들이 우리 쪽 정부 체제와 그 정도로 흡사하리라고는 생각지 않는다. 더 나을 수도 있고, 더 못할 수도 있지만, 어쨌든 다르리라는 점은 분명하다.

게센인의 생리 구조가 정신에 어떤 영향을 미쳤는지를 보여줄 때 몇몇 부분에서 소극적인 태도를 보이거나 서툴렀다는 점은 더욱 후회가 된다. 예를 하나만 들자면, 이 책을 썼을 당시 융의 저작을 알고 있었더라면 하는 아쉬움이 든다. 그랬더라면 게센인이 아니무스나 아니마 중 하나를, 또는 양쪽 모두를 가지고 있지 않거나, 단일한 아니뭄을 가지고 있었는지를 판별할 수 있었을 테니까… 그러나 이 영역에서 내가 범한 가

장 큰 실수는 내가 종종 받는 비판이기도 한, 게센인들이 양성

인이 아니라 남성처럼 보인다는 것이다.*

　이 문제의 일부는 내가 택한 대명사로 인한 것이다. 나는 게

센인들을 '그'라고 칭한 이유는, '그/그녀'를 동시에 가리키는

대명사를 창조해서 영어를 망가트리는 일을 철저하게 거부하

기 때문이다.** '그'는 영어에서 보편적으로 사용하는 대명사 아

---

* 다른 예를 들기 위해서 (그리고 이 경우에는 융이 도움보다는 방해가 되
었을 것이라 생각한다) 나는 게센인을 이성애 성향으로 묶어 버리는 불필
요한 행동을 저질렀다. 성행위의 짝이 반드시 반대편 성이 되어야 한다고
주장하다니 정말로 순진하도록 실용적인 관점에서 성별을 파악하는 행
태 아닌가! 물론 케메르하우스에서는 동성애 또한 완벽하게 가능하고 용
납되고 환영될 것이다. 그러나 나는 이쪽으로는 생각해 보려 한 적이 없
다. 그리고 생각하지 않았다는 것은 곧 섹슈얼리티가 이성애의 섹슈얼리
티라고 암시했다는 뜻이 된다. 나는 이 점을 상당히 후회하고 있다. ─원주

** 여기서 보이는 1968년의 거부에 대한 1976년의 재확인은 한두 해도 지
나지 않아 완전히 무너져 버렸다. 나는 여전히 인위적으로 만든 대명사를
싫어하지만, 이제는 흔히 말하는 포괄적인 대명사, 즉 여성을 완전히 담론
에서 배제시키는 he/him/his보다는 덜 싫어한다. 그리고 이 또한 남성 문
법학자들의 창조물이라 해야 할 듯한데, 16세기까지는 영어의 단수 포괄
대명사는 they/them/their였으며, 영국과 미국의 구어체에서는 여전히
그렇기 때문이다. 문어체 또한 옛 전통으로 돌아가야 한다. 까다로운 권
위자들은 길거리에 나가서 투덜거리라고 방치하고, 1985년에 쓴 『어둠의
왼손』의 영화 대본에서, 나는 임신하거나 케메르에 들어가지 않은 게센인
을 가리키는 대명사로 영국의 사투리에서 따 온 a/un/a를 사용했다. 지면
에서 이랬다면 아마 독자들은 짜증을 폭발시켰을 것이다. 그러나 이런 대
명사를 사용해서 작품 일부분을 낭독해 보니 청중들은 완벽하게 만족했
다. 그저 주격 대명사인 'a'의 발음이 'uh' [ə]이기 때문에, 남부 억양이 들
어간 'I'와 너무 비슷하게 들린다고 지적했을 뿐이다. ─원주

닌가(일본어에는 그/그녀를 동시에 가리키는 대명사가 있다고 들었는데, 부러운 일이다). 그러나 나는 이 점이 사실 별로 중요하지 않다고 생각한다.[*] 내가 게센인 인물의 행동에서 영리하게 그들의 '여성적' 특성을 보여줄 수 있었더라면 대명사는 아무런 문제도 되지 않았을 테니까.[**] 불행하게도 내가 책을 구상하면서 떠오른 플롯과 구조는 게센인 주인공 에스트라벤을 우리 문화에서 '남성'으로 간주하는 역할에만 배정하도록 만들었다. 에스트라벤은 국무총리이며 (이런 전형을 타파하려면 골다 메이어와 인디라 간디 정도로는 부족하다) 권모술수에 능하고 도망자이며 탈옥자고 썰매를 끌기까지 한다… 내가 이런 일을 한 이유는 남자가 아닌 양성인이 이런 모든 일을, 그것도 상당한 기술과 재간을 보이며 수행하는 모습에 내밀한 기쁨을 느꼈기 때문이라 생각한다. 그러나 독자들에게는 너무 많은 것을 빼놓은 셈이 되었다. 에스트라벤을 아이를 가진 어머니로, 또는 기타 자동적으로 '여성'으로 간주되는 역할로 보는 독자는 없다. 따라서 우리는 에스트라벤을 남성으로 간주하게 된다. 바로 이것

---

[*] 이제는 아주 중요하다고 생각한다. - 원주

[**] 당시 내가 사용하는 대명사가 내 사고를 어떻게 형성하고 방향을 지정하고 통제하는지를 깨달았다면, 훨씬 '영리하게' 보여줄 수 있었을 것이다. - 원주

이 이 작품의 진정한 결점이며, 나는 이 실험에 기꺼이 뛰어들어 작품 속의 공백에 자신들의 상상력을 채워 넣은 남성과 여성 독자들에게 깊은 감사를 표한다. 그들은 에스트라벤을 내가 본 대로, 남성이자 동시에 여성으로, 친숙하지만 낯선 존재로, 외계인이지만 동시에 온전히 인간인 존재로 바라봐 주었다.

내 작품을 이런 식으로 완결시켜 주는 사람은 여성보다는 남성이 더 많은 듯하다. 나는 그 이유가 남성들 쪽이 책을 읽으면서 혼란에 빠지고 수세에 몰린 지구인 겐리와 자신을 동일시하는 경향이 강하며, 따라서 고통스럽게 점진적으로 사랑을 발견해 가는 과정에 동참하게 되기 때문이라 생각한다.*

마지막으로 한 가지 질문이 떠오른다. 이 작품은 유토피아인가? 나는 그렇지 않다는 점이 상당히 명확하게 드러나 있다고 생각한다. 이 공동체는 인간의 해부적 구조에 극적인 변화가 일어난다는 상상을 기반으로 구성되어 있기 때문에, 현대

---

* 이제는 이렇게 해석한다. 남성은 이 작품에 만족하는 경향을 보이는데, 이 작품을 통해서는 익숙한 남성의 시점에서 안전하게 양성성을 경험하고 귀환할 수 있기 때문이다. 그러나 여성 중 많은 수는 내가 더 나가기를, 위험을 무릅쓰기를, 양성성을 남성의 관점뿐 아니라 여성의 관점에서도 고찰해 주기를 바랐다. 사실 여성이 썼다는 점에서 어느 정도는 그렇기도 하다. 그러나 직접 언급하는 부분은 '성에 관해서'라는 장뿐인데, 이 책에서 여성의 목소리는 사실상 그 장 안에서만 존재한다. 나는 보다 큰 용기를 요구하고 양성성의 적용에 있어 보다 치열한 사고를 요구한 여성들의 목소리가 정당한 것이었다고 생각한다. – 원주

사회에 대해 실현 가능한 대안을 제공할 수 없기 때문이다. 이 작품은 그저 대안이 되는 관점을 제시하고, 상상의 범주를 확장할 뿐이다. 그 새로운 관점으로부터 무엇이 보일지는 명확하게 말하지 않는다. 기껏해야 이런 말을 할 뿐이다. 우리가 사회적으로 양성을 가졌다면, 남성과 여성이 완벽하게, 진정으로 그 사회적 역할이 동일하다면, 법적으로도 경제적으로도 동일하다면, 자유의 등급에서도, 의무에서도, 자존감에서도 동일하다면, 사회의 형태가 상당히 변화하리라는 것이다. 어떤 문제가 발생할지는 오직 신만이 알 수 있을 것이다. 나는 그저 문제가 존재하리라는 것만 알 수 있을 뿐이다. 그러나 사회의 중심 문제는 지금과 동일하지는 않을 것이다. 즉 착취의 문제, 여성을, 약자를, 지구를 착취하는 문제는 아닐 것이라는 뜻이다. 우리는 타자화라는 이름의, 음과 양을 구분하는* 저주에 걸려 있다. 중용과 합일을 추구하는 대신 우위를 차지하려 애쓰게 된다. 분할을 강제하고 독립성을 부정한다. 이런 우리 자신을 파괴하는 가치의 이원성, 즉 우등/열등, 지배자/피지배자, 소유자/소유물의 관계도, 내가 보기에 훨씬 건전하고 올바르며 합일과 완결을 지향하는 형태로 대체될지도 모른다.

---

* ─그리고 양을 선으로, 음을 악으로 간주하는 윤리적 설법이라는─ - 원주

겸허한 사람

팡파르를 울려 주면, 즉 화려하게 자신을 홍보하고 적절한 순간에 근엄한 자세를 취하고 비평가의 관심을 끌기 위해 큰 소리로 건반을 울려 주면, 진정으로 독창적인 예술가는 자신의 작품에 어울리는 독자들을 끌어 모을 수 있다. 필립 K. 딕은 팡파르를 울리지 않고 등장했다. 그의 모든 장편소설은 SF라는 딱지를 달고 출판되었고, 따라서 그 '포장'도 보라색 괴물을 그린 표지로 제한되었으며, 독자층은 일정 수준은 보장되어도 한도가 있었고, 다른 무엇보다 대부분의 진지한 평론가나 비평가들의 눈을 피하게 되었다. 그의 산문체는 소박하며 때로는 서투르고, 항상 직설적이며, 나보코프 식으로 장황하게 법석을 떠는 일이 없다. 그가 그려내는 인물은 비범할 정도로 평범하다. 서투르고 키 작은 사업가, 조직의 야심찬 여성 직원, 별 볼일 없는 직공이나 수리공 따위다. 예지능력처럼 독특한 재능을 가진 인물조차도 평범하게, 신경증 증세와 예지능력을 가진 평범한 게으름뱅이로 등장한다. 그의 유머는 진지하고 엉뚱하다. 딕의 작품에서 재미있는 부분을 인용하기는 불가능한데, 택시가 바니에게 "당신이 옳은 일을 하고 있다고 생각합니다"라고 말하는 대목이 재미있다고 느끼기 위해서는 그 지점까지 책을 전부 읽어 왔어야 하기 때문이다. 딕의 소설 속에서는 종종 택시가 말을 한다. 그리고 일반적으로 성실하고 진지하지만 오해를 사는 역을 맡는다. 마지막으로, 그의 창의적이지만 복잡한 구성은 너무 수월하고 즐겁게 움직여서, 독자는 조금도 힘들이지 않고 그의 안내를 따라 미궁을 헤쳐 나온 다음, 자신이 읽은 것이 고작해야 흥미로운 SF 스릴러일 뿐이라고 생각하며 책을 내려놓게 된다. 대부분의 독자와 평론가들은 딕이 즐거움을 주는 이유가 현실과 광기, 시간과 죽음, 죄와 구원을 다루기 때문이라는 사실을 파악하지 못한다. 아무도 알아채지 못한다. 미국이 길러낸 보르헤스가 우리 곁에 30년이나 함께했다는 사실을 아는 사람은 아무도 없다.

보르헤스를 들고 나온 사람은 내가 처음이리라 생각하지만, 딕을 카프카와 비교한 사람은 한두 명 있었다. 하지만 그런 논의를 확장하기는 힘든데, 일단 딕은 부조리주의 작가가 아니기 때문이다. 그의 윤리는 명쾌하게 드러나지는 않아도 기독교의 어휘로 구성되어 있다. 그의 작품은 절망으로 끝나지 않는다. 딕은 정신분열에 대해, 피해망상에 대해, 심지어 자폐증에 대해서도 알고 있지만, 그의 작품은 (카프카처럼) 자폐적이지 않다. 그 안에 다른 사람들이 존재하기 때문이다. 그리고 딕의 작품에서 타인은 (사르트르처럼) 지옥이 아니라 구원이다.

중간계의 인간은 항상 침잠할 위험에 빠져 있다. 그러나 동시에 부상의 가능성 또한 존재한다. 현실의 모든 측면이나 사건의 연쇄는 순식간에 둘 중 하나로 변할 수 있다. 지옥과 천국은 사후가 아니라 바로 이 순간에 존재하는 것이다! 우울증을 비롯한 온갖 정신질환은 침잠으로 이어진다. 그렇다면 그 반대는… 어떻게 하면 도달할 수 있을까?

교감을 통해서다. 타인을, 외면이 아니라 내면에서 파악하는 것이다. (『파머 엘드리치의 세 개의 성흔』)

따라서 일본군 점령하의 샌프란시스코에 사는 영리한 자본가이자 도교에 심취한 타고미 씨는 (『높은 성의 사나이』에서) 시험에 들게 되자 자신에게는 해가 없지만 다른 사람에게 해를 입힐 행동을 거부함으로서 스스로를 희생한다. 그는 악을 목격하고, 초조하고 불편한 기분으로 아니오라고 말한다. 그의 태도는 겸허하고, 결과는 불명확하며, 그 덕성의 보상으로 얻는 것은 심장마비뿐이다. 딕의 작품에는 영웅주의는 없지만 영웅은 존재한다. 디킨스를 떠올리는 사람도 있을 것이다. 그의 작품에서 중요한 것은 평범한 사람들의 정직성, 지조, 친절함, 인내심이다. 용기와 같은 화려한 성질은 이런 덕목에 조력하는 역할을 할 뿐이다. 인간을 악에서 구원하리라는 희망은 따분하지만 탄탄한 선량함 속에 존재한다.

디킨스 중독자들은 잊기 힘든 인물이 정작 어느 작품에서 나왔는지 잊어버리기 쉽다는 사실을 잘 알고 있다. 자, 사라 갬프가 어디에 등장하는 인물이었더라? 『데이비드 카퍼필드』였나? 『바나비 러지』였나? 모든 작품이 힘 있는 줄거리와 저마다 다른 분위기를 가지고 있는데도, 그의 작품은 기억 속에서 하나의 거대한 디킨스 소설로, 디킨스 세계관으로 응집되어 버린다. 딕의 작품도 마찬가지다. 그 또한 디킨스처럼 무의식과 소통하는 직통 회선을 가지고 있기 때문이다. 그의 작품을 회상할 때는 개인 단위의 강렬한 심리적 각인이 사고를 지배한다. 게다가 그의 작품들은 강박적으로 반복되는 모티프와 세부 서술로 서로 연결되어 있으며, 그런 요소들은 저마다 딕의 세계관 속에서 현실의 성질을 이해하는 열쇠 또는 신호의 역할을 맡는다. 인공위성을 타고 행성 주변을 돌면서 고통에 시달리는 지표면의 사람들에게 안도를 선사해 주는 디스크자키. 존재 자체가 회로로 그린 미로인 (또는 정신분열증 때문에 자신을 그렇다고 여기는) 사실은 안드로이드인 사람. 현실을 개변하는, 주로 시간평면상의 이동이나 중복을 유발하는 마법의 약물 또는 기작. 예지 능력. 엔트로피, 부패, 사멸한 세계. (주로 바비 인형 부류의 장난감인) 부속세계. 이 모든, 그리고 더 많은 주제들이 서로 뒤얽히며, 그중 하나가 작품에 따라 주된 요소로 사용되며 제각기 다른 요소들의 존재를 암시한다. 그의 초기작과 최근 작품에서는 이런 주제들이 충동적으로 등장하며 작가의 통제를 위협하는 모습이 명백하게 드러난다. 초기작인 『죽음의 미궁』이나 『뒤틀려 버린 시간』이 좋은 예라 할 수 있는데, 과도한 통제로 인한 긴장감에 피해를 입었다고 할 수 있다. 그리고 『유빅』에서 『흘러라 내 눈물』까지는 논리적인 의견 혹은 신념과 비논리적인 정신체라는 다루기 힘들고 압도적인 목격자 사이의 골이 깊어 가는 모습이 보인다. 자신의 위험한 요소를 완벽히 다루어 내던 시기에, 딕은 외줄타기의 한쪽 끝에서 반대쪽 끝까지 우아하게 걸음을 옮기는 작품을 적어도 다섯 편을 썼다. 『높은 성의 사나이』, 『닥터 블러드머니』, 『화성의 타임슬립』, 『알파성계 위성의 부족들』, 그리고 끝내주게 재밌는 『은하계의 항아리치유사』까지.

내면의 광기를 글로 옮기는 책무를 이행하는 작가들은 간담이 서늘해질 정도의 위험을 무릅쓴다. 버지니아 울프가 『댈러

웨이 부인』에서 셉티머스를 쓰면서 감수했던 위험은 필립 딕이 『화성의 타임슬립』에서 맨프레드를 쓰면서 감수했던 것과 동일하다. 그들은 그 어떤 예술가도, 그 어떤 인간도, 치르리라 기대해서는 안 되는 부류의 대가를 치른다. 그리고 값어치를 헤아릴 수 없는 포상을 얻는다. 숙련된 소설가의 지성과 기술로 제어되고, 공감이라는 조명으로 모습을 드러내는, 저 너머에서 건너온 진솔한 보고서가 남는 것이다.

시간이 멈추는 것이다. 경험도 새로운 일도 끝이다. 일단 광증에 빠진 인간에게는 더 이상 어떤 일도 일어나지 않는다. (『화성의 타임슬립』)

따라서 정신분열증을 앓는 잭 볼런은 정신분열증 성향을 가진 소년 맨프레드를 이해한다. 그를 통해 이 책의 끔찍한 시상을 경험하는 우리들 또한 이해할 수 있게 된다. 여기에 도달하면 딕은 구원의 충격과 장엄함을 그의 특색이라 할 수 있는 통명스러운 문장들과 세 개의 평범한 단어로 압축할 수 있게 된다.

블리크맨 여자 한 명이 수줍게 자기 담배를 권했다. 그는 감사하며 받아들였다. 그들은 계속 걸음을 옮겼다.

그렇게 걸음을 옮길 때마다, 맨프레드 스타이너는 자신의 내면에서 뭔가 기묘한 일이 일어나는 것을 느꼈다. 그는 변하고 있었다.

수줍게 담배를 권하는 행위는 완벽하게 딕스러운 구원의 손짓이다. 그의 등장인물은 촉수 달린 안드로메다인으로부터 은하제국을 구원하지 않는다. 분명 구원은 존재하지만, 그 대상은 한 인간의 영혼일 뿐이다. 장엄한 스페이스 오페라의 반대쪽으로 최대한 거리를 벌린 셈이다. 그런데도 딕은 SF 작가다. 번쩍이는 금속 갑주를 걸친 과거의 허튼소리를 다시 빌려와 늘어놓기 때문이 아니라, 자신의 필요성 때문에 새로운 은유를 사용하기 때문이다. 그런 은유가 우리에게, 우리에 대해서 말하고자 하는 내용에 적합하기 때문에, 힘 있고 아름답게 사용하는 것이다. 딕은 회피주의자도, '미래주의자'도 아니다. 예언자라는 점은 분명하지만, 그는 『역경』이 예언서인 방식으로, 시인이 예언자인 방식으로 예언자다. 랜드 연구소와 함께 예언 놀이를 즐기지도, 후대에 찾아올 기술 장비를 예측하지도 않는다. 딕은 그 윤리적 환상이 절망적일 정도로 명확하며, 그의 예술이 그 환상을 표현하기에 적합하기 때문에 예언자인 것이다.

그러나 예언자가 자기 나라에서 어떤 대접을 받는지는 여러분 모두 알고 있을 것이다.

『어둠의 왼손』머리말

사람들은 종종 SF를 외삽을 통해 미래를 예측하는 문학이라 묘사하며, 때로는 이 표현을 정의로 삼기도 한다. 이런 정의에 따르면 SF 작가란 현시대의 동향이나 현상을 수집해서 증류와 강화를 통해 극적인 효과를 창출한 다음, 그 적용 범위를 미래까지 확장하는 사람이다. "이런 추세가 계속되면 이러이러한 일이 벌어질 것이다." 예측을 한 셈이다. 이런 방법론과 그 결과물은, 결국 과학자가 음식 첨가물의 정제 분말을 생쥐에 먹이는 실험을 통해 인간이 장기간 지속적으로 섭취할 경우 생길 수 있는 문제를 예측하는 것이나 다름없다. 거의 대부분의 경우 당연하게도 암 발병으로 귀결될 것이다. 위에서 언급한 예측의 경우도 마찬가지다. SF의 엄밀한 예측 행위는 보통 로마 클럽과 비슷한 결론으로 이어진다. 즉, 인간 존엄성의 점진적인 소멸과 지구 생명체의 절멸 사이의 어딘가로 수렴하게 된다.

SF를 읽지 않는 많은 사람들이 SF를 '현실 도피적'이라 꺼린다고 말하면서도, 깊이 캐물어 보면 '너무 우울해서' 읽지 않는다고 고백하는 이유가 바로 이것일지도 모른다.

이론적 극단을 추구하면 뭐든 우울해지기 마련이다. 암을 유발할 수도 있고.

다행히도 이런 미래 예측은 SF의 일부일 뿐이며, 어떻게 봐도 그 본질이라고는 할 수 없다. 이런 예측은 작가든 독자든 상상력으로 충만한 정신을 만족시키기에는 지나치게 합리적이며 단순하다. 변수야말로 삶의 양념인 것이다.

이 작품은 미래를 설명하려 들지 않는다. 원한다면 다른 수많은 SF처럼 사고실험으로서 읽어도 된다. (메리 셸리처럼) 한 젊은 의사가 실험실에서 인간을 창조하려 시도한다고 가정해 보자. (필립 K. 딕처럼) 연합군이 2차 대전에서 패배했다고 가정해 보자. 이런저런 것들이 이러저러하게 변했다고 가정하고 무슨 일이 벌어질지를 알아보자… 이런 식으로 만든 이야기 속에서는, 현대소설에 적합한 도덕적 복잡성을 희생할 필요도 없다. 막다른 골목을 넣을 필요도 없다. 실험의 조건에서 가정한 경계 안에서만 사고와 직관을 움직이면 된다. 그리고 그 경계

안의 영역은 상당히 넓을 수도 있다.

슈뢰딩거나 기타 여러 물리학자들은 미래를 예측하려고 사고실험을 하는 것이 아니다. 심지어 슈뢰딩거의 가장 유명한 사고실험은 양자 준위에서는 '미래'를 예측할 수 없다는 사실을 보여주기 위한 것이기까지 하다. 물리학자들은 현실을, 현재의 세계를 서술하기 위해 사고실험을 이용한다.

SF는 예언의 문학이 아니라 서술의 문학이다.

예언을 듣고 싶다면 예언가를 찾아가거나(공짜다) 영능력자를 찾아가거나(보통 상담료를 받으며, 따라서 생전에는 예언가들보다 훨씬 존경을 받는다) 미래학자를 찾아가면 된다(월급을 받는다). 예언은 예언가나 영능력자나 미래학자의 업무다. 소설가의 업무가 아니다. 소설가의 업무는 거짓말이다.

기상청에서는 다음 주 화요일의 날씨를 알려주고, 랜드 연구소에서는 21세기가 어떤 모습이 될지를 알려준다. 그런 정보를 원하는 것이라면 소설가에게 자문을 구하라고 권하기는 힘들다. 소설가의 업무가 아니기 때문이다. 소설가라는 종족은 그저 자기네가 어떤 존재인지, 당신이 어떤 존재인지, 어떤 존재가 되고 있는지를 말하고 싶을 뿐이다. 현재의, 오늘의, 지금 이 순간의 날씨에 대해 말하며, 빗방울이나 햇살을 보라고 주의를 환기시킬 뿐인 작자들이다. 이걸 보라니까! 눈을 뜨라고. 귀를 기울여 봐. 소설가들은 이렇게 말한다. 하지만 당신이 앞으로 무얼 보고 듣게 될지는 말하지 않는다. 그들은 자신이 이 세계에서 살아가는 동안 보고 들은 이야기만 할 수 있을 뿐이다. 그리고 소설가란 인생의 1/3은 잠자고 꿈꾸는 데 사용하고, 1/3은 거짓말을 하는 데 사용해 온 이들이다.

"세상을 거스르는 진실!" 그래, 물론 그렇다. 소설 작가들은, 적어도 용기백배한 순간에는, 진실을 갈망한다. 진실을 알고, 입에 올리고, 모든 이들에게 나누어주고 싶다고 생각한다. 그러나 그들은 독특하고 고약한 방식으로 그 작업을 수행한다. 지금껏 존재한 적도 없으며 앞으로도 존재할 리가 없는 가상의 인물과 장소와 사건을 창조한 다음, 그 가상의 상황에 대해서 감정을 잔뜩 담아 지루할 정도로 길고 자세하게 설명한다. 그리고 마침내 거짓말 꾸러미가 완성되면 당당하게 외치는 것이다. 짜잔! 이게 바로 진실이다!

자신들이 만들어낸 거짓말의 조직을 지탱하기 위해서 온갖 사실을 사용할 수는 있다. 실제 장소인 마샬시 감옥이나 실제 사건인 보로디노 전투를 언급할 수도 있고, 실제로 실험실에서 벌어지는 복제 기술이나 실제로 심리학 교과서에 실려 있는 인격 파탄을 묘사할 수도 있다. 검증 가능한 장소나 사건이나 현상이나 행동 양식이 부여하는 권위는, 독자들이 지금 읽고 있는 내용이 순수한 창작일 뿐이라는 사실을, 특정할 수 없는 영역인 작가의 정신세계 속에서만 일어난 사건이라는 사실을 잊게 해준다. 사실 소설을 읽는 동안 우리는 제정신이 아니다. 우리는 존재하지 않는 인물의 존재를 믿고, 그 목소리를 듣고, 그들과 함께 보로디노 전투를 지켜보며, 심지어 나폴레옹 본인이 될 수도 있다. 책을 덮으면 (대부분의 경우) 제정신을 차리게 되지만.

제대로 된 공동체들이 절대 예술가를 신뢰하지 않았다는 사실도 어찌 보면 당연하지 않은가?

그러나 고뇌에 빠져 방황하는 우리 사회는 예술가에게 지침을 갈구하며, 때로는 완전히 잘못된 신뢰를 부여해서 예언자나 미래학자로 이용하기까지 한다.

예술가가 영감을 받은 선지자가 될 수 없다는 말은 아니다. 마법의 기운이 예술가에게 내려오고 신이 그의 입을 통해 말할 수 없다는 뜻은 아니다. 그런 일이 자신에게 벌어질 수 있다고 믿지 않는다면 애당초 예술가가 될 이유가 있겠는가? 그런 일이 벌어진다는 사실을 이미 알고 있지 않다면, 신성이 자신의 혀와 손에 깃드는 느낌을 받은 적이 없다면? 어쩌면 평생 단 한 번 경험하는 일일지도 모른다. 하지만 한 번이면 충분하다.

또한 오직 예술가만이 그런 무거운 책무와 영예를 감당한다고 말하려는 것도 아니다. 영감이 내려올 순간을 대비하며 온갖 준비를 하고, 밤낮으로 자나깨나 직무에 매진하는 다른 직종의 실례로 과학자가 있다. 피타고라스는 신이 꿈의 형상뿐 아니라 기하학의 다면체를 통해서도 말할 수 있다는 사실을 알고 있었다. 신은 음악의 화음뿐 아니라 순수한 사상의 화음에도 깃들 수 있다. 언어뿐 아니라 숫자 속에서도 모습을 보일 수 있다.

그러나 문제와 혼란을 불러오는 것은 바로 그 언어다. 오늘날 우리는 언어가 단 한 가지 수단, 바로 기호로서만 유용하다고 간주하라는 주문을 받고 있다. 우리 시대의 일부 철학자들은 단어가(또는 문장이나 구절이) 하나의 특정한 의미를 가질 때만 가치가 있다는 생각을 전파하려 애쓴다. 지적으로 명징하고, 논리적으로 엄밀하고, 이상적인 경우라면 정량적 측정이 가능한 단 하나의 사실을 가리켜야만 한다고 주장한다.

빛과 이성과 비례와 조화와 숫자의 신 아폴론은, 자신을 숭상하려 너무 가까이 다가오는 자들을 속박해 버린다. 태양을 똑바로 바라보면 안 된다. 때로는 어둑한 술집으로 퇴각해서 디오니소스와 어울려 맥주잔을 기울여야 한다.

신에 대해 이야기하고 있지만 나는 무신론자다. 그러나 동시에 예술가이기도 하며, 따라서 거짓말쟁이다. 내가 하는 모든 말은 믿어서는 안 된다. 이 말은 진실이다.

내가 이해하거나 표현할 수 있는 모든 진실은, 논리적으로 정의하자면 거짓이다. 심리학적으로 정의하자면 상징이다. 미학적으로 정의하자면 은유다.

아, 물론 시스템 과학자들이 장대한 파국을 예측하는 그 래프를 보여주는 미래학 학회에 초대손님으로 참석하거나 2001년의 미국이 어떤 모습일지를 묻는 신문 인터뷰에 응하는 일은 나로서는 즐겁기는 하다. 하지만 전부 끔찍한 실수다. 나는 SF 작가이며, SF는 미래에 대한 소설이 아니다. 나는 여러분보다 딱히 미래에 대해 더 아는 것도 없으며, 오히려 더 모를 가능성이 매우 높다.

이 작품은 미래에 대한 것이 아니다. 그래, 물론 "에큐멘력 1490년에서 1497년 사이"에 일어난 일이라고 서두에서 선언하고 있기는 하다. 하지만 설마 그 말을 믿지는 않겠지?

그래, 물론 작품 속 인물들이 양성구유이기는 하지만, 그렇다고 해서 내가 천 년쯤 후에는 우리 모두 양성구유가 되어 있으리라 예언하는 것은 아니다. 우리 모두 얼른 양성구유가 되어야 한다고 선언하는 것은 더욱 아니다. 나는 그저 SF에 어울리는 독특하고 교묘한 사고실험의 방식에 따라서, 우리 모두가 특정한 기후 상황을 보이는 특정한 날의 특정한 시각에는, 우리 모두가 이미 그런 모습이라 간주할 수 있다고 말하는 것뿐이다. 나는 예언을 하거나 처방을 내리는 것이 아니라, 서술하고 있을 뿐이다. 나는 정신 속 현실의 특정 면모를 소설가의 방식으로, 즉 특정 상황에서의 다채로운 거짓말을 창조해서 그려내고 있는 것이다.

소설을 읽을 때면, 그 소설이 어떤 부류든 그 전체 내용이 허튼소리라는 사실을 완벽하게 인지하고 있어야 한다. 그러나 소설을 읽는 동안에는 단어 하나까지도 곧이곧대로 받아들여야 한다. 그 소설이 좋은 작품이었다면, 다 읽고 나면 우리 자신이 조금이나마 바뀌었다는 사실을 깨닫게 된다. 낯선 사람을 만났을 때처럼, 건너본 적이 없는 거리를 건넜을 때처럼. 그러나 우리가 무엇을 배웠는지, 어떤 식으로 바뀌었는지 정확하게 말로 옮기는 일은 매우 어렵다.

예술가는 언어로 옮길 수 없는 것을 다루는 사람들이니까.

소설을 매질로 삼는 예술가는 언어로 그런 행위를 하는 사람들이다. 소설가는 말로 표현할 수 없는 것을 말로 표현한다.

언어를 이렇게 역설적으로 사용할 수 있는 이유는, 언어에는 기호적 용법만이 아니라 상징적 또는 은유적 용법까지 존재하기 때문이다(거기다 언어에는 음소도 존재한다. 실증주의 언어학자들은 조금도 관심이 없는 사실이지만 말이다. 문장 또는 문단은 음악에서 화음이나 화성의 반복과 같은 역할을 한다. 묵독을 하더라도 민감한 귀를 가진 사람이 민감한 지성을 가진 사람보다 훨씬 명확하게 이해할 수 있는 경우도 존재한다).

모든 소설은 은유다. SF 또한 은유다. SF가 기존의 소설과 다른 점은 현시대의 우리 삶에 지대한 영향을 끼치는 요소들,

특히 모든 종류의 과학, 기술, 상대주의적 또는 통사적 세계관에서 추출한 새로운 은유를 사용한다는 것이다. 우주여행 또한 그런 은유 중 하나다. 가상의 대안 사회, 가상의 생물학도 마찬가지다. 미래 또한 은유다. 소설 속에서는 미래조차도 은유이다.

무엇에 대한 은유인가?

은유를 사용하지 않고 그걸 설명할 수 있다면, 나는 이런 온갖 말을 늘어놓지도, 이 소설을 쓰지도 않았을 것이다. 그리고 겐리 아이가 내 책상에 앉아서 내 잉크와 타이프라이터 리본을 소모하며 나름 진지하게 진실이란 상상력의 문제일 뿐이라고 나와 당신에게 설파하는 사태도 일어나지 않았을 것이다.

『로캐넌의 세계』머리말

내가 처음으로 장편 SF를 쓰겠다고 마음먹었을 때는, 20세기도 60년대 중반에 이르고 나 자신도 30대 중반에 접어들고 있었다. 그 전에도 장편소설을 몇 편 쓰기는 했지만 행성 하나를 창조한 것은 그때가 처음이었다. 언어로 세계를 창조하는 작업은 신비롭게 마련이다. 불경하게 들리지 않기를 바라면서 감히 말해 보자면, 이런 작업을 해 본 사람이라면 마땅히 여호와가 일요일에 쉰 이유를 짐작할 수 있을 것이라 생각한다. 내첫 작업물을 돌아보면 풋내기 데미우르고스의 소심함과 성급함과 초심자의 운이 확연히 드러나 보인다.

'판타지와 SF의 차이를 정의해 달라'는 주문을 받을 때마다 나는 입을 열고 웅얼거리다 결국 스펙트럼 이야기를 입에 담는다. 한 가지 존재가 다른 존재로 차츰 변하는 아주 유용한 스펙트럼 말이다. 그다음에는 정의는 문학이 아니라 문법에나 어울리는 것이니 제자리를 찾아야 하지 않겠냐고 항변한다. 그러나 당연하지만 판타지와 SF는 붉은색과 푸른색이 다른 것처럼 명확하게 다르다. 주파수가 다른 것이다. 그걸 섞으면(지면에서. 내 작업 공간은 지면이니까) 제3의 색인 보라색이 나온다. 『로캐넌의 세계』는 분명 보라색 작품이다.

이 작품을 쓸 때 나는 SF에 대해 아는 바가 거의 없었다. 40년대 초와 60년대 초에 SF를 제법 읽기는 했는데, 그때 읽은 단편 및 장편이 내 지식의 전부였다. 사실 1964년에는 그 이상으로 아는 사람이 그리 많지 않았다. 더 많이 읽은 사람은 있었고, 팬층도 있었다. 그러나 제임스 블리쉬와 데이먼 나이트를 제외하면, SF의 본질을 숙고한 사람은 거의 없었다. 이내 팬진에 리뷰가 실린다는 점은 발견했으며, 아주 드물게 (주로 〈사이언스 픽션 리뷰〉나 〈오스트레일리아 사이언스 픽션 리뷰〉였다) 비평을 시도하는 경우도 있었다. 그러나 SF 잡지가 아닌 다른 곳에 SF 작품의 논평이 실리는 일은 거의 없고 비평은 아예 존재하지도 않았다. 연구 대상이 아니었기 때문이다. 또한 교수 대상도 아니었다. 강의나 학파라고 부를 것도 없었다. 이론이 정립되지 않은 채로 편집자들의 의견만 존재할 뿐이었다. 미학 이론도 없었다. 뉴웨이브, 학문적 발견, 클라리온 워크숍, 정립,

반정립, 비평 학술지, 이론서, 학술 용어, 흥미로운 실험—이 모든 세례가 우리에게 내려질 예정이었지만, 당시에는 없었다. 또는 적어도 내가 사는 시골구석에는 닿지 않았다. 내가 알던 것이라고는 출판사에서 SF라는 꼬리표를 붙이는 잡지와 책이 존재하며, 시기가 일치하며 절박한 상황이었기 때문에 나 또한 그 부류로 분류되어 버렸다는 것뿐이었다.

그리하여 내 작품을 출판할 기회가 찾아왔고, 나는 SF를 쓰기로 합의했다. 그런데 어떻게 써야 하지?

당시에도 이미 SF 작법에 대한 책이 한두 권쯤 있었을 것이라 생각하지만, 나는 하버드의 문예창작 수업에 노출되었다 문예창작 알레르기 증상을 겪은 이후로『파울러의 영어 어법 안내서』를 제외한 모든 안내서를 피해 온 사람이다. SF를 어떻게 써야 하냐고? 알 게 뭐야? 흥에 겨운 데미우르고스는 이렇게 외치고는 바로 작업에 착수했다.

데미는 그 후로 몇 가지를 학습했다. 우리 모두 그렇기 마련이다. 그가(뮤즈가 여성이라면 데미우르고스는 남성일 것이라 생각한다) 배운 것들 중 하나는 붉은색은 붉은색이고 푸른색은 푸른색이니 붉은색이나 푸른색을 원한다면 절대 양쪽을 섞으면 안 된다는 것이었다.『로캐넌의 세계』에서는 사방에서 난잡한 혼합이 일어난다. 아광속과 초광속 우주선이 등장하며, 동시에 브리싱가멘의 목걸이와 바람말과 저능한 천사들도 등장한다.

방호복impermasuit이라는 극도로 유용한 복장도 등장하는데, "외부의 이물질, 극단적인 기온, 방사능, 충격, 검격이나 총알 같은 적당한 속도와 질량을 가진 타격"을 막아 주며, 계속 입고 있으면 5분 안에 질식사하는 물건이다. 이 방호복은 판타지와 SF가 매끄럽게 중첩되지 않는 사례다. 보편적 판타지의 상징 중 하나인 (투명화 능력 따위를 가진) 보호의 망토를 끄집어내 유사과학스러운 장황한 설명과 생생한 묘사를 곁들인 다음, 그대로 미래 기술의 기적으로 넘겨 버린 것이다. 충분히 깊은 의미를 가지는 상징이라면(웰스의 타임머신처럼) 훌륭한 승리가 될 수도 있지만, 장식으로 사용하거나 편의성 때문에 고른 것이라면 단순한 부정행위일 뿐이다. 가능성과 개연성을 혼동한 결과 어느 쪽도 획득하지 못한 셈이다. 방호복은 이제 유실된 기술이 되어, 『로캐넌의 세계』 이후로는 내 어떤 작품에도 등장하지 않는다. 어쩌면 '신의 전차'를 타는 사람들이 가져가 버린 것일지도 모르겠다.[*]

이런 행위야말로 초심자의 성급함이자, 무지의 자유라는 영예다. 내 세계니까 마음대로 뭐든 할 수 있잖아! 물론, 당연하게도, 그럴 수는 없다. 마치 문장 안의 모든 단어가 다음에 이

---

[*] 신비주의자 에리히 폰 다니킨의 책에서 따온, 고대 문명에 초기술을 선사한 외계인을 일컫는 말.

어지는 단어의 선택을 제한해서, 결국 문장의 끝에 이르면 선택지가 별로 남지 않는 상황처럼(보다시피 '마치'를 사용했으니 여기서는 '~처럼'이 들어갈 수밖에 없다), 소설 속의 모든 단어, 문장, 문단, 장, 인물, 묘사, 대사, 창조물, 사건은 나머지 소설 내용을 결정하고 제한할 수밖에 없지만—아니, 여기서는 내가 생각한 대로 문장을 끝낼 수 없을 듯하다. 내 비교가 엄밀하지 못하기 때문이다. 문장을 입에 담을 때는 오직 시간 순서대로 진행할 수밖에 없지만, 모든 것을 단번에 생각하거나 말할 필요가 없는 소설에서는 시간을 앞뒤로 오갈 수 있기 때문이다. 도입부에서 결말을 암시하는 것만큼이나 결말에서 도입부를 암시하는 것도 가능하다(이건 순환구조를 의미하는 것은 아니다. 『피네건의 경야』나 『중력의 무지개』나 『달그렌』처럼 훌륭한 순환 소설도 존재하지만, 모든 소설이 순환구조를 택하거나 그런 시도를 한다면 소설 독자들은 반란을 일으킬 권리가 있다. 일반적이고 평범한 소설은 특정 '장소'에서 시작해서 다른 곳에서 끝나며, 경로는 일정한 패턴을 따른다. 직선이든, 지그재그든, 나선이든, 사방치기든, 포물선이든. 이런 경로에는 온전함을 추구하는 원에는 존재하지 않는 미덕인 방향성이 존재한다.). 모든 부분은 다른 부분의 형상을 끌어낸다. 따라서 심지어 SF에서도 세계와 생물과 성별과 도구를 창조할 수 있다는 행복한 자유는 원고의 12쪽 정도부터 묘하게도 제약을 받기 시작한다. 당신의 피조물은 아직 언급하지 않거나 생각조차 하지 않은 것들조차도 모두 일관성으로 엮여 있어야 한다. 그렇지 못하면 제각기 따로 놀게 될 테니까. 슬프게도 자유가 증가하면 의무도 증가하는 법이다.

아까 언급한 소심함에 대해 설명하자면, 나는 멋진 신세계를 탐험하면서 과도하게 조심성을 발휘했다. 주인공 로캐넌을 미지의 땅으로 아무 보호 없이 보내는 주제에(결국 방호복도 잃어버린다) 나 자신은 친숙한 모습들 사이에 피신해 있으려 들었다. 북구 신화의 조각을 사용한 것을 예로 들 수 있을 것이다. 저질러 버리라고, 내키는 대로 자신의 신화를 만들라고, 어차피 옛날 신화와 같아질 것이라고 격려해 줬어야 하는, 경험에 근거한 용기가 부족했기 때문이다. 그래서 나는 자신의 무의식에서 끄집어내는 대신 다른 전설을 차용했다. 사실 이 경우에는 큰 차이가 없기는 한데, 글을 읽기 전부터 북구 신화를 들어 왔으며 나중에는 『오딘의 자식들』*을, 훗날에는 『에다』를 수없이 반복해 읽었으며, 따라서 그 신화가 내 의식과 무의식 양쪽을 형성하는 데 영향을 끼쳤기 때문이다(그래서 아직도 바그너가 싫다). 북구 신화를 차용한 점이 유감이라 생각지 않는다. 분명 피해는 없었으니까. 그래도 방호복을 입은 오딘을 생

---

* 『Children of Odin』. 1920년에 처음 출간된 아일랜드 시인 포드릭 콜럼의 아동용 북구 신화책.

각하면 조금 우스꽝스럽기는 하다. 이런 차용은 또한 이 작품의 의의라 할 수 있는, 내 개인적 차원의 신화를 조심스레 탐색하는 일을 방해하기도 했다. 바로 그 때문에 로캐넌이 나 자신보다 훨씬 용감한 것이다. 그는 자신이 오딘이 아니라 나의 일부일 뿐이라는 사실을, 그리고 내 임무는 우리 모두가 공유하는 총체적 신화의 뿌리이자 근원을 찾아가는 것이라는 사실을, 그것도 다른 사람의 길이 아니라 나만의 길로 나아가야 한다는 점을 아주 잘 알고 있었다. 그곳에 도착하려면 누구든 자신의 길을 사용해야 하니까.

내 세계에 주민을 채울 때도 마찬가지로 소심함이 작용했다. 엘프와 드워프. 영웅과 하수인. 남성이 지배하는 봉건주의 사회. 검과 마법이 존재하는 청동기 시대의 꿈속 세상. 국가 연맹. 당시 나는 내 작품 속에 등장하는 과학의 대부분이 사회과학과 심리학과 인류학과 역사학 쪽이 될 것이라고는 짐작조차 못하고 있었다. 그리고 그쪽 측면으로 매진한 사람이 별로 없기 때문에, 그 모든 과학을 사용하는 방법을 스스로 알아내려 애쓰며 열심히 노력해야 할 것이라는 사실도. 나는 그저 초광속 추진체나 청동기 시대처럼 눈에 띄는 소재를 별 생각 없이 가져다 쓰고, 용기는 순수한 판타지 쪽의 창조에 사용했다. 날개 달린 종족, 바람말, 키에므리르 족까지. 보다 낮은 단계의 용기지만 즐겁기는 했다. 요즘은 그런 즐거움은 거의 느끼지 못한다. 그러나 여행을 계속하려면 모든 것을 가져갈 수는 없는 법이다.

이 머리말이 작품을 폄하하는 것으로, 또는 그를 넘어 비판을 미리 예상해서 완화시키려는 노력으로 보이지는 않았으면 좋겠다. 그런 행동은 문학적 자기방어의 기술 중에서도 아주 고약한 속임수니까. 나는 이 작품을 좋아한다. 마치 빌보처럼, 이 책의 절반 이상을 정당한 가치의 거의 두 배 정도 좋아한다. 분명 이제는 이런 책을 쓸 수 없겠지만, 아직 읽을 수는 있다. 그리고 13년의 세월이라는 거리를 두고 관찰하면 그 안의 딱히 좋지 못한 부분과 괜찮은 부분을 평온한 마음으로 파악할 수 있다. 좋은 부분을 짚어 보자면 키에므리르 족과 셈레이, 쿄의 대사 몇 구절, 그리고 주인공 일행이 폭포 근처에서 야영을 하는 계곡을 들 수 있을 것이다. 그리고 전반적인 짜임새도 괜찮은 편이다.

이번 판본에서 마침내 과거의 조판 오류를 전부 잡아냈다는 점에 진심으로 기쁨을 느꼈다는 사실을 언급해 두고 싶다. 초판부터 가득하던 오류는 세월의 흐름에 따라 햄스터 무리처럼 꾸준히 번식해 왔다. 그중 하나인 '진흙 민족Clayfolk'을 '진흙 물고기Clayfish'로 잘못 쓴 오류는 불어로 번역되기까지 했다. 진흙 민족은 유려하게도 점토인Argiliens이 되었는데, '굴 파는 진흙 물고기'라는 오류는 'ces poissons d'argiliere qui fouissaient le sol'로 번역되었다. 나는 이 문장을 순수한 광기에 복무하는 프랑스 이성의 가장 위대한 승리 중 하나라 여긴다. 이번 판본에도 오류가 존재할 수야 있겠지만, 나는 나름 긍정적으로 기대하는 중이다. 적어도 운이 따른다면 새로운 오류이기는 할 테니까.

『세상을 가리키는 말은 숲』머리말

지옥으로 가는 길은 무엇으로 포장되어 있는가

　프로이트의 저술에서 내가 가장 좋아하는 대목은 예술가가 작품을 쓰는 동기가 '명예, 권력, 부, 명성, 그리고 여인의 사랑을 얻으려는' 욕구라는 주장이다. 정말 편안하고 완벽한 서술이다. 예술가에 대한 모든 것을 설명해 준다. 심지어 이에 동의하는 예술가들도 존재했다. 예를 들자면 어니스트 헤밍웨이가 있다. 적어도 돈을 위해 글을 쓴다는 사실은 스스로 인정했고, 명예와 권력과 부와 명성을 누리고 여인들의 사랑을 받은 예술가니 당연히 알고 있을 것이다.

　예술가의 욕망에 대한 다른 주장이 하나 있는데, 나는 이쪽이 보다 이해하기 쉽다고 생각한다. 그 주장의 처음 두 연은 다음과 같다.

> 부는 내 눈에 가볍게 비치고
> 사랑은 내 입가에 경멸의 웃음만 떠오르게 하네
> 명성을 탐해도 한낱 꿈일 뿐이니
> 아침 햇살과 함께 사라지고 마는 것.
> 기도를 올려야 한다면, 내 입술을 움직일
> 유일한 기원은 다음과 같나니
> "지금 내 품은 마음을 버리고
> 자유를 찾게 하소서."

에밀리 브론테는 스물두 살의 나이에 이 시를 썼다. 그녀는 젊고 미숙한 여인이었고, 명예도 부도 권력도 명성도 가지고 있지 않았다. 또한 사랑에 대해서도 ('여인의'든 반대쪽이든) 명백하게 긍정적으로 무례한 태도를 보인다. 그러나 나는 예술가의 동기에 대해 말하기에는 프로이트보다 그녀 쪽이 적합하다고 생각한다. 프로이트는 이론가다. 하지만 그녀는 권위자다.

예술처럼 복잡하며 오랜 세월에 걸쳐 다양한 방식으로 추구되어 온 현상에서 단 하나의 동기를 찾아내는 일은 사실 쓸모없을뿐더러 유해하기만 할지도 모른다. 그러나 나는 브론테가 사용한 '자유'라는 단어가 다른 누구의 표현보다 본질에 접근해 있다고 생각한다.

그렇다면 예술의 추구란 예술가에게도 관객에게도 결국 자유의 추구이다. 그 사실을 받아들이면 진정으로 근엄한 사람들이 예술을 배척하고 불신하며 '현실도피'라는 딱지를 붙이는 이유를 즉시 이해할 수 있다. 땅굴을 파서 감옥에서 탈출하는 포로가 된 병사, 도주하는 노예, 유배된 솔제니친 같은 사람들은 '도피자'다. 그렇지 않은가? 이런 정의는 또한 모든 건강한 아이들이 노래하고 춤추고 그림을 그리고 말장난을 하는지를 설명할 때도 도움이 된다. 심리요법에서 예술의 비중이 늘어가는 이유도. 윈스턴 처칠이 그림을 그린 이유도, 어머니들이 요람 곁에서 자장가를 불러 주는 이유도, 플라톤의 『공화국』이 어디가 잘못되었는지 설명할 때도 마찬가지다. 프로이트의 주장만큼 재미나지는 않지만, 훨씬 유용한 주장이라 할 수 있다.

프로이트가 그 문맥 속에서 '권력'이란 단어로 무엇을 표현하고자 했는지는 나로서는 이해하기 힘들다. 어쩌면 브론테가 권력을 언급하지 않았기 때문일지도 모르겠다. 셸리는 이런 식으로 간접적으로 언급한다. "시인은 인정받지 못할지라도 세계의 법칙을 쓰는 사람이다." 아마 이 말은 프로이트의 생각과 제법 가까울 텐데, 여기서 셸리의 말이 예술가가 자신의 작품에 행사하는 직접적이고 환희로 찬 권력을 뜻하리라라고는 생각하기 힘들기 때문이다. 이를테면 조각가의 손, 무용수의 점프, 소설 작가의 인물에 대한 생살여탈권 등을 의미했을 리는 없다. 다른 사람들을 감화시키는 개념으로서의 권력을 의미했을 가능성이 높을 것이다.

타인에 영향을 끼치는 요소로서의 권력에 대한 갈망은 많은 사람들을 자유를 추구하는 길에서 벗어나게 만든다. 브론테가 권력을 언급하지 않은 이유는 아마도 그녀의 여동생 샬럿과는 달리, 권력이 애당초 유혹조차도 되지 못했기 때문일 것이다. 에밀리는 다른 사람들의 도덕률 따위에는 조금도 신경 쓰지 않았다. 그러나 많은 예술가들의 경우, 특히 언어를 사용하기 때문에 작품 속에서 개념을 실제로 언급할 수밖에 없는 예술가들의 경우에는, 이런 유혹에 굴복하는 경우가 많다. 그들은 자신이 어떤 식으로 타인에게 도움을 줄 수 있을지를 깨닫기 시작한다. 그러면 이내 자유에 대해서는 잊어버리고, 조물주나 셸리처럼 오만하게 법칙을 써 나가는 대신, 설교를 시작하게 된다.

『세상을 가리키는 말은 숲』은 처음에는 순수하게 자유와 꿈을 추구하며 시작했으나, 결국 부분적으로 그런 설교단의 유혹에 넘어가 버린 작품이다. SF 작가들은 이런 유혹을 아주 강렬하게 느낀다. 다른 소설가들에 비해 개념을 보다 직접적으로 다루며, 개념에 의해 다듬어지거나 개념 자체를 내포한 은유를 사용하며, 따라서 항상 개념과 의견을 혼동할 위험에 노출되어 있기 때문이다.

내가 "작은 녹색 인간들The Little Green Men"을 처음 쓴 것은 (이후 이 작품의 첫 편집자인 할란 엘리슨이 나의 다소 뚱한 동의를 얻어 제목을 바꾸었다) 1년간 런던에 체류하던 와중인 1968년 겨울이었다. 나는 미합중국의 우리 동네에 있을 때는 60년대 내내 비폭력 시위를 조직하는 일을 돕고 직접 참여하기도 했다. 처음에는 핵무기 실험 반대 시위였고, 나중에는 베트남전 속행 반대 시위가 되었다. 무력하고 어리석고 완고한 사람이 된 기분으로, 열 명이나 스무 명이나 백 명의 다른 무력하고 어리석고 완고한 사람들과 함께 비를 맞으며 올더 가를 거닌 적이 몇 번이나 되는지 기억도 나지 않는다. 항상 우리 사진을 찍어 가는 사람들이 있었다. 언론사 사람들이 아니라, 싸구려 카메라를 든 기묘한 행색의 사람들이었다. 존 버치 협회* 사람이었을까? FBI? CIA? 그냥 괴짜였을까? 알 길이 없다. 나는 항상 그들을 향해 웃음 짓거나 혀를 빼물곤 했다. 나보다 과격한 친구 하나는 자기도 카메라를 가져와서 사진 찍는 사람들의 사진을 찍었다. 어쨌든 시위는 평화적이었고, 나는 거기

---

* 냉전시대 내내 정치사회적 영향력을 행사한 미국의 반공 보수 단체.

참여하며 내 작품과 완벽하게 유리된 방식으로 내 도덕 및 정치적 의견을 표현할 수 있었다.

손님이자 외국인으로서 잉글랜드에 머물던 1년 동안은 그런 배출구가 없었다. 그리고 1968년은 전쟁에 반대해 온 사람들에게는 쓰디쓴 한 해였다. 거짓말과 위선은 두 배로 늘었고, 학살 또한 마찬가지였다. 게다가 '평화'를 내걸고 숲과 농지에 고엽제를 살포하고 비전투원을 학살하는 행위를 용인한 도덕률이, 개인적 이득이나 GNP 증가를 위해 천연자원을 훼손하고 '인류'를 내걸고 지구상의 다른 생물들을 학살하는 행위를 용인한 도덕률과 동일하다는 사실이 갈수록 명백해졌다. 모든 사회에서 착취의 도덕률이 승리한다는 대재앙을 피할 수 없으리라는 생각이 들었다.

이렇게 내면화된 압박 속에서 이 작품의 이야기가 영글었다. 어떻게 말하면 내 의식적인 저항을 뚫고 억지로 비집고 나왔다고 할 수도 있을 것이다. 다른 지면에서 이렇게 쉽고 유창하고 확신을 품고 이야기를 쓴 적이 없다고 말한 적이 있다. 동시에 그만큼 덜 즐겁기도 했지만.

구성 자체가 강박적인 요소가 가득했기 때문에 이 작품이 설교가 될 가능성이 높다는 사실은 미리 알고 있었고, 나는 그렇게 되지 않으려고 발버둥을 쳤다. 투쟁이 소용없다고 말하지 말지어다. 류보프도 셀버도 단순히 '위풍당당한 미덕' 그 자체인 인물은 아니다. 적어도 그 인물들 속에서 도덕적, 정신적인 복잡성은 살려 낼 수 있었다. 그러나 데이비드슨은 복잡하지 않은 인물은 아니지만 순수하다. 그는 순수한 악이다. 그리고 나는 의식적으로는 순수하게 악한 인물은 존재하지 않는다고 믿는다. 그러나 내 무의식은 의견이 다르다. 무의식은 자신의 내면을 들여다보고 그 안에서 데이비드슨 사령관이라는 인물을 창조해 냈다. 그를 부인할 생각은 없다.

미국의 베트남 개입은 이제 옛일이 되었다. 눈앞의 참을 수 없던 압박이 다른 분야로 옮겨 가고 나니, 이야기 속의 훈계조가 이제 또렷이 드러나 보인다. 후회가 되기는 하지만 이 또한 부인할 생각은 없다. 작품을 살아남거나 스러지게 만드는 요소는 결국 모든 특정한 분개와 항변 속에 숨은 내밀한 갈망이다. 분노와 절망 속에서 정의나 재치나 우아함이나 자유를 향해 아무리 머뭇거리는 손을 뻗어봤자 변명은 될 수 없다.

동시 발생은 언제 어디서나 가능하다

몇 해 전에, 그러니까 『세상을 가리키는 말은 숲』의 초판이 미국에서 출판되고 몇 해 후에, '의식 변성 상태'에 대한 연구와 저술로 잘 알려져 있는 정신의학자 찰스 타트 박사*를 만나는 영광을 누린 적이 있다. 그는 혹시 애스시 인들의 모델이 말레이시아에 사는 세노이 족이 아니냐고 물었다. 나는 누구라고요? 라고 되물었고, 타트 박사는 그 부족에 대해 설명해 주었다. 세노이 족의 문화에서는 꿈이 중요한 역할을 하며, 사실 꿈을 훈련하고 사용하는 행위가 문화의 근간이 되었다고 했다. 타트 박사의 책에는 킬튼 스튜어트의 간략한 글이 인용되어 있다.

세노이 족의 아침식사는 마치 꿈의 치료소 같다. 아버지와 나이 많은 남자아이들이 모든 아이들의 꿈에 귀를 기울이고 분석하는 것이다…

세노이 족의 아이가 추락하는 꿈을 꾸었다고 말하면, 어른은 열의를 담은 목소리로 이렇게 말한다. "그거 훌륭한 꿈이로구나. 남자가 꿀 수 있는 최고의 꿈이야. 어디로 떨어졌고, 거기서 뭘 찾아냈지?"

세노이 족의 꿈은 풍요로운 의미를 가지며 활동적이고 창의적이다. 어른들은 의식적으로 꿈속으로 들어가서 개인이나 문

---

* Charles Tart(1937~). 미국의 심리학자, 초능력 연구자.

화 사이의 문제와 분쟁을 해결할 방법을 찾는다. 그런 사람들은 새로운 노래, 도구, 춤, 개념을 얻어서 꿈에서 나온다. 깨 있는 시간과 잠든 시간은 동등하게 의미를 가지며, 서로에 대해 상보적인 역할을 한다.

이 글에서는 직접적인 서술 대신 생략을 통해 세노이 족에서 '위대한 꿈꾸는 사람'이 남자들뿐이라는 사실을 말한다. 이 사실이 여성들의 사회적 지위가 열등함을 의미하는 것인지, 아니면 애스시 인들의 경우처럼 동등한 지위에서 다른 역할을 맡는 것인지는 명확하지 않다. 또한 세노이 족이 신성이나 신령에 대한 어떤 개념을 가지고 있는지도 언급하지 않는다. 그저 그들이 사용하지도 않는 주술을 부린다고 주변 부족들이 생각하도록 방치한다는 내용이 있을 뿐이다. 침략을 막을 수 있기 때문이다.

이들은 심리학 분야에서 훌륭한 대인관계의 체계를 구축했으며, 이는 어쩌면 우리가 텔레비전이나 핵물리학 분야에서 이룩한 업적과 동등한 수준일지도 모른다.

세노이 족은 수백 년 동안 단 한 번의 전쟁이나 살인도 겪지 않은 것으로 보인다.

그런 사람들 만이천 명이 말레이시아의 산속 열대우림에서

농사짓고, 사냥하고, 고기 잡고, 꿈꾸며 살고 있는 것이다. 아니, 1935년에는 그랬을 것이다. 아마도. 내가 아는 한 킬튼 스튜어트의 글에 이어지는 전문가의 후속 보고서는 등장하지 않았다.* 실제로 있기는 했던 걸까? 그리고 그랬다면 아직도 있는 걸까? 그러니까, 우리가 환상을 가득 담아 '현실 세계'라고 부르는 깨어 있는 동안의 세계에 말이다. 물론 꿈속 시간 동안에는 그들은 명백하게 그곳에, 그리고 이곳에 존재한다. 가상의 외계인을 홀로 창조해 내고 있다고 생각했는데, 알고 보니 세노이 족을 묘사하고 있었을 뿐인 것이다. 잘 찾아보면 무의식 속에 존재하는 인물은 데이비드슨 사령관뿐이 아니다. 서로를 살해하지 않는 조용한 부족도 그 안에 존재한다. 사실 무의식 안에는 꽤나 많은 것들이 존재하는 듯싶다. 우리가 가장 두려워하는 (따라서 부인하는) 것들도, 우리가 가장 필요로 하는 (따라서 부인하는) 것들도. 문득 이런 생각이 든다. 이제부터라

---

* 이제는 그의 저술이 현장 답사보다는 소설에 가깝다는 사실이 거의 확정되었다. 순수한 창작물이거나, 거의 근거가 없는 서술로 보인다. – 원주
여기서 르 귄이 언급한 세노이 족은 현실에도 존재한다. 킬튼 스튜어트는 2차 대전 이전에 말레이 반도를 여행한 경험에 의거해 1954년에 『피그미와 꿈속의 거인』이라는 책을 펴냈고, 이 책은 찰스 타트나 조지 레너드 같은 심령 연구자들의 홍보와 재생산에 힘입어 60년대에 들어 화제가 되었다. 20세기 말에 세노이 족을 연구한 인류학자들은 세노이 부족에게 자각몽의 개념이 존재하기는 하나, 정형화된 습속으로 간주할 정도로 일상화되지는 않았다는 결론을 내렸다. – 역주

도 우리들의 꿈에, 그리고 우리 아이들의 꿈에 귀를 기울이기 시작할 수는 없는 것일까?

　"어디로 떨어졌고, 거기서 뭘 찾아냈지?"

자가 제작 우주관

우주를 구성하거나, 행성을 만들어 내거나, 아니면 심지어 거실 하나를 사람으로 채우는 작가들의 모습이 사람들 눈에는 조물주 놀이를 하는 것처럼 보일지도 모르겠다. 사람이나 행성이나 은하계를 창조하는 행위까지 전부 사람의 머리에서 나온 것이니, 거꾸로 다른 사람의 머릿속에 주입하는 것도 가능하지 않을까?

몇 년 전에, SF 작가 협회의 회보에 폴 앤더슨이 (내 기억이 맞다면) 「세계를 창조하는 법」이라는 글을 기고한 적이 있었다. 그는 해당 출판물을 읽을 만한 독자라면 누구나 자가 제작 우주관의 즐거움을 이해할 것이라 가정하고, 부주의한 행위가 가져올 수 있는 문제점을 언급한 다음, 바로 토대를 쌓기 시작했다. 어떤 종류의 항성이 행성을 가질 가능성이 높은가? 행성의 크기와 종류가 어떠해야 생명체를 품을 가능성이 높은가? 항성의 크기를 고려할 때 거리는 어느 정도여야 하는가? 위성이 수행하는 역할이 있는가, 아니면 단순한 장식일 뿐인가? 기타 등등.

과학 또는 SF에 무지한 사람들은 보통 "SF 작가들이 전부 꾸며내는 거야"라고 생각하지만, 당연하게도 절반쯤이라도 진지한 SF 작가들은 그런 주제에 대해 연구하고 참조할 수 있는 서적을 준비해 놓는다. 물론 창조의 정수는 상상력이다. 그러나 그 상상은 통제된 상상이다. 자연발생하는 수많은 예술의 가닥이 정형 또는 자유형의 박자와 운율의 통제를 따르는 것과 마찬가지다. 작가가 "녹색 태양은 이미 지평선을 넘어갔지만, 붉은 태양은 아직 불어오른 살라미처럼 산맥 위에 걸려 있었다"라는 표현을 사용하고자 한다면, 머릿속에 이미 녹색 태양과 붉은 태양이 어떤 종류의 항성이며 크기는 어느 정도일지 대체적인 개념이 들어 있는 편이 좋을 것이다. 특히 흔한 부류라고는 할 수 없는 녹색 태양의 경우에는. 쌍성계를 구성하는 두 개의 주성이 행성의 궤도, 조석, 계절, 생물의 생활 주기에 어떤 영향을 끼치는지도 고려해야 할 것이다. 또한 당연하지만 그 행성의 질량과 대기의 조성을 알고 있으면 산맥의 높이와 형태도 판별할 수 있을 것이다. 이런 내용은 끝도 없이 계속된다. 심지어 오래 방치한 살라미가 어떤 모습으로 불어오르는지도 간단히 연구하고 싶을지도 모른다. 이런 배경 작업은 이야기 자체에는 조금도 포함되지 않을 수도 있다. 그러나 당신이 만들어낸 예쁘장한 적색과 녹색의 태양이 가지는 복잡한 함의를 고려하지 않는다면 결국 끔찍한 오류를 저지르게 될 테고, 당신의 이야기를 읽는 열네 살 꼬마들은 모두 그 오류를 보고 눈살을 찌푸릴 것이다. 그리고 이런 설정을 만들어내는 일이 지겹게 느껴진다면, 당연한 소리지만 당신은 SF를 써서는 안 된다. 이 장르의 즐거움 중 상당 부분은, 독자와 작가를 막론하고, 과학의 사실로부터 도출되는 엄밀함과 명징함, 논리적 우아함, 그리고 환상에서 발생하는 것이기 때문이다.

앤더슨 씨는 양해를 구하느라 시간을 낭비하지 않고 우주 제작자가 원할 법한 사실들을 죽 열거하며, 그 안에는 여러 상황에서 유용하게 쓸 수 있는 수학 공식도 포함되어 있다. 가히 모범적인 에세이라 할 수 있을 것이다. 그 이후 그의 기고문은 수많은 감사를 받아 왔다. 유일한 예외는 바로 다음 호에 실린 독자편지 한 통뿐이었는데, 그 편지의 내용은 이랬다.

　　친애하는 앤더슨 씨.
　　나는 그런 식으로 작업하지 않는다네.

이만 총총,

신.

앤더슨 씨는 이에 굴하지 않고 계속해서 자신의 유용한 에세이를 확장하고 다시 펴냈다. 이 특정 주제에 있어서는, SF 작가들은 조물주의 의견 따위는 무시할 수밖에 없다. 그들도 작업을 하는 나름의 방식이 있으니까.

그들의 방식이 가지는 제법 실용적인 가치가 드러나고 있다. 러시아인들은 꽤 오랫동안 수업 시간에 SF를 사용해 왔으며, 이제 미국의 사회학, 정치과학, 인류학, 심리학 교과서에서도 SF 단편을 문제 해결이나 개념 정의 용도로 사용하고 있다. 보다 구체적인 사례를 들자면, 작년 오리건 주의 한 대학에서는 물리학자 한 명이 천문학자와 지질학자 등의 도움을 받아 '행성학'이라는 강의를 개설한 바 있다. 그러나 흥이 넘치는 학생들은 보다 정확한 표현을 선호했고, 그 강의를 '행성 제작' 강의라 불렀다. 해당 강의는 큰 성공을 거두었다. 생각하면 할수록 자가 제작 우주관이 일반 이론, 역학, 우주나 태양계나 지구의 역사를 가르치는 데 유용한 도구라는 사실을 인정하지 않을 수 없을 것이다.

이런 부류의 세계 구축, 즉 진지한 SF와 체험 학습에서 사용하는 구축법에서 주목할 만한 특성은 바로 그 겸손함이다. 직접 보낸 편지에서 확인할 수 있듯이, 조물주는 이런 시도를 딱히 모욕으로 여기지 않는다. 벼락을 떨구거나 하는 대신, 그저 자신은 그런 식으로 일처리를 하지 않는다고 지적할 뿐이다. 신께서는 이런 작가와 학생들이 그 자신인 척하거나, 따라하려 시도하거나, 허황된 망상을 품고 있지 않다는 사실을 잘 알고 계신 것이다. 인간들이 실제로 그랬다면 그리스인들이 오만이라고, 기독교도들이 자만심이라고, 융이 자아의 팽창이라고 부른 죄를 저지르지 말라고 경고를 해 주셨을 테니까. 그러나 그런 식으로 '창조 정신'을 품은 거만한 형태의 자아는 이 경우에는 존재하지 않는다고 봐도 좋을 것이다. 이런 부류의 세계 구축은 일종의 사고실험으로, 통제된 환경에서 조심스레 이루어지며, 실험다운 수용적인 자세를 견지한다. 과학자와 SF작가들은 '현실세계'와 객관적인 창조의 과정을 명확하게 밝히기 위해, 어쩌면 찬미하기 위해, 가상의 세계를 만들어내는 것이다. 이런 이들은 자신의 작품이 보다 원본과 흡사하며 그 견고함이나 복잡함이나 놀라움이나 일관성이 눈에 띌수록 더 만족하게 된다.

SF를 떠나 판타지로 시선을 돌려서 판타지 작가들이 새로운 창공과 대지를 만드는 모습을 살펴보게 된다면, 그런 신실하고 진술한 겸허함을 발견하리라고는 확신할 수가 없다. 겸허함이란 이성적인 미덕이며, 판타지는 이성과는 자못 거리가 있기 때문이다. 외면에서 내면으로, 객체에서 주체로 대상을 전환하면, 그와 동시에 모든 존재가 미끄러지며 변화하기 시작한다. 우리는 중력의 법칙이 전혀 적용되지 않는 토끼굴 속으로 낙하를 시작하며, 그 어떤 수식도 우리를 구할 수 없다. SF 작가들은 창조를 모사한다. 판타지 작가들은 창조주를 흉내 낸다. 그러나 이제 신 자체도 바뀌어 버린다. 우리가 상대하는 신들은 이제 제우스나 여호와처럼 이성적이고 남성적이며 질투심 강한 신들이 아니다. 이곳에서는 시바가 춤추며, 그 춤을 통해 날카로운 이빨 사이로 혀를 족히 1야드는 빼물고 있는 칼리로 변한다. 창조자는 곧 파괴자가, 모든 것을 집어삼키는 어머니가 된다. 성격과 견해 따위는 별 의미 없는 환상일 뿐이다. 자아Ego는 단순히 사라져 버리지만, 자기Self는 모든 것이 되어 버린다. 말 그대로, 진짜 모든 것이 되는 것이다. 꿈은 곧 꿈꾸는 사람이다. 춤추는 사람이 바로 춤이다.

판타지의 원초적이고 본능적인 움직임은 당연하지만 내면을 향한다. 판타지는 그 본질이 극도로 내향적일 수밖에 없어서, 때로는 세상에 꺼내어 문학의 형태로 다듬기 위해 객관적인 '연결 고리'가 필요할 때도 있다. 고전에서는 아리오스토나 스위프트처럼 풍자에서 이런 연결 고리를 얻곤 했다. 아니면 꿈속 세계에서 이성적인 유토피아를 일구는 개혁의 열정도 그런 고리가 될 수 있을 것이다. 또는 로맨틱 판타지 작가들처럼,

꿈속 세계를 자연과 동일시함으로서 침묵하는 광야를 잠시라도 자신의 언어에 담을 수도 있다. 요즘은 과학이 판타지를 내면의 심연에서 끌어내려고 손을 빌려주는 경우도 종종 발생하며, 이런 경우에 판타지의 지적이고 외삽적이고 현대적 형태라 할 수 있는 SF가 등장한다. SF의 한계와 강점 모두가 그런 외삽의 움직임 때문에 발생한다. 객체가 가지는 힘과 골치 아픈 성질 모두 말이다.

판타지의 강점은 자기self의 강점이다. 그러나 판타지의 극도로 내향적인 성질은 곧 한계 또는 위험으로 이어진다. 환상은 홀로 남으면 이내 시야에서 말끔히 사라지며, 오직 판타지 작가의 의식에만 남거나 심지어 꿈과 완벽하게 같은 방식으로 무의식 속으로 들어가기도 한다. 환상이 순수할수록, 피조물이 주체적일수록, 이런 상황이 발생할 가능성은 높아진다. 어떻게 보면 풍자가 아닌 훌륭한 판타지 작품이 출품되어 우리 눈앞에 놓인다는 것 자체만으로도 기적이라 할 수 있으며, 사실 꽤나 현대적인 현상이기도 하다. 어쩌면 우리 문명이 마침내 균형을 찾기 위해 내면을 다시 들여다보기 시작했기 때문일지도 모르겠다. 지난 백 년 동안 이런 내밀한 세계들이 경이롭지만 망가지기 쉬운 국립공원처럼 보호의 대상이 되고, 심지어 대중에 개방되기까지 했다는 사실을 생각해 보면 말이다.

상상력을 위협이라 여기는 사람들은 보통 판타지 작품을

'유치하다'고 치부해 버린다. 그러나 이런 배제야말로 자신이 무력하며 노쇠한 사람이라고 고백하는 것이나 다름없다. 판타지 세계를 창조하고 보존할 때는 어린아이의 역할이 중심이 되는 경우가 흔하기 때문이다.

정치가, 이득에 눈이 먼 상인, 관능주의자들은 상상 세계의 분위기를 견디지 못한다. 다른 세계… 예수는 종교적인 관점에서 그런 다른 세계가 어린아이가 될 생각이 없는 자들은 들어갈 수 없는 곳이라 언급했다. 신의 왕국은 당신 내면에 존재한다. 마음이야말로 여신이 춤추는 불타는 땅인 것이다.

때로는 어린아이를 위해 판타지 세계를 만드는 경우도 있다. 사랑하는 단 한 명의 아이를 위해서일 수도, 모든 아이들을 위해서일 수도 있다. 루이스 캐럴, 케네스 그레이엄, 이디스 네즈빗, 생텍쥐페리, 톨킨… 떠오르는 대로 주워섬겨도 끝나지 않는다. 때로는 한 명의 아이가 구원해 주는 세계도 있다. 오스틴 태펀 라이트가 평생 동안 즐겁게 만들어 왔으면서 출판할 시도조차 하지 않았던 이슬란디아라는 곳이 있다. 그가 세상을 떠난 후, 사랑을 담아 그 세계를 축약하고 정돈해서 출판한 사람은 그의 딸이었다. 이 책은 분명 어린이를 위한 것이 아니다. 어린아이가 집을 떠나는 이야기인 고멘가스트 3부작도 마찬가지다. 여기서는 40대에 끔찍한 질병으로 목숨을 잃은 작가인 머빈 피크가 그 어린아이이며, 그 아이는 작가의 자기를 나타낸다.

판타지 작가는 유치하고 어린아이 같은 이들이다. 그들은 놀이를 즐긴다. 불타고 남은 땅에서 춤을 추는 이들이다. 그런 모습을 생각하면 오만도 겸손도 별로 유용한 표현은 아니다. 그들에게 있어서는 전 우주를 창조하는 일조차도 그저 놀이일 뿐이다. 그러나 그들은 신이 된 시늉을 하며 노는 것은 아니다. 이성적인 정신에게는 그렇게 보일지도 모른다. 그러나 이성적인 정신은 판타지 세계에서 무슨 일이 벌어지는지를, 또는 왜 그런 일이 벌어지는지를 파악하는 데 소질이 없기로 유명하다. 애초에 신조차도 신이 된 시늉을 하고 있을 뿐이라는, 지성으로는 절대 이해할 수 없는 진실을 이해하고 있으면서 어떻게 신이 된 척을 할 수 있겠는가?

영혼의 스탈린[*]

한 SF 소설의 초안

우리의 주인공 Y.는 조선 기술자로, 고향에서 혁명이 일어났을 때 타국에 있었다. 여러 번 구속과 심문과 금고형과 가택연금형을 받을 정도로 급진적이었던 그는 신시대의 여명을 맞이하러 서둘러 고향 땅으로 돌아간다.

솜씨 좋은 작가인 그는 옛 검열에서 벗어나 생동감 있고 인

---

[*] 1973년 7월 워싱턴 주립대학에서 열린 클라리온 웨스트 워크숍에서 강연으로 처음 발표되었다, 이후 1977년에 로버트 호스킨스의 에세이집 『오늘날의 미래: 내일을 구원하며』에 수록되었다.

습을 타파하는 예술을 추구하는 젊은 작가 집단에 합류한다.
그는 머지않아 작가로서 높은 평판을 얻는다. 그러나 자유의
시기는 고작해야 몇 년밖에 지속되지 못한다. 힘겹게 얻어낸
혁명의 승리가 공고해지고 지휘부가 정부의 역할을 수행하기
시작하자, Y.는 그런 조류에 따라가지 못한다. 그는 이단자로
남는다. 그의 입장은 예전과 마찬가지로 독립적이고, 역설적이
고, 비판적이다. 그는 모든 가치와 대가를 무조건 거부한다. 따
라서 신정부는 그를 비애국적이고, 파괴적이고, 위험한 사람
으로 취급한다. Y.는 딱히 신경 쓰지 않는다. 그는 위험을 즐긴
다. 계속 글을 쓴다. 창작 능력이 절정에 이른 순간, 그는 소설
을 한 편 쓴다. 부정적인 유토피아를 그리는 SF 소설이다. 갈수
록 경직되고 독재 성향을 보이는 조국에 대한 명징한 증언이
며, 자유를 향한 열정적인 지지 선언이기도 하다. 낭만적이며,
상상력으로 가득하고, 지적이고, 강렬하고, 아름다운 작품이다.
아마 지금까지 등장한 SF 소설 중 최고일 것이다. 원고를 책으
로 출판하려면 정부에 넘겨 인가를 받아야 한다. 그리고 그의
원고는 인가를 받지 못한다.

3년 후, 밀반출된 원고의 사본이 타국에서 출판된다. 번역이
이루어지며 여러 언어의 판본이 등장한다. 그러나 그의 조국에
서, 그의 언어로는 출간되지 않는다.

10년 후, 관료들과 정부의 총애를 얻으려 아양을 떠는 동료

작가들의 끊임없는 공격에 지친 주인공은 국가의 수장에게 나라를 떠나는 일을 허용해 달라고 요청한다. 그는 이렇게 쓴다. "국외로 나가기를 허용해 주기를 부탁합니다. 동시에 우리나라에서 하찮은 작자들 면전에서 굽실거리지 않고도 문학의 위대한 가치를 추구할 수 있는 시대가 돌아오면, 즉각 돌아올 수 있는 권리도 요청합니다." 겸손한 편지라고는 할 수 없지만, 그의 요청은 받아들여진다. 그는 파리로 떠난다. 고향에 머물러 있던 그의 친구들은 한 사람씩 검열에 의해, 또는 재판과 구금과 처형에 의해 입을 다문다. Y.는 겉보기로만 도피했을 뿐이다. 그는 이제 수용소나 공동묘지에 있는 친구들과 마찬가지로 침묵을 지킨다. 그는 영화 대본을 쓰며 생계를 꾸리려 시도하지만, 훌륭한 작품은 더 이상 쓰지 못한다. 7년의 망명 생활 끝에 그는 죽음을 맞이한다.

36년 후, 그 소설이 집필된 지 52년이 지난 1973년에도, 그의 위대한 소설은 여전히 그의 조국에서는 출간되지 못한다.

이 초안은 당연하지만 진짜 이야기이며, 한 인물의 일생을 그린 것이다. Y.는 예브게니 이바노비치 자먀친이다. 그의 소설은 내가 지금까지 등장한 SF 작품 중에서 가장 훌륭하다고 생각하는, 영어로는 『우리들We』이라는 제목의 작품이다. 러시아에서는 어떻게 보면 제목이 없다고 할 수 있다. 존재하지 않기 때문이다. 검열당해 버렸으니까.*

시장의 검열에 대해서

자먀친의 일생은 비극 그 자체였지만, 동시에 위대한 승리이기도 했다. 그는 자신의 적들에 힘으로 맞서지 않았기 때문이다. 그는 폭력을 쓴 적이 없으며, 심지어 보복하려는 마음조차 품지 않았다. 그저 크고 명확한 소리로, 재치와 용기를 담아서, 자신이 사랑하는 것을 배반하지 않고 최대한 오랫동안 소리 높여 말했을 뿐이다. 망명객으로서 더 이상 그럴 수 없게 되자, 그는 침묵을 지켰다.

그를 마음에 새겨두어야 하는 이유는 미국에서는 검열을 언급할 때마다 우는소리를 하는 경향이 있기 때문이다. 급진파들은 정부 기관에 대고 불평한다. 백악관은 언론에 대고 불평한다. 공정하지 못하다고, 편파적이라고, 진실을 억압한다고—조금만 기다리면 내가 고스란히 보복할 거라고.

검열은 제도화된 권력이 있는 곳이라면 어디에나 존재하게 마련이고, 통제와 억압과 검열을 물리치는 단 하나의 방법은 거부다. 내 입을 막으려 들면 네 입도 막아버리겠다고 같은 식

---

* 소련의 문화개방과 함께 자먀친의 작품도 러시아에서 출간되었다. 『우리들』은 1988년, 자먀친 선집은 1989년에 모스크바에서 출판되었다. 제목은 미국 체호프 출판사에서 사용한 것과 동일한 『우리들Мы』이다.

으로 대응하는 것이 아니라, 수단과 결과 양쪽 모두를 거부하는 것이다. 통째로 우회하는 것이다. 초월하는 것이다. 자먀친은 바로 그런 존재가 되었다. 그의 영혼은 적수들보다 거대했고, 적들의 왜소함이 전염되어 자신도 작아지는 사태를 의식적으로 거부했다. 하찮고 지저분한 게임에 말려들지 않겠다고, 자신의 영혼에 스탈린을 들이지 않겠다고 선언함으로서.

이런 의식적인 거부와 비슷한 수준에라도 오르기 위해서는, 검열이라는 문제 전체를 시급하고 진지하게 검토해 볼 필요가 있다. 포르노그래피라 불리는 창작물의 억압은 내가 보기에는 이 문제의 일부일 뿐이지 중심 문제라고는 할 수 없다. 최근 연방대법원이 내린 퇴행적인 판결이 그쪽 전선의 전투에 다시 불을 붙이기는 했지만 말이다. 정부가 원하는 문서마다 '기밀' 딱지를 붙여서 파묻어버릴 수 있고, 경찰과 미국세청IRS이 마르크스주의 작가라고 공언하거나 의심받는 사람들을 의례적으로 괴롭히는 상황 또한, 물론 시급하기는 하지만 중심 문제라고는 할 수 없다. 우리 중 일부에만 영향을 끼치기 때문이다. 모든 작가에, 미합중국에서 출판되는 모든 책에 영향을 끼치는 문제는, 바로 시장의 검열이다.

우리가 사는 곳은 전체주의 국가가 아니다. 우리는 단순한 명목 수준을 넘는 민주주의를 유지해 나가고 있다. 그 민주주의가 자본가의 민주주의, 기업의 민주주의라는 점이 문제일 뿐이다. 우리의 검열 형태는 바로 정부 기관의 이런 속성에서 기인한다. 우리의 검열관은 시장의 우상이다.

이런 이유 때문에 우리의 검열은 일반적인 경우와는 달리 유동적이며 변화 가능한 형태를 가진다. 명확하게 검열로서 규정할 수 있는지조차 파악하기 힘들 것이다. 미처 알아차리기도 전에 압박이 이루어진다. 보이지 않는 곳에서 검열이 벌어진다.

우리나라에는 "정부를 비판해서는 안 된다. 불행한 일들을 글로 옮겨서는 안 된다. 아버지 조국의 용맹한 병사들과 수력발전소에서 일하는 행복한 노동자들을 글로 써야 한다. 사회주의 리얼리즘의 예술가로서 항상 미소를 지어야 한다"라고 말하는 즈다노프는 존재하지 않는다. 그 어떤 명령도, 긍정적이든 부정적이든 절대적인 기준도 존재하지 않는다. 시장에서 유일한 기준은 '팔릴 것인가?'뿐이다. 그리고 이 기준은 당연하게도 상당히 폭 넓고 끝없이 변화하는 것일 수밖에 없다.

시장이 군림하는 땅은 유행이 지배하게 마련이다. 복식, 요리, 가구와 같은 장식 예술은 변화를 멈추지 말라는 압력을 받는다. 새로운 상품은 그 질과는 관계없이 항상 시장 가치를, 홍보 가능한 가치를 지니기 때문이다. 물론 이는 매우 제한된 부류의 새로움이다. 치맛단이 2인치 정도 오르내리거나, 옷깃이 반 인치 넓어진다. 올해는 소설이 맥을 못 추는 대신 실제 사건의 소설화 작품이 인기다. SF계에서는 대규모 학살이 밀려나고 환경주의가 들어온다. 소위 말하는 대중예술이란 예술의 정수를 우려내 상품으로 삼은 것이다. 즉, 통조림 수프 같은 것이다. 진정한 새로움, 진정한 독창성은 수상쩍은 취급을 받는다. 익숙한 물건을 다시 데운 것이 아니면, 또는 형식은 실험적이지만 그 내용은 명백하게 하찮거나 냉소적인 것이 아니면, 그 작품은 안전하지 못한 것이다. 하지만 상품은 안전해야 한다. 소비자에게 해를 입혀서는 안 된다. 소비자를 변화시켜서는 안 된다. 소비자에게 충격을 주거나 부르주아를 놀라게 하는 정도는 상관없다. 지난 150년 동안 해온 일이라, 이젠 놀이로서 고전이 되었다 해도 좋을 정도니까. 놀라게 해도, 충격을 줘도, 동요하게 만들어도, 몸을 뒤틀면서 비명을 지르게 해도 좋다. 하지만 생각하게 하면 안 된다. 일단 생각을 하면 다음에는 통조림 수프를 사러 돌아오지 않을지도 모르니까.

내 생각에는, 현대의 예술가가 형식에서 거의 무한한 자유를 누릴 수 있는 것도 이렇게 예술이 사소해졌기 때문인 것 같다. 창작자나 소비자가 예술을 진지하게 다룬다면 이런 완전한 허용성은 사라지고, 진정한 혁명이 일어날 가능성이 다시 등장하게 된다. 예술을 그 어떤 윤리적 정합성도 없는 스포츠로 간주한다면, 또는 논리적 정합성이 없는 자기표현으로 여긴다면, 또는 사회적 정합성이 없는 시장 상품으로 간주한다면, 뭐든 허용될 수밖에 없다. 6에이커 넓이의 비닐 랩으로 벼랑을 감싸는 일이나 시스티나 성당에 아담의 창조를 묘사하는 천장화를 그리는 일은 '창작 행위'로서는 하등 다를 것이 없다. 그러나 예술에 윤리적, 지적, 사회적 내용물이 존재한다고 간주한다면, 현실적인 주제를 제시하는 것이 가능하다고 생각한다면, 창작자 측에서는 자기 규제가 창조 행위의 중요한 요소 중 하나가 된다. 그리고 청중 쪽에서는 중개인들이 안달하기 시작한다. 출판사, 화랑 주인, 흥행주, 연출가, 판매원들이 초조한 낌새를 보인다. 돈을 벌려고 판에 뛰어든 사람들이라면 예술이 진지한 취급을 받지 않을수록 행복할 수밖에 없기 때문이다. 통조림 수프가 훨씬 쉽다. 그런 이들은 구조적으로 노후화되기 쉬워서 회전율이 빠른, 따라서 잘 팔리는 상품을 원한다.[*] 크고, 튼튼하고, 실제적이고, 두려운 물건을 원하지 않는다.

때로 나는 현재 살아 있는 가장 무서운 사람이 알렉산드르 솔제니친이라는 생각을 한다. 나는 스탈린과 히틀러와 같은 세상에 살았고, 조 매카시나 G. 고든 리디와 같은 나라에 살았으

---

[*] '돈을 벌기 위해 뛰어든 사람들이라면'이라는 내 고발에 대한 면죄부를 받을 수 있는 출판사들도 (적어도 소설 및 시를 취급하는 부서에는) 상당히 많다. 그러나 내가 말하는 바의 완벽한 실례를 원한다면, 홍보를 통해 '베스트셀러'를 만들어내는 과정을 참고하면 된다. 또는 몇 군데의 주요 SF 출판사들의 발행 및 배급 관습을 살펴봐도 좋다. – 원주

며, 그들은 모두 나를 겁먹게 만들었다. 그러나 솔제니친만큼 나를 두렵게 만든 사람은 없다. 그들 중 누구도 그와 같은 힘을 손에 쥔 적이 없기 때문이다. 그는 '내가 제대로 하고 있는 거지?'라고 자문하게 만드는 힘을 가지고 있다.

어쩌면 이 나라에 솔제니친이 등장하지 않는 이유가 (그리고 파스테르나크나 자먀친이나 톨스토이가 존재하지 않는 이유가) 우리가 그런 사람이 등장할 가능성을 믿지 않기 때문인지도 모르겠다. 우리가 예술의 현실성을 믿지 않기 때문이다. 러시아인들의 묘한 점은 그들이 실제로는 예술을, 인간의 정신을 바꿀 수 있는 예술의 힘을 믿는다는 것이다. 바로 그 때문에 검열을 하는 것이다. 솔제니친을 가질 수 있는 이유도 바로 그것이다. 모든 국가는 그 수준에 맞는 정부를 가진다는 격언이 있다. 나는 모든 국민이 그 수준에 맞는 예술가를 가지게 된다고 덧붙이고 싶다.*

---

* 이 글은 솔제니친이 소련 땅을 떠나기 전인 1970년대 초반에 쓴 것이다. – 원주

한 자연주의 소설의 초안

우리의 주인공 X.는 고등학교의 수학 교사로, 부업 삼아 소설을 쓴다. 그는 한두 편을 SF 잡지에 투고한다. 작품 몇 편이 팔리고 그는 SF 팬들을 만나기 시작한다. 살펴볼수록 작가의 삶이 마음에 든다. 그래서 그는 수학은 이제 물릴 만큼 가르쳤으니 작가가 되겠다고, 전무후무한 작가가 되겠다고 마음먹는다.

그러나 먹고 살려면 돈이 필요하다.

그래서 그가 구상한 대작 장편소설의 집필에 들어가기 전에, 그는 돈벌이를 노리고 잘 팔리는 검과 마법이 등장하는 책을 쓴다. 제목은 『야만인 벌그』다. 작품은 성공을 거두고, 출판사에서는 연작을 집필해 달라는 요청을 한다. 그는 그 말을 따른다. 그리고 8년이 지난 후에도, 그는 여전히 야만인 벌그 시리즈를 쓰고 있다. 최신작인 14권의 제목은 『무시무시한 점액질의 겁탈』이다.

결말 수정안 하나. 주인공은 자신의 대작 장편소설을 쓰기 시작하지만, 친구 한 명이 찾아와서 열기가 계속되는 동안에는 포르노 업계에서 큰돈을 벌 수 있으리라 일러주고, 자신이 그의 작품의 대행을 맡겠다고 제안한다. 8년이 지난 후에도 그는 여전히 포르노를 쓰고 있다. 그의 최신작은 『겨드랑이의 심연』

이라는 제목이다.

결말 수정안 둘. 포르노가 아니라 코믹북 연작이었다. 아니면 순수 로맨스물은 어떨까? 국제 스파이 스릴러는 어떨까? 어쨌든 그는 여전히 진지한 소설을 쓸 마음이 만만하다. 일단 에어컨과 전자동 깡통따개를 살 돈을 벌어들인 다음에 말이다.

결말 수정안 셋. 그는 소설을 쓴다. 훌륭한 작품이고, 잘 팔린다. 그러나 책을 읽어본 그는 자신이 원하던 작품과는 사뭇 다르다는 사실을 깨닫는다. 그는 첫 장편소설을 쓰고 나서야 자신에게 아직 배울 것이 많았다는 사실을 알게 된다. 그러나 동시에 자신이 배울 수 있다는 것도 알고 있다. 다음 작품은 조금 나아질 것이고, 그다음 작품은, 그가 자신의 직업에 익숙해진다면, 사상 최고의 SF 소설이 될 것이다. 그러나 첫 작품이 영화 제작사의 눈에 들어간다. 제작사는 그에게 판권의 대가로 5만 달러를 지불한다. 정신을 차린 그는 짐을 싸들고 할리우드로 떠난다. 그리고 8년이 지난 후, 그는 영화와 텔레비전 대본 작가로 성공을 거두고 있다. 그가 쓴 내용은 실제 촬영에 들어가기 전에 거의 거세당한다는 표현이 어울릴 정도로 상당히 많이 바뀌지만, 1년에 6만 달러를 벌어들이는 사람에게 그게 무슨 상관이겠는가? 이제는 다음 소설을 쓸 시간이 없지만, 그는 아직 포기하지 않았다. 온수풀과 아홉 번째 아내를 살 돈을 벌어들인 다음에 말이다.

그리하여 부와 명예가 따르는 인생을 보낸 후, 그는 죽는다.

36년 후에도, 52년 후에도, 그의 위대한 소설은 그의 조국에서 출간되지 못한다. 다른 어느 나라에서도 출간되지 못한다. 영영 출간되지 못할 것이다. 쓴 적이 없으니까. 그는 검열관의 판단을 수용했다. 아무런 질문 없이, 소속된 사회가 강요하는 가치를 받아들였다. 그리고 질문 없는 수용의 대가는 침묵이다.

특권, 피해망상, 수동성

X.씨에 대한 가장 슬픈 사실은 그가 자유로운 인간이었다는 점이다. 우리 모두는 자유롭다. 역겹고 한심한 글을 쓰고 아메리카의 철자에 k를 넣을 자유만 있는 것이 아니라, 원하는 것은 뭐든 쓸 수 있는 자유가 있다. 이 자유는 이 세기의 지난 절반 동안 예술가들, 그리고 법조계와 정부의 정의로운 사람들 덕분에 손에 넣은 것이다. 적어도 1783년의 헌법에 이미 명시되어 있지 않은 부분은 그렇다. 자유는 존재한다. 우리는 자유롭다. 아마 지금까지 존재한 그 어떤 작가나 대중보다 자유로울 것이다.

최근 나는 솔제니친에 대한 조반니 그라치니*의 매력적인 책에서 다음과 같은 문장을 읽었다.

> 문화 산업, 허영심, 자신의 손에서 권력이 흘러나가는 모습을 목격한 지식인들의 혐오, 이 모든 것들이 서구 작가들의 시야를 완벽하게 가린 덕분에, 그들은 경찰의 박해를 받지 않는 것이 특권이라 여기게 되었다.

나는 아무래도 상당히 둔한 모양이다. 그라치니가 무슨 말을 하고 싶었는지를 깨달을 때까지 사흘 동안이나 이 문장을 곱씹어야 했다. 그라치니는 그것이 특권이 아니라 당연한 권리라고 말한 것이다.

당대의 혁명적인 문서였던 미합중국 헌법은 그 점에 대해서는 완벽하게 명확하다. 헌법은 우리에게 언론의 자유를 부여하지도, 허가하지도, 허용하지도 않는다. 정부에 그런 행위를 할 권위 자체를 아예 주지 않는다. 헌법은 언론의 자유를 당연한 권리로서, 사실로서 적시할 뿐이다.

정부가 줄 수 있는 특권이 아니다. 정부는 언론의 자유를 인

---

* Giovanni Grazzini(1925~2001). 이탈리아의 영화 평론가. 르 귄이 뒤이어 인용한 책은 그라치니의 『솔제니친』(1973)으로, 솔제니친을 중심으로 러시아 문학 인텔리겐치아의 역사를 논한 책이다.

정하거나, 또는 부정하고 무력을 사용해 제한할 수 있을 뿐이다.

우리 정부는 거의 대부분 인정하고, 러시아 정부는 거의 대부분 부정한다. 그러나 우리가 자먀친이 가지지 못했던, 또는 솔제니친이 가지지 못했던 특권을 가지고 있는 것은 아니다. 단순히 우리 모두가 양도할 수 없는 권리를 가지고 있을 뿐이다.

그러나 그들은 그 권리를 사용했다. 행동으로 옮겼다. 우리도 그렇다고 할 수 있는가?

내가 쓴 단편이 〈플레이보이〉에 'U. K. 르 귄'이라는 필명으로 실렸던 적이 있다. 이는 편집자가 내 단편을 받아들인 다음에, 그 회사의 누군가가 내 이름의 두문자만 써도 될지를 물어보면서, 나름 감동적으로 이렇게 말했기 때문이다. "우리 독자들 중 많은 수가 여성 작가가 쓴 단편을 두려워하거든요." 당시 나는 이 말을 그저 우스꽝스럽다고만 생각하고 동의하면서, 그런 불명료함을 한층 더하게 만들기 위해서 그들이 보내온 작가 소개문 양식에다가 'U. K. 르 귄의 단편은 U. K. 르 귄이 아니라 동명의 다른 사람이 쓴 것이다'라고 적어 넣기까지 했다. 당시에는 그저 조금 재밌어하고, 조금 경멸하면서, 저들이 작가에게 그렇게 돈을 많이 주는 이상 사소한 변덕을 부릴 권리 정도는 있으리라는 다소 애매한 결론을 내렸다고 생각한다. 따라서 내 작품은 검열을 받은 것이다. 내 이름이, 다른 말로 하자면 내 성별이, 억압을 받은 경험은 이것이 처음이었다. 이 단 하나지만 제법 중요한 단어를 억압한 것이 내 작품에 시장의 검열이 직접 개입한 유일한 경우였다. 물론 내 다른 작품들에서도 시장의 검열이 끼친 영향을 확인할 수 있지만, 직접적인 경우는 없는 듯하다. 그래서 이 경우를 굳이 언급하는 것이다. 너무 명확했기 때문이다. 그러나 나는 그 검열을 받아들였다. 확실히 이제는 보다 명확해지기는 했다. 우리 모두의 지각 능력이 상승했기 때문이다. 그러나 나는 1968년에도 페미니스트였다…

내가 돈에 신념을 팔아넘겼다는 사실을 당시에는 왜 알아차리지 못했던 것일까?

그대는 무엇을 하고 무엇을 하지 말지어다 따위의 형식을 갖춘 규칙이 존재하지 않을 때는, 자신이 검열을 받고 있다는 것조차 알아채기 어렵다. 통증이 없기 때문이다. 작가 본인이 무자비하고 광범위한 자기 검열을 저지르는 경우는 보다 이해하기 힘들다. 그 이유는 이런 자기 검열은 "시장성을 가지는 작품을 쓴다"는, 사회의 인증을 거친 행태로 인식되기 때문이다. 심지어 일부 작가들은 이런 행위를 경애받아 마땅한 성질인 "전문성"에 이르는 관문이자 시금석으로 사용하기도 한다.

물론 자유 경제와 자기 검열을 구분하려면 지독하게 불편할 정도로 경계를 늦추지 말아야 한다. 그리고 이런 행동은 순식간에 피해망상으로 이어질 수 있다.

어쨌든 작품이란 단순히 질이 좋지 못하다는 이유로 반려될 수도 있는 것이다. 편집자는 취향과 기술과 기준을 갖춘 사람들이다. 사방에 넘쳐나는 엉터리 작가들의 자위 문구는, "저들은 내 작품을 출판하는 게 두려운 거야!"다. 그런 무리에 합류해서 날아드는 무수한 반려 쪽지에서 음모론을 읽어내는 일은 물론 그리 어렵지 않다. 하지만 확신할 방법이 있을까?

나는 작품의 주제가 위험하기 때문에 출판사마다 반려당하는 작품에 대한 뜬소문을 상당히 많이 들었다. 그러나 명확한 사실로서 아는 경우는 하나도 없다. 따라서 직접 그런 경우를 접할 때까지는 이 문제에 대해서 언급할 수가 없다. 그저 SF 분야에서 그런 상황이 벌어질 경우에 대한 위태로운 추측을 해 볼 수 있을 뿐이다. 나는 그 책들이 요새 이런 단어가 무슨 뜻으로 쓰이는지는 몰라도 '체제 전복적'이거나 '충격적'인 것이 아니라 진지한 것이라서, 즉 도덕적이나 윤리적이나 사회적으로 '진지한' 것이라서, 그 진지함의 질 때문에 출판사에서 매우 위태로운 투자 대상이라는 결론을 내린 것이라고 가정해 보기로 했다.

'진지한'이란 부적절한 단어일지도 모르겠다. 다른 단어를 찾을 수 있었으면 좋겠지만, '진솔한'은 닉슨 대통령의 손에 숨이 끊어졌고, '진정한'은 화려한 비평가들에게 살해당했으며, 내가 말하고자 하는 성질과 일치하는 표현인 '온전한 합일성'에는 형용사 형태가 존재하지 않는다. 온전한 합일성에, 추가로 지성이 곁들여져야 한다. 주제에 대한 체계적인 숙고를 마치고, 자신의 주제에 마음을 다해 공감하고, 그 주제를 명료하게 말할 수 있는 사람이 필요한 것이다. 물론 여기서 '명료한'은 논리나 설명문이나 자연주의나 기타 특정한 도구를 의미하는 것은 아니다. 예술의 명료성이란 최종적인 목적에 부합하는 방식을 통해 달성되는 것이며, 이는 극도로 미묘하고, 복잡하고, 눈에 띄지 않을 수도 있다. 이런 방법을 솜씨 좋게 사용하는 것이야말로 예술가의 기술이다. 그리고 그런 기술을 사용하는 데에는 상당한 고통이 따른다.

최근의 판타지 베스트셀러인 『갈매기의 꿈』은 진지한 책이며, 두말할 나위도 없이 진솔하다. 또한 지적으로, 윤리적으로, 감정적으로 하찮은 작품이다. 그 책의 작가는 깊은 숙고를 하지 않았다. 이 나라의 공업 특산품인 예쁘게 포장한 즉석 조리 해답을 밀어붙였을 뿐이다. 아주 빨리 날 수 있다고 생각만 하면, 놀랍게도 아주 빨리 날 수 있게 된다고 말할 뿐이다. 입가에 미소를 머금기만 하면 전부 잘 풀릴 거라고. 세상 모두가 잘될 거라고. 당신이 미소를 머금기만 하면 캄보디아에서 다리가 괴사되어 죽어가는 남자와 방글라데시에서 기아에 시달리는 네 살 먹은 아이와 암에 걸린 옆집 여자도 훨씬 기분이 나아져서 당신과 함께 미소를 머금으라는 사실을 알고 있는 것이다. 이런 희망찬 사고방식은, 고통과 패배와 죽음의 존재를 인정하지 않는 단호한 거부는, 훌륭한 성공을 거둔 미국인 작가들에게서 보편적으로 발견될 뿐 아니라 자먀친이 '실패'한 일에서 '성공'을 거둔 소비에트 작가들에게서도 찾아볼 수 있다. 즉, 끔찍한 낙관주의를 가진 스탈린 국가상 수상자들 말이다. 질문을 멈추면, 스탈린을 당신의 영혼 안으로 받아들이면, 그저 웃고 웃고 또 웃을 수밖에 없다.

물론 그 미소는 절망을 담은 쓴웃음이나, 가장 세련된 독자들이 즐겨 사용하는 표현에 따르자면 해골의 일그러진 웃음이 될 수도 있다. 예를 들어, 근래의 SF는 교훈적이고 잔혹한, 미래의 끔찍한 모습으로 가득하다. 사람들이 녹색 쿠키의 형태로 서로를 먹어치우는 인구 포화의 세계, 사회적 다윈주의의 검증된 방법론을 따라 살아가는 대학살 이후의 돌연변이들, 공해 때문에 매 장마다 십억 명씩 끔찍한 죽음을 맞이하는 90억 명의 사람들 등. 나도 이런 짓을 해 보았다. 내 유죄를 인정한다. 그리고 죄책감을 느낀다. 이런 행위에는 진정한 숙고도, 진정한 열정도 깃들어 있지 않기 때문이다. 문명의 사멸이나 생물종의 절멸이 추리소설 속 개인의 죽음처럼, 독자들에게 싸구려 전율을 제공하기 위해 사용되고 있다. 작가가 인구 포화, 보편적 공해, 핵전쟁 따위의 풍경을 보여주면, 모두가 으어! 악! 꺄악! 이라고 소리쳐 댄다. 이것은 '본능적 반응'이며, 따라서 완벽하게 진솔하다. 그러나 지성이 깃든, 또는 도덕적인 행위라고는 할 수 없다.

인간은 본능만으로 살지 않는다. 반응은 행위가 아니다.

절망을 다루는 소설은 보통 훈계하려는 의도로 쓰게 되지만, 나는 그런 작품이 대부분 포르노그래피처럼 도피주의적인 면모를 보인다고 생각한다. 긴장의 배출을 통해 행위를 대체하기 때문이다. 바로 그 때문에 그런 작품들이 잘 팔리는 것이다. 작가에게도 독자에게도 비명을 지를 변명거리를 제공해 주기 때문이다. 본능적 반응으로 끝날 뿐이다. 폭력에 대한 반사적인, 아무 생각 없는 반응일 뿐이다. 일단 비명을 지르기 시작하면 질문은 멈출 수밖에 없다.

수많은 부인에도 불구하고, 과학이 단순한 기술을 넘어서려면 방법을 서술하는 것으로 그치지 말고 그 이유까지 물어야 한다. 이유를 물어본 과학은 상대성 이론을 떠올렸다. 방법만 보여준 과학은 원자폭탄을 발명한 다음, 손으로 눈을 가리고 세상에 내가 무슨 일을 저지른 거야? 라고 말했다.

방법과 존재만을 보여주는 예술은 낙관이든 절망이든 하찮은 오락거리가 될 뿐이다. 이유를 묻고 나서야 예술은 비로소 감정의 반응에서 현실의 진술로 올라설 수 있으며, 지성을 통한 윤리적 선택이 된다. 수동적 반영이 아니라 행위가 된다.

그러고 나서야 비로소 정부와 시장의 모든 검열관들이 그 작품을 두려워하게 되는 것이다.

그러나 우리의 검열관은 단순히 출판사와 편집자와 배급사와 홍보 담당자와 북클럽과 전문 비평가뿐이 아니다. 작가와 독자 또한 검열관이다. 당신과 나 또한 검열관이다. 우리는 자가 검열을 한다. 우리 작가들은 그 작품이 팔리지 않으리라는, 나름 근거가 있는 두려움 때문에 진지한 작품을 쓰지 못한다. 그리고 독자로서의 우리들은 식별하는 일에 실패한다. 그저 시장에서 팔리는 작품을 수동적으로 받아들인다. 구입하고, 읽고, 잊어버린다. 우리는 독자가 아니라 단순한 '관객'이자 '소비자'인 것이다. 독서란 수동적인 반응이 아니라 정신과 감정과 의지를 수반하는 행위다. 하찮은 작품을 '베스트셀러'라는 이유로 받아들이는 일은 불량식품이나 잘못 만든 기계나 부패한 정부나 군부 또는 기업의 폭정을 받아들이고, 그 모든 것을 찬양하면서 미국적인 삶의 방식이나 아메리칸 드림이라고 부르는 일과 동일하다. 현실을 배반하는 것이다. 모든 배반은, 받아들인 모든 거짓말은, 다음 배반이나 다음 거짓말로 이어진다.

진실을 나름 이해하던 사람인 예브게니 자먀친에게 맺음말을 맡기기로 하자.

살아 있는 문학은 과거나 현재의 시계가 아니라 미래의 시계에 맞추어 살아간다. 살아 있는 문학은 돛대 위로 올라간 선원이다. 돛대 꼭대기에 오른 선원은 갑판에서는 아직 보이지 않는 침몰하는 배와 빙산과 소용돌이를 볼 수 있다.

폭풍 속에서는 돛대에 사람을 올려야 한다. 오늘날 우리는 폭풍의 한가운데에 있으며, 사방에서 구난 신호가 날아들고 있다. 어제까지만 해도 작가는 코닥 카메라를 찰칵거리며 평화롭게 갑판을 거닐 수 있었다. 그러나 세계가 45도로 기울어지고 녹색 심연이 입을 벌리는 상황에서 풍경화나 풍속화를 감상하고 싶은 사람이 누가 있겠는가? 오늘날 우리는 죽음을 직면한 사람들처럼 보고 생각할 수밖에 없다. 우리는 곧 죽는다. 그렇다면 지금까지의 삶에는 어떤 의미가 있었는가? 우리는 어떻게 살았는가? 다시 처음부터 새로 시작할 수 있다면 어떤 신조에 따라 살아갈 것인가? 무엇을 위해서? 오늘날의 문학에서 필요한 것은 광대한 철학의 수평선이다. 돛대 꼭대기에서, 비행기에서 본 수평선이다. 우리는 가장 궁극적인, 가장 두려운, 가장 두려움을 모르는 "왜?"와 "그 다음에는?"이라는 질문을 던져야 한다.

진실로 살아 있는 존재는 무엇에도 멈추지 않고 끊임없이 가장 터무니없고 유치한 질문의 답을 찾아 헤맨다. 답이 틀려도 좋고, 신조 전체가 실수여도 좋다. 오류는 진실보다 귀중하다. 진실은 기계에서 나오지만, 오류는 살아 있다. 진실은 위안을 주고, 오류는 불안을 불러온다. 그리고 답을 얻을 수 없다면 그야말로 최고다! 이미 해답이 나온 질문을 다루는 것은 소의 위장처럼 구성된, 즉 되새김질거리를 소화하기 위해 만들어진 두뇌의 특권일 뿐이다.

자연계에 고정된 것들이 존재한다면, 진실이 있다면, 이 모든 말은 당연하게도 거짓이 될 것이다. 그러나 다행스럽게도 모든 진실에는 오류가 숨어 있다. 이것이 바로 변증법의 정수가 아닌가. 오늘의 진실은 내일의 오류가 된다. 자연수는 끝나지 않는다.

혁명은 모든 장소에, 모든 물질에 존재한다. 그리고 무한하다. 최종 혁명은 있을 수 없다. 자연수는 끝나지 않는다.*

---

* 여기서 인용한 자먀친의 말은 『소비에트의 이단자, 예브게니 자먀친』(미라 진스버그 번역, 시카고 대학 출판부, 1970)에 수록된 "문학, 혁명, 엔트로피, 기타 주제에 관하여"라는 에세이에서 발췌해서 살짝 압축하고 재배치한 것이다. – 원주

『유배 행성』 머리말

　모든 SF 작가들은 놀랄 정도로 주기적으로 이런 질문을 받는다. "대체 착상을 어디서 얻으시는 겁니까?" 이 질문에 대답하는 방법을 아는 사람은 없다. 상큼하게 "스키넥터디죠!"라고 대답하는 할란 엘리슨만 빼고.*

---

* 르 귄이 인용한 할란 엘리슨의 답변은 장르 문학계에서 상당한 인기를 끌었다. 엘리슨의 말을 직접 인용해 보자면 다음과 같다.
　'종종 사람들은 내가 어디서 아이디어를 얻는지 묻는다. 그런 사람들에게 나는 항상 "스키넥터디죠!"라고 답한다. 그리고 그들이 혼란에 빠진 얼굴로 바라보면 이렇게 덧붙인다. "그래요, 스키넥터디에는 '아이디어 서비스'라는 업체가 있는데, 매주 정확하게 시간을 맞춰서 아이디어 식스팩을 하나씩 가져다주거든요. 25달러밖에 안 합니다." 대학 강의에서 이렇게 말하면 슬쩍 다가와서 그 배송업체 주소를 알려 달라고 부탁하는 얼간이가 꼭 한 놈은 등장한다.'

이 질문은 농담이 되고 만화가 되어 〈뉴요커〉 지면에 실리기까지 했다. 그런데도 사람들은 진짜로 답을 알고 싶어서, 때로는 갈망까지 품고 이 질문을 반복한다. 문제는 이 질문에 대한 가능한 답이 "스키넥터디"밖에 없는 이유가, 애초에 질문부터 잘못되었기 때문이라는 것이다. 그리고 잘못된 질문에는 제대로 된 답변이 존재할 수 없다. 플로지스톤의 성질을 발견하려 애쓰던 사람들의 저작을 읽어 보면 명확하게 확인할 수 있다. 때로는 애매한 표현을 사용한다는 점이 문제가 되기도 한다. 질문자가 정말로 묻고 싶은 내용은, "선생님의 SF 작품에 등장하는 과학은 실제로 알거나 읽으신 내용 중에서 가져오는 겁니까?"(답: 그렇죠)거나 "SF 작가들끼리 서로 착상을 훔치기도 합니까?"(답: 맨날 훔치죠)거나 "작품 속 등장인물들의 행위가 전부 선생님의 실제 경험을 바탕으로 하고 있는 겁니까?"(답: 무슨 말도 안 되는!) 등인 것이다. 그러나 때로는 질문자조차 자신의 질문을 명확하게 특정하지 못한다. 그런 사람들은 슬쩍 몸을 뒤척이며 그러니까, 음, 아실 텐데… 따위를 중얼거리기만 한다. 그러면 나는 그 사람이 사실은 복잡하고 난해하고 중요한 해답을 얻으려는 생각이 아님을 깨닫게 된다. 그 사람은 상상력에 대해서, 상상력이 어떻게 작용하는지를, 예술가가 상상력을 이용하는 방법 또는 상상력이 예술가를 이용하는 방법을 이해하고 싶은 것이다. 우리는 상상력에 대해 아는 바가 너무 없기 때문에 제대로 된 답은 고사하고 제대로 된 질문조차 하지 못하는 것이다. 가장 현명한 심리학자도 창작의 샘에는 접근조차 하지 못한다. 그리고 창작의 과정에 대해 알아들을 수 있는 설명을 원한다면, 예술가야말로 답을 얻기에 가장 부적합한 사람일 가능성이 높다. 예술가를 제외하면 딱히 말이 되는 소리를 한 사람이 별로 없기는 하지만 말이다. 내 생각에 시작하기에 가장 좋은 장소는 스키넥터디일 듯하다. 키츠의 작품을 읽으면서.

최근에는 (이건 내게만 해당하는 상황이다) 항상 두 번째 질문이 따라온다. 바로 "왜 그렇게 등장인물에 남자가 많은가요?"라는 질문이다.

이는 절대 어리석은 질문이 아니다. 절대 잘못된 질문도 아니다. 그 안에 편견이 보여서 직설적으로 대답하기 힘든 경우가 있기는 하지만 말이다. 내 책과 이야기 속에는 여성이 존재하며, 때로는 주인공이거나 인물들의 주요 관점을 대변한다. 그래서 사람들이 "왜 항상 남자에 대해서만 쓰시죠?"라고 묻는 거라면 나는 "안 그러는데요"라고 대답한다. 다소 부루퉁한 태도로 답하긴 하는데, 그 질문이 비난이며 동시에 부정확하기 때문이다. 어느 정도의 비난은, 또는 어느 정도의 부정확함은 삼키고 넘길 수 있지만, 양쪽을 섞으면 독극물이 된다.

그러나 문장을 어떤 식으로 바꾸더라도, 여전히 이 질문은

현실적이고 긴급한 문제를 환기시킨다. 따라서 약삭빠른 답변
은 혐오스럽기 마련이고, 간명한 답변은 불가능하다.

『유배 행성』은 1963년에서 64년에 걸쳐, 즉 페미니즘이
30년에 걸친 마비 상태에서 깨어나기 전에 집필한 작품이다.
이 작품은 내가 초기에 남성과 여성 인물을 다루던 '자연스러
운'(즉, 행복하게 문화화 과정을 거친), 깨어나지 않은, 무의식 속
에서 자라난 방식을 보여준다. 당시 나는 완벽하게 의식적으
로, 물론 자축의 느낌을 담아, 가벼운 투로 내 인물이 인간이기
만 하다면 남성인지 여성인지는 신경 쓰지 않는다고 말할 수
있었다. 대체 여성이 여성 인물에 대해서만 써야 할 이유가 어
디에 있단 말인가? 나는 자의식도 없고 의무감도 느끼지 못했
다. 따라서 자신감을 가지고, 실험할 필요 없이, 전형적인 방식
에 만족할 수 있었다.

이 작품은 롤레리의 시점에서 시작하지만, 이내 자콥과 월
드의 시점으로 옮겨가며, 다시 롤레리로 돌아왔다 다시 떠난
다. 시점이 번갈아 변하는 작품이다. 남성 쪽이 명확하게 보다
적극적이며, 훨씬 또렷하게 자신을 표현한다. 경직된 전통을
가진 남성우월주의 사회 출신의 젊고 미숙한 여성인 롤레리는
성적 갈등을 유발하거나 맞서 싸우지도 않고, 공동체의 지도자
가 되지도 않으며, 그 외에도 그녀의 문화 또는 1964년 우리의
문화 안에서 '남성적'이라는 꼬리표가 붙을 만한 역할은 하나

도 맡지 않는다. 그러나 그녀는 사회적으로, 그리고 성적으로 저항하는 존재다. 그녀는 공격적으로 행동하지는 않지만, 자유를 향한 갈망 때문에 문화라는 거푸집을 부수고 나오게 된다. 그녀는 외계의 자신과 동맹을 맺어 자신을 완벽하게 바꾼다. '타자'를 선택하는 것이다. 이런 작은 규모의 개인적 반란이 적절한 시기에 일어나면서 이후 양쪽 문화와 사회를 완벽하게 바꾸고 새로 만드는 결과로 이어진다.

자콥은 영웅적 주인공으로서, 적극적이고 자신을 명확하게 표현하며 용감하게 싸움에 뛰어들고 바쁘게 행정 업무를 추진한다. 그러나 이 책에서 벌어지는 사건의 숨겨진 동력원은, 실제로 선택을 내리는 사람은, 사실 롤레리다. 나는 현대 페미니즘보다 도교의 사상을 먼저 접했다. 어떤 사람들이 군림하는 남주인공과 수동적인 작은 여성을 보는 곳에서, 나는 공격성에 반드시 따르는 낭비와 헛됨, 그리고 '무위'의 심오한 '정중동'의 철학을 보았고, 아직도 보고 있다.

어쨌든 이 정도면 충분하다. 내 다른 많은 소설과 마찬가지로, 이 책에서도 남성 등장인물의 수가 많으며 대부분의 행동을 수행하고, 따라서 무대의 중앙을 차지한다는 사실은 변하지 않는다. 나는 내 주인공이 남성인지 여성인지에는 '신경 쓰지 않았다'. 이런 태평한 태도야말로 괘씸한 경솔함일지도 모른다. 남성에게 장악당한 셈이다.

그렇게 놔두는 이유가 무엇인가? 일단 남자들이 행동하는 모습을 글로 쓰는 쪽이 훨씬 쉽기도 하다. 행동하는 인물을 다루는 대부분의 책들이 남성에 관한 것이며, 작가에게도 문학적 전통이라는 것이 존재하기 때문일 테고… 여성인 나 자신이 전투나 강간이나 통치 등을 직접 해 본 경험은 별로 없지만, 남성이 하는 모습을 관찰한 경험은 있기 때문이기도 할 것이며… 또한 버지니아 울프가 지적했듯이, 영어 산문이 여성의 존재와 행동을 서술하는 데는, 어느 정도까지 기초부터 다시 만들어내지 않으면 부적합하기 때문이기도 하다. 전통은 벗어나기 힘들다. 창조는 어렵다. 모국어를 재창조하는 일은 더욱 어렵다. 사람이란 흐름에 몸을 맡기고 편한 길을 택하기 마련이다. 흐름을 거슬러 헤엄치며 어려운 길을 선택하기 위해서는 양심의, 아마도 분노한 양심의 근원에 이르는 동요가 필요하다.

그러나 양심의 분노는 자연스럽게 찾아와야 한다. 논리를 통해 분노하게 만들려고 하면 결국 죄책감만 생겨날 뿐이며, 이 죄책감은 창작의 샘의 수원을 막아 버린다.

나는 여성으로서 종종 극도의 분노를 느낀다. 그러나 페미니스트로서의 분노는 우리가 이 지구의 다른 이들에게, 모든 자유의 희망과 생명체에게 가하는 행위를 직면할 때 내 마음을 사로잡는 분노와 공포를 구성하는 하나의 요소, 하나의 부분일 뿐이다. 나는 여전히 우리 모두를, 우리의 아이들을 마주할 때는 남성인지 여성인지에 '신경을 쓰지 않는다.' 부당하게 감금당한 영혼이 있는데, 그의 성별이 무엇인지부터 물어야 하는가? 아이가 굶고 있는데, 그 아이의 성별을 물어야 하는가?

일부 극단적 페미니스트는 이런 질문에 대해 마땅히 그래야 한다고 답한다. 모든 불의와 착취와 맹목적 공격성의 근원이 성적 불평등이라는 가정 하에서는 이런 자세가 적합할지도 모른다. 나는 그 가정을 받아들일 수 없으므로, 그런 가치관에 의거해 행동할 수 없다. 억지로 그러고자 한다면, 글쓰기를 통해 행동하는 사람인 나는 결국 부정직하고 졸속한 글만 쓰게 될 것이다. 이데올로기적 함의를 넣으려고 진실과 아름다움의 이상을 희생해야 한다는 말인가?

이번에도 극단적 페미니스트는 마땅히 그래야 한다고 답할 것이다. 물론 이 답변이 때로는 광신도나 권력의 편견을 고스란히 대변하는 검열자의 목소리와 일치할 수는 있지만, 항상 그런 것은 아니다. 이상 자체에 복무하라는 말이 될 수도 있다. 새 건물을 세우려면 낡은 건물을 철거해야 하는 법이다. 철거하는 일을 맡은 세대는 파괴의 고통을 고스란히 겪으면서도 창작의 즐거움은 거의 느끼지 못할 수도 있다. 이런 임무를, 그리고 그에 따르는 혐오와 오명을 받아들이는 용기에는 단순히 찬사를 보내는 정도로는 부족할 것이다.

그러나 이런 행동을 강제하거나 꾸며낼 수는 없는 법이다. 강제하면 단순한 악의와 자기 파괴로 이어질 뿐이다. 꾸며낸다면 세련된 좌익 취향의 후계자라 할 수 있는 페미니스트 취향으로 졸아들 뿐이다. 이상에 복무하기 위해 자아실현을 희생하는 것은 상관없다. 그러나 이데올로기에 복무하기 위해 명료한 사고와 진실한 감정을 억압하는 것은 다른 문제다. 이데올로기란 사고와 감정의 명료성과 진실성을 강화하는 용도로 사용될 때에만 가치를 지니기 때문이다.

페미니즘이란 이데올로기는 이런 방면에서 내게 막대한 도움을 주었다. 나를 비롯한 우리 세대의 생각하는 여성들은 우리 자신을 보다 잘 알게 되었다. 때로는 아주 고통스러운 과정을 통해서, 우리들의 실제 사고와 신념을, (잠재적으로) 배워 온 남성성과 여성성, 성역할, 여성의 생리와 심리, 성에 따른 책무 등등의 손쉬운 '진실'과 '사실'들로부터 분리할 수 있도록 해 주었다. 우리 고유의 의견이나 신념이라 할 만한 것이 없으며 단순히 우리 사회의 교리를 받아들이기만 했다는 사실을 너무 자주 깨닫게 되었다. 그래서 우리들의 진실을, 가치관을, 우리 자신을 발견하고 발명하고 창조해야 한다는 사실을 알게 되었다.

집단의 지원을 원하거나 필요로 하는 이들에게, 또는 어린 시절이나 결혼 및 직장 생활에서 그 여성성이 체계적으로 혐오와 멸시와 착취의 대상이 되어 온 이들에게, 이렇게 여성으로서의 자아를 재창조하는 일은 해방이자 동시에 구원이 된다. 나와 같은 다른 사람들, 즉 안락한 또래집단이 없으며 여성으로서의 자신의 존재를 타자화할 필요가 없었던 이들에게는, 이런 자기검토와 자기재생은 쉽게 이루기 힘든 일이다. "나는 여성을 좋아하는데. 나 자신도 좋아하고. 그 모든 것을 뒤흔들 필요가 있을까?" — "그들이 남자든 여자든 신경 안 쓰는데." — "대체 왜 여자라고 해서 여자에 대해서만 글을 써야 한다는 거야?" 이 모든 질문은 정당하다. 어느 질문에도 쉬운 답은 존재하지 않는다. 그러나 오늘날의 우리는 이런 질문을 기꺼이 받고, 그에 답해야만 한다. 정치 행동가는 현재의 이데올로기나 자신의 운동에서 해답을 얻을 수 있지만, 예술가는 답변을 구하러 자신의 내면을 파헤쳐야 하며, 진실에 최대한 가까워졌다는 사실을 알게 될 때까지는 파고들기를 멈추지 말아야 한다.

나는 계속 파들어가는 중이다. 나는 페미니즘의 도구를 사용하고, 나라는 존재가 움직이게 만드는 요인과 내가 움직이는 방식을 파악하려 애쓴다. 더 이상 무지나 무책임 속에서 움직이지 않기 위해서다. 간단하지도 쉽지도 않은 작업이다. 정신과 육체 속의 어둠을 더듬거리며 내려가야 하는 일이기 때문이다. 스키넥터디에서 출발해서 찾아가려면 정말 멀기도 하다. 여자든 남자든, 인간은 자신에 대해서 진실로 아는 바가 거의 없게 마련이니까!

내가 파낸 것으로 보이는 물건 중 하나는 이것이다. 내가 글쓰기의 대상으로 삼는 인물은 엄밀하게 고찰하면, 때로는 아예 완벽히, 남성도 여성도 아닌 경우가 많다는 것이다. 피상적인 단계에서는 성적 고정관념이 거의 존재하지 않으며(내가 그리는 남자는 별로 껄떡대지 않고 여자는 별로 아름답지 않다) 성 그 자체도 행동보다는 관계로 간주된다. 생물학적 성은 주로 젠더를 규정하는 목적으로 사용되며, 인물의 젠더는 '남성'이나 '여성'이라는 꼬리표로 소모되거나 근접하는 경우가 없다. 내 작품에서 섹스와 젠더는 주로 '인간'또는 '자아'의 의미를 규정하는 데 사용된다. 나는 처음 자의식을 가지기 시작할 당시 양성인이라는 하나의 육체에서 그 관계를 완결했다. 그러나 관습적이고 명백한 방식인, 한 쌍으로 등장하는 경우가 더 많다. 하나가 양자 모두를 가지거나, 둘이 하나를 이루거나. 양이 없으면 음은 발생할 수 없으며, 음이 없으면 양은 존재하지 않는다. 언젠가 내 작품을 관통하는 중심 주제가 있느냐는 질문에, 순간적으로 '결혼'이라 답한 적이 있다.

나는 아직까지 그 막대한 (동시에 끔찍하도록 유행에 뒤떨어진) 주제에 걸맞은 작품을 쓰지 못했다. 심지어 그게 무슨 뜻인지조차 아직 파악하지 못했다. 그러나 내 초기작인 태평한 모험 이야기를 다시 읽어보니 이 안에 그 주제가 존재한다는 생각이 든다. 명확하지도 않고, 강렬하지도 않지만, 분투할 목표로서 존재하는 것이다. "가야 할 곳에 가는 것으로 나는 깨우치나니."*

---

* 시어도어 루스케의 시 「각성 The Wake」.

『환영의 도시』머리말

옛날 옛적에 머릿속에 두 개의 서로 다른 정신을 가진 남자에 대한 단편을 쓰려 했던 적이 있었다. "두 개의 정신을 가진 사나이The Two-Minded Man"라는 제목을 붙일 생각이었는데, 영 마음먹은 대로 되지 않았다.

상상 속의 작품과 글로 옮긴 작품은 항상 서로 다른 물건이기 마련이다. 후자는 끄적거린 원고든 수천 권의 인쇄물이든 객관적으로 존재한다. 전자는 주관적으로만 존재한다. 그리고 후자의 첫 동기이자 최종 동기가 된다. 글을 쓰는 동안, 글이 된 작품은 상상 속의 작품에 도달하기 위해서, 다가오는 실제 사람에게 닿으려 애쓰는 거울 속 형상처럼 끊임없이 노력한다. 그러나 둘은 한몸이 될 수 없다. 손이 닿아 상대방이 되는 일은 모든 장애물을 파괴하는 시에서만 가능하다.

내 작품을 다시 읽을 때마다 내 마음의 눈앞에는 그걸 쓰기 전에 상상했던 작품이 놓인다. 그리고 그 책이 모든 면에서 낫다. 실제 책의 강점과 아름다움은 모두 내가 목격했으나 간직할 수 없었던 권능과 장엄한 풍경의 그림자나 반사된 형상일 뿐이다.

이런 불일치점이 유달리 크게 느껴지는 경우가 생기면, 플라톤적인 사고를 통해 그런 주관적 또는 환상 속의 책조차도 아무도 범접할 수 없는 이상적인 책에 비하면 한갓 그림자에 지나지 않는다고 생각하면 조금 위안이 된다.

그러나 이 작품의 첫 출판사가 『환영의 도시』라는, 내가 전혀 알아볼 수도 없는 제목을 붙였다는 사실도 고려해야 할 것이다. 그래도 아직 내 입으로 이 작품의 작가를 물어보는 단계까지는 도달하지 않은 듯하다.

이 책은 악역 문제를 겪는다. SF에서도 기타 장르에서도 제법 흔한 문제다.

현대 문학에는 나쁜 인물은 흥미롭지만 좋은 인물은 지루하다는 클리셰가 있다. 이런 진부한 설정은 그 기반에 깔린 악에 대한 감성적 정의를 따르더라도 사실이 아니다. 좋은 인물은 좋은 요리, 좋은 음악, 좋은 공구 등과 마찬가지로, 나쁜 인물,

나쁜 요리 등에 비해 윤리적 관점에서도 심미적 관점에서도 보다 흥미롭고, 다양하고, 복잡하고, 경탄을 불러일으키는 경향을 보인다. 사랑스러운 부랑자, 로맨틱한 범죄자, 혁명을 이끄는 사탄은 결국 문예의 창작물이며, 일상에서 만날 수 있는 존재가 아니다. 이런 인물은 욕망의 구현으로서 영혼의 유형을 대표하며, 그 생명력은 강고하고 영속적이다. 그러나 이런 인물은 소설보다는 시나 희곡에 어울린다. 소설의 인물은 일상에서 만나는 사람들처럼 어느 정도 어리석으며, 참견을 좋아하고, 무능력하면서도 탐욕을 품고, 명확한 의도 없이 악행을 저지른다. 이런 인물들 사이에서는 (일상생활에서와 마찬가지로) 온전한 악당이 등장할 가능성은 별로 없어 보인다. 진솔하고 설득력 있는 사악한 인물을 창작하려면 정말로 위대한 소설가의 힘이 필요하다. 디킨스가 창조한 유라이어 히프나, 보다 미묘한 스티어포스처럼. 진짜 악당은 드문 존재다. 그리고 나는 그런 자들은 무리지어 나타나지 않는다고 믿는다. 악당이 무리지어 등장하면 소설은 숨이 끊어진다. 정치적이나 인종적이나 성적인 딱지를 붙여도, 강령이나 종족에 따라 구분해도, 제대로 작동하는 법이 없다. 싱은 내가 집필한 상상의 종족 가운데 가장 설득력이 떨어지는 무리였다. 원래 이들은 내 장녀의 명령에 복종하다 만들어졌다. 엘리자베스가 여덟 살 적에 나한테 와서 이렇게 말했다. "싱이라는 이름의 사람들을 상상해 냈어요. 그 사람들이 등장하는 이야기를 써 주세요." 나는 "어떤 사람들인데?"라고 물었고, 내 딸은 천상의 미소를 머금고 눈을 반짝이며 "나쁜 사람들이에요"라고 말했다. 그래, 조금 부풀리기는 했다. 그들을 외우주에서 찾아온 꼬마 히틀러 군대로, 검은 모자 일당으로 만든 것은 나다. 엘리자베스한테 어떤 식으로 할지 물어보는 편이 나았을 것이다. 분명 알려줄 수 있었을 것이다. 여덟 살 먹은 아이들은 나쁜 것이 뭔지를 안다. 어른들은 항상 헷갈리지만.

모든 소설은 그 작품이 없었다면 할 수 없었을 일을 할 기회를 제공한다. 독자에게도 작가에게도 마찬가지다. 오로지 감사를 표할 수밖에 없는 일이다. 이 작품에는 다음과 같은 기회를 제공했다는 점에서 감사를 표하고 싶다.

패턴 틀이라는 물건을 창조할 수 있는 기회 (나도 하나 가지고 싶다).

『도덕경』을 직접 '번역'(즉, 대조 및 도용)한 내용을 써먹을 기회.

내가 사는 미국이 도시도 없고, 마을도 거의 없고, 500년 전처럼 우리 종족이 드물게 퍼져 있는 곳이었다면 어떤 모습이었을지를 상상할 기회. 광대한 땅과 텅 빈 아름다움, (규칙이 깨져 무작위적으로) 여기저기 떨어져 있는 인류의 정착지, 나이를 먹으면 응당 그렇듯이 수수께끼에 감싸이고 비참해 보이는 파묻힌 슈퍼마켓과 무너진 고속도로. 시간의 감각, 그리고 그보다 더한 공간의 감각으로 느껴지는 이 대륙의 광대함. 광대한 황야. 프레리 초원, 숲, 무성한 수풀, 잡목림, 잔디, 잡초. 야생의 땅. 오늘날 우리는 생색을 내며 '오락 목적을 위해' '야생 그대로의 자연을 보호하자'고 말하지만, 야생이란 목적도 없으며 파괴하거나 보호할 수 있는 존재가 아니다. 평원을 길들이면 그곳에는 중고차 적치장과 슬럼이, 끔찍하고 북적거리며 공허한 모습으로 들어선다. 야생이란 무질서다. 야생이란 지구 그 자체며, 동시에 새로운 지구의 재료가 되는 별과 별 사이를 떠다니는 먼지다.

숲을 다룰 기회. 마음의 숲을, 서로의 내면에 존재하는 숲을 다룰 기회.

문명을 속박, 구속, 억압, 권위 등 부정적인 힘으로서가 아니라 잃어버린 기회로, 진실의 이상으로 묘사할 기회. 목적이자 이상으로서의 도시. 질서와 진실의 독립. 그 어떤 단어나 순간이나 삶의 방식도 다른 것보다 덜 '현실적'이지 않으며, 그 모두가 '자연스럽다'고 묘사할 기회. 그 사이의 차이점이란 감각의 선명도와 정확도, 발화의 명징성과 정직성뿐이라고 말할 기회. 문명을 가늠하는 척도는 진실을 언급할 수 있는 개인의 능력에 달려 있다고 설명할 기회.

따라서, 프로그램된 돼지는 윤리를 읊조릴 수는 있으나 진실을 입에 담지는 못한다고 말할 기회.

다른 여행을 할 기회. 사실 내 이야기의 대부분은 여행을 위한 핑계거리다(이 핑계거리를 앞으로는 경의를 담아 '원정의 목적'이라고 부르기로 하겠다). 나는 플롯에 대해서는 별로 신경을 쓴 적이 없다. 내가 원하는 것은 A에서 B로, 또는 그보다 자주 A에서 A로 가는 것뿐이다. 가장 어렵고 빙 돌아가는 경로를 따라서.

위치토와 푸에블로 사이에 있는 나라에 그에 어울리는 지배자를 부여할 기회.

군니슨 국립공원의 블랙 캐니언을 가로지르는 도시를 건설할 기회.

'생명에 대한 경외'라는, 너무 많은 것을 생략해서 거짓말이 스며들어 버렸으며, 결국 썩은 사과를 깨물게 만드는 표어에 대해 결론을 내리지 않고 논의할 수 있는 기회.

롤레리와 자콥 아가트의 후손을 만들어 줄 기회.

마치 꿈처럼, 어둠으로 시작해서 어둠으로 끝나는 책을 쓸 기회.

『어느 늙은 유인원의 별 노래』 머리말

추악한 괴물이다. 후기도, 머리말도, 이야기 밖에 있는 주절거림은 전부, 존재해서는 안 되는 괴물일 뿐이다.

제임스 팁트리 주니어, 1971년

이 책의 작가가 머리말을 써 달라는 부탁을 해 왔을 때, 나는 영예와 기쁨을 느끼면서도 동시에 등골이 서늘해졌다. 이후 일주일 정도 이어진 늙은 유인원끼리 관습적으로 나누는 예의와 사과를 배제하고 나니, 그 부탁은 다음과 같이 간단하게 요약되었다. 감히 인용해 보자면 다음과 같다.

"여기 이야기 몇 편이 있어요, 라는 머리말을 두 줄 분량으로 써 주세요."

나는 그 이후로 다양한 방식으로 이 지시 사항을 충실히 따르려 시도했다. 그 결과물 몇 가지를 여기 옮겨 보겠다.

1) 여기
이야기 몇 편이 있어요.

2) 여기 이야기
몇 편이 있어요.

3) 여기 이야기 몇 편이
있어요.

이 모든 노력이 그리 만족스럽지 못했기 때문에, 나는 작가의 심원하고 진솔한 겸손을 욕되게 할지도 모른다는 위험을 감수하고 기존의 지시 사항을 내 마음대로 확대하는 쪽을 택하기로 했다. 그리고 다음 결론에 도달했다.

4) 여기 놀랍도록 강렬하고 슬프고 재밌고 매우 아름다운
이야기가 몇 편
있어요.

이제 좀 나아 보인다. 이 문제는 나중에 새로 힘을 내서 돌아오기로 하겠다. 분명 뭐든 제대로 된 방법이 있겠지.

제임스 팁트리 주니어를 알아온 지도 족히 몇 년은 됐다. 나는 그를 아주 잘 알고 있었고, 갈수록 깊어가는 신뢰와 즐거움에 더불어 내 영혼에 보탬이 되는 사람이라는 사실도 확신하고 있었다. 그는 60세 어림의 비교적 여위고 가냘픈 체구에, 수줍고 예의 바른 태도를 지닌 남자였다. 밀짚모자를 쓰고, 세상에서 가장 독특한 장소를 떠돌며 살아 왔으면서도 여전히 비슷한 곳에서 휴가를 보내는 사람이었다. 그는 군대와 정부 기관과 대학에서 경력을 쌓았다. 내성적이지만 활발한 사람이었다. 따뜻한 친구이자, 공평무사하고 재치와 품격을 겸비한 사람이었다. 항상 푸른색 타자기 리본을 사용하는 사람이라, 내가 그에게 하는 질문이라고는 "대체 어디서 푸른색 타자기 리본을 그렇게 많이 얻어 오세요?"가 전부였고, 그는 항상 대답을 회피했다. 그 자신이 푸른색으로 우울해지면 내게 그렇다고 털어놓았고, 그럴 때마다 나는 그의 기운을 북돋워 주려 애썼다. 그리고 내가 우울해질 경우에는, 팁트리의 터무니없고 훌륭한 편지 한 통을 꺼내기만 하면 즉시 다시 햇살을 마주할 수 있었다. 팁트리는 나를 클레리휴*에 입문시켜 주었다. 팁트리는 엽서에 (푸른색 잉크로) 그린 오징어 그림 하나로 나를 절망의 구렁텅이에서 구원해 주었다. 팁트리의 편지보다 훌륭한 것은 그의 이야기뿐이었다. 우정을 나눌 수 있어서 영예이자 기쁨이라 말할 수 있는 그런 남자였다.

그의 가장 훌륭한 점은, 그가 동시에 앨리스 셸던이기도 하다는 점이다.

최근 나는 "팁트리가 여자인 줄은 내내 알고 있었어. 문체를 보면 알잖아"나 "남성 등장인물을 보면 알잖아"나 "여성 등장인물을 보면 알잖아"나 "분위기를 보면 알잖아"라고 말하는 친구들을 가진 사람들의 이야기를 계속 듣고 있다. 이렇게 내내 알고 있던 사람들 중에서 실제로 나와 아는 사이인 사람은 없다. 사실 그 주제로 얘기한 적도 별로 없었다. 이유가 뭔지 몰라도 그런 사람들은 우리 모두가 알게 되기 전까지는 자기네가 알고 있다는 언급을 전혀 하지 않았다. 우리(그러니까, 나머지 우리)는 비교적 갑작스럽게, 그리고 완벽하게 아예 짐작도 하지 못한 상황에서 그 사실을 알게 되었다. 내 인생에서 이토록 완벽하게 놀란 적도, 그리고 그 때문에 이렇게 행복해진 적도 없다고 생각한다. 내가 할 수 있는 말은 그저 지금껏 줄곧 알던 쪽이 아니라서 기쁘다는 것뿐이다. 그랬다면 깜짝 상자 속의 아름다운 진실이 드러나고, 그것을 인식한 순간의 즐거운

---

* 에드먼드 클레리휴 벤틀리가 창안한 가벼운 인물 4행시.

충격을 놓쳤을 테니까.

그러나 우리들 중 제법 많은 수가 라쿠나 셀던이라는 이름의 단편 작가가 팁트리의 창조물이거나 피가 이어진 딸은 아닐지 의심하기는 했고, 사실 그 추측은 옳았다. 하지만 정확하게 어떤 측면으로 옳았던 것일까? "팁트리가 셀던이래"나 "제임스 팁트리 주니어가 여자래"라는 말에는 무슨 의미가 숨어 있을까? 나는 잘 모르겠다. 내가 확신할 수 있는 것은 이런 표현이 영어의 be 동사에 숨어 있는 함정의 실례 중 하나라는 것뿐이다. 문장을 뒤집어 "한 여자가 제임스 팁트리 주니어래"라고 해 버리면, 상당히 다른 뜻이 된다는 점을 깨닫게 된다.

왜 앨리스가 제임스고 제임스가 앨리스인지를 이야기하려면 또 문제가 상당히 달라지며, 이런 쪽으로 추측을 이어가다 보면 머지않아 내밀한 사정을 엿보고 침범하는 사태가 벌어질 것이다. 그러나 놀라운 선례가 이미 여럿 있다. 메리 앤 에번스는 빅토리아 시대의 여성으로, 빅토리아 시대 남성과 결혼 없이 동거하는 사이였다. 그녀는 자신의 작품이 검열의 대상이 되지 않도록 필명을 사용했다. 하지만 남성의 이름을 필명으로 사용할 이유가 있었을까? 사라 제인 윌리엄스라는 이름을 택해도 됐을 텐데. 아무래도 그녀에게는 한동안 조지 엘리엇이 될 필요가, 또는 조지 엘리엇이 그녀가 될 필요가 있었던 모양이다. 그녀와 그는 힘을 합쳐서, 메리 앤이라는 여성 혼자서는 발목이 잡혔을 수도 있는 창조와 영혼의 막다른 골목과 늪지대를 함께 헤쳐 나온 것이다. 그녀는 스스로 자유롭다고 느끼자마자 조지 엘리엇/매리 앤 에번스라는 정체성을 인정하고 공표했다. 위대한 소설 작품의 표지에는 계속해서 조지의 이름이 등장했다. 물론 실리를 따지자면 그쪽이 잘 팔리는 이름이니 당연한 일이었다. 그러나 나는 그 안에 감사의 마음과, 그녀의 특징이기도 한 온전한 합일성이 깃들어 있었으리라 생각한다.

앨리스 셸던 박사는 빅토리아 시대 사람이 아니고, 우리 또한 마찬가지며, 그녀가 필명을 사용한 이유가 사회적이 아니라 개인적인 것일 수도 있다고 가정할 수도 있을 것이다. 그리고 이 문제를 놓고 우리가 가정할 권리는 사실 이 정도로 끝이다. 그러나 그녀가 남성의 페르소나를 사용하고 오랫동안 공적인 측면에서 성공적으로 유지해 온 이상, 직접 검토해야 마땅한 가정이, 경탄과 공포가 뒤섞인 눈으로 바라보며 과격한 몸동작으로 회개와 동요를 표현하며 소리 높여 바꾸기를 탄원해야 하는 가정이 몇 가지 있을 것이다. 우리들, 그러니까 독자와 작가와 평론가와 페미니스트와 남성우월주의자와 성차별주의자와 비성차별주의자와 이성애자와 동성애자 모두는, '남성의 집필 방식'과 '여성의 집필 방식'에 대해 여러 가정을 해 왔다. 이런 심리적 편견 덕분에 우리 SF계에서 가장 날카롭고 치밀한 정신을 가진 사람들조차도 "팁트리가 여성이라는 추측을 하는 사람들이 있는데, 나는 그 이론이 터무니없다고 생각한다. 팁트리의 글에서는 피할 수 없는 남성적인 요소가 보이기 때문이다. 나는 제인 오스틴의 소설을 남성이 쓸 수 있다고도, 어니스트 헤밍웨이의 소설을 여성이 쓸 수 있다고도 생각한 적 없다"*라고 말하게 되었다. 아주 솔직한 오류이며, 우리 모두가 저지른 오류이기도 하다. 그러나 정당화와 일반화는, 오스틴과 헤밍웨이처럼 극단적인 예시를 들었다 하더라도, 항상 생각해볼 여지를 남긴다. 우리는 이에 대해 재고할 의무가 있다. 그리고 소설에서의 여성을 주제로 삼았던 우리의 모든 논의에 대해서도. 그리고 그런 논의를 하게 되는 이유에 대해서도. 그리고 SF계의 여성을 언급하는 모든 논자들에 대해서도(물론 제임스 팁트리 주니어는 빼 줘야겠지만). 그리고 '여성적 문체'에 대한 모든 논의도, '남성적 문체'에 대해 열등하거나 우월하다는 논의도, 그 필요성에 대한 논의도, 두 가지의 필연적 차이점에 대한 논의도 다시 생각해야 할 것이다. 팁트리를 내밀한 장소에서 끌어내는 데 일조한, 그의 작품이 여성을 이해하는 데 있어 매우 훌륭하고 탁월하지만 결국 남성의 작품이라는 한계가

---

* 로버트 실버버그가 1975년에 팁트리의 단편집 『따스한 세계와 그 반대인 곳들』의 머리말에서 한 말이다.

존재한다고 말해 온 극단적 페미니즘의 폐쇄적인 태도도 다시 생각해야 할 것이다. 이제부터 셸던이 다양한 남성 비평가들로부터 받게 될 대접, 즉 그녀의 작품이 남성을 이해하는 데 있어 매우 훌륭하고 탁월하지만 결국 여성의 작품이라는 한계가 존재한다는 폄훼와 깔보는 언사 또한 다시 생각해야 할 것이다. 그 모든 가정을 우리는 다시 검토해야 한다. 앨리스 제임스 라쿠나 팁트리 셸던 주니어는 그런 온갖 쓰레기, 잡동사니, 헛소리, 무의미한 괴물의 정체를, 자못 어색한 웃음을 지으며 버지니아 주 매클린에 있는 자신의 우편함에서 걸어 나오면서 우리 모두에게 드러내 보인 것이다. 그녀는 우리를 속였다. 우리 모두를 훌륭하고 적절하게 속였다. 그리고 우리는 그녀에게 감사할 수밖에 없다.

그녀가 우리 모두의 생각을 뒤엎기는 했지만, 그녀가 실제로 거짓말을 하지 않고, 속임수를 쓰지 않고 게임을 해 왔다는 점은 분명하지 않은가?

군대, 정부 기관, 대학, 정글, 그 모두가 사실이었다. 팁트리 씨의 이력은 곧 셸던 박사의 이력이기도 하다.

「남자들이 보지 못하는 여자들」이라는 아름다운 단편은 (이제 생각해 보니 얼마나 세련된 식으로 역설적인 제목이었는지!) 1974년 네뷸러 상의 후보로 엄청난 수의 추천을 받았다. 그 찬사 중 상당수가 해당 작품이 남성도 여성에 온전히 공감하는 글을 쓸 수 있다는 증거라고 말했기 때문에, 팁트리는 이런 상황에서 상을 받으면 거짓을 피할 수 없을 것이라고, 허위가 깃들 것이라고 생각했다. 그녀는 젊은 작가들의 수상 기회를 뺏고 싶지 않다고 중얼거리며 자기 작품을 후보 등록에서 철회했다. 나는 이 표면적인 이유도 거짓이라고는 생각하지 않는다. 온전한 진실이 아니라도 진실은 진실이니까. 그녀는 「사랑은 운명, 운명은 죽음」으로 1973년에 네뷸러 상을 수상했고, 「접속된 소녀」로 같은 해 휴고 상도 거머쥐었다. 아마 예상치 못한 기습이라 깜짝 놀랐을 것이라 생각한다. 1976년에 네뷸러 상을 받은 「휴스턴, 휴스턴, 들리는가」는 이 책에 수록되어 있는데, 그녀의 신원이 드러난 직후에 수상한 바람에 철회할 그럴싸한 이유를 생각해 낼 수가 없었다. 그래서 그녀는 집을 떠나 정글 속으로 숨어드는 쪽을 택했다. 그녀는 카를로스 카스타네다*가 모두의 눈에 띄는 지붕 위로 올라가 큰 소리로 설교하는 '주목을 피하는' 태도를 실천하는 사람이다. 정계만큼이나 예술계에도 만연한 개인에 대한 숭배는 그녀가 즐기는 바와는 거리가 멀다.

---

* Carlos Castaneda(1925~1998). 페루 태생의 미국인 인류학자, 저술가. 1973년부터 모든 외부 접촉을 피하겠다고 공언하고도 꾸준히 저술 활동을 이어가며 자기 의견을 피력했다.

그러나 그녀는 우리 모두를 속였다. 그 점이 중요한 이유는 논쟁으로는 결코 증명할 수 없는 사실을 몸소 시연해 보였기 때문이다. 작가로서의 여성과 여성으로서의 작가에 대한 모든 이론을 위기에 처하게 만든 것뿐 아니라, 우리로 하여금 작가의 존재 자체에 대한 질문을 던질 수밖에 없게 만들었다. "제임스 팁트리 주니어라는 인물은 존재하지 않는다"라는 말은 한심할 수밖에 없다. 실제로 존재하기 때문이다. 그가 쓴 이야기들이야말로 그가 존재한다는, 그리고 우리보다 오래 존재할 것이라는 증거가 된다. 그러나 제임스가 이 작품들을 썼기 때문에, 이제는 앨리스 쪽이 그녀의 가정사나 아이디어를 얻는 장소나 아침식사로 무엇을 먹는지 따위 무례한 질문을 해 대는 사람들에게 포위되어 버렸다. 이게 작가에게 할 질문인가? 그녀에게, 아니면 내게, 아니면 자기 자신에게, 그런 질문이 그녀의 작품과 무슨 관계가 있는지 설명해 줄 사람이 있는가? 그리고 늙은 유인원과 별의 노래 중에서 어느 쪽이 더 현실에 가까운지도?

이번에도 매력적인 선례가 여럿 존재한다. 이번에는 울프의 소설인 『올란도』를 골라 보겠다. 앨리스 셸던은 올란도와 공통점이 상당히 많으며, 올란도처럼 성차별주의의 이론적 또는 윤리적 허위에 기반을 둔 답할 길 없는 비판을 받았다. 자신의 사회적, 본질적 존재 때문에. 그녀는 또한 진짜 작품을 쓰는 가공의 인물이기 때문에 실제 삶이나 현실에 대한 훌륭한 비판을 가능케 한다. 이 점에서 그녀는 올란도를 뛰어넘는다. 유카탄 반도의 한 치 앞도 보이지 않는 정글에서, 해변에서, 밀짚모자를 쓴 말쑥하고 가냘픈 인물이 웃음을 머금고 서 있다. 다음 순간 그는 다시 나무 그늘로 사라지며 중얼거린다. "당신은 진짜인가?" 그리고 머나먼 버지니아에 사는 앨리스는 타자기에 푸른색 리본을 갈아끼우며, 그와 함께 웃음을 머금고 대답한다. "아, 물론, 당연하지." 그리고 양쪽 모두 만나본 적이 없는 나는 그 말에 동의한다. 그들은 실존한다. 양쪽 모두. 그러나 어쩌면 그들의 이야기만큼 현실적이지는 않을지도 모른다. 지금 당신이 손에 들고 있는 책이야말로 더없이 진실한 글이다. 속임수는 없다.

5) 여기

진짜 이야기가 몇 편 있어요.

글쓰기에 관하여[*]

오늘 밤에는 글쓰기에 대해서 말하기로 되어 있습니다. 저는 글쓰기에 대해 말해 달라고 주문하기에 가장 나쁜 대상이 바로 작가라고 생각합니다. 나머지 다른 사람들이 작가보다 훨씬 많이 알고 있으니까요.

비방하고 싶은 건 아닙니다. 상식의 문제지요. 바다에 대한 모든 것을 알고 싶다면, 선원이나 해양학자나 해양생물학자를 찾아가서 물으면 됩니다. 그런 사람들은 바다에 대한 온갖 것

---

[*] 1976년 1월 영국 레딩, 1977년 2월 서던 오리건 대학에서 한 강연의 원고를 수잔 우드가 편집한 글로, 1979년 『밤의 언어』 1쇄에 처음 수록되었다.

들을 알려줄 겁니다. 하지만 직접 바다를 찾아가서 물어본다면, 뭐라고 대답할까요? 꿈얼꿈얼 쉬익쉬익 정도겠지요. 바다는 자기 자신이기에 너무 바빠서 자신에 대해 알 겨를조차 없는 겁니다.

어쨌든 작가와 만나는 일은 항상 실망스럽기 마련입니다. 저는 살아 있는 작가와의 만남을 고대하는 일은 꽤나 오래전에 포기했습니다. 여러분 인생을 바꾼 끝내주는 책이 있는데, 그 작가를 만났더니 눈매는 엉큼하고 신발은 괴상하고 하는 말이라고는 미합중국 세제가 소득 변동이 심한 직종에는 불공평하다는 불평이나 블랙앵거스 젖소 번식법 따위뿐라면 기분이 어떻겠어요.

그래도 적어도 저는 주제가 글쓰기로 고정되어 있고, 제가 제일 좋아하는 부분, 즉 여러분이 제게 글쓰기에 대해 말해 줄 시간도 머지않아 찾아올 겁니다. 그러니 일단 제가 가장 기초적인 질문을 처리해서 바닥을 청소해 보기로 하지요.

사람들은 작가에게 다가와서 이런 질문을 던집니다. 작가가 되고 싶은데요. 어떻게 하면 작가가 될 수 있죠?

저는 이런 질문에는 두 단계로 대답합니다. 1단계 로켓부터 이륙하지 못하는 경우도 상당히 자주 발생하는데, 그럴 때는 무너진 발사대의 잔해 속에 서서 말다툼을 벌이게 되지요.

작가가 되는 방법에 대한 첫 단계의 답변은, 타자치는 법을 배우라는 겁니다.

타자치는 법을 배우는 일의 유일한 대안은 유산을 상속받아 상근 속기사를 고용하는 것뿐입니다. 그게 불가능하다고 해서 걱정하실 필요는 없습니다. 보지 않고 타자치는 법은 그리 배우기 어렵지 않거든요. 우리 어머니는 60대에 작가가 되셨는데, 편집자들이 왼손으로 읽기 힘들 정도로 끄적거린 원고를 읽지 않는다는 사실을 깨달으시더니, 몇 주 만에 보지 않고 타자치는 법을 익히셨습니다. 그리고 우리 어머니는 아주 훌륭한 작가이실 뿐 아니라 세상에서 가장 독창적이고 창의적으로 타자를 치는 분이기도 합니다.

자, 이제 작가가 되는 법을 물어본 사람은 조금 짜증이 나서 중얼거립니다. 그런 뜻이 아닌데요(그리고 저는 그건 알고 있다고 말하지요). 단편을 쓰고 싶은데요, 단편을 쓸 때 지켜야 할 규칙은 뭔가요? 장편을 쓰고 싶은데요. 장편소설을 쓸 때는 무슨 규칙이 있나요?

그러면 저는 아하! 하고 말하고 진짜로 열의를 보이기 시작합니다. 글쓰기에 필요한 모든 규칙은 『파울러의 영어 어법 안내서』라는 책하고 사전을 참조하면 전부 알 수 있어요. 저는 옥스퍼드 사전 간략판을 선호하는데, 웹스터는 설명이 조금 명확하지 못한 부분이 있거든요. 이 두 권의 책에서 다루지 않는 글쓰기 규칙은 정말 거의 없는데, 제가 그걸 간략하게 정리해

드리죠. 당신의 단편은 처음에는 옛날 장보기 목록 뒷면에 손으로 쓴 형태일지도 모르지만, 편집자에게 건넬 때는 타자기로, 한 행씩 띄우고, 종이의 한쪽 면에만 쳐서 보내야 해요. 여백은 넉넉히 두고, 왼손잡이용 타자기면 특히요. 그리고 매 쪽마다 지저분하게 수정한 내용이 너무 많으면 곤란해요.

용지마다 당신 이름과 소설 제목과 쪽수를 상단에 적어 놓아야 하고요. 그리고 편집자한테 우편으로 부칠 때는 우표를 붙인 반송용 봉투를 꼭 첨부해야 해요. 이게 바로 글쓰기의 기본 규칙이랍니다.

웃기려고 하는 소리가 아닙니다. 이게 바로 읽을 수 있는, 따라서 출판할 수 있는, 원고의 기본 조건이거든요. 그리고 문법과 철자법을 제외하면, 제가 아는 글쓰기의 규칙은 이것뿐입니다.

좋아요, 이게 제 답변의 첫 단계입니다. 만약 질문자가 저를 때리지 않고 이 모든 말에 귀를 기울여 주고, 아직도 좋아요 좋습니다, 하지만 어떻게 하면 작가가 될 수 있습니까, 라고 지껄이고 있다면, 이제 이륙을 끝낸 셈이니 2단계로 넘어갈 수 있습니다. 작가가 되려면 어떻게 해야 할까요? 답은 간단합니다. 글을 쓰면 됩니다.

이 답변이 얼마나 많은 혐오와 역겨움과 회피를 이끌어내는지 살펴보면 놀라울 지경입니다. 심지어 작가들 사이에서도 그렇더군요. 제 말을 믿으세요. 흔히 말하는, 차마 직시할 수 없는 끔찍한 진실에 속한다고 할 수 있습니다.

이에 대해 작가 지망생이 가장 흔히 사용하는 회피 전략은, 하지만 뭔가 말하려면 우선 경험을 해야 할 텐데요, 라고 말하는 겁니다.

음, 그렇긴 하겠죠. 저널리스트가 되고 싶다면야. 하지만 저는 저널리즘에 대해서는 아무것도 모르고, 지금은 소설에 대해 말하고 있습니다. 그리고 당연하지만 소설 또한 작가의 경험에서 만들어집니다. 유아기 때부터 지금 이 순간까지의 평생, 그동안 작가가 생각하고 행동하고 보고 읽고 꿈꿔온 것들이 곧 소설이 됩니다. 그러나 경험이란 어디 가서 가져올 수 있는 것이 아니지요. 경험이란 선물이며, 선물을 받기 위한 유일한 전제조건은 포장을 뜯어야 한다는 겁니다. 닫힌 영혼은 가장 훌륭한 모험을 해도, 내전에서 살아남거나 달 여행을 다녀와도, 그 모든 '경험'의 성과를 보여줄 수가 없습니다. 에밀리와 샬럿이라는 이름의 자매에 대해서 함께 생각해 볼까요. 그들의 인생 경험은 작고 따분한 잉글랜드의 마을에서 외따로 떨어진 목사관, 여학교에서 보낸 한두 해 정도의 힘겨운 시간, 유럽에서 가장 지루한 도시가 분명한 브뤼셀에서 보낸 한두 해, 그리고 엄청난 양의 집안일로 구성되어 있습니다. 이런 뜨겁게 끓어오르는, 생생하고, 힘차고, 잔혹하고, 강렬한 '경험'으로부터 그들은 가장 위대한 소설의 반열에 오른 작품, 『제인 에어』와 『폭풍의 언덕』을 집필했습니다.

당연하게도 그들은 사람들이 항상 말하는 대로 자신의 경험으로부터, 자신이 아는 것들에 대해서 썼습니다. 하지만 그들이 무엇을 경험했지요? 무엇을 알고 있었을까요? '인생'에 대해서는 거의 아무것도 없었을 겁니다. 그들이 알고 있는 것은 자신의 영혼, 자신의 정신과 감정이었습니다. 그리고 그런 지식은 가볍게, 또는 쉽게 얻을 수 있는 것이 아닙니다. 두 사람은 일고여덟 살 때부터 글을 쓰고 생각하고 자신의 마음속 풍경을 익히고 그 풍경을 묘사하는 법을 배워 왔습니다. 그들은 상상력을 이용해 글을 썼으며, 그 상상력이야말로 자신의 영혼이라는 밭이랑을 가는 농부의 도구입니다. 두 사람은 내면으로부터, 자신의 모든 힘과 용기와 지성을 그러모아 도달할 수 있는 가장 깊은 곳에서부터 글을 썼습니다. 그리고 소설이란 그 깊은 심연에서 오는 것입니다. 소설가는 내면으로부터 글을 쓰지요. 인생의 거의 모든 시간 동안, 외부에서 일어나는 일은 크게 중요하지 않습니다.

여기가 제가 조금 예민해지는 부분인데, 저는 주로 SF나 판타지나 상상 속의 나라들에 대한 글을 쓰기 때문입니다. 이런 소재들은 그 정의대로 제 현실 인생에서는 경험할 수 없는 시간과 공간과 사건을 다루지요. 따라서 젊은 시절에 오리온자리로 떠나는 우주여행이나 드래곤이나 그런 것들에 대해 글을 써서 투고할 때마다, 저는 "당신이 알고 있는 것들에 대해 써야 하지 않겠습니까"라는 말을 지나칠 정도로 자주 들어 왔습니다. 그리고 항상 아는 것들에 대해서만 쓴다고 대꾸했지요. 저는 오리온자리에 대해서도, 드래곤에 대해서도, 상상 속의 나라들에 대해서도 알고 있습니다. 제 자신의 상상 속 나라들에 대해서 저만큼 잘 아는 사람이 또 어디 있겠어요?

하지만 그들은 귀를 기울이지 않더군요. 이해하지 못해서, 전부 거꾸로 생각하기 때문이겠지요. 그들은 예술가가 한 통의 사진 필름 같은 것이라서, 감광과 현상 작업을 거치면 현실을 2차원으로 옮긴 재현물이 등장할 것이라 생각합니다. 그러나 그건 잘못된 생각입니다. 예술가가 여러분에게 "나는 카메라입니다"나 "나는 거울입니다" 같은 소리를 하면 즉각 불신해도 좋습니다. 여러분을 놀리거나 장난을 치는 거니까요. 예술가는 사실에는 아무런 관심도 없는 사람들입니다. 그들은 진실에만 신경을 씁니다. 사실은 외부에서 얻는 거지요. 진실은 내면에서 얻는 겁니다.

좋아요, 그 진실에 도달하려면 어떻게 해야 할까요? 진실을 말하고 싶다면, 작가가 되고 싶다면, 무슨 일을 해야 할까요?

글을 써야겠죠.

솔직히 의문이 하나 있습니다. 대체 사람들이 왜 이런 질문을 하는 걸까요? 음악가한테 찾아가서 이를테면, 저기, 있잖아요, 튜바 연주자가 되는 법 좀 가르쳐 주실 수 있나요, 라고 묻는 사람이 있을까요? 그럴 리가 없죠! 너무 뻔하니까요. 튜바 연주자가 되고 싶다면 우선 튜바하고 튜바용 악보를 사야 합니다. 그리고 이웃 사람들에게 이사를 가거나 귀에 솜을 쑤셔 넣으라고 부탁해야겠지요. 그리고 아마 튜바 스승을 구해야 할 텐데, 튜바 악보와 튜바 연주 양쪽 모두에는 상당히 많은 객관적인 규칙과 기술이 존재하기 때문입니다. 그다음에는 자리에 앉아서 튜바를 연주해야 합니다. 매일, 매주, 달이 가고 해가 가도, 튜바 연주에 능숙해질 때까지, 그리고 여러분이 원하는 바가 그런 쪽이라면 튜바로 진실을 연주할 수 있을 때까지 연습을 해야 하는 겁니다.

글쓰기의 경우에도 완전히 똑같습니다. 자리에 앉아서 쓰고 쓰고 또 써야 하는 겁니다. 쓰는 방법을 익힐 때까지요.

아마 젊은 작가들이 규칙을 찾아 헤매는 것은 이런 고독을 경험했거나 예감했기 때문일 것입니다. 저 자신도 음악가들이 상당히 부럽습니다. 그들은 한데 모여서 연주할 수 있고, 그들의 예술에는 함께 하는 부분이 많으니까요. 게다가 규칙도 있고, 널리 통용되는 공리나 기술도 있으며, 그 모든 것을 말로 옮기거나 적어도 시연할 수 있으며 따라서 전수받는 것도 가능합니다. 글쓰기는 공유할 수도 없으며, 아주 피상적인 수준을 넘어서면 기술로 가르칠 수도 없습니다. 작가는 모든 것을 생각하고 다른 사람들의 책을 읽고 글을 쓰는 등, 홀로 연습하면서 깨우쳐야 합니다. 아주 훌륭한 글쓰기 강좌나 교습은 음악가들이 항상 하는 일, 즉 공동 작업을 하며 모든 구성원이 자신의 한계를 넘어선다는 흥분되는 경험의 피상적인 그림자 정도는 제공할 수 있습니다. 그러나 그 경우에도 결과물은 현악 4중주나 교향곡 공연 같은 공동 작업물이나 협업을 통한 업적이 아니라, 개인의 영혼을 표현하는, 타인과 완벽하게 유리된 고립된 작품이 될 수밖에 없지요. 따라서 규칙 또한 개인이 제각기 자신을 위해 세우는 것 외에는 존재할 수가 없는 겁니다.

저도 알아요. 규칙은 잔뜩 있지요. 『소설 작법』이나 『단편의 기술』 등의 책을 보면 잔뜩 실려 있을 겁니다. 저도 몇 가지는 알고 있습니다. 그중 하나는 이렇더군요. 대화문으로 소설을 시작하지 말 것! 사람들이 읽지 않을 테니까. 누군가 말을 시작하는데 그게 누군지 모르면 신경을 쓰지 않게 되지요. 따라서 절대 대화문으로 소설을 시작하면 안 된다는 겁니다.

글쎄요, 제가 아는 소설 하나는 이런 식으로 시작하더군요.

"그것 보세요, 공작 En bien, mon prince! 제노바도 루카도 보나파르트 가문의 영토나 다름없이 되어 버리지 않았나요!"

대화문으로 시작한 정도가 아니라, 첫 네 단어는 프랑스어로 되어 있는데, 심지어 프랑스 소설도 아닙니다. 이런 식으로 책을 시작하다니 얼마나 끔찍한가요! 이 책의 제목은 『전쟁과 평화』입니다.

제가 아는 규칙이 하나 더 있습니다. 모든 주역 인물을 초반에 소개할 것. 완벽하게 사리에 맞는다는 느낌이 들고, 저 또한 대부분의 경우에는 분별 있는 조언이라 생각합니다. 하지만 이 조언은 규칙은 아닙니다. 아니면 누군가 찰스 디킨스에게 이런 규칙이 있다는 사실을 알려주는 것을 잊어버렸던가요. 그는 『피크윅 페이퍼스』에서 제10장에 이를 때까지 샘 웰러를 등장시키지 않았습니다. 연재물이었기 때문에 거기까지 꼬박 다섯 달이 걸렸더군요.

그러면 이제 여러분은 이렇게 말씀하시겠지요. 좋습니다, 톨스토이야 규칙을 깰 수 있겠죠, 디킨스도 규칙을 깰 수 있을 테고요, 하지만 그 사람들은 천재 아닙니까, 천재에게 규칙이란 깨라고 만든 물건이지요, 하지만 재능은 있지만 아직 평범한, 전업 작가가 되지 못한 사람들에게는 지침이 될 수 있지 않겠습니까.

그러면 저는 이 말을, 아주 지독하게 마지못해 인정하며, 온갖 단서를 붙여서 거의 인정하지 않는 수준까지 끌고 갈 겁니다. 이런 식으로 말해 볼까요. 만약 여러분이 규칙이 필요하고 규칙을 원한다면, 그리고 여러분의 마음에 들거나 여러분에게 도움이 되는 규칙을 발견한다면, 그걸 따르면 됩니다. 그걸 사용하면 됩니다. 그러나 그 규칙이 마뜩잖거나 여러분에게 도움이 되지 않는다면, 무시하면 됩니다. 사실 여러분이 그러기를 원하고 그럴 능력이 있다면, 그대로 면상을 걷어차서 박살내도 됩니다. 꺾고 찌르고 잘라내고 분쇄해도 됩니다.

요는 작가로서 여러분은 자유롭다는 겁니다. 작가는 아마 지금까지 존재한 중에서 가장 자유로운 사람들일 겁니다. 그 자유의 대가는 개인의 고독, 개인의 외로움입니다. 여러분은 직접 규칙과 법률을 만들어야 하는 나라에 있는 겁니다. 여러분 각각은 독재자이며 동시에 순종하는 신민입니다. 지도를 그리고 도시를 세우는 일도 모두 여러분에 달려 있습니다. 이 세계의 다른 누구도 그런 일을 할 수 없고, 할 수도 없었고, 앞으로도 다시 할 수 없을 겁니다.

절대적인 자유란 절대적인 의무지요. 제 생각에 작가의 소임은 진실을 말하는 겁니다. 다른 누구도 아닌, 작가 자신의 진실을 말하는 겁니다. 이건 쉬운 일이 아닙니다. 요즘 통용되는 '자기표현'이나 '있는 그대로 말하기'와 같은 구절에는 오늘날의 가장 큰 거짓말 하나가 숨어 있습니다. 마치 그게 쉬운 일인 것처럼, 누구나 지나치게 포장하지 않고 입에서 그대로 말을 쏟아내기만 하면 누구나 할 수 있는 것처럼 들리잖아요. "나는 카메라다"가 다시 등장하는 셈입니다. 솔직히 말해 그 정도로 끝나는 문제가 아니거든요. 타인에게, 여러분이 아는 다른 사람에게, 여러분의 실제 감정이 어떤지, 진짜로 어떤 생각을 하고 있는지를 완벽하게 정직하게 말하는 일이 얼마나 힘든지는 다들 아시지 않습니까? 일단 그들을 신뢰해야 합니다. 그리고 자신을 알아야 합니다. 진실 근처에 접근하기도 전부터 준비가 필요한 겁니다. 그런데 이조차 쉬운 일이 아닙니다. 상당한 기력을 소진하게 되지요.

그걸 수천 배로 불려 보세요. 여러분의 진실을 들을 사람, 즉 여러분이 신뢰하는 피와 살을 가진 실제 친구를 없애고, 그 자리에 정체 모를 수많은 청자들을, 아예 존재하지 않을지도 모르는 사람들을 채워 넣는 겁니다. 그리고 그들에게 진실을 전하려고, 여러분 마음속 가장 깊은 곳의 정신과 감정의 지도를 그려 주려고, 아무것도 숨기지 않고 모든 거리와 고도를 정확하게 지정하고 감정을 솔직하게 표현하려 한다면… 그리고 절대 성공할 수 없다면 어떤 느낌일까요. 그런 지도는 완성될 리도 없고, 심지어 정확해질 수도 없습니다. 다시 읽어보면 아름다울 수야 있겠지만, 얼버무린 부분이, 잉크가 번진 부분이, 빼놓은 부분이, 실제로는 아예 존재하지 않는데도 채워 넣은 부분이, 온갖 흠집이 이곳저곳에 보이는데도, 결국 오케이 사인을 내리고, 다 끝났다고 말하는 외에는 다른 방법이 없는 겁니다. 그리고 다시 처음으로 돌아와서 새 지도를 그리기 시작하면서, 이번에는 더 잘하려고, 보다 진실한 지도를 만들려고 애쓰는 거지요. 이런 모든 일을, 매번, 홀로, 완벽히 혼자서 해야 하는 겁니다. 진정으로 의미가 있는 질문은 당신 자신에게 던지는 질문뿐이니까요.

제가 지금까지 한 말을 종합해 보면, 결국 제가 여러분께 작가가 되기를 권하지 않는다는 결론을 내릴 수 있을 겁니다. 사실 권할 수가 없습니다. 친절한 젊은이가 벼랑 끝으로 달려가서 그대로 뛰어내리는 모습을 보는 일인데, 싫을 수밖에 없지 않나요. 반면 여러분처럼 정신이 나가서 벼랑에서 뛰어내리려 굳게 결심한 사람들이 저 외에도 또 있다는 사실을 알게 되는 것은 끔찍하게 기분 좋은 일이기도 합니다. 그저 여러분이 지금 뭘 하고 있는지 똑똑히 알고 있기만을 바랄 뿐입니다.

해설

드래곤의 목소리를 듣기를 거부하는 사람들은 정치가들의 악몽을 실연해 보이며 인생을 살게 된다. 우리는 한낮의 햇살 속에서 살아간다고 생각하지만, 세계의 절반은 항상 어둠에 잠겨 있다. 그리고 판타지는 시처럼 밤의 언어로 말한다.

균형의 필요성을 상기시키는 이 경구는 시인이자 판타지 작가이자 드래곤을 창조하는 사람, 어슐러 K. 르 귄의 입에서 나온 것이다. (〈샌프란시스코 선데이 이그재미너 앤드 크로니클〉 11월 21일자의 별책부록인) 〈월드〉에 수록된 짧막한 칼럼 「판타지는 시처럼 밤의 언어로 말한다」에서, 르 귄은 자신이 "번역"이라 부르는 "판타지의 특정한 기작"에 대해 논의한다. 그녀의 지적에 따르면, 우리의 꿈은 언어가 아닌 심상으로 구성되어 있으며, 그런 꿈을 의식의 정신이 "이해"하기 위해서는 단어-상징으로 번역되어야 하는 것이다. 그녀는 다음과 같이 논의를 이어 나간다.

> 모든 예술에서 보편적으로 통용되는 이야기이기는 하지만, 글로 옮긴 판타지 또한 거의 같은 방식으로 몸짓 언어, 꿈속 존재, 일차 과정의 사고와 같은 무의식의 직관과 감각을 번역하여 언어 심상과 일관된 서사 형식을 만들어낸다. 이런 번역은 그 성질상 극도로 사적이지만 우리 모두가 공유하는 것으로 보인다. 사용하는 언어가 영어든 우르두어든, 우리가 다섯 살이든 여든다섯 살이든 아무 관계없다. 마녀, 드래곤, 영웅, 밤의 여정, 도움을 주는 동물, 숨겨진 보물… 우리는 누구나 그들을 이미 알고 있으며, 알아볼 수 있다(융의 생각이 옳다면, 이런 요소들이 사고의 심층에 위치한 본질을 표현하기 때문일 것이다). 현대 판타지는 그런 요소를 현대의 언어로 번역하려 시도한다.

이 책에 재수록한 여러 에세이 또한 번역이자 꿈의 해설이다. 여기서 이 시대의 가장 뛰어난 SF 및 판타지 작가 중 한 명인 어슐러 르 귄은 자신의 작업에 대해 논의하고 분석한다. 그리고 그 과정에서, 그녀는 판타지와 그 현대의 파생물인 SF의 본질과 가능성을 명확하게 정의한다. 그녀의 글은 가장 창조적인 방식으로 비판적이다. 현실의 경험을 바탕으로 이론을 구성한다. 그리고 그 이론을 이용해서 개별 작품 또는 장르 전체가 이룩할 수 있는 가능성을 제시한다. 그녀의 글은 작가들이 손쉬운 공식을 선택하면서 가능성을 무시하는 행위에 대한 판결로서 "비판적"이다. 공정하지만 단호한 평론가인 르 귄이 작가인 르 귄 자신을 해부하는 모습을 지켜보는 경험은, 좋은 글을 쓰고 싶은 사람이라면 누구에게나 귀중한 자산이 될 것이다.

북미의 독자들은 작가와 평론가를 별개이며 상호 적대적인 존재로 인식하곤 한다. 그러나 SF에서는, 북미와 유럽을 막론하고, 자신이 진실을 말하기 위해 선택한 방식의 이유와 방법론에 신경을 쓰는 작가 겸 평론가라는 전통이 있다. 르 귄 본인이 자전적 에세이인 「몬다스의 시민」에서 말하고 있듯이, SF와 판타지의 창작이란 그녀에게 있어 "나 자신과 장르라는 매질의 한계를 시험하는 행위"였다. 그녀는 정의와 기준이 존재하지 않기 때문에, 가장 도전할 가치가 있는 자유, 즉 자신의 경계를 스스로 정할 수 있는 자유가 존재하는 장르에서 글을 썼다.

르 귄이 「자가 제작 우주관」과 같은 에세이에서 지목하는 이런 변방의 개척촌은 동시대의 다른 작가-평론가들과 공유하는 영역이기도 하다. 브라이언 올디스, 고 제임스 블리쉬, 조아나 러스, 새뮤얼 R. 딜레이니, 알렉세이와 코리 팬신, 데이먼 나이트, 조지 터너, A. J. 버드리스, 스타니스와프 렘 등의 많은 사람들이 이 범주에 포함된다. 물론 이들은 SF의 한계에 대한 관점과 접근 방식이 서로 상당히 다르다. 「미국의 SF와 타자」와 「젠더는 필요한가?」 같은 에세이에서, 르 귄은 공식을 따르는 소설에서 흔히 찾아볼 수 있는 사회적 및 성적의 전형을 해체하며 조아나 러스와 문제의식을 공유한다. 예술의 정치적이고 윤리적인 측면에 대한 우려에서는 렘과 문제의식을 공유하는데, 이 책에서는 「영혼의 스탈린」에서 가장 직접적으로 표현한다. 또한 〈사이언스-픽션 스터디즈〉에 투고한 사설과 평론, 즉 2호(1973년 가을)에 수록된 〈변화, SF와 마르크스주의〉, 3호(1974년 봄)에 수록된 평론 「유럽의 SF: 로튼슈타이너의 앤솔러지, 스트루가츠키 형제, 렘」에서도 이런 측면을 명확하게 확인할 수 있다. 르 귄이 북미 SF 공동체에 동유럽 작가들의 작품과 사상을 소개하려 적극적으로 활동한 것은 분명 사실이다.

　그러나 르 귄은 특정 정치적 관점에 입각해 소설이나 평론을 쓰지 않았다. 〈사이언스 픽션 스터디즈〉 8호(1976년 3월)에 수록된 「르 귄 문제에 대한 답변」에서, 그녀는 이렇게 말한다. "나는 '리버럴'이라는 단어가 비방으로 사용되는 모습을 보고 싶지 않다. 그런 용례는 결국 신어newspeak일 뿐이다. 사람들이 굳이 내게 이름을 붙여주려 한다면, 나는 레닌이 혐오

했던 이름을 즐겁게 받아들이겠다. 나는 프티부르주아 무정부주의자이며, 내부의 망명자다."(〈사이언스-픽션 스터디즈〉 6호 (1975년 7월)에서, 그녀는 데이비드 케터러의 「옛 것을 위한 신세계」에 대한 반응으로 자신을 "비일관적인 도교 신도이자 일관된 비기독교 신도"로서 세상의 파멸을 거부한다고 말했다) 르 귄은 자먀친, 렘, 스트루가츠키 형제와 같은 소비에트 작가들에게 "열린 우주"안에서 작업하며 개인 정신의 본질적인 자유를 설파하는 작가라고 경애를 표한다. 같은 이유로 〈유럽의 SF…〉에서, 그녀는 렘의 『무적』에 대해서 인간의 힘으로 이해할 수 없는 "끔찍한 정도로 열린 우주"를 제시하면서도 "인간의 척도는 파괴되지 않는다. 심지어 위태로워지지도 않는다. 우리가 방법을, 이유를, 심지어 본질을 이해하는지 여부와는 관계없이, 우리는 행동해야 하기 때문이다. 그리고 그런 행동이 가지는 윤리적 가치는 심연의 가장 깊은 곳에서도 희석 없이 그대로 유지된다. 렘의 작품을 구축하는 중심 인력은 바로 윤리다"라는 찬사를 보낸다. 이는 르 귄이 보낼 수 있는 최상의 찬사다. 또한 그녀 본인의 소설과 평론의 중심 가치가 무엇인지도 짐작할 수 있게 해 준다.

그렇다면 SF 또한 다른 모든 예술과 마찬가지로 인간의 주요한 조건을 다루는 것이므로 진지하게 간주해야 한다는 것이다. 작가와 평론가를 겸하는 이들은 창작의 과정 자체가 스스로를 설명할 수 있고 설명해야만 하는 것이라는 보편적인 관점을 공유한다. 그들은 문학 작품을 읽고 쓰고 고찰하는 행위가 서로 상보적이며 궁극적인 즐거움으로 이어진다고 여긴다.

「몬다스의 시민」에서 설명하듯이, 르 귄은 성장 환경에서 다양한 문화에 노출되었다. 부모인 인류학자 A. L. 크로버와 작가 시어도라 크로버가 연구하고 글로 남긴 것들도 있고, SF와 펄프 잡지 속의 "큰도마뱀의 점액질"에서, 신화와 전설 속에서, 자신의 상상력 속에서 마주친 것들도 있었다. 그녀 본인이 탐구한 학문은 문학, 그중에서도 정형화된 프랑스와 이탈리아 르네상스기의 문학이었다. 〈사이언스-픽션 스터디즈〉 7호(1975년 11월)는 르 귄 특집호였는데, 그녀의 작품을 분석하는 여러 비판적인 평론과 그녀의 에세이 「미국의 SF와 타자」, 그리고 제프리 레빈이 작성한 저술 목록의 초기본이 수록되었다. 다음 호(1976년 3월)에는 비판에 대한 르 귄 자신의 반응이 수록되었는데, 그녀는 빈정대는 투로 그들이 "르 귄 이론이라는 비옥한 탐구의 평원"에서 아무런 수확도 거두지 못했다고 언급한 다음, 그런 비판적인 에세이가 착상과 지적 개념에 매달리느라 그녀의 "언어"를 사용하지 않았다고 논지를 이어 나간다. 그녀는 다음과 같이 말을 잇는다.

내가 오직 착상에 대해서만 썼다는, 그리고 내가 어마어마한 자아도취에 빠져 있다는 듯한 인상을 준다. 원 세상에! 내가 정말로 그 모든 것을 생각해 냈단 말인가? 답은 아니오다. 일부는 생각해 냈다. 나머지는 느끼거나, 추측하거나, 훔치거나, 위조하거나, 직감한 것들이다. 모든 경우에 자의적으로 전두엽을 사용해서 만들어 낸 것이 아니라, 보다 수수하고 파악하기 힘든 방법, 즉 형상화, 은유, 인물, 풍경, 영단어의 발성, 영어 구문의 제한, 서술 단락의 호흡과 박자 등을 이용해서 만들어낸 것이다… 때론 작품이 그 착상에 의해, 착상을 위해서만 존재한다는 듯 착상 자체만 논의하기도 한다. 그리고 여기에는 '번역'이라는, 내가 조금 거북하게 여기는 과정이 연관되어 있다. 번역을 거치면 논점의 일부가 사라져 버리는 것이다. 마치 세인트 폴 대성당의 벽 구조나 돔을 지탱하는 방식을 언급하지 않고 그 대성당이 품은 착상을 논의하는 것과 마찬가지다. 그러나 대성당의 돔이 1940년의 폭격을 견디고 살아남은 것은 렌의 착상 덕분이 아니었다. 그가 실제 건축에 석재를 사용한 방식 덕분이었다. 예술가의, 직공의 관점은 이런 것이다. 철학자나 사상가의 관점에 비하면 천하고 변변치 않다. 그러나 소설을 소설로 만드는 요소는 지적이지 않으며, 동시에 단순하지도 않다. 이지적이 아니라 본능적인 그 무엇이다… 사고가 아니라 접촉에서, 소리와 호흡과 박자에서 발생하는 것이다… 물론 착상도 연관이 있으며, 그로부터 착상이 태어나기도 한다. 온갖 공포와 잔해와 연기를 뚫고 우뚝 솟아 있는 돔을 바라보면 경이로운 안도감이 일어나게 될 것이다… 그러나 세상의 모든 사상을 모아도 돔을 지탱할 수는 없을 것이다. 이론으로는 충분치 않다. 석재가 있어야 한다.

내 언어가 어떤 식인지 이제 이해가 갈 것이다. 나는 온갖 심상과 은유를, 돔과 석재와 잔해를 끌고 오지 않고는 진부한 의견 하나조차 제대로 떠올리지 못하는 사람이다. 크리스토퍼 렌이 대체 이 글에 왜 등장한 걸까? 이렇게 탄식을 불러올 정도로 구체성을 띠는 사고방식을 어떤 이들은 여성의 특질이라 여긴다. 만약 그 말이 사실이라면, 모든 예술가는 여성인 셈이다. 물론 그 역도 성립한다.

이 글의, 그리고 『밤의 언어』의 중심 단어는, 바로 '번역'이다. 평론가로서 르 귄은 직관적인 과정을 지적인 용어로 해석하려 시도한다. 꿈을 단어-상징으로 번역하려 시도하는 것이다. 그 과정에서, 그녀는 자신이 판타지의 세계를 탐사하고 묘사해 온 경험을 끌어온다. 1960년대와 1970년대에 걸쳐 그녀는 주목할 만한 SF와 판타지 작품을 여럿 집필했다. 상도 여럿 받았다. 세계 SF 컨벤션에서 휴고상을 네 번, 전미 SF 작가 협회에서 네뷸러상을 세 번 받았으며, 주피터 상과 1969년 보스턴 글로브-혼 서적상을 받았고, 『아투안의 무덤』으로 뉴베리 명예상을, 『머나먼 바닷가』로 전미 도서상을 수상했다. (전미 도서상 수락 연설은 이 책에 수록되어 있다) 이렇게 인정을 받았다는 사실에 기쁜 와중에도 그녀는 유머와 균형감각을(사실 거의 같은 것이라 생각되지만) 잃지 않았다. 〈알골〉 24호(1975년 여름)에 수록된 조나단 와드의 인터뷰를 보면 그 점을 확인할 수 있다.

> **와드:** 전미 도서상과 휴고상 중에서 하나만 택할 수 있다면 어느 쪽을 고르시겠습니까?
>
> **르 귄:** 아, 당연히 노벨상이죠.
>
> **와드:** 판타지 분야에는 노벨상이 없는데요.
>
> **르 귄:** 평화를 위해서 나도 뭔가 할 수 있지 않을까요.

인정을 받으면 자신의 작품에 대해 말해 달라는 요구가 따라온다. 르 귄은 초기 에세이인 「내부의 관점」에서 작가에게 작품의 창작 과정을 분석해달라고 요구하는 일이 얼마나 헛된 것인지를 강조한다. 존 뱅선드가 편집한 오스트레일리아 팬진 〈시스럽〉 22호(1971년 4월)에 실린 글인데, 서두는 이렇게 시작된다.

> 나와 같은 업계에 종사하는 사람들은 끝없이 다음 세 가지 질문을 받는다. 누구의 권위를 빌어 글을 쓰는 건가요? 어디서 착상

을 얻으시나요? 왜 SF를 쓰시는 건가요?

첫 질문에 대해서는, 당신은 누구의 권위를 빌어 아내를 때리느냐고 반문한다. 두 번째 질문에 대해서는 내 머릿속에서 얻는다고 답한다. 그러니까, 이런 질문들에 대해서는 언제나 몇 시간 후에나 답이 기억나기 때문에 답을 할 수가 없다. 세 번째 질문에 대해서는 몇 시간 후에도 만족할 만한 답이 떠오르지 않는다. 이제 여기서 만족스럽지 못한 답을 제공하려 시도해 봐야겠다…

내가 SF를 쓰는 이유는 출판사들이 내 작품을 SF라고 부르기 때문이다. 내게 결정권이 있다면 나는 소설이라 부를 것이다.

1978년에 출간된 『유배 행성』의 첫 하드커버 판본의 서문에서도, 르 귄은 여전히 "어디서 착상을 얻으시나요?"라는 질문에 대해 간결하게 답하지 못한다. 그러나 이런 질문들은 그녀의 독자들뿐 아니라 그녀 자신에게도 관심의 대상이 되어 온 듯하다. 1971년 이래로, 그녀는 자신의 직업과 예술에 대한 여러 편의 에세이를 썼으며, 그런 에세이는 그녀의 소설을 보충해 주는 역할을 했다. 그 중 많은 수, 특히 「꿈은 스스로를 설명해야 한다」는 그녀 본인이 가상의 세계를 발견했던 경험을 회고하며 분석한다. "르 귄이 본 르 귄" 분류에 속하는 에세이들은 회고적인 자가비판으로, 진솔하게 자신의 초기작을 분석한다. 그 중 많은 수가 처음에는 SF, 판타지, 글쓰기에 대한 강연이었다. 예를 들어 내가 「글쓰기에 관하여」라는 제목을 붙인 글은 1976년과 1977년에 가진 강연의 원고이며 지금껏 출간된 적이 없다. 심지어 강연으로 시작되지 않은 글도 허물없이 직접 대화하는 투로 서술되어 있다. 이런 글에서조차 르 귄은 불을 붙이지 않은 파이프를 들고 워크샵의 신인 작가들에게 둘러싸여서, 또는 SF 컨벤션의 초청 토론자로서, 좋은 글을 쓰는 법을 알고 싶은 사람들과 대화를 나누고 있는 느낌을 준다. 이런 글은 독자를 충분히 성숙하고 열정적인 논의로 즉각 끌어들여서, 다양한 개념을 탐구하고 시험해 보게 해 준다. 예술에서 윤리적 가치의 중요성, 예술로서의 판타지가 사회에서 차지하는 위상, 독자들이 좋아하는 작가들에게 최고의 작품을 요구해야 한다는 당위성까지.

이 책에서는 여러 에세이를 연대순이 아니라 주제에 따라 배치했다. 여러 편이 서로 겹치며 상보 관계를 이루고, 특정 주요 개념을 다시 점검하고 발전시켜 나간다. 그런 개념 중 하나는 판타지와 SF를 같은 문필 형식에서 나온 서로 다른 나뭇가지로 간주하는 관점이다. 「몬다스의 시민」이나 『로캐넌의 세계』의 1977년 판본 머리말에서 그런 관점을 확인할 수 있다. 그리고 다른 무엇보다도 양쪽 장르를 새로운 "인간 조건의 은유"라 칭하는 전미 도서상 수상 연설을 보면 그 점이 명백해진다. 「몬다스의 시민」이나 다른 여러 에세이, 특히 「젠더는 필요한가?」에서 언급했듯이, 판타지와 SF는 르 귄에게 거리를 두는 기법을, 인간이 일상에서 마주하는 상황을 새로운 관점으로 살펴보는 방법을 제공했다. 이런 거리두기 기법은 분명 판타지와 SF를 내면의 여정이라는 직관적 과정을 언어로 '번역'하는 것으로 간주하는 관점과 연관되어 있다. 작가는 자신의 내면에서 인류 전체가 공유하며 의미가 있는 패턴과 원형을 발견하는 것이다. (르 귄의 소설이 장편과 단편을 막론하고, 『로캐넌의 세계』에서 『어둠의 왼손』에 이르기까지, 그리고 『어스시의 마법사』에서 『빼앗긴 자들』에 이르기까지, 물리적인 여정의 구조를 가진다는 점을 고려해 보면 흥미롭다고 할 수 있다. 그런 여정 중 많은 수는 원형 또는 나선형 구조를 가지며, 결국 자아성찰이라는 목표점에 도달한다)

다른 주요 개념은 「미국인은 왜 드래곤을 두려워하는가?」와 그 이후 이어지는 여러 에세이에서 찾아볼 수 있다. 바로 온전하고 통합된 인간을 형성하려면 판타지가 제공하는 내면의 탐구가 필수적이라는 생각이다. 이런 여정에는 두 가지 중요한 측면이 존재하는데, 하나는 무의식과 집단 무의식을 받아들이는 것이고(「꿈은 스스로를 설명해야 한다」에서 논의하는 것처럼), 다른 하나는 상상력을 받아들이고 훈육해야 한다는 것이다. 르 귄은 「드래곤」에서 상상력을 억압당한 인간은 육체적으로는 성숙해도 최악의 경우에는 겉만 성숙한 채로 남고, 최선의 경우에도 '유아적'이거나 '사실이 아닌'것이면 뭐든 두려워하는 왜소하고 불행한 사람이 될 뿐이라고 쓴다. 그러나 상상력을 제대로 북돋워 주면 사람들은 제대로 성숙한 어른이 될 수 있다. "아이가 죽고 어른이 등장하는 것이 아니라, 아이가 살아남아 어른이 되는 것이기" 때문이다.

세 번째 중요한 개념은 이 책의 모든 에세이의 근간에 깔려 있지만, 「도주로」, 「영혼의 스탈린」, 「돌도끼와 사향소」에서 가장 명확하게 표현된다. 바로 예술의 윤리와 미학에 대한 우려다. 르 귄이 「엘프랜드에서 포킵시까지」에서 말하듯이, "예술에서는 최고가 기준이 된다." 톨킨이 「요정 이야기에 관해」에서 말하듯이, 주문spell이라는 단어에는 "풀어 놓은 이야기와 산 사람에게 영향력을 발휘하는 권능의 공식이라는 두 가지 뜻이 있다." 진정한 주문을 사용하는 어스시의 마법사는 그런 권능을 지닌다. 그의 모든 배움은 그 주문을 제대로 사용하거나 아예 사용하지 않는 방법을, 그리고 "진짜 마법사가 알고 있고 섬기는 균형과 양식을" 이해하기 위한 것이다. 어스시 삼부작은 『하늘의 물레』와 르 귄의 가장 명백하게 "정치적"인 소설, 즉 『빼앗긴 자들』이나 『왜가리의 눈』과 마찬가지로, 근본적으로 윤리적인 작품이다. 르 귄이 「꿈은 스스로를 설명해야 한다」에서 지적하는 것처럼, 그녀의 마법사 이야기는 한편으로는 "예술, 창작의 경험, 창작의 과정"에 관한 이야기다. 그녀가 에세이에서 논의하고 소설과 시에서 실천에 옮기는 예술의 역할은 바로 진실을 발견하고 최대한 명확하고 아름답게 표현하는 것이다.

르 귄은 또한 진정한 예술이 단순한 개념, 상징, 기념비, 또는 작품을 구성하는 개별 부분을 넘어선다는 점을 시연해 보인다. 그녀의 에세이는 강렬한 개념을 표현하며, 르 귄의 언어—주문을 사용하는 능력 덕분에 그 효과는 커진다. 그녀의 에세이는 직설적이고, 명확하고, 무의미한 전문용어는 전혀 사용하지 않는다. 아니 그 이상이다. 그녀의 문장은 종종 아름다움으로 번득이며, 그녀가 사용하는 언어의 운율, 그리고 개념과 연결되는 적절한 심상이 한데 어우러져 그녀의 주장을 잊을 수 없게 만든다. 「엘프랜드에서 포킵시까지」에서 르 귄은 이렇게 말한다. "문체란 당신이 작가로서 대상을 관찰하고 그 대상에 관해 말하는 방식이다. 세상을 보는 방식이다. 당신의 눈, 당신이 생각하는 세상, 당신의 목소리다." 작가이자 평론가로서, 그녀는 SF에서 문체의 중요성을 강조하는 데 크게 공헌했다. 이 에세이 모음집에 깃든 목소리는, 소설과 시에 깃든 목소리와 마찬가지로, 자신의 도구인 언어를 숙련된 솜씨로 즐겁게 사용하는 한 예술가의 목소리다.

이 책을 구성하며 나 또한 그런 즐거움을 공유할 수 있었다. 편집자로서 도움과 격려와 발상을 제공한 여러 사람들에게 감사를 표하고 싶다. 짐 비트너, 테리 카, 엘리 코언, 리자드 더번

374

스키, 버클리 출판사의 데이비드 하트웰(처음부터 이 책 자체가 그의 발상이었다), 버지니아 키드, 엘리자베스 A. 린. 그리고 다른 누구보다도 인내와 협력을 아끼지 않은 어슐러 K. 르 귄 선생께 감사를 바친다.

수잔 우드
브리티시컬럼비아대학교

옮긴이의 말

　수잔 우드와 어슐러 르 귄은 1975년 멜버른 세계 SF 컨벤션, 통칭 '1975 오지컨'에 초대손님으로 함께 참석했다. 작가 자격으로 초청된 45세의 르 귄은 〈헤인 연대기〉와 〈어스시의 마법사〉연작으로 이미 SF와 판타지 작가로서 최고의 반열에 올라 있었다. 팬 자격으로 초청된 26세의 수잔 우드는 팬진 발행인 겸 평론가로서, 그리고 박사과정을 마치고 브리티시컬럼비아 대학에서 강좌를 맡은 젊은 학자로서 명성을 쌓아가는 중이었다. 아마도 우드는 이 책의 「돌도끼와 사향소」를 현장에서 들을 수 있었을 것이다. 멜버른에서의 경험이 우드가 르 귄의 에세이집 기획에 적극적으로 뛰어들게 된 계기가 되었을지도 모른다는 생각이 든다.

물론 이유의 전부는 아니었을 것이다. 70년대의 르 귄은 소설 외에도 서평이나 평론, 장르 소설의 문학론 등 다량의 텍스트를 쏟아내는 중이었다. 그런 여러 논픽션 출판물은 당대의 여러 SF 작가들과 마찬가지로 '비교적 점잖은' 장르 잡지의 기고문이나 강연의 형태로 세상의 빛을 보았으며, 문학과 인류 사회학에 대한 폭 넓은 지식, 적확한 표현과 간결한 문체, 다툼을 마다하지 않는 단호함을 갖춘 그녀의 글은 이내 수많은 SF 팬들의 시선을 끌었다. 장르문학에 뿌리를 둔 여성 문학 평론가인 수잔 우드에게 있어 르 귄의 에세이집 기획은 참으로 군침이 도는 기회였을 것이다.

그러나 두 사람의 인연은 1979년 결실을 맺은 『밤의 언어』를 마지막으로 끝나게 된다. 촉망받는 비평가이자 학자로서 활동하던 우드가 이듬해인 1980년에 30세의 젊은 나이로 세상을 떴기 때문이다. 따라서 우드는 이 에세이집의 놀라운 성공은 물론이고, 이후 40여 년 동안 르 귄이 어떤 글을 쓰고 어떤 생각을 했는지, 그리고 영국 위민스프레스 출판사에서 펴낸 『밤의 언어』 1989년판에서 옛 글에 어떤 수정을 가했는지 영영 알 수 없게 되었다.

이 책에서 우드의 (자못 자의적인) 구성을 해체하고 모든 에세이와 머리말을 연대순으로 나열한 이유도 부분적으로는 여기에 있다. 우드가 그려내는 1970년대의 르 귄은, 훗날의 르 권에게도, 그리고 르 권의 글을 읽어 온 우리들에게도, 과거의 한 단면일 수밖에 없기 때문이다. 르 권이 자신의 글과 강연을 끊임없이 되돌아보는 사람이니만큼 더욱 그렇다. 1989년판 서문에서 짐작할 수 있듯이 70년대의 르 권이 꿈꾸던 SF의 장밋빛 미래는 결국 온전히 실현되지 못했고, 이는 이후 르 권의 작품 세계에도 상당한 영향을 끼쳤다. 우드가 마지막 작품으로 수록하여 SF의 밝은 미래를 선언하는 마무리로 사용한 「돌도끼와 사향소」가 2017년의 마지막 에세이집에는 수록되지 못한 것은, 어떤 의미로는 상징적이라 할 수 있을 것이다.

그러나 수많은 SF 잡지와 팬진 여기저기에 흩어져 있던 백 편에 가까운 비평과 에세이를 모아들이고 그중에서 스물네 편을 선별한 것은 (그리고 필립 K. 딕 서평에 「겸허한 사람」이라는 원제를 되찾아 준 것을 비롯한 여러 편집상의 결정은) 분명 우드의 공적이며, 독자 여러분도 앞서 수록한 우드의 해설을 통해 그녀가 그려내려 시도한 르 권의 모습을 어느 정도 확인할 수 있으리라 생각한다.

이 책은 1979년 페리그린북스 판본을 원본으로 사용하고, 1989년 판본에서 수정된 부분은 각주로 덧붙였다. 별도로 표시하지 않은 원주는 1989년판의 작가 주석이다.

이 책의 스물네 편의 에세이와 머리말은 1973년에서 1978년에 걸쳐 〈로커스〉, 〈알골〉, 〈파운데이션〉, 〈벡터〉, 〈갤럭시〉, 〈파라볼라〉 등 다양한 SF 잡지, 소책자, 작품 단행본에 수록된 작품들이다. 르 귄의 작품 활동을 언급하는 대목에서는 1974년에 발표한 다른 대표작 『빼앗긴 자들』, 그리고 당시 집필 중이던 1978년작 『왜가리의 눈』을 염두에 두고 읽어보는 것도 흥미로울 것이다.

연대순으로 나열하는 방식을 택했기 때문에 몇 가지 문제가 발생했다. 우드가 선택한 다섯 편의 헤인 연대기 머리말은 서로 다른 세 곳의 출판사에서 출간한 재판 및 개정판에 수록된 것들이다. 그 때문에 실제 작품의 발표 순서와 머리말의 집필 시기 및 순서에 차이가 발생하며, 형식도 서로 상당히 다르다. (『세상을 가리키는 말은 숲』의 1977년 영국 골란츠 판 머리말이 특히 눈에 띄는데, 바로 전년도에 출간된 미국 버클리 판에는 수록되지 않은 글로서 당시 시대상에 대한 작가의 개인적 술회가 독특한 느낌을 자아낸다. 자신이 '조금 불쾌하게도, 극도로 도덕적인 작가'이면서도 '항상 미학적 요소에 관심을 가진다'고 말하던 르 귄의 자기반성이 엿보이는 느낌도 든다.) 독자 여러분께는 죄송스러운 부탁이지만, 모쪼록 이 책에 수록된 여러 머리말을 읽을 때는 헤인 연대기 작품들의 발표 순서(『로캐넌의 세계』-『유배 행성』-『환영의 도시』-『어둠의 왼손』-『세상을 가리키는 말은 숲』)를 염두에 두고 읽어 주셨으면 한다. 군이 변명하자면 우드 또한 머리말을 작품 발표 순서대로 수록하지는 않았다.

물론 연대순 나열이 가져온 장점도 있다. 「돌도끼와 사향소」와 「변화한 나: 머리말」은 1975년 멜버른 컨벤션과 연관된 글이며, 연대순으로 나열한 덕분에 원본과는 달리 둘을 한데 붙여놓을 수 있게 되었다. 의도치 않은 이득이라 할 수 있을 것이다. 다른 하나의 이득은 보다 명백하고 어느 정도는 의도적인 것으로, 시간의 흐름에 따라 작가의 관점이 변화하는 모습을 확인할 수 있다는 것이다. 특히 르 귄이 여러 번에 걸쳐 언급하는 〈플레이보이〉지 사건에 대한 견해 변화는 자못 흥미로운 느낌이 든다. (「꿈은 스스로를 설명해야 한다」의 '율리시즈 킹피셔 르 귄' 대목이 훗날의 판본에서는 삭제되었다는 점도 언급할 필요가 있을 듯하다)

르 귄의 에세이 곳곳에는 거장들에 대한 존경과 애정이 녹아들어 있다. 울프와 디킨스와 톨스토이, 자먀친과 던세이니와 톨킨에 대해 보이는 르 귄의 애정과 통찰력은 때론 감탄스러울 정도다. 반면 동료 SF 작가들에 대한 태도는 호오가 갈리는 모습이 보이는데, 작품성 또는 SF계의 활동 등으로 높이 평가하는 필립 K. 딕이나 할란 엘리슨 등에 비해, SF의 황금기 작가들이나 70년대 후반부터 드러나는 신세대의 사조에 대해서는 그리 후한 평가를 내리지 않는다. 어떻게 보면 르 귄이 SF 장르에 품던 장밋빛 꿈과 애정을 그런 식으로 표현한 것이라고 할 수 있을지도 모르겠다. 물론 『갈매기의 꿈』에 대한 혹평과 비교해 보면 나름 절제한 것이겠지만.

그중에서도 특히 눈에 띄는 글은 제임스 팁트리 주니어, 즉 앨리스 브래들리 셸던의 단편집 『어느 늙은 유인원의 별 노래』에 붙인 서문이다. 곳곳에 엿보이는 동료 여성 작가에 대한 배려와 사랑을 보면, 르 귄이 인생에서 가장 힘겨운 시기를 보내고 있던 셸던에게 얼마나 의지가 되었을지 충분히 짐작할 만하다. 셸던은 자신의 성별이 밝혀진 이후 르 귄에게 보낸 편지에서 이렇게 고백한다. "당신에게 보낸 편지에는 항상 엄밀한 사실만 썼습니다. 단 하나, 지난 8년 동안 별명처럼 익숙해진 서명의 이름을 제외하면, 속이려는 계산이나 의도는 조금도 들어가지 않았습니다. 나머지는 모두 저 자신일 뿐입니다. 요는 제가 앨리스 셸던이라는 이름의, 앨리라는 애칭으로 불리는, 61세의 여성이라는 것입니다. 천성이 고독하지만 지난 37년 동안 제법 연상인 친절한 남편과 행복한 결혼 생활을 누려 왔던 사람입니다. 남편은 제 글을 읽지는 않지만 항상 제가 작가라서 자랑스럽다고 생각해 왔지요." 르 귄은 이에 대해 "이토록 완벽하게 깜짝 놀라는 일은 즐겁고 가슴이 두근거리는 경험입니다. 크리스마스 선물 같잖아요."라는 답장을 보낸다. 두 사람의 우정과 서신 교환은 셸던이 자살로 생을 마감한

1987년까지 이어졌다.

　여기서 소개된 여러 글은 300여 편에 달하는 르 귄의 에세이 중에서 초기작에 속한다. 이 책이 출간될 당시 이미 49세였던 르 귄은 이후 40여 년에 걸쳐 작품 활동을 이어갔고, 말년에 가까워질수록 소설보다는 논픽션에 집중하는 경향을 보였으며, 이후 출간된 다른 세 편의 에세이집에서 확인할 수 있듯이 끊임없이 다양한 주제와 형식을 실험했다. 그러나 창작력이 절정에 달해 있던 시절의 생생한 글이라는 점에서, 그리고 SF 장르와 팬들의 새로운 미래를 고대하는 희망찬 목소리라는 점에서, 어떻게 보면 가장 순수한 르 귄의 목소리를 담은 르 귄 에세이의 정수라고 할 수 있지 않을까. 적어도 헤인 연대기와 어스시 연작을 사랑하는 독자라면, 이 책을 통해 당시 작가가 품었던 고뇌와 희망의 목소리를 들을 수 있지 않을까 싶다.

옮긴이 | 조호근

서울대학교 생명과학부를 졸업하고 과학서 및 SF, 판타지, 호러 등 장르소설 번역을
주로 해왔다. 옮긴 책으로『레이 브래드버리』, 『마이너리티 리포트』, 『소호의 달』, 『에
일리언』, 『아마겟돈』, 『제임스 그레이엄 밸러드』, 『하인라인 판타지』, 『더블 스타』, 『물
리는 어떻게 진화했는가』, 『진흙발의 오르페우스』, 『생명창조자의 율법』, 『시월의 저
택』, 『물리와 철학』 등이 있다.

밤의 언어

초판 1쇄 발행 2019년 5월 31일

지은이 어슐러 르 귄
옮긴이 조호근

펴낸곳 서커스출판상회
주소 서울 마포구 월드컵북로 400 5층 24호(상암동, 문화콘텐츠센터)
전화번호 02-3153-1311
팩스 02-3153-2903
전자우편 rigolo@hanmail.net
출판등록 2015년 1월 2일(제2015-000002호)

ISBN 979-11-87295-30-3 03840

이 도서의 국립중앙도서관 출판예정도서목록(CIP)은 서지정보유통지원시스템 홈페이지(http://seoji.nl.go.kr)와
국가자료공동목록시스템(http://www.nl.go.kr/kolisnet)에서 이용하실 수 있습니다.
(CIP제어번호: CIP2019010991)